AF151661

KEYLAM NOX

SINNER

novum pro

Dieses Buch ist auch als
e-book
erhältlich.

w w w . n o v u m v e r l a g . c o m

Bibliografische Information
der Deutschen Nationalbibliothek:

Die Deutsche Nationalbibliothek
verzeichnet diese Publikation in
der Deutschen Nationalbibliografie.
Detaillierte bibliografische Daten
sind im Internet über
http://www.d-nb.de abrufbar.

Gedruckt in der Europäischen Union
auf umweltfreundlichem, chlor- und
säurefrei gebleichtem Papier.

© 2022 novum Verlag

ISBN 978-3-99131-548-3
Lektorat: Katja Wetzel
Umschlagfotos: Keylam Nox,
Daniel Kaesler | Dreamstime.com
Umschlaggestaltung, Layout & Satz:
novum Verlag

www.novumverlag.com

Climate neutral
Print product
ClimatePartner.com/16547-2201-1002

DER REGEN klopfte aufgeregt gegen die Fenster, schien verzweifelt um Einlass zu bitten, nur um nicht draußen sein zu müssen. Obwohl der Regen selbst verantwortlich für das Wetter war, schien er nicht sonderlich begeistert davon zu sein, vielmehr schien er Angst zu haben.

Angst vor dem, was auch immer draußen zu lauern schien. Er klopfte immer stärker und stärker an die Scheiben, rüttelte an den Fensterläden und schrie sich die Seele aus dem Leib.

Jeder, der bei diesem Wetter noch draußen war, war auf schnellem Fuße unterwegs, um ins Trockene zu kommen. Der Regen verfolgte jeden, ohne Rücksicht auf Status oder Person. Er toste hinter den Menschen her, nur um jedes Mal wieder verzweifelt gegen die Tür zu trommeln, wenn ihm diese wieder vor der Nase zugeschlagen wurde.

Er heulte verzweifelt auf, verschluckte somit das leise Wimmern und den heiseren Schrei, der in diesem Moment ertönte.

Es dauerte nicht mehr allzu lang, bevor der Regen schließlich aufgab und langsam verstummte. Das Einzige, was er zurückließ, waren graue Wolken, nicht bereit die Sonne freizulassen und den Menschen, die ihm unrecht getan hatten, etwas Gutes zu tun.

Kaum einer vermisste den Regen, abgesehen von einem Einzigen.

Einzig der Wind rauschte weiterhin durch die Gassen, gab dem dunklen Teint des Abends einen weiteren Aspekt des Unangenehmen.

Die wenigen, die noch an der frischen Luft zu finden waren, seufzten auf. Endete das eine, kam das nächste um die Ecke. In diesem Fall war es der kalte Wind, der ihnen Geschichten in die Ohren wisperte.

Er heulte auf, trug lose Blätter, abgestandene Gerüche von Mülltonnen und Plastiktüten mit sich, hüllte die Menschen darin ein.

Nicht selten wurde die Nase hochgezogen, die Augenbrauen wütend und genervt zusammengezogen, der Schal über das Gesicht gezogen.

Der Wind war genauso ungebeten und ungeliebt wie der Regen zuvor.

Irgendwo in der Ferne krachte eine Tür ins Schloss, durchbrach die kurz anhaltende Stille und ließ dann erneut den Wind die Bühne einnehmen.

Mülltonnen fielen um, verschluckten erneut einen Schrei in der Dunkelheit.

Keiner achtete darauf, auf die verstummten Schreie, verhallten sie doch immer wieder im Wind, verschmolzen mit der Dunkelheit und waren einfach nicht existent.

Nur einer lauschte den Schreien, schloss die Augen, ließ sie durch seine Adern gleiten.

Das Blut vibrierte wohlwollend, der Körper zitterte, eine Gänsehaut zierte den Rücken.

Glückseligkeit, Wärme, Liebe durchströmten ihn.

Ein Lächeln legte sich auf das Gesicht, sanft und liebevoll.

„Schlaf."

Die Worte waren nur gehaucht, eine Spur von Nichts im eisigen Wind. Dennoch strich die Hand liebevoll und zärtlich über das Gesicht, glitt zu den Augen und half ihnen, sich zu schließen.

Waren die Lider doch viel zu schwer, um es selbst zu bewerkstelligen.

Eine sanfte Melodie schlich sich auf seine Lippen, doch die Worte blieben verschluckt.

Einzig der Melodie war es erlaubt mit dem Wind zu gehen und sich zu verbreiten, sollte doch jeder dieser himmlischen Melodie lauschen und in den Schlaf begleitet werden.

Schlaf tief, träum fest, träum dunkel und bunt.
Träum weit, bleib fern, schlaf mit dem Rest.

1. VALENTIN

Die Musik dröhnte aus den Lautsprechern, brachte die Luft zum Vibrieren, die Staubpartikel zum Tanzen und das Blut in Wallung. Der Puls klopfte im Rhythmus, der Atem ging jedoch ruhig, ließ sich nicht von der provokant lauten Musik beeinflussen. Noch einmal und noch einmal wurde Luft in die Lunge gesogen, tief inhaliert, einbehalten wie ein Vogel im Käfig und dann stoßweise wieder freigelassen.

Die Augen wurden geschlossen, die Zunge glitt über die trockenen Lippen, aus Angst vor dem, was sie gleich finden würden. Es war dasselbe Spiel, nichts Neues und doch trieb diese Nachricht den Puls immer und immer wieder in die Höhe, brachte das Herz aus dem Takt und den Schweiß auf die Stirn.

Angst machte sich breit, ebenso wie eine unendliche, kalte Stille, die sich trotz der hämmernden Musik über sie legte. Dennoch, neben der Angst war noch etwas anderes zu finden: Erregung. Aufregung um es genauer zu beschreiben. Würden sie etwas Neues finden, einen Hinweis, sei er auch noch so klein? Oder würden sie wieder, wie viele Male zuvor, nur in die Leere blicken können, in dem Wissen nicht weiterzukommen, da jegliche Hinweise fehlten?

Die Angst schien sie zu lähmen und doch konnte er einen Muskel regen und den lang aufgehaltenen Seufzer über die Lippen bringen.

„Lass uns gehen, Scott, es bringt nichts, noch länger hier zu sitzen und die Tatsachen zu verleugnen."

Auch wenn es ihm sichtlich Unbehagen bereitete, diese Worte über seine Lippen zu bringen, so kamen sie. Doch auch diese Worte waren es, die seinen Partner aus der Starre lösten. Dieser zuckte deutlich zusammen, blinzelte und starrte ihn einen Moment lang an, als wüsste er kurz nicht, mit wem er in einem Auto saß.

Oder zumindest jemand, der so in seine Gedanken vertieft war, dass er nicht mehr wusste, wo er sich überhaupt befand.

Er brauchte wirklich jede Selbstbeherrschung, die sein Körper aufbringen konnte, um bei diesem Anblick nicht amüsiert zu sein. Schließlich war das Ganze eine ernste Angelegenheit und Amüsement deutlich unangebracht. Nichtsdestotrotz zuckte sein Mundwinkel nach oben, leider nicht unbemerkt.

„Kannst du nicht einmal ernst bleiben? Ich weiß wirklich nicht, was an dieser gesamten Situation witzig sein soll! Seit Monaten verfolgen wir diesen Pisser und kommen ihm keinen Schritt näher und du, du findest das witzig?!" Dunkelbraune, fast schwarze Augen blitzten ihn entrüstet an, warteten auf eine Entschuldigung, eine Rechtfertigung, die er nicht geben konnte, wollte.

Stattdessen entließ er einen erneuten Seufzer in die Freiheit.

„Nein. Ich finde es ganz und gar nicht witzig", war alles, was er kurz angebunden von sich gab, bevor er den Gurt um seine Hüfte löste und aus dem Van stieg, bevor er noch mehr Diskussionen heraufbeschwor, die keiner von ihnen wollte. Es dauerte nur wenige Sekunden, bevor sein Partner sich schnaubend dazu entschloss, ihm Gesellschaft zu leisten.

Ein kurzer, wohl wütender Blick in seine Richtung und dann liefen sie gemeinsam und schweigend durch den Park, bis sie das gelbe Band entdeckten. Mit gezückten Ausweisen nickten sie den anderen zu und duckten sich unter dem Band hindurch.

Er wusste nicht wie oft er heute schon geseufzt hatte, doch erneut entfloh ihm einer voller Verzweiflung.

Mit Mienen, die einem Totenschein würdig wären, nickten sie beide den umstehenden Kollegen zu und ließen ihren Blick über den Boden schweifen.

Galle. Am liebsten wäre ihm diese wieder die Speiseröhre emporgekrochen, anstatt da zu bleiben, wo sie hingehörte. Doch diesen Reflex konnte er dank langem und gutem Training unterdrücken. Stattdessen blickte er ausdruckslos auf die roten Haare und ließ seinen Blick in die leeren Augen gleiten.

Sie schienen ihm in die Seele zu blicken, doch nur für einen kurzen Moment. Ein Blinzeln seinerseits und schon war die Illusion gebrochen, die Augen geschlossen.

„Alles was ich im Moment sagen kann … Er ist erstickt. Alles andere erfahre ich, sobald ich ihn zu Hause auf meinem Tisch habe."

Die Worte fanden nur leise ihren Weg an die Luft, doch jeder der umstehenden Uniformträger verstand sie. Augen wurden geschlossen, Köpfe gesenkt. In dem zarten Alter eines solchen Todes zu erliegen war …

Ein Lächeln schlich sich langsam, andeutungsweise auf ein Gesicht.

Grausam.

Der Junge war geschätzte 7 Jahre alt und wurde grauenhaft zugerichtet. Ein weiteres Opfer auf der schier endlosen Liste des Mörders. Ein weiteres Gesicht, welches ihre Pinnwand zieren würde. Ein weiterer Name auf dem weißen Untergrund, ein weiterer Platz, vergeben für ein verschwendetes Leben.

Eine weitere Akte auf dem Schreibtisch.

Es war grausam, es war unmenschlich, unwürdig, verstörend und dennoch erregend.

Ein gesichtsloses Monster zu jagen, welches wie Schleim zwischen ihren Fingern zerrann. Ein Monster, welches das Spiel beherrschte, wusste zu manipulieren, zu leugnen, zu locken, zu tanzen.

Es hielt sie zum Narren, machte keinen Hehl aus seinem Spaß. Es sprang um sie herum, zeigte ihnen immer und immer wieder auf, wo ihre Schwächen lagen.

„Wir müssen ihn fangen. Ich möchte nicht, dass noch ein weiteres Leben auf sein Konto geht. Diese Farce muss ein Ende finden. Ich will ihn auf dem Stuhl!"

Wut, Verzweiflung, Hass. Emotionen nahmen diese Worte ein, ummantelten sie, schlossen sie ein und umklammerten sie. Ein verzweifelter Versuch, die Moral nach oben zu befördern. Ein Versuch sich selbst von der unabdingbaren Wahrheit abzulenken.

Sie hatten keinerlei Hinweise.

Ideen, Vorstellungen. Aber keine konkreten Anhaltspunkte.

Immer und immer wieder fand man Spuren, doch verloren diese sich alle im Sand, verschwanden und wurden vom Wind verschluckt. Absolut nichts gab Hinweise auf den Täter. Sie konnten nur Vermutungen anstellen und hoffen, dass sie in die richtige Richtung ermittelten.

Doch die Hinweise zerronnen zwischen ihren Fingern und verschmolzen mit den anderen Sandkörnern zu einer Wüste der Verzweiflung.

Fahrig fanden die Finger ihren Weg in das Haar, durchwühlten es wie der Sturm der letzten Nacht. Erneut glitt der Blick über den armen Jungen, suchten nach Hinweisen, die ihnen Aufschluss geben konnten, doch sie fanden nichts.

„Ja", war alles, was er sagte, da noch keiner auf die Rede reagiert hatte. Was hätte er auch sonst sagen sollen? Ihnen war allen bewusst, was es bedeutete, diesen Menschen nicht zu finden und verzweifelt im Dreck wühlen zu müssen, in der banalen Hoffnung einen aussagekräftigen Hinweis zu finden.

Er schnaubte leise, wandte das Gesicht ab, zwang seinen Körper zu folgen, zwang ihn sich nicht mehr mit diesem Anblick zu beschäftigen. Doch es fiel ihm schwer, wie immer. Die Tat hatte ihr eigenes Gewicht, schwer und anziehend, obgleich abstoßend.

Selten bot etwas so viel Gefühl auf einmal, nur bei seinem bloßen Anblick, doch dieses Bild bot so viel mehr.

Er spürte, wie es ihm die anderen gleichtaten, sich abwandten und ihrer Kollegin den Rest überließen. Für sie gab es hier nichts mehr zu sehen, nichts zu tun.

„Wir haben ab heute einen Psychiater in unseren Reihen. Er …"
Weiter hörte er nicht zu. Er wurde schon bei dem Wort „Psychiater" hellhörig und blickte auf, zeigte Interesse am Gespräch. Doch bevor sich seine Lippen öffnen konnten, einen Ton herausbringen konnten, bevor er sich überhaupt auch nur ein paar Worte zurechtlegen konnte oder er es auch nur selbst bemerkte, reagierte sein Körper.

Er blieb stehen, spürte die überraschte Gegenwehr in seinem Rücken nur nebenbei, da einer seiner Kollegen, vertieft in das Gespräch, in ihn hineingelaufen war.

Sein Blick war stur geradeaus gerichtet, blickte in die tiefbraunen Spiegel, die ihn im selben Moment entdeckt hatten.

Doch statt des Lächelns, welches ihm entgegengebracht wurde, spürte er nur, wie sich sein Magen verkrampfte. Ein harter Klumpen, als ob er einen Stein verschluckt hätte, bildete sich in seinem Magen, wog schwer und zog ihn nach unten. Krampfhaft bildete sich ein Lächeln auf seinen Lippen, langsam, bevor es ehrlich wurde. Entwaffnung, etwas anderes war es nicht, was er damit verursachte. Er wusste um sein Lächeln, wusste um die Bedeutung dahinter und er sah deutlich, dass der andere es ebenfalls tat.

Für andere vermutlich nicht wahrnehmbar, egal und durchaus zu ignorieren, doch er sah es. Sah das Kontrahieren der Kiefermuskeln, das Beben welches sich durch seinen Körper kämpfte, das Zucken der Finger. Doch das Lächeln blieb.

Er konnte nicht mehr sagen, wie genau er hier angekommen war, etwas, was ihm sonst nicht passierte. Alles unterlag seiner Kontrolle, alles lief nach seinem Plan, alles passierte so, wie es sollte und nicht anders. Absolut nichts entglitt seinen Fingern.

Nichts.

Abgesehen von dem heutigen Nachmittag.

Ein Knurren suchte sich den Weg, seine Kehle hinauf und hinaus in die Freiheit. Doch alles, was er zuließ, war ein finsterer Blick in Richtung der Akten, welche bedrohlich auf seinem Schreibtisch wankten.

So war es nicht geplant gewesen, so konnte es auch nicht geplant gewesen sein, niemals.

Er wusste nicht, dass der andere diese Richtung eingeschlagen hatte. Ahnen, ja eventuell hätte er das können. Aber damals waren das nichts weiter als Hirngespinste, Fantasien, die sich Jugendliche ausgemalt hatten.

Die Zukunft hielt oftmals anderes für sie bereit, verlief selten, nie so wie man es eigentlich wollte, wie man es geplant hatte, wie man es sich gewünscht hatte. Nur er hatte das Recht zu behaupten, dass alles nach seinen Plänen verlief, größtenteils jedenfalls.

Erneut starrte er die Akten an, mochten sie doch in Flammen aufgehen, allesamt!

Er griff sich ins Haar, zog daran, strich sich über das Gesicht und seufzte angestrengt.

Sie waren nicht weitergekommen, keinen weiteren Hinweis bezüglich des Falls. Der Täter verschwand mit den Schatten und verschmolz mit dem Wind. Sie alle arbeiteten mit Kräften daran, diesen Menschen zu fassen und er saß hier und ließ den Mittag Revue passieren.

Er wusste nicht mehr genau, wann sie sich aus den Augen verloren hatten, es war Jahre her. Doch der andere verschwand irgendwann, zog um. Er musste zu seinen Verwandten in die Staaten, wenn er sich recht erinnerte. Seit dem Tag hatte er nichts mehr von ihm gehört, hatte sich allerdings auch keine Mühe gegeben, seinerseits den Kontakt zu suchen.

Die letzten Schuljahre verbrachten sie also getrennt. Aufgrund dieser Tatsache hatte er seinen albernen Ideen, Polizeipsychologe zu werden, auch keine Beachtung mehr geschenkt.

Bis heute.

Er schüttelte den Kopf, seufzte erneut auf und griff zu der Akte, welche ihm schon kooperativ entgegen gerutscht kam. Ohne einen Blick auf den Namen zu verschwenden, er wusste ihn sowieso, klappte er sie auf. Er musste irgendwie weiterkommen und vielleicht hatten die Untersuchungen ja etwas ergeben, etwas, das mehr Aufschluss gab als der Rest.

Er glaubte nicht daran, wusste er doch sowieso, dass sie nichts gefunden hatten. Abgesehen von den üblichen Hinweisen; Haare und Abdrücke, die nur zu schnell zu den Akten gelegt werden würden, da sie erneut auf eine Leiche zurückzuführen waren.

„Wir haben uns lange nicht gesehen, Jack.“

Die Stimme war sanft, ruhig, aber auch abschätzend, bewertend. Die dunklen Augen bohrten sich in seine, warteten auf eine Reaktion seinerseits, erwarteten eine Reaktion.

Doch er lächelte nur, legte den Kopf schief und grinste ihn an. Er gab sich nicht die Blöße zu bieten, was der andere wollte, was auch immer dies sein mochte.

Indizien.

„Du hast es also tatsächlich wahr werden lassen."

Es war keine Frage, viel mehr eine Feststellung. Es war nicht einmal ein abschätzender Kommentar, keine Beleidigung, einfach nur nackt in den Raum gestellte Tatsachen, denen er einen kühlen Blick schenkte.

Nachdem sie ihn den Boden unter den Füßen weggerissen hatten.

„Ja, scheint so", kam es ihm ruhig entgegen, ohne Vorwurf, ohne Wut.

Der Braunhaarige blickte ihn an, öffnete den Mund und verschloss ihn wortlos wieder. Seine Stirn legte sich nachdenklich in Falten, er schien zu überlegen, wie er die nächsten Worte aussprechen sollte.

„Ich werde dein Team ab heute unterstützen und euch helfen, dieses Monster zu fassen."

Künstler.

Nur langsam sprach er die Worte aus, ließ sie sich allen Anschein nach auf der Zunge zergehen wie ein Stück Zartbitterschokolade.

Bitter, dieser Vergleich traf es ganz passend.

„Würdest du mich einweihen? Ich habe zwar die Akten ..."

In diesem Moment hob er eine empor, dick und gut gefüllt, die er unter seinen Arm geklemmt hatte, warf kurz selbst einen Blick darauf, bevor sein Blick wieder zu ihm glitt.

„Aber es ist dennoch besser, wenn du mich noch einmal persönlich einweisen würdest."

Es stand schließlich nicht alles in den Akten. Fakten, selbstverständlich. Doch auch die konnten nicht alles aufzeigen. Fehlversuche, falsche Fährten, falsche Ideen. All die Fehlschläge die sie hatten, all die fehlgeleiteten Hoffnungen.

„Kaffee?" Die Frage kam über seine Lippen, bevor er sich wirklich Gedanken darüber machen konnte.

Die Kontrolle entglitt ihm.

Doch er hatte keinesfalls vor, diese Richtung beizubehalten. Er würde sie wiedererlangen, schneller als der andere es bemerken würde.

...

„Woher wusstest du wie ich meinen Kaffee trinke?"

Der Vorwurf, der gestrafte Blick, er traf ihn, durchbohrte ihn bis in die letzten Nerven. Doch er lächelte nur, warf ihm einen spöttischen Blick zu.

„Gutes Gedächtnis."

Ein Schnauben erklang, ungläubig und irritiert. Doch der Braunhaarige ging nicht näher darauf ein, jedenfalls nicht verbal. Der durchbohrende Blick lag dennoch auf ihm, fragend und abschätzend.

Kopfschüttelnd schlug er die Akte zu, erneut. Er hatte den Mittag damit zugebracht, Valentin in ihre Ermittlungen einzuführen, mit allen Details, hatte Fragen beantwortet, welche gestellt, doch waren sie zu keinem Ergebnis gekommen.

Wie verwunderlich.

Er schnaubte.

Natürlich kamen sie zu keinem Ergebnis, waren sie all die Zeit nicht, weshalb also jetzt? Valentin mochte der Beste auf der gesamten Akademie gewesen sein, doch auch er konnte sich nicht innerhalb eines Gespräches die Ergebnisse aus den Fingern saugen. Er war auch nur ein Mensch.

Ein Mensch wie die anderen.

Einer, der die Mauer erblickte und den Weg herum suchte, anstatt zu schauen, was genau dahinter lag. Ein verbohrter, dickköpfiger Mensch, der versuchte seine Meinung durchzusetzen. Aber kein Mensch, der über den Tellerrand sah.

Wieder einmal schüttelte er den Kopf, während er aufstand und das Büro hinter sich ließ. Er konnte am heutigen Tag nichts mehr tun, jetzt war die Forensik an der Reihe.

Ganz davon zu schweigen, dass sein Privatleben rief, denn wenn er nicht schnell zu Hause war, durfte er sich das die nächste Zeit anhören. Schließlich hatte er etwas versprochen und seine Versprechen hielt er.

Wenn auch deutlich verspätet.

Polizeipsychologe in seinem Team. Ein breites Grinsen schlich sich auf seine Lippen, unheilvoll, freudig, erregt. Wie ein kleines Kind, das endlich den lang ersehnten Lolli bekam. Endlich, endlich machte es Spaß.

Darauf hatte er die ganze Zeit, wenn auch nur unterbewusst, gewartet.

Auf seine Rückkehr.

SCHATTEN

Ein Lächeln schlich sich auf seine Züge, ungewollt, aber nicht unwillkommen. Ein Lächeln voller Wärme, voller Liebe und Zuneigung, fast schon besessen. Aber es war dennoch liebevoll, auch wenn es kaum zu erkennen war. Während der kleine Körper, welcher sich neben ihm befand, sich an ihn presste und ungeduldig an seinem Hosenbein zupfte. Vermutlich war es nicht nur Ungeduld. Langeweile traf es in diesem Falle wohl besser. Er verstand dieses ganze Prozedere nicht, wollte es auch überhaupt nicht verstehen, auch wenn er sich alle Mühe gab. Aber Geduld war noch nie seine Stärke gewesen.

„Wann gehen wir nach Hause?"

Auch wenn der kleine Mensch neben ihm nicht sonderlich davon angetan war, jeden Sonntag erneut den Weg in die heiligen Hallen finden zu müssen, so respektierte er es dennoch und ließ ihn in Ruhe.

Mit Bedacht unterdrückte er das aufkeimende Lachen, seufzte nur tonlos und öffnete langsam die Augen, welche bisher geschlossen waren. Seine Stirn ruhte auf dem Holz vor sich, das Gesicht auf seine Hände gestützt.

Dennoch konnte er dem Kleinen neben sich nicht böse sein, auch wenn dieser erneut an seiner Hose zog. „Papa?"

„Gleich, Chris ... gleich!" Seine Stimme war ruhig, leise und besonnen, warnte den Kleinen neben sich zur Vorsicht, mahnte ihn noch einen Moment ruhig zu bleiben und nicht ungeduldig zu werden.

Er spürte es mehr, als dass er es sah, das eingeschnappte Aufblasen der Wangen, doch Chris blieb still, verschränkte jedoch die Arme, um deutlich zu machen, dass seine ohnehin kurze Geduld aufgebraucht war.

Er jedoch ließ sich davon nicht aus der Ruhe bringen, schmunzelte vielmehr, da er nichts anderes erwartet hatte, und summte leise die Melodie, die ihm schon den ganzen Tag im Kopf hing.

Fort, gegangen, verloren,
sitze hier, wartend, hoffend.
Kniend betend,
Augen geschlossen, Hände gefaltet.
Leise Worte,
Sehnsuchtsvoll.
Als betender Sünder.

2. CHRISTINE

Es war früh am Morgen, zu früh, wenn es nach ihm ginge. Ging es allerdings nicht, es wäre ja auch zu schön gewesen, wenn er wenigstens an einem Morgen hätte ausschlafen dürfen. Nur leider sprachen mehrere Faktoren gegen einen ruhigen Morgen. Ein freilaufender Mörder war eine Sache davon. Ganz davon abgesehen, dass offensichtlich die Pflicht rief, welche ihn sowieso nie wirklich schlafen ließ. Der Fall schien Neues zu bringen, oder zumindest frische Erkenntnisse, welche er sich in der Pathologie abholen konnte. Nicht dass er wirklich glaubte etwas Neues zu hören, hatte er sich doch schon ein ziemlich gutes Bild machen können, als er den Jungen am Tatort gefunden hatte.

Oder zumindest dem Ort, an dem sie die Leiche gefunden hatten. Es war offensichtlich, dass der Junge nicht dort ums Leben kam.

Nun, ganz offensichtlich war es vielleicht nicht, doch er mochte es stark bezweifeln, dass dies der Tatort gewesen sein sollte. Dafür gab es zu viele Ungereimtheiten, zu viele aufkommende Zweifel und störende Details, die nicht in das Bild passten, die jeden Betrachter zweifeln lassen sollten, genau wie bei den anderen Opfern.

Es konnte einfach nicht der Ort sein, an dem die armen Seelen ihr Leben ließen.

Es passte einfach nicht.

Er wusste es.

Müde strich er sich also über das Gesicht und seufzte. Zwar hatte er überraschend gut geschlafen, doch war er noch die halbe Nacht auf gewesen und hatte mit seinen Gedanken gespielt. Vieles musste geplant, überdacht und wieder umgeworfen werden. Es gab deutlich zu viele Dinge, die nicht in das Bild passen wollten, es allerdings doch irgendwie mussten.

Abgesehen davon versprach sein leeres Bett schon seit Wochen nicht das zu liefern, wozu es ursprünglich gebaut wurde; erholsamen Schlaf und Entspannung für seine müden Muskeln. Er stand, vor allem seit dem gestrigen Tag, unter Strom. Die Erregung, die er verspürte wollte einfach nicht verschwinden, wollte er sie doch auch nicht ernsthaft loswerden. Dennoch, sie hielt sein Blut in Wallung und brachte ihn um den so dringend benötigten Schlaf. Wenn irgendetwas nicht nach Plan lief, irgendetwas aus der Reihe fiel, war alles ruiniert. Zwar hätte er vermutlich die Geduld, alles noch einmal neu zu beginnen, doch fehlten ihm dazu die benötigte Zeit und die Mittel. Schon ewig arbeitete er auf dieses Ziel hinaus. Das durfte nicht alles umsonst gewesen sein!

„Ich bin in einer halben Stunde da", brummte er noch ins Telefon, bevor er auf den roten Hörer tippte und es mit einem Schnauben zur Seite legte.

Noch einmal die Augen über sich selbst und die Situation verdrehend, stieß er ein erneutes Seufzen aus und schwang die Beine aus dem Bett. Er musste nicht einmal in den Spiegel sehen, um zu wissen, wie zerknittert er aussah, geschweige denn, um zu wissen, welche Muster das Kissen in seinem Gesicht hinterlassen hatte. Denn dafür spannte seine rechte Gesichtshälfte zu sehr, schrie gequält von der Nacht auf und ließ eindeutig den Wunsch verlauten, lieber nicht in den Spiegel zu blicken.

Kaum stand er, streckte er sich und wartete bis seine Knochen im gesamten Körper ein unwilliges Ächzen von sich gaben. Erst dann machte er sich auf den Weg ins Badezimmer.

Eine schnelle Dusche, um den Schweiß der Nacht sowie die restliche Müdigkeit aus seinen Knochen zu verbannen, das brauchte er jetzt. Ansonsten würde selbst er am Abend so in den Seilen hängen, dass er für nichts mehr zu gebrauchen wäre.

Leise tappte er in das helle Badezimmer, geblendet von dem Licht, welches ihm förmlich entgegen grinste als er den Lichtschalter betätigte, wenn auch nicht gerade sanft. Anlässlich der Begrüßung entließ er ein Murren aus seiner Kehle und drehte das Wasser in der Dusche auf.

Seine Shorts landeten im Wäschekorb, noch während er mit einem Bein in die heiße Dusche stieg. Doch kaum hatte er den Schaum auf seinem Körper verteilt, griff er blind zu dem Hahn und schlug ihn in die andere Richtung, nur damit das eiskalte Wasser auf seinen erhitzten Körper einschlug.

Ein Zischen drang aus seiner Kehle, wohlwollend und doch durchaus unwillkommen, denn jetzt war er zumindest wach und sauber. Sobald der Schaum seinen Körper verlassen hatte, beendete er seine morgendliche Dusche, trocknete sich ab und fand sich wieder in seinem Schlafzimmer, wo er, noch während er sich die Haare trocknete, vor den Kleiderschrank schritt.

Seine Uniform war leicht gefunden; eine schwarze Hose, das weiße Hemd sowie eine einfache schwarze Anzugjacke. Seine Marke heftete er an den Gürtel, seine Waffe landete im Holster an seiner Schulter. Normal mochte man ihm vielleicht nicht ansehen, dass er als Polizist arbeitete.

Denn wäre da nicht seine Marke, könnte man sein Auftreten durchaus auch als Anwalt oder dergleichen wahrnehmen, zumindest wurde ihm dies schon öfter gesagt. Auch wenn er es für lächerlich hielt. Nicht den Beruf, dieser war durchaus interessant, jedoch bevorzugte er persönlich die Arbeit direkt am Fall. Er fand es eher lächerlich, ihn nur durch den lockeren Anzug als Anwalt zu interpretieren.

Kopfschüttelnd sah er in den Spiegel, erblickte missbilligend die Augenringe und verschwand aus der Wohnung. Die Autoschlüssel im Anschlag brauchte er nicht lange zum Präsidium, vielleicht 10 Minuten, vorausgesetzt er fuhr vorschriftsmäßig. So jedoch brauchte er nur 5 Minuten, bevor er seinen Wagen parkte und mit weiten Schritten in Richtung Keller des Gebäudes verschwand.

Wenn auch mit Verspätung, da der Kaffeeautomat nicht aus der herrschenden Müdigkeit kam, fand er sich schnell bei seiner Pathologin ein. Es mochte fast schon selbstverständlich sein, dass er fast immer ein wenig zu spät kam, hielt dies seine Kollegen allerdings nicht davon ab, ihn missbilligend anzusehen.

Die Blicke waren jedoch schnell mit einem Schulterzucken seinerseits abgetan.

„Also Christine, was gibt es?"

Nichts, dass er nicht schon wusste.

Die Angesprochene sah ihn lange an, beobachtete seine Bewegungen, sah wie er den Kaffee an seine Lippen führte und sich danach über selbige leckte. Stille herrschte im Raum, einzig die Kühlung schnurrte im Hintergrund und das Licht flackerte. Es schienen Stunden zu vergehen, bis er die Augenbraue fragend hob und die Schwarzhaarige ein ergebenes Seufzen von sich gab.

Sie streckte sich merklich, bevor sie sich räusperte und den Blick wieder auf den abgedeckten Tisch vor sich lenkte.

Insgesamt schien er klinisch rein, blank poliertes Chrom, wenn man einmal von dem Körper darauf absah, welcher mit einem weißen Laken abgedeckt wurde. Es schien, als wollte jemand diesen klinisch reinen Eindruck bewusst stören, genauso wie diverse Details am Fundort der Leiche einfach nur störten.

Nicht dass man die Gerichtsmedizin mit dem Park gleichstellen konnte, jedoch gab es einfach ein paar Sachen, die nicht passten.

Unter dem Tuch lag die Leiche, der Junge, den sie am Tag zuvor gefunden hatten. Soweit sie schon wussten wurde er erstickt. Traumatisch in diesem Alter, traumatisch für die Eltern, welche noch informiert werden mussten, sobald sie den Jungen identifiziert hatten. Allerdings bezweifelte er stark, dass er sich an diesem Tag noch davor drücken konnte. Er spürte es schon in seinen Zehen, dass dieses Gespräch am heutigen Tag definitiv anstand.

Er wusste es. Eine Stimme in seinem Innersten schrie ihn geradezu an, dass es heute passieren würde.

Die junge Frau vor ihm zuckte noch einmal ergeben mit dem Mundwinkel, bevor sie langsam das Laken herunterzog und an seiner Hüfte zum Liegen brachte.

Der Junge war blass, zierlich gebaut, allerdings nicht mager. Er war schmal, hatte starke Augenringe, obwohl das markanteste Merkmal wohl die roten Haare waren, welche man in jeder Menschenmasse herausfiltern konnte.

„Er dürfte an die 8 Jahre alt sein." Mit diesen Worten eröffnete sie ihren Monolog mit einer Information, die nicht unbedingt neu war, allerdings war diese nun bestätigt. Es war keine blanke Vermutung mehr, nun war es eine Tatsache, die die Luft um sie herum noch schwerer machte und auch das gedimmte Licht verdunkelte sich bei diesen Worten noch weiter. Es war grausam so ein junges Leben vor sich zu sehen, blass und leblos.

„Allem Anschein nach war er schon längere Zeit Bedingungen ausgesetzt, die seinen Allgemeinzustand nicht unbedingt verbessert haben", fuhr sie fort.

„Definiere Bedingungen!", wies eine weitere Stimme sie freundlich, aber mit einem harten Unterton darin an.

Es war Scott.

Er warf diese Worte ein, hielt jedoch ebenso wie der Grauhaarige inne, als er von seinem Kaffee trinken wollte und blickte die Schwarzhaarige fragend an.

„Wenn ich aufgrund meiner Funde tippen müsste; Gefangenschaft und langsame Folter. Vermutlich nicht nur psychisch, vermutlich auch physisch."

Sie brach das Eis, über dem sie eben noch standen, und zwang sie alle ins kalte Wasser zu springen und die grausame Wahrheit zu sehen. Gefangenschaft allein war schon Folter genug, aber zusätzlich war es noch einmal etwas anderes. Kein normaler Mensch folterte einen anderen.

Wobei sie nicht hier wären, würde dies der Ursprung eines normalen Menschen sein.

Die junge Frau seufzte, streifte sich die Handschuhe über die schmalen Hände und fuhr fort, bevor sie die Nerven verlor. Denn auch wenn es ihr Job war, so war ihr deutlich anzusehen, dass es nicht alltäglich war, einen so jungen Körper vor sich zu finden. Jack konnte sie da zu gut verstehen. Dass Kinder entführt wurden, kam schon mal vor, aber nicht, dass sie so brutal gefoltert und ermordet wurden.

Dies blieb weiterhin eine Seltenheit, jedoch schienen sie in letzter Zeit auf eine regelrechte Goldgrube gestoßen zu sein und nur noch Seltenheiten zu bearbeiten.

„Die Knochen in den Fingern sind einzeln gebrochen, mit mehreren Stunden Abstand, vielleicht sogar Tagen dazwischen. Auch wenn sie relativ gut verheilt sind, was auf gute Behandlung zurückzuführen ist. Die Schulter wurde mehrere Male aus- und wieder eingerenkt …" Sie sprach weiter, zeigte immer wieder die lädierten Körperstellen und erklärte ihre Funde. Doch sie war noch nicht fertig, man sah es ihrem Gesicht an. Da war mehr. Wesentlich mehr!

Diese Infos würde keiner von ihnen hören wollen, keiner wollte sich ins Gedächtnis rufen, wie grausam die menschlichen Abgründe sein konnten. Doch sie mussten es hören, damit sie es rekonstruieren und nachvollziehen konnten, um schließlich das Monster, mehr war dieser Kerl nicht, zu fangen.

Sie schluckte merklich, als sie bemerkte, wie sein Blick auf dem Hals des Jungen hängen blieb. Er war gefesselt von dem Anblick, beugte sich unbemerkt näher, kniff die Augen zusammen und starrte eine ganze Weile darauf, schien einfach nicht auffassen zu können, was er dort sah, obwohl es so offensichtlich schien.

Seine Finger spannten sich an, krampften sich um den Becher in seiner Hand, zerdrückten ihn und durchschnitt damit die aufkommende Stille.

„Das sind …", entfuhr es ihm, doch er wagte es nicht den grausamen Gedanken auszusprechen.

„Bissspuren", flüsterte Christine in die ohrenbetäubende Stille hinein, die sich unmerklich im Raum ausgebreitet hatte. Am Zähneknirschen der Pathologin konnte er hören, wie angeekelt und zutiefst verstört sie war. Man sah es in ihren Augen, es hatte etwas in ihr zerbrochen, dieses Wissen.

„Bissspuren? Willst du mir gerade sagen, der Typ hat den Jungen angeknabbert?"

Unglaube war deutlich in der geschockten Stimme seines Kollegen zu hören. Der versuchte Witz half jedoch nicht, die Stimmung zu lockern. Nein, vielmehr spannte sie sich nun an, mehr als zuvor. Die Worte hingen über ihnen wie Schlachtbeile, die nur darauf warteten, von der Schnur gelöst zu werden und ihnen die Köpfe abzuschlagen.

„Wortwörtlich, er hat dem Jungen an mehreren Stellen Fleisch herausgebissen und, wenn ich es vermuten sollte, auch gegessen. Allerdings kann ich keinerlei Abdrücke nehmen, sie sind ausgebrannt, vermutlich, um die Wunden nachträglich zu verunstalten und zu verschließen, er hat nicht zugelassen, dass der Junge daran stirbt. Somit hat er auch verhindert, dass wir einen Zahnabdruck nehmen können, wodurch wir etwas gegen ihn in der Hand hätten." Während sie sprach, konnten die beiden Männer nur zu deutlich Wut und Ekel aus ihrer Stimme heraushören.

Christine war viel gewohnt, wie sie alle, schließlich arbeiteten sie im Morddezernat und ebenso wie er und Scott, versuchte auch sie alles Erlebte mit dem jeweiligen Fall abzuschließen und zu vergessen. Doch dieser Kerl schien es regelrecht darauf anzulegen, sie immer wieder daran zu erinnern, welche Abgründe es gab.

Stille.

Das Reißen hörte jeder von ihnen in seinem Kopf, die Schnur war zertrennt, ebenso wie die Köpfe von ihren Hälsen. Niemals hätte es auch nur einer von ihnen für möglich gehalten auf so etwas zu stoßen.

Es schien fast schon selbstverständlich, dass der Killer seine Opfer folterte, auch wenn er sich immer wieder andere Methoden überlegte. Aber Kannibalismus war etwas anderes.

Etwas Neues. Etwas, das noch tiefer in die menschlichen Abgründe hinunterführte.

Er schien sich ausprobieren zu wollen, zu testen und mit seinen eigenen Grenzen zu spielen. Als ob er ein Schachspiel vor sich hatte und alle Züge probierte, bevor er sich zu etwas entschloss.

Ein Schlucken war in der Stille zu vernehmen, trocken und kratzig, wie die Luft um sie herum. Es mochte einem fast selbst die Kehle zerreißen, da keiner von ihnen noch genug Speichel übrig hatte, um den Ekel hinunterzuspülen.

„Abgesehen davon hat er den Jungen noch …" Christine wollte und konnte nichts verschweigen, man sah es an ihrem Blick, wie viel Kraft es sie kostete, sie weiter auf die Reise zu führen, während sie voranging und die Fackel in der Hand hielt und sie ihr nur folgen konnten, tiefer in die Dunkelheit.

Noch immer fuhr Adrenalin durch seinen Körper, wenn er an das Meeting am Morgen dachte. Sein Blut kochte, raste aufgeregt durch seinen Körper und brachte die Erregung mit sich. Dieser Mensch, war ein Monster von der schlimmsten Sorte.

Ganz davon abgesehen, dass er sich offensichtlich nicht einig werden konnte, wie er seine Opfer umbrachte, musste er sie auch noch foltern, auf den grausamsten Wegen, die man sich vorstellen konnte. Es war ein Wunder, dass der Junge nicht schon zuvor gestorben ist. Natürlich hätte er dem Jungen einen schöneren Tod gewünscht, keine Wochen voller Qualen und Unwissenheit, wann diese Tortur beendet wäre. Doch der Mistkerl schien es förmlich darauf anzulegen seine Opfer am Leben zu erhalten, bis er seinen Spaß an ihnen verlor und sie beseitigte.

Er war … ein Künstler.

Jack wurde aus seinen Gedanken gerissen, als seine Tür aufgerissen wurde und sein Kollege ihn fragend ansah, bittend, ob er das Büro betreten durfte, als stünde er nicht schon drinnen. Eine Tatsache, die ihm einen missbilligenden Laut entlockte, doch er beließ es dabei und wedelte unbestimmt mit der Hand, ein Zeichen der Erlaubnis für den anderen sein Anliegen vorzutragen.

Hoffentlich nicht noch mehr schlechte Nachrichten. Denn wenn es nach ihm ginge, hatte er an diesem Morgen sein Soll für die gesamte nächste Woche schon erfüllt.

„Sebastian Miles, 8 Jahre. Es wurde jedoch erst vor 3 Wochen eine Vermisstenanzeige gestellt."

Er hörte die Worte, verstand und verarbeitete sie, jedoch konnte er sie nicht sofort einordnen und warf dem Jüngeren einen fragenden Blick entgegen. Seine Gedanken rasten, kreisten um die verschiedensten Dinge, alle den Fall betreffend. Den Fall, in dem sie kein Stück vorankamen.

„Der Junge", war alles, was der Braunhaarige noch hinzufügte und diese Info reichte ihm, um die Augenbrauen fragend zusammenzuziehen. Eine 3 Wochen alte Vermisstenanzeige, wenn der Junge schon vermutlich seit 3 Monaten verschwunden war, jedenfalls nach seinen Verletzungen zu schließen? Irgendetwas konnte da nicht stimmen, niemand meldete einen Jungen seines Alters erst nach drei Wochen für vermisst. Konnte es ein

Hinweis sein? Jedoch wurde dieser Gedanke innerhalb weniger Sekunden wieder vernichtet.

„Anscheinend gab es diverse familiäre Differenzen, das Jugendamt war involviert, hat jedoch noch mit den Ermittlungen bezüglich des Sorgerechts zu tun. Es schien, als hätten seine …" Der Braunhaarige blätterte in seinen Unterlagen auf der Suche nach der Antwort, die er eben suchte.

„… seine Geschwister Klage gegen die leiblichen Eltern eingereicht, doch nachdem sie seit Wochen nichts von ihm gehört hatten, haben sie eine Vermisstenanzeige gestellt."

Eine unfamiliäre Situation, nur Geschwister, die sich um ihn sorgten und nun tot? Nun, das war wahrlich kein erfülltes Leben, jedoch schien es perfekt genug für den Killer gewesen zu sein.

„Adresse?"

Er seufzte tief, die Mundwinkel nach unten gezogen und deutlich unwohl in seiner Haut starrte er auf den Wohnblock vor sich. Seine Hände waren um das Lenkrad gekrampft, unwillig loszulassen und seinen Weg zu gehen, den Weg der Schande, wie er ihn so gerne beschrieb.

Die Schande ein Leben nicht gerettet zu haben, Blut an seinen Fingern zu haben und den Zurückgebliebenen des verendeten Lebens seine Unfähigkeit präsentieren zu müssen. Er war kein sonderlich einfühlsamer Mensch, wenn es darum ging, den Hinterbliebenen mitteilen zu müssen, dass ein geliebtes Mitglied ihrer Familie anstandslos ermordet wurde und zum Schauplatz von Abscheulichkeiten wurde, welcher zu allem Überfluss auch noch der Öffentlichkeit präsentiert wurde. Dies hatte wohl keiner verdient.

Es brachte seinen Magen zum Schreien und beförderte die Galle in ihm nach oben, jedenfalls fühlte es sich jedes Mal wieder so an.

Nur heute war es anders. Er fühlte sich innerlich ruhig, zu ruhig. Sein Magen rebellierte nicht und seine Gedanken liefen nicht Amok aus Sorge, wie die Hinterbliebenen reagieren würden. Seine Atmung war gleichmäßig, nur sein Puls raste unter seiner Haut.

„Soll ich es übernehmen?"

Die Frage hatte einen sichtlich besorgten Unterton und er konnte seinen Blick förmlich auf sich spüren, er brannte sich unter seine Haut, setzte sich fest und war nicht abzuschütteln.

Er schüttelte den Kopf, sah zur Seite und sah seinen Mitfahrer ernst an.

„Es ist mein Job, so ungern ich es auch tu, aber es gehört dazu und ich sehe es als meine Pflicht sie persönlich über meine Unfähigkeit aufzuklären. Abgesehen davon bist du nur zur mentalen Unterstützung der Kinder da."

Seine Stimme war trocken und doch hatte sie einen sichtlich schneidenden Unterton. Wollte der andere seine Professionalität untergraben, wollte er ihm etwa stumm mitteilen, dass er ihn für unfähig hielt, diese Nachricht zu überbringen? Er war wesentlich länger in diesem Berufsfeld als der andere und es kratzte sichtlich an seinem Ego.

Braune Haare flogen umher, als der andere den Kopf schüttelte.

„Nein, tut mir leid", kam es schnell und auch entschuldigend von ihm, bevor er schnell ausstieg und darauf wartete, dass er ihm folgte.

Er seufzte noch einmal, sich selbst darüber bemitleidend, dass er den anderen mitschleppen musste. Wäre es nach ihm gegangen, wäre er alleine gefahren, doch der Psychologe hatte darauf bestanden mitzukommen und den beiden Jugendlichen Beistand zu leisten und diesen auch für die nächste Zeit anzubieten.

Würde er das in Zukunft bei allen Opfern machen, würde er vermutlich überhaupt nicht mehr zum Schlafen kommen, da er nur noch mit Trauergesprächen beschäftigt sein würde.

Doch ehrlich gesagt, hatte er es auch nicht anders von seinem Jugendfreund erwartet. Hilfsbereit und aufopfernd war er schon immer gewesen, er achtete nicht auf sich selbst und kümmerte sich nur darum, wie es anderen erging.

Als er die wenigen Stufen zur Eingangstür hochstieg, nahm er sich vor definitiv etwas daran zu ändern, er musste in Zukunft darauf aufpassen, dass Valentin mehr auf sich selbst achtete.

Die Klingel rauschte und er legte sein Gewicht auf seine rechte Hüfte, nun deutlich ruhiger in seiner jetzigen Position, auch wenn er nicht wusste, wohin mit seinen Händen. Also schob er sie, aufgrund fehlender Ideen, in seine Hosentasche. Jedoch rauschte noch immer das Blut in seinen Adern unruhig umher, gespannt darauf, was er erfahren würde.

Die Reaktion der Geschwister konnte er sich allerdings gut genug ausmalen, viel interessanter für ihn war, was sie ihm für neue Informationen liefern konnten, wenn sie es denn konnten. Dessen war er sich bei Weitem nicht sicher, aber die Hoffnung würde er nicht aufgeben.

Er seufzte tonlos und stieß die Luft aus seinen Lungen, als es hinter der Tür knallte und diese Sekunden später aufgerissen wurde, fragend und sichtlich irritiert, Menschen wie sie davor zu sehen.

Einen Beamten im Anzug und einen Menschen mit künstlerischer Geschmacksverirrung, wenn man die blaue Jeans und das locker karierte Hemd so bezeichnen wollte. Auch wenn es dem Braunhaarigen außerordentlich gut stand, passte es überhaupt nicht in das Gesamtbild des polizeilichen Psychologen.

„Guten Tag, mein Name ist Jack Black von der Jamestown Polizei und das ist mein Kollege Valentin Freey, dürfen wir hereinkommen?"

„Weswegen?"

„Es geht um ihren Bruder, Sebastian Miles."

SCHATTEN

Er lag auf dem Sofa, die Beine ausgestreckt, nur das linke war angewinkelt. Entspannt hatte er den linken Arm hinter dem Kopf, das Buch in der rechten Hand. Schweigend, die Ruhe in vollen Zügen auskostend, flogen seine Augen über die Zeilen, nahmen die Worte in sich auf.

Doch auch wenn er völlig entspannt war, so hatte der kleine Junge, welcher sich in diesem Moment trotzig auf ihn schmiss, weniger Geduld.

„Liest du mir etwas vor?"

Die strahlend blauen Augen groß, das Gesicht gespannt. Pure Neugier, purer Wissensdrang und endlose Weiten an Hoffnung war in ihnen zu sehen. Noch während der Frage hatte sich der Junge quer über ihn gelegt und es sich entspannt zwischen seinen Beinen gemütlich gemacht. Der Kopf ruhte auf seinem Bauch, doch er störte sich nicht daran.

Nur ein leises Seufzen entfuhr ihm, bevor er die Seitenzahl in Augenschein nahm, sie sich geistig notierte und das Buch schloss. Es brachte nichts, jetzt auf Durchzug zu stellen, Chris würde keine Ruhe geben, bis er ihm endlich vorlas.

Er verwöhnte ihn eindeutig zu sehr.

„Was soll ich vorlesen?" Die Frage kam interessiert, ruhig, aber deutlich blitzte Fürsorge in seinen Augen auf. Selbst wenn er wollte, konnte er dem Jungen nicht lange böse sein. Er war sein Kind, seine Familie.

Sein Werk.

Die Mundwinkel verzogen sich nachdenklich, angestrengte Falten bildeten sich auf dem Kindergesicht, bevor es sich deutlich aufhellte und er freudig seine Auswahl verkündete.

„Die Schöne und das Biest!"

Ein Schnauben entkam ihm. Amüsement, welches mit Kopfschütteln verbunden war, doch seine Mundwinkel zuckten verräterisch. Weshalb auch immer war es eine der liebsten Geschichten von dem Blonden, er liebte sie.

Wenn er nur wüsste.

„Schön."

Nur kurz gab er sein Einverständnis, deutete auf das dicke, kaputt gelesene Buch auf dem Tisch und nahm es in die Hand, sobald er es zwischen die Fingern bekommen hatte.

Grimms Märchen, eines der besten Märchenbücher, die es gab, wenn man von den verweichlichten Versionen des 20. Jahrhunderts einmal absah. Doch dies hier, das Buch in seinen

Händen, welches völlig zerrissen und zerlesen war, war ein Original.

Keine Verschönerungen, keine sagenumwobenen Wunder, keine bunt glitzernden Happy Ends. Einzig und allein die wahren Geschichten der Gebrüder Grimm.

Er hatte ewig gebraucht, um diese Version zu finden, war sie doch fast nicht mehr aufzutreiben, doch es hatte sich gelohnt. Chris liebte die bizarren, grauenhaften Geschichten, allen voran jene, in denen irgendjemand grausam zu Tode kam.

Es wäre zum Weinen, wenn ihn nicht genau das amüsieren würde. Sein Sohn interessierte sich nicht für eine bunte, glitzernde Welt, wie es die meisten Neunjährigen eigentlich taten. Er wollte Spannung, Intrigen, Verwünschungen und, wenn auch nicht immer, Tote.

So nah dran.

Noch einmal huschte ihm ein Lächeln über das Gesicht, da der Blondschopf ihn schon ungeduldig in die Seite zwickte, doch dann schlug er schon das Buch auf und räusperte sich.

Ding Dong.

Er wollte gerade ansetzen, als die Stille von der Türklingel zerrissen wurde. Während er noch verwundert die Augenbraue nach oben zog, erwartete er doch überhaupt niemanden, so fluchte der Blonde auf seinem Schoß wie ein Kesselflicker.

„Chris!"

Mehr Worte brauchte es nicht, um den Kleinen zum Schweigen zu bringen, auch sein strafender Blick zeigte Wirkung, denn als er das Buch zur Seite legte, um aufzustehen, stolperte der Blonde fast schon vom Sofa.

„Entschuldige … Papa." Nur leise drangen die Worte an seine Ohren, nur nebenbei nahmen seine Augen das Zittern des jungen Körpers wahr und nur unterbewusst legte er dem Kind die Hand auf den Kopf und strich ihm kurz durch das Haar.

„Geh in dein Zimmer."

Wer zur Hölle klingelte um diese Uhrzeit? Es war, höflich gesehen, viel zu spät für jegliche Art des Besuches, es sei denn man war jung und wollte unbedingt noch um die Häuser ziehen. Nur war dies eindeutig nicht der Fall.

Noch vor der Tür vernahm er das leicht nervöse Trippeln seines Besuchs, rhythmisch und unverändert, seit er ihn zum letzten Mal gesehen hatte. Seine Mundwinkel gingen nach unten, sichtlich unzufrieden mit diesem Besuch.

Doch sein Herz schlug aufgeregt gegen seinen Brustkorb, verriet ihn und pumpte das Blut durch seine Adern. Das Wasser des Lebens rauschte in seinen Ohren, vibrierte durch seinen ganzen Körper und versetzte ihn in Ekstase.

Aufgeregt leckte er sich über die trockenen Lippen und hielt das Schmunzeln zurück. Vielleicht war er doch nicht ganz so unzufrieden mit diesem Besuch.

Gib acht, pass auf.
Lass dich nicht verführen,
von einem Lächeln aus Gold.

3. RICHTER

Ein Lächeln schlich sich auf sein Gesicht, als er das Handy zur Seite legte, breit, tief und ehrlich, jedoch auch mit einer Spur Zynismus und Wut. Doch lange hielt es nicht an, wurde er sich nur zu schnell bewusst, wo er sich befand und vor allem mit wem.

Jack hatte relativ schnell aufgelegt, nachdem er sich verabschiedet hatte, mit der Information sich so schnell wie möglich vor Ort einzufinden. Schließlich hatte er nicht vor, diese ganze Sache länger aufzuschieben als es unbedingt nötig war. Es war schon ironisch genug diese Nachricht zu hören, zumal er sich noch Gedanken darüber machen musste, wie genau er darauf reagieren sollte.

Einerseits war er amüsiert darüber, aber auf der anderen Seite drohte die Wut ihn zu überwältigen, denn ganz sicher hatte er so etwas nicht erwartet. Jedenfalls nicht so und nicht zu diesem Zeitpunkt.

„Schule?"

Die Frage stand relativ schnell im Raum, schwerwiegend und belastend, doch er schnaubte nur amüsiert und lehnte sich mit verschränkten Armen zurück. Es war fast schon vorauszusehen, dass der andere auf sein Display gesehen hatte, als der Anruf durchkam, doch ebenso schnell konnte er ihm antworten.

„Ja. Der Sohn eines Freundes ist krank geworden und müsste abgeholt werden."

„Weshalb rufen Sie nicht die Eltern an?"

„Sie sind verreist", war alles, was er sagte und passend dazu mit den Schultern zuckte. Was sollte er auch sonst dazu sagen? Es war vielleicht nicht der beste Zeitpunkt oder die tollste Möglichkeit an die frische Luft zu kommen, aber er würde sie gern wahrnehmen. Seit Valentin und er von den Geschwistern des Opfers zurück waren, drohte er an seinen zurückgehaltenen Gefühlen zu ersticken.

Es war schwierig in wirklich jeder Situation den logischen Betrachter zu spielen. Zu oft konnte man Gefühle und Situationen nachvollziehen, nachempfinden, vielleicht sogar verstehen. Doch sein Job war es einen kühlen Kopf zu bewahren und die ganze Geschichte logisch zu betrachten, um die Lösung zu finden. Auch wenn es ihm immer recht einfach fiel.

So viel Leid, so viel Liebe und so viel Schuld, die die beiden ausgestrahlt haben, raubten ihm die Luft zum Atmen und brachten sein karges Frühstück dazu, wieder das Licht des Tages zu erblicken und den zerknüllten Notizzetteln in seinem Papierkorb Gesellschaft leisten zu wollen. Natürlich war er solche Gespräche gewohnt, er kannte sie und führte sie seiner Meinung nach viel zu oft, um davon noch würgen zu müssen.

Doch die beiden Geschwister hingen so extrem an ihrem kleinen Bruder, dass es schon herzzerreißend, ja fast greifbar war. Wenn er ehrlich zu sich selbst war, war er dankbar gewesen, dass Valentin zu diesem Zeitpunkt bei ihm war. Er hatte nicht die nötige Geduld, geschweige denn genügend Einfühlungsvermögen, um mit so einer Situation umzugehen.

Auch wenn er den Bruder recht schnell stoppen konnte, alles und jeden in der Umgebung auseinanderzunehmen, so war die Schwester doch ein anderes Kaliber. Denn während sich der Bruder darauf beschränkte seine Wut auf diverse Möbel abzuladen, so war sie durchaus gewillt ihre Wut an ihnen auszulassen. Einzig Valentin war es irgendwie möglich gewesen, das Mädchen irgendwie zu beruhigen, denn Jack hätte sie in Ketten gelegt.

Es hatte zu viel Zeit und zu viele Nerven gekostet, beide zu beruhigen und sie davon zu überzeugen, dass sie allein nichts gegen den Mörder würden ausrichten können und diesen Fall lieber der Polizei überlassen sollten. Natürlich konnte Jack die beiden verstehen, leider viel zu gut, doch das hatte in diesem Moment nicht seinen Platz.

Kopfschüttelnd strich er sich durch seine grauen Haare und seufzte, bevor er seinen Blick wieder zu Valentin schweifen ließ. Der Mann schien die Ruhe selbst zu sein, jedenfalls wenn man ihn nicht kannte. Sein Bein wippte ungeduldig, sein Zeigefinger klopfte tonlos und rhythmisch auf seiner Akte und sein Blick war leer. Er dachte nach, in welche Richtung seine Gedanken gingen, konnte er jedoch nicht sagen.

„Haben sie dich als Notfallkontakt angemeldet, wenn sie nicht da sind?"

Verwirrt blinzelte der Ältere kurz, bevor er sich wieder ins Gedächtnis rief, an welcher Stelle ihr Gespräch geendet hatte, kurz bevor er selbst in Gedanken versunken war. Den Kopf schief gelegt sah er den anderen an, unschuldig und unwissend, was genau er von ihm wollte.

„Scheint so", meinte er also lahm und zuckte mit den Schultern. Es machte ihm nichts aus ab und an auf den Rabauken aufzupassen, schließlich gehörte er fast schon zur Familie. Abgesehen davon war es nicht das erste Mal, dass er auf den Jungen aufpasste, aber das konnte Valentin nicht wissen.

Der Braunhaarige summte nachdenklich und sah ihm tief in die Augen, bevor er den Mund öffnete, jedoch noch einen Moment wartete, bevor er die Worte sprach, die ihm auf der Seele zu liegen schienen.

„Du … warst noch nie der Typ, der gut mit Kindern zurechtkam."

„Man findet sich ein, wenn man in die Rolle gedrückt wird."

„Scheint so, hm?"

„Was genau denkst du, Valentin?"

Wärme machte sich in seinem Magen breit, schien seine Innereien zu verbrennen und in den Abgrund zu reißen, jedoch nicht unbedingt negativ. Der andere machte sich Gedanken, Gedanken um ihn, und er kam nicht umhin Gefallen daran zu finden.

Es war schon damals faszinierend gewesen, wie schnell sich der Braunhaarige Sorgen um ihn machte. Jedoch hatte er damals nicht viel Zeit diese Tatsache zu genießen. Viel zu schnell wurden sie auseinandergerissen und konnten das, was auch immer zwischen ihnen war, nicht erforschen.

Doch wenn Jack es zuließ, dann wusste er es schon längst.

Der Angesprochene zuckte leicht zusammen und grinste ihn an.

„Ich kann mir einfach nicht vorstellen wie du mit einem Kind umgehst." Erheiterung ging von dem Jüngeren aus und brachte ihn dazu die Mundwinkel nach unten zu ziehen. Beleidigt sah er den anderen an, doch auch der leichte Stich in seiner Brust machte sich bemerkbar. Natürlich, er, der kleine Kinder hasste wie die Pest, bekam eines aufs Auge gedrückt, weil die Eltern im Urlaub waren. Selbstverständlich war dies erheiternd, doch es machte ihm nichts aus, er hatte sich schließlich selbst angeboten.

„Ich habe den Vorschlag gemacht auf ihn aufzupassen", brummte er nur, zog die Augenbrauen wütend zusammen und stand auf. Er musste schließlich los, wenn er ihn abholen wollte, bevor noch etwas Weiteres passieren konnte. Ganz zu schweigen von der Tatsache, dass ihn der Junge an seinen Bruder erinnerte, einer der Hauptpunkte, weswegen er sich um ihn kümmerte. Allerdings verspürte er nicht die geringste Lust darüber zu reden, der andere musste es nicht wissen.

„Jack, warte doch! So habe ich das nicht gemeint, ich …!"

Doch die Worte gingen unter, als er einfach nur die Glastür hinter sich zufallen ließ und aus dem Revier lief. Er wollte seine Entschuldigungen nicht hören, auch wenn es ihn erheiterte, wie schnell sich der Psychologe Selbstvorwürfe machte. Eine Eigenschaft, welche eigentlich völlig fehl am Platze war und doch machte gerade sie den Braunhaarigen liebenswert.

Er brummte etwas, das einem tödlichen Fluch gleichkam und verdrehte die Augen, bevor er sich auf den lederbezogenen Fahrersitz fallen ließ und den Motor zum Schnurren brachte. Er brauchte Ruhe und musste nachdenken.

Welche Reaktion war angemessen?

Es war nicht so, dass er nicht schon mit einem bestimmten Gedanken spielte, doch wog er noch immer ab, ob es der richtige Zeitpunkt war. Doch weshalb nicht? Es schien definitiv so weit zu sein, wenn es schon dazu kam.

Er seufzte tief, bevor er auf das Schulgelände fuhr und sich innerlich auf das Gespräch vorbereitete, welches er vor sich hatte. Von Begeisterung geschweige denn von Lust konnte man allerdings nicht sprechen.

„Du blutest."

Irritiert sah er auf und blickte in dunkle Seelenspiegel, bevor er diesen folgte und auf seine Hand sah. Kurz zog er die Augenbrauen zusammen, dachte nach, doch schnell zuckte er einfach mit den Schultern und schob sich den Zeigefinger zwischen die Lippen.

Jedoch konnte er den fragenden Blick förmlich spüren. Natürlich, er war eine geschlagene Stunde weg und kam blutend wieder im Revier an. Dabei hatte er gesagt, er würde nur den kranken Sohn eines Freundes von der Schule abholen. Der Braunhaarige war definitiv zu neugierig und genau das würde ihn irgendwann letztendlich das Leben kosten. Ein Gedanke, der Jack gar nicht gefiel und er ihn deshalb schnell beiseiteschob.

„Ich musste noch eine Laterne basteln und habe mich geschnitten." Die Worte kamen völlig unbekümmert über seine Lippen und er scherte sich auch keinen Deut darum, wie diese ankamen.

„Eine Laterne …?"

„Halloween?!"

Das stumme „Oh" konnte man förmlich sehen, bevor es einem Lachen wich und der Freey sich peinlich berührt am Hinterkopf kratzte. Doch dann hellte sich das Gesicht wieder auf und man sah, dass anscheinend ein Schalter umgelegt wurde.

„Ich habe darüber nachgedacht, über was wir gestern geredet haben", meinte er dann auf einmal völlig an dem ursprünglichen Thema vorbei, doch ihm sollte es recht sein, es machte ihm nichts aus. Viel eher stimmte es ihn froh, sich nicht weiter Vorträge anhören zu müssen, wie unfähig er angeblich sei, sich um Kinder zu kümmern. Nicht dass er es abstreiten wollte, jedoch war dies kein Thema, welches ihm Freudensprünge entlockte.

„Und auf welche Ideen bist du gekommen?" Die Frage kam ihm recht neutral über die Lippen, wobei er die geringe Neugier daraus jedoch nicht verbannen konnte. Er war neugierig, verdammt und wie! Wenn Valentin irgendetwas herausgefunden hatte, was sie übersehen hatten, konnte es möglicherweise einen Durchbruch im Fall bedeuten.

Allerdings bezweifelte er das Ganze.

„Nun …" Der Jüngere seufzte, straffte seine Schultern und lief neben ihm her, während er auf dem Weg zum Kaffeeautomaten war. Er schien sich zu sammeln und zu überlegen, wie er seine Ideen ausdrücken sollte. Jack ließ ihm die Zeit, innerlich jedoch brodelte die Neugier wie ein Vulkan kurz vor dem Ausbruch.

„In Anbetracht dessen, was er seinen Opfern antut, bezweifle ich, dass er völlig wahllos handelt. Er sucht sich die Opfer gezielt aus und … nun, bestraft sie in einem Maß, das in seinen Augen völlig gerechtfertigt ist."

Die braunen Augenbrauen wurden nachdenklich zusammengezogen, der Kaffee, den er dem Psychologen dabei in die Hand drückte, wurde nicht einmal wirklich beachtet. Er hingegen schwieg, dachte über die Worte nach, während er darauf wartete, dass auch der zweite Becher endlich einmal fertig wurde.

„Also ein selbst ernannter Richter?"

„Ja und nein."

Ein Seufzen zerriss den Raum und man sah dem Jüngeren deutlich an, dass er nicht wusste wie er seine Gedanken formulieren sollte. Es schien kompliziert, doch Jack vermutete worauf er hinauswollte.

„Er … Er macht sich Gedanken, plant und entscheidet, welches Strafmaß der vorliegenden Anklage gerecht wäre."

Die Hände des Freeys, jedenfalls die Freie davon, flog in der Luft umher, untermalte seine Worte und auch seine Augen strahlten Sicherheit aus. Seine Stimme war nicht mehr so zögerlich wie zuvor, war er sich doch nun seiner Worte sicher und machte sich nicht mehr zu viele Gedanken darum, wie es klang. Schließlich sprachen sie von einem Mörder, da hatte man keine Zeit auf nette Worte oder Höflichkeiten zu achten.

„Jedoch ist er Richter, Anwalt und Henker zugleich. Er entscheidet, wer eine Straftat begangen hat und inwiefern diese zu bestrafen ist. Ebenso führt er sie selbst aus."

„Er tötet nicht wahllos."

„Nein, sondern gezielt!"

36

„Also müssen wir herausfinden, welche Person mit allen unseren Opfern zu tun hatte."

Der Braunhaarige nickte, erleichtert darüber, dass seine Idee so gut angenommen und auch verstanden wurde. Wenn man ihn sich genauer ansah, schien er die gesamte Nacht nicht geschlafen zu haben, stattdessen schien er sich Gedanken gemacht zu haben, welche er entweder wieder verwarf oder neu ordnete, bis er zu einem schlüssigen Ergebnis kam. Zumindest verrieten ihm das die Augenringe um Valentins braune Augen.

Vermutlich war auch der Schreibtisch des Jüngeren nicht unbelastet von dieser Nacht und brach unter Notizen zusammen, welche dieser sich die ganze Nacht über gemacht hatte, während er nebenbei jede noch so kleine Information aus den Akten und aus seinem Wissen herausfilterte.

Jack kam nicht umhin zu lächeln. Stolz machte sich in ihm breit. Stolz darüber Valentin in seinem Team zu haben, Stolz darüber eventuell Fortschritte zu machen, Stolz ihn wieder an seiner Seite zu wissen. Denn auch wenn Jahre vergangen waren und ihre Beziehung sicher nicht mehr so eng war wie damals, so spürte er doch deutlich, dass sich das langsam wieder änderte. Und das erfüllte ihn mit einer gewissen Wärme in seinem erkalteten und gegenüber anderen abgestumpften Herzen.

Der Grauhaarige zog sich einen neuen Kaffee, hatte er den ersten doch noch während Valentins Ausführungen geleert und sah zur Seite. Der Freey schien vor Stolz zu platzen, oder jedenfalls um drei Nummern zu wachsen, denn das Grinsen und die leichte Röte wichen nicht aus seinem Gesicht.

„Wir sollten uns zuerst die Arbeitgeber vornehmen …" Er sprach nur leise, murmelte es fast schon dem Automaten entgegen, während er wartete und nachdachte. Der Gedanke war gut, weshalb sie selbst noch nicht darauf gekommen waren, war ihm vollkommen schleierhaft in diesem Moment. Doch dieser Typ schien einfach zu wahllos und zu unkonzentriert zu töten. Ohne jedes Muster, keine Spur hinterließ er dabei. Nicht eines seiner Opfer stimmte mit den anderen überein, weder waren sie verwandt noch bekannt. Auch die Todesursachen und

Zustände der Opfer waren jedes Mal völlig unterschiedlich und doch grausam.

Es war zu verzwickt, zu zufällig, als dass man auf eine Verbindung schließen würde. Sie alle waren bisher davon ausgegangen, dass die Opfer lediglich Pech hatten, in das Ziel zu geraten. Sie waren wahllose Opfer, die einen schlechten Tag des Mörders erwischt hatten. Ganz davon abgesehen, dass es keine Eingrenzung des Alters zu geben schien.

Sebastian war zwar mit Abstand der Jüngste seiner Opfer, doch hatte er auch eine Akte auf seinem Schreibtisch, dessen Inhaber das stolze Alter von über 50 aufweisen konnte. Demnach ist niemandem diese Idee gekommen. Wer vermutet auch so etwas? Mord zur ausgleichenden Gerechtigkeit, dass er nicht lachte! Er schnaubte bei diesem Gedanken und entnahm der Maschine seinen ersehnten Kaffee. Sie mussten sich an die Arbeit setzen, wenn sie irgendwann mal noch Ergebnisse haben wollten.

Auch wenn es vermutlich noch viel zu lange dauern wird, bis dieses Monster endlich hinter schwedischen Gardinen saß. Nur weil sie einen Verdacht hatten, lief es leider nicht gleich auf den Mörder hinaus. Nein, das wäre viel zu schön und zu einfach gewesen. Menschen logen, um andere zu schützen oder sich selbst. Selten waren sie bereit Auskünfte zu geben, die ihnen wirklich weiterhalfen.

Jack warf noch einen kurzen Blick über die Schulter, fing den Blick des Psychologen ein und schritt voraus. Sie hatten genug Arbeit, die auf sie wartete, und er wollte so pünktlich wie möglich zu Hause sein.

SCHATTEN

Die Tür schlug hinter ihm leise ins Schloss, kündigte seine Anwesenheit an und doch herrschte Stille im Haus. Nichts schien darauf hinzuweisen, dass noch jemand hier lebte. Nur die Uhr tickte im Takt, ließ sich nicht aus der Ruhe bringen und vollbrachte stolz ihren Job.

Wirklich nichts wies auf die dunkle Aura hin, die ihn umgab und Unheil ankündigte. Er hatte es schon vorausgesagt, hatte es umgesetzt und wurde offenbar enttäuscht.

„Chris!" Seine Stimme knallte wie ein Peitschenhieb durch die Dunkelheit, auch wenn er alles andere als laut gesprochen hatte, war die Stille so endgültig, dass sie seine Worte weiterleiten würde als wäre es eine ehrenvolle Aufgabe.

Die Dunkelheit war ein treuer Begleiter, seit Jahren der einzige Freund an seiner Seite auf den wirklich Verlass war. Doch nun musste er ihn aussperren, dem Licht Einlass gewähren und ihr die Chance geben sich zu beweisen.

Noch während seine Hand am Schalter ruhte, hörte er die tapsenden Schritte, welche die Treppe herunterliefen und auf ihn zuhielten. Sie waren leise, zögernd und doch zielstrebig genug, um keine Angst zu verströmen.

Der Ärger war vorbei, es konnte nichts mehr passieren. Er war in Sicherheit. All dies strahlten die Schritte aus und auch er gab sich nicht die Blöße Aggression zu zeigen, ging ruhig in die Hocke und hielt dem Kind seine Hand entgegen.

„Hallo, Papa."

„Hallo, Chris." Er hielt seine Stimme ruhig, ließ nicht zu, dass sein Unmut sich darin spiegelte. Er war unzufrieden über den Jungen, hatte er sich doch offensichtlich versteckt aus Angst vor seiner Rückkehr. Doch überlegte er noch, ob ihm dies eine Strafe wert war.

Der Blonde brauchte keine Angst vor ihm haben, jedenfalls nicht, wenn er nichts Schlimmes angestellt hatte.

Schweigen umgab ihn und das blonde Kind neben sich. Seine Wut war ihm anzusehen, doch dies war nicht alles. Seine Gefühle waren gespalten. Einerseits war es Wut, andererseits jedoch hielten Stolz und Liebe dagegen. Seine Schuld und auch die Angst drückte er zur Seite, hatte er nicht die Zeit sich auch noch darum zu kümmern.

Dennoch …

So sollte es nicht kommen, so war es nicht geplant gewesen, nicht so früh. Stolz hin oder her, es war keinesfalls seine Intention ihn in diese Welt zu holen, jedenfalls nicht auf diesem Weg. Er sollte ein stummer, akzeptierender Zuschauer sein und nicht die Hauptfigur auf der Bühne, die von dem Scheinwerferlicht geblendet und von Rosen überschüttet wurde.

Stummer Zuschauer, der applaudierte, dies war sein Platz!

Und doch schien der Junge nichts dergleichen vorzuhaben. Er sprang von seinem Stuhl auf, stieß die Schauspieler zur Seite und erkämpfte sich seinen Platz im Rampenlicht.

„Papa, ich ..."

„Ich will jetzt nichts hören, Chris!" Er blaffte den Jungen an, strafte ihn für seine Schuld. Doch den Jungen traf keine Schuld, jedenfalls nicht die ganze. Was eröffnete er ihm auch eine Welt, in der er nicht spielen sollte. Dies war seine eigene Schuld, er hatte das Tor geöffnet und die Tür nur angelehnt gelassen, eine Einladung für jeden neugierigen Geist.

Vielleicht hätte er sie wirklich abschließen sollen.

Doch er konnte nicht.

Er spürte es mehr, als dass er es aus dem Augenwinkel sah, wie der Blondschopf zusammenzuckte und sich tiefer in den Sitz drückte. Er seufzte tief und strich sich durch die Haare.

Was tun, was tun?

Stumm stiegen sie beide aus dem Auto, gingen zum Haus und schenkten ihren Füßen die Freiheit. Allerdings gab er dem Blonden keine Chance dazu, zu verschwinden. Er sah wie sich die kleinen Muskeln anspannten und er drauf und dran war in seinem Zimmer zu verschwinden, doch seine Hand auf der Schulter hinderte den Jungen daran.

Das Zusammenzucken spürte er, doch er überging es. Er lotste ihn in die Küche, schob ihn regelrecht vor sich her, doch er schwieg. Noch einmal rief er seine Gedanken zur Raison, bevor er anfing in einer der vielen Schubladen zu suchen.

Kaum hatte er gefunden, was er suchte, erhob er seine Stimme, jedoch ruhig und warm. Er würde den Jungen nicht anschreien.

„Chris, du wolltest doch immer eine Katze, oder?"

Er drehte sich um, sah in die blauen Augen, welche voller Unglauben aufgerissen wurden. Er sah ihm seine Gedanken an. Machte er Witze, wollte er ihn verarschen? Doch der Erwachsene blieb ruhig und starrte den Jüngsten an, abwartend.

Doch lange sollte er nicht warten, bevor er ein zartes Nicken bekam,
sowie ein kleines Lächeln. Sein Mundwinkel zuckte deutlich nach oben,
während er in die Knie ging und etwas zwischen sie auf Augenhöhe hielt.
„Wie wäre es, wenn wir uns eine kleine Katze zulegen?"
Da war wieder der dunkle Unterton, der deutlich davon zeugte, was
er wirklich davon hielt. Doch seine Augen waren weiterhin auf die strah-
lend blauen Seelenspiegel gerichtet, welche ihn ungläubig ansahen.

Er hockte sich seufzend hin, öffnete die Arme und zog den
kleinen Körper an sich heran, erlaubte ihnen beiden kurz die
Wärme des anderen zu genießen. Doch lange hielt die intensive
Umarmung nicht an, da er Chris wieder etwas von sich schob.

Jedoch hob er im selben Moment dessen Kinn an, drehte es
sanft zur Seite, besah sich seine roten Wangen. Sie waren entzün-
det, was ihn nicht überraschte, es war abzusehen, jedoch würde
Chris daran nicht zugrunde gehen.

Sein Blick haftete intensiv an den blauen Augen, nahmen sie
genau in Augenschein, doch er konnte keine negativen Emotionen erkennen. Jedenfalls keine starken, die Wärme und Liebe in
ihnen überwog deutlich. Dennoch lag ein fieberhafter Schim-
mer über ihnen, was ihm nicht sonderlich gefiel.

„Wie geht es meiner kleinen Katze?"

Lügenmärchen, bunt geschmückt,
gleiten leicht von deinem Gesicht.
Du wirst zahlen, büßen, leiden müssen,
denn lichter Lügenmeer auch mal verlischt.

4. FREUNDE

Der Tag hatte auch für ihn früh begonnen, was unter anderem daran lag, dass er kaum schlafen konnte. Seine Gedanken kreisten immer wieder um den Fall, mit welchem er betreut wurde, kreisten um den Täter und seine eventuellen Beweggründe. Er konnte nur Vermutungen anstellen, seine Ideen zusammenfassen und ihnen zusehen, wie sie ins Bild passten oder eben nicht. Der sinnvollste Gedanke, der ihm kam, war die Version des ausgesuchten Mordes. Nach all den Akten, die er die Nacht über durchwühlt hatte und auch am Tag zuvor mit Jack durchgegangen war, erschien es ihm fast offensichtlich. Was ihm allerdings nicht in den Sinn kam war der Grund für diese Opfer. So sehr er sich auch darüber sein Hirn zerbrach und überlegte, bis sein Hirn heiß lief, nein, er fand ihn nicht. Vor lauter Kopfschmerzen vom Denken hatte er sich schließlich mit einem nassen Waschlappen auf der Stirn ins Bett fallen lassen. Er hatte so versucht seinem Hirn eine Pause zu geben, die sein Körper aber nicht annahm und sich lieber weiter mit dem Problem beschäftigte. Letzten Endes war genau das der Grund für seine schlaflose Nacht gewesen.

Soweit sie, nach einigen Recherchen, wussten, hatte sich keiner dieser Menschen etwas zuteilwerden lassen, was einen Mord rechtfertigen würde. Zumindest nach ihrer Ansicht, aber offensichtlich hatte der Täter etwas gesehen, was einen Mord als ausgleichende Gerechtigkeit verlangte. Nicht dass ein Mord jemals gerechtfertigt war, sie waren immer auf schwache Geister zurückzuführen, welche die eigene Gerechtigkeit ausüben wollten, in dem banalen Gedanken ihre Ruhe zu finden.

Mord war keine Sache, die zu Gerechtigkeit führte, führte er schlichtweg zum Verdrängen von Gedanken und Gefühlen. Sie halfen die eigene Unzulänglichkeit zu vergessen, zu verschleiern und vor sich selbst zu verstecken. Nicht selten waren die Täter psychisch labil und lebten in ihrer eigenen Welt, welche sie sich mühsam aufgebaut hatten.

Er hatte in seiner relativ kurzen Laufbahn als Polizeipsychologe noch keinen Täter erlebt, dessen Grund zum Mord er wirklich hätte nachvollziehen können oder wollen. Natürlich war er nicht frei von diesen Gedanken, jemanden den Tod zu wünschen, jedoch setzte er es nicht um und stellte im Nachhinein fest, dass er sich um Banalitäten gesorgt hatte.

Ein Mord wog schwer und doch schienen es sich einige, besonders er, zum Hobby gemacht zu haben, diese zu perfektionieren, sich auszutesten, um zu sehen, wo er landete. Und dadurch hatte er sie in das ewige Katz- und-Maus-Spiel gezogen, wohl wissend, dass er ihnen immer mindestens einen Schritt voraus war.

Es war einfach nicht normal, Menschen in solche Situationen zu bringen, in denen sie um ihr eigenes Leben fürchten mussten. Dennoch, es war sein Job diesen Gedanken auf den Grund zu gehen und gleichzeitig war es seine Pflicht, nicht in diesen Strudel von Gefühlen hinab gesogen und verschlungen zu werden, ihnen gar selbst zu verfallen.

Es kam durchaus vor, dass er eine Auszeit beantragte, Abstand zum Geschehen brauchte, um nicht selbst verschlungen zu werden von diesem schwarzen Abgrund, an dessen Rand er sich stetig bewegte. Er war weiß Gott kein unbeschriebenes Blatt, aber er weigerte sich rigoros in diesen Schlund zu treten und dort zu verweilen. Hatte er einmal einen Fuß drinnen, so sah er oft zu, dort wieder herauszukommen, um nicht vollständig zu versinken.

Es gab immer die Chance den Rücktritt anzutreten, sehr zu seinem Glück oft eher als es nötig war, denn viele Täter waren leicht ausfindig zu machen und zu neutralisieren. Doch er hatte ein schlechtes Gefühl im Magen, schon seit er wieder zurück war, nahm ihn dieses Gefühl ein. Es hatte sich wie ein Schleier um ihn gelegt, begrüßte ihn mit permanenter Anwesenheit und strafte ihn mit bleierner Schwere.

Verstärkt wurde dieses Gefühl nur ab dem Tag, an dem er diesen Auftrag annahm und er befürchtete darin zu versinken. Dieser Mensch war keinesfalls wie seine bisherigen Fälle, nicht leicht, nicht durchschaubar und immer wieder zu etwas Neuem aufgelegt. Er kam nicht dahinter, aber er wusste, dass dieser Fall seine Seele kosten könnte. Es war genau dieser Moment, vor dem Valentin sich am meisten fürchtete. Der Moment, an dem er in den Abgrund gerissen wurde und nicht mehr herauskam.

Er war ein Papierboot, welches unweigerlich von den strömenden Massen des Wassers gezogen wurde, unfähig selbst den Kurs zu bestimmen, war er auf die Gnade der Natur angewiesen. Doch hier konnte ihm die Natur nicht helfen, er musste um das Steuer kämpfen, um die Macht es rechtzeitig herumzureißen. Er konnte nur zu allen guten Geistern beten, aus genau diesem Strudel schnell genug verschwinden zu können ohne ihm selbst anheimzufallen. Es fiel ihm schwer, diese Gedanken zuzulassen, zu erlauben, dass sie wirklich existierten. Aber sie taten es, seit Jahren. Immer wieder fielen sie über ihn her, machten sich über ihn lustig und verspotteten ihn regelrecht.

Sie schienen zu schreien, an seinen braunen Haaren zu ziehen, sich an ihn zu heften und es war unmöglich sie gänzlich abzuwaschen. Immer wieder erwischte er sich selbst dabei, zu überlegen, was passiert wäre, wenn er anders gehandelt hätte. Was mit seiner Seele geschehen wäre, würde er seinen Gedanken nachgeben und ihnen die gebotenen Wünsche erfüllen. Sein restlicher Körper quittierte diese Gedanken immer mit einem Schütteln und einem kalten Schauer, der ihm über den Rücken lief.

Es erfüllte ihn zeitgleich mit Genugtuung, diesen widerstehen zu können und Angst, ihnen irgendwann zu verfallen, da er es gewagt hatte, sich zu sehr auf die Psyche eines Mörders einzulassen. Trotz allem war es ein Job, sein Job. Er war grausam und gefährlich, nicht selten hörte man von anderen Kollegen, dass sie im Zuge ihres Berufes eingebrochen waren, im Eis versunken und von der Dunkelheit verschlungen.

Denn wenn es nötig war, musste man gänzlich in die Gedanken und Gefühle des Gesuchten eintauchen, um ihn zu verstehen und seine nächsten Schritte vorauszuplanen. Doch es war ein Spiel mit dem Feuer, denn kam man aus diesem Kreis der fremden Gedanken nicht wieder heraus, verpasste den Moment die Mauern zu ziehen, so nahm man diese Gedanken selbst an und wurde zur gesuchten Person, ohne dass man es eigentlich wollte.

Valentin hatte bei Gott genug Gründe in diesen Abgrund zu steigen und ihn zu ergründen, seine Tiefen zu erforschen und eine Karte anzufertigen, die einem den Weg ins Licht zeigte. Er wusste selbst, dass es seiner durchaus naiven Art zu verdanken war, dieser bisher nicht zum Opfer gefallen zu sein.

Es ärgerte ihn.

Seine eigene Naivität stand ihm schon oft im Weg, hatte ihm Streiche gespielt und ihm Dinge vorgegaukelt. Aber es war ein Charakterzug, den er nicht ablegen konnte, immer an das Gute im Menschen zu glauben und davon überzeugt zu sein, dass jeder gerettet werden konnte.

Er verzog die Lippen zu einem missmutigen Strich, presste sie zusammen und funkelte die Akten vor sich wütend an. Der Braunhaarige wusste selbst wie leichtgläubig er sein konnte, wusste nur zu gut, dass es ihn eines Tages den Hals kosten würde. Doch für diesen Fall musste er diese Idiotie ablegen, er musste sich konzentrieren und, leider, sich völlig auf diesen Wahnsinnigen einlassen. Und das bedeutete sich weiter in den Abgrund hineinzuwagen und den schützenden Rand hinter sich zu lassen. Aber nicht nur mit dem Fuß hinein, nein, Valentin würde mindestens zwei Schritte in diesen Abgrund laufen müssen, wenn nicht sogar noch weiter als ihm lieb wäre.

Denn er wusste einfach nicht, was dessen Antrieb war. Banale Rache war zu simpel, zu einfach. Dafür spielte der andere zu gern, warf ihnen Brotkrumen entgegen, die keiner deuten konnte. Er veranstaltete eine Schnitzeljagd, die jede Fantasie überstieg, es überstieg ihren Geist das Gesamtbild zu erkennen und genau das brachte sein Blut in Wallung. Adrenalin pumpte durch seine Venen, brannte vor lodernder Wut.

Er wusste es.

Er würde nicht aufgeben, keine Ruhe geben, bevor dieser Mensch gefasst wurde und genauso wenig würde dieser Mensch aufhören zu morden, bis zu dem Tag, an dem sie ihn stellten und endlich in die Zelle verfrachteten. Wobei Valentin gestehen musste, dass dieses Loch für diesen Psychopathen nicht tief genug war, selbst der tiefste Bergwerksschacht war es nicht. Nein, wenn es nach ihm gehen würde, dann würden alle diese Monster bis an das Ende ihrer Tage niemals wieder das Licht der Sonne erblicken. Oder er plante den großen Akt mit einem Selbstmord zu beenden, leider nichts Ungewöhnliches. Doch das würde er nicht wagen, dass war er nicht. Dieser Abgang wäre viel zu feige für einen Menschen wie ihn, er liebte die Bühne, liebte den Showdown, das Spiel. Er würde nicht alles inszenieren, nur um dann zu verschwinden.

Jedoch wollte auch Valentin ihn lebend fassen, er wollte in sein Gesicht sehen, in seine Augen. Er wollte mit eigenen Augen sehen und mit eigenen Ohren hören, was diesen Menschen antrieb diese Dinge zu tun, all diese grausamen Dinge, die er seinen Opfern antat.

Was verbarg er, was musste er erleiden, um so zu werden?

Der Dunkelhaarige schrak aus seinen Gedanken, als er das gequälte Geräusch des missbrauchten Papiers in seiner Hand vernahm. Zuerst völlig verwirrt blickte er auf den Zettel, welcher völlig zerknüllt in seiner Hand aufzufinden war, und schüttelte den Kopf. Er sollte wirklich aufhören so in Gedanken zu versinken.

Ein Seufzen verließ seine Lippen, bevor er seine verkrampfte Hand öffnete und das Papier vorsichtig glättete.

Es waren nur weitere Papiere, in dem schier unendlichen Berg, ein weiteres Blatt, welches ihm keinen Aufschluss auf den Charakter des Gesuchten gab. Es machte ihn wahnsinnig nicht zu wissen, was den anderen antrieb, oder überhaupt eine kleine Idee zu haben, nach wem er suchte.

Ein Grollen verließ seine Lippen, bevor er sich endgültig von seinem Schreibtisch abstieß und sich mit seinem Stuhl nach hinten rollen ließ. Erneut funkelte er den Berg Papier wütend an, bevor er noch einmal schnaubte und dann aufstand.

Ein Blick auf die Uhr hatte ihm verraten, dass es Zeit war zu duschen. Am Morgen war er nicht dazu gekommen und nun sputete er sich, denn eigentlich wollte er sich in knapp einer Stunde wieder mit Jack treffen. Nach dem Gespräch am Morgen hatte er ihn nicht mehr gesehen, er hatte ihn letzten Endes einfach stehen gelassen, schon wieder.

Sein Blick verdunkelte sich merklich, als er wieder daran dachte, wie oft er seit seiner Rückkehr von dem anderen einfach stehen gelassen wurde. Es wurmte ihn regelrecht, mit so offensichtlichem Missfallen gestraft zu werden. Ein weiterer Gedanke schlich sich in den Vordergrund seines ausgedörrten Gehirns, war diese Art etwa eine neue Verhaltensweise von Jack? Wandte er sich einfach ab, wenn ihm etwas nicht passte? War er wirklich so sehr auf seinen Platz und die damit verbundene Kontrolle fixiert?

Schließlich war es damals nicht sein Wunsch gewesen in die Staaten zu gehen, jedoch mehr als notwendig, um den benötigten Abstand aufzubauen, den er zu diesem Zeitpunkt dringend gebraucht hatte. Wäre er hiergeblieben, wäre er gänzlich zerbrochen und man hätte die Scherben nicht wieder zusammensetzen können.

Er riss das Haarband grob aus seinem Haar, warf seine Sachen achtlos in den Wäschekorb und stieg unter die Dusche um sich endlich zu waschen und erneut wachzurütteln. Sein Magen verriet ihm deutlich, dass der Tag länger werden würde als er hoffte, abgesehen davon würde ihm erneut eine schlaflose Nacht bevorstehen.

Er spürte es regelrecht.

Trotz allem glitten seine Gedanken wieder zu dem morgendlichen Gespräch mit dem Grauhaarigen. Er passte also auf ein Kind auf, ungewöhnlich, wenn er seine Vergangenheit bedachte. Doch das war es nicht, was ihn an diesem Gedanken störte. Es war vielmehr sein Blick gewesen, den Blick, den er bei dem Telefonat gesehen hatte. Zwar hatte der Black es abgewunken und mit einer Erkältung des Kindes entschuldigt, doch so recht konnte er es nicht glauben.

Er wollte es nicht glauben. Was er gesehen hatte, war wie die zwei Seiten einer Medaille, allerdings beide Seiten zur selben Zeit.

Es war nicht möglich, dass Augen solche Funken sprühten, Funken voller Wut, Abscheu, Hass und gleichzeitig leuchteten vor Stolz und Liebe. Es war einfach nicht möglich und doch war er sich sicher, all diese Gefühle in diesem kurzen Moment gesehen zu haben. Auch wenn ein Gesicht, wie so oft, nichts verraten hatten, so waren die Augen des Älteren schon immer aufschlussreich gewesen, wenn man sie deuten konnte. Das hatte er trotz seiner Zeit in den Staaten nicht verlernt. Er konnte in Jacks Augen noch immer mehr sehen, als der Grauhaarige bereit war zu erzählen.

Also, was steckte wirklich dahinter? Weshalb passte Jack auf dieses Kind auf, obwohl es ihm so offensichtlich gegen den Strich ging, dass es schon wieder gelogen war? Man sah es ihm an, die Liebe zu diesem Kind, doch er verleugnete sie.

Wie lange passte er wohl schon darauf auf? Wie eng war er mit den Eltern befreundet? Oder war es vermutlich am Ende sogar wirklich sein eigenes Kind? Doch wieso verheimlichen, war doch nichts dabei, schließlich waren sie alle erwachsen, niemand würde ihm den Kopf abreißen, wenn sein Kind Mist baute und er es abholen musste. War die Mutter noch bei ihm?

Irgendwie störte ihn der Gedanke an eine Frau in Jacks Leben.

Er seufzte, schrubbte sich hart das Shampoo aus dem Haar und stieg aus der Dusche, hatte er noch zuvor das Wasser aus seinen Haaren gedrückt, so schüttelte er sich nun wie ein Hund, um die letzten Reste zu vertreiben. Wie üblich drehte sich kurz alles vor seinen Augen, doch er gab sich einen Moment und griff dann zum Handtuch, um sie nun anständig zu trocknen und auch seinen Körper einer angenehmen Massage mit dem weichen Stoff zu gönnen.

Ein letztes Mal seufzte er, sah in den Spiegel und grinste sich selbst zu, auch wenn dies nicht seine Augenringe vertrieb, geschweige denn den allgemein müden Ausdruck in seinem Gesicht, welcher ihn um einige Jahre älter wirken ließ, als er eigentlich war.

Jedoch hatte er im Gegenzug zu anderen noch keine grauen Haare.

Er grinste, nun ehrlich amüsiert, bei diesem Gedanken. Früher hatte man den Black mit diesen Worten prima reizen können, gefiel es diesem doch absolut nicht als alt betitelt zu werden, nur weil er von Geburt an graues Haar vorzuweisen hatte.

Kopfschüttelnd schlang er das Handtuch um seine Hüfte und tapste in sein Schlafzimmer, um sich für den verbleibenden Tag und seine Arbeit anzukleiden. Jetzt wich wieder das Lächeln aus dem Gesicht, einzig und allein, weil ihm der abschätzige Blick des Älteren wieder in den Sinn kam und er schnaubte beleidigt. So schlimm waren seine Sachen am Tag zuvor bei Weitem nicht gewesen, wirklich nicht. Doch der andere neigte zu Übertreibungen und war schon immer dafür bekannt, jede Art von Kleidung abzuwerten, wenn es sich um keinen Anzug handelte. Er schüttelte den Kopf und verdrehte seine Augen, öffnete die Holztüren und sah sich suchend um. Allerdings war, sehr zu seiner eigenen Überraschung, das weiße Hemd schnell gefunden, hatte er es doch nicht in die hinterste Ecke geschmissen. Auch eine Jeans war schnell gefunden, welche sich fast schon wie eine zweite Haut an ihn schmiegte, das Hemd hingegen hing ihm lässig um den Körper. Ob er es zugeben wollte oder nicht, aber so langsam schien er sich doch Jacks Geschmack anzupassen. Der Braunhaarige seufzte, gut vielleicht tat er dies auch nur, damit der andere ihn nicht immer einfach stehen ließ.

Zweifelnd zog er die Augenbraue nach oben, besah sich kritisch im Spiegel und wollte gerade festlegen, sich doch wieder umzuziehen, als sein Handy nach Aufmerksamkeit verlangte. Er seufzte ergeben, verdrehte die Augen nach oben und nahm das Gespräch mithilfe des grünen Hörers an.

„Freey."

…

„Was, Wo?"

…

„Ich bin in 15 Minuten da." Mit diesen Worten legte er auf, starrte aus dem Fenster und konnte nicht glauben, was er soeben gehört hatte.

Ein Mord, schon wieder von ihm. Noch dazu am helllichten Tag, niemand hatte zuvor die Leiche bemerkt und nun war sie einfach aufgetaucht und versetzte Kinder in Panik. Wäre die Tatsache, eine neue Leiche zu finden, nicht schon schlimm genug, so gruselte ihn viel mehr der Fundort.

Er biss sich auf die Unterlippe, hart und unnachgiebig, bis diese riss und er das Blut schmecken konnte. Warmer Eisengeschmack breitete sich in seinem Mund aus und riss ihn aus seinen Gedanken.

Wie der Blitz schnappte er sich seinen Kaffeebecher, dessen Inhalt in der Zwischenzeit vermutlich in der Eiszeit gelandet war, seine Schlüssel und verschwand aus dem Haus. Wenn er wirklich in 15 Minuten da sein wollte, musste er sich beeilen.

Den Kaffee ignorierte er vorerst, konzentrierte sich auf die Straße, blendete völlig seine, noch immer feuchten und offenen Haare sowie seine Erscheinung aus. Es war ganz und gar nicht typisch für ihn, in solcher Kleidung, geschweige denn mit offenen Haaren in die Öffentlichkeit zu treten, doch diese peinliche Erkenntnis musste für den Moment definitiv nach hinten geschoben werden.

Er konnte es einfach nicht fassen.

Immer wieder schüttelte er den Kopf, in der banalen Hoffnung diese Gedanken zu vertreiben, doch es funktionierte nicht und sie nahmen ihn immer und immer wieder ein. Wie sollte das möglich sein? Die Leiche den gesamten Tag zu übersehen und nun wurde sie gefunden. Oder spielte er ihnen einen Streich und er hatte diese Person spontan getötet? Nein, nein, das konnte nicht sein.

Das entsprach nicht seinem Profil, das wäre nicht sein Charakterzug. Er sucht aus, entscheidet, foltert. Er plant lange im Voraus, also war es keine spontane Aktion. Doch wie brachte man so etwas zustande? Hatte er sie vielleicht schon den ganzen Tag dort gelagert, nur versteckt und es in einem günstigen Moment freigelegt? Das Ganze so offensichtlich, dass alle es übersahen, denn schließlich wollte keine direkte Aufmerksamkeit im Rampenlicht. Nein, er wollte aus sicherer Entfernung die Wirkung seines Werkes bestaunen.

Nein, auch das würde nicht passen. Er inszenierte seine Opfer immer auffällig unauffällig und so offensichtlich, dass er sie nicht verstecken musste, es war nicht seine Art zu spielen. Er wollte schließlich, dass sie gefunden wurden, er wollte diese

Aufmerksamkeit. Also musste er eine Gelegenheit genutzt haben, um sie dort zu deponieren und war genau so unauffällig wieder verschwunden, nur auf den Moment wartend, bis sie entdeckt wurde.

Der Braunhaarige trat auf die Bremse, schnaubte genervt und trommelte ungeduldig mit den Fingern auf seinem Lenkrad herum. Erst als die alte Dame endlich die Güte hatte, die Straße endlich vollkommen überquert zu haben, hörte er damit auf und fuhr weiter, vollkommen auf den Fall fixiert.

In wenigen Minuten konnte er sich selbst von seiner Theorie überzeugen, schließlich war er bei der letzten Leiche erst am Ende zugegen gewesen. Nun jedoch war er von Anfang an dabei, da man ihn gleich angerufen hatte und auch Jack würde 15 Minuten brauchen, oder 20, wenn sich sein Tick, sich ständig zu verspäten, nicht geändert hatte.

Er wurde überrascht, als der Ältere tatsächlich pünktlich mit ihm auftauchte. Vielmehr war er sogar vor ihm da und stieg gerade aus seinem Auto, als Valentin neben ihm parkte. Vor Überraschung zog er die Augenbraue in die Höhe, schwieg allerdings und griff sich nur seinen Kaffee, um sich dann zu seinem Kindheitsfreund und Kollegen zu begeben.

„Jack …"

„Valentin."

„Haben wir schon Informationen?"

„Die möchte ich mir gerade abholen." Der letzte Satz kam fast schon genervt über die Lippen des Polizisten, der Braunhaarige wusste nur nicht, weshalb. Wegen seiner Frage bestimmt nicht, es wäre durchaus möglich gewesen, dass der Ältere schon nähere Informationen am Telefon erhalten hatte. Also war er möglicherweise bei irgendetwas unterbrochen worden?

Er ignorierte diese Frage vorerst, schloss sich schweigend dem anderen an und trat langsam auf das große Gelände, steuerte auf den abgesperrten Bereich unter den Bäumen zu. Er kannte diesen Ort, kannte ihn viel zu gut und er wollte hier nicht sein.

Seine Mundwinkel zuckten leicht, als er seinen Blick schweifen ließ über die rote Backsteinfassade der Hauswand, über die vielen Fenster, das große Tor und den gepflasterten Hof. Die Sonne strahlte das Haus an, brachte damit die Illusion auf, es würde in Flammen stehen. Er wünschte es würde genau so sein, doch leider stand sie noch immer, ihre alte Schule. Er hatte einen perfiden Ort gewählt. Nicht nur, dass er damit Kinder erschreckt hatte, nein, er hatte sie auch wieder in ihre eigene Vergangenheit geführt. Aber das konnte er nicht wissen, oder etwa doch?

Er verzog das Gesicht und hielt schützend die Hände über dem Kopf verschränkt, während er darauf wartete, dass die anderen Schüler endlich fertig waren, ihn wegen seinen abgetragenen und kaputten Sachen zu treten. Er wartete einfach darauf, bis diese Tortur beendet war und er ein paar Löcher mehr zu seinen Sachen zählen konnte, da sie auch nicht gerade sanft an ihnen zogen.

Er war zwar bei Weitem nicht auf den Mund gefallen und sprach oft wie ihm der Schnabel gewachsen war, doch einer deutlichen Übermacht war auch er unterlegen und musste es einfach über sich ergehen lassen.

„Oh Gott, mach, dass es endlich aufhört!"

Als hätte er sein stummes Gebet gehört, ließen die anderen murrend von ihm ab und beschwerten sich lauthals, man hätte sich gefälligst aus den Angelegenheiten anderer herauszuhalten.

Deutlich irritiert von den Worten, doch mit einem Blick, dem alles egal war, hob er den Kopf, nur um geradewegs auf einen grauen Haarschopf zu starren. War sein erster Gedanke noch, seit wann sie einen kleinwüchsigen, alten Lehrer hatten, so riss er schnell den Mund auf, um sich selbst zu verteidigen.

„Ich brauch keine Hilfe, ich komm schon allein klar!"

„Na, das sah aber gerade nicht so aus." Der trockene Ton verwunderte ihn. Trotz der offensichtlichen Tatsache, dass dem anderen sein Ausbruch egal war, hörte er doch deutlich Amüsement heraus, was ihn noch mehr verwirrte.

„Willst du jetzt ewig da unten sitzen?"

Er schnaubte, kniff die Augen zusammen und starrte den Rücken des anderen wütend an.

„Ich hab doch gesagt, ich brauch keine Hilfe!", brauste er erneut auf, nur um noch verstörter dreinzublicken als sich sein ,Retter' endlich die Gnade gab und sich herumdrehte. Statt in das gealterte Gesicht irgendeines Rentners zu starren, sah er ein junges Gesicht, welches deutlich zu einem Schüler gehörte, welcher vielleicht 2, maximal 3 Jahre älter war als er selbst.

„Starr mich nicht an, wie den großen bösen Wolf!" Der wütende Kommentar riss ihn abermals aus seinen Gedanken und endlich schaffte er es aufzustehen und trotzig die Arme zu verschränken. Vor dem Kerl würde er ganz sicher nicht klein beigeben. Es war einfacher sich gegen einen zu wehren, als gegen eine Gruppe von vier oder fünf Leuten.

„Ich starre nicht."

„Tust du wohl."

Er knurrte, beleidigt von der Tatsache, dass der andere anscheinend immer recht behalten wollte und mit deutlicher Genugtuung über ihm stand. Es fuchste ihn einfach, wieder derjenige zu sein, auf den jemand heruntersah. War er es nicht wert oder was?

„Auch wenn ich Sie wirklich nicht gebraucht habe", fing er mürrisch an, blitzte den anderen an und holte Luft um seinen Satz zu beenden *„Danke …!"*

Denn auch wenn er nicht klein beigeben wollte, so wusste er dennoch, wann es Zeit war sich zu bedanken. Der andere ließ ihn schließlich in Ruhe, wenn man davon absah, dass er immer recht behalten wollte.

„Jack."

Kurz schüttelte er den Kopf, blinzelte verwirrt, bevor sich doch endlich ein freches Grinsen auf seinen Lippen breitmachte. Mochte er auch noch so eingeschnappt sein, so war er einfach nur glücklich darüber, dass der andere vor ihm stand. Vielleicht konnten sie Freunde werden.

„Valentin." Seine Stimme war warm, begleitet von dem noch immer anwesenden Grinsen auf seinem Gesicht. Voller Zuversicht streckte er dem anderen die Hand aus, wartete gespannt auf dessen Reaktion.

Sein Gegenüber schien verwirrt über seinen Stimmungsumschwung, sah ihn skeptisch an, bevor sein Blick zweifelnd zu seiner Hand glitt. Dann sah er ihn erneut an, nur um wieder zu seiner Hand zu sehen.

Ein Seufzen durchdrang die aufkommende Stille.

Dann ergriff er seine Hand.

SCHATTEN

Er seufzte tief auf, strich sich durch das Haar und blickte den Jungen neben sich an. Dieser hatte sich an seine Seite gekuschelt, müde die Augen geschlossen und schien im Traumreich zu schweben. Jedoch schien das leichte Fieber diese Träume zu stören, durchbrach sie wie ein Monster, welches tobte und alles um sich herum zerstörte.

Sein Mundwinkel zuckte aufgrund der Referenz zu diesem allzu passenden Bild in seinen Gedanken. Es war doch abzusehen gewesen, dass Chris einige Eigenarten von ihm übernehmen würde, wenn er nicht ernsthaft versuchte, diese zu verstecken. Jedoch machte es ihm jetzt im Nachhinein weniger aus als in dem Moment, in dem er es erfahren hatte.

Wieder seufzte er auf, strich dem Blonden vorsichtig durch das Haar und griff einmal mehr zu der Creme auf dem Couchtisch. Er nahm etwas von der Salbe auf und strich sie dem schlafenden Jungen auf die entzündete Wange, jedenfalls auf die Seite, die er erreichen konnte.

Gänzlich würde es nicht verschwinden, niemals, dafür hatte er gesorgt und das wusste auch Chris. Doch war dieser im ersten Moment geschockt und ängstlich gewesen, hatte er sich überraschend schnell mit seinem Schicksal angefreundet und trug sie nun mit Stolz.

Er schüttelte den Kopf über sich selbst. Vermutlich hatte er es deutlich bei seiner Erziehung übertrieben, doch er liebte den Jungen so wie er war und der Junge liebte ihn, also konnte es überhaupt nicht verkehrt sein.

Dennoch musste er etwas unternehmen, damit sein Junge nicht noch von der Schule verwiesen wurde und sich gänzlich alle zum Feind machte. Er musste ihn unter Kontrolle bekommen, ihn und seine kindliche Neugier.

Waren seine Mundwinkel bis eben noch unten gewesen, zeugten von seinem Missmut und seiner verstimmten Laune, so glitten sie nun langsam, aber sicher in die Höhe und ließen ihn förmlich leuchten.

Er hatte da noch ein kleines Experiment am Laufen, es wäre perfekt für Chris. Bei diesem Experiment konnte er üben, sich austoben und seine gesamte Neugier befriedigen.

Es war optimal und auch er würde seinen Spaß haben.

Ein schönes Spiel.

Er nannte es: Spiel mit dem Tod.

Schlaf tief und fein,
schlaf ganz schnell ein.
Der Mond scheint hell,
die Nacht schaut rein.
Sterne tanzen stumme Lieder,
schwerer werden deine Glieder.
Schlafe tief, schlafe ein,
das Paradies nicht fern ist dein.

5. PUZZLE

Ein Schauer durchfuhr ihn und er zuckte unwohl zusammen, während er den Griff um seinen kalten Kaffeebecher verstärkte. Schule war noch nie wirklich seine Sache gewesen, hier in Jamestown. Abgesehen von den Schülern, welche ihn regelmäßig heruntergeputzt hatten, weil er nicht vieles hatte, so waren auch die Lehrer nie begeistert von ihm gewesen. Wenn man einmal davon absah, dass er ständig und überall nach hinten in die dunkelste Ecke gesetzt wurde, sodass man ihn gewiss übersah oder auch von den schlechten Noten, da seine Abgaben „verschwanden", so schmerzte es damals am meisten, dass sie ihn einfach grundsätzlich ignorierten. Er hatte es damals schnell aufgegeben, die Prügel zu melden, er log ja sowieso, um Aufmerksamkeit zu bekommen.

Erst als er Jack kennengelernt hatte, hatte sich die Lage etwas gebessert. Der Ältere wurde respektiert, von allen, einige hatten sogar Angst vor ihm, etwas das er nie nachvollziehen konnte. Natürlich war der Grauhaarige nie sonderlich gesprächig, sprach er doch so gut wie nie über sein Privatleben. So merkte man umso stärker, dass er seine Freunde beschützte, er hatte es schließlich oft genug erlebt, denn er war der Einzige, der ihn vor der Prügel bewahrte oder rettete, wenn er doch wieder hineingeraten war.

Freunde, Valentin hatte es damals nicht fassen können, dass ausgerechnet der Black sein Freund war und ihm half mit allem fertigzuwerden. Nur als er ihn am meisten gebraucht hatte, konnte er nicht für ihn da sein. Allerdings konnte er ihm daraus keinen Strick drehen, niemand von ihnen hatte wirklich eine Chance gehabt, gegen die damaligen Umstände anzukämpfen. So war er sehr schnell auf sich allein gestellt gewesen.

Wenn er nur annähernd etwas über den Black gewusst hätte, wäre er mehr für ihn da gewesen, aber er konnte es nicht wissen.

Kopfschüttelnd seufzte er auf und lockerte den Griff, wenn auch nur minimal. Es behagte ihm nicht hier zu sein, überhaupt nicht. Alles in ihm schrie danach zu verschwinden, doch er hatte eine Aufgabe zu erfüllen, ganz gleich wie sehr sich sein Inneres sträubte hier zu sein. Auch wenn er ewig nicht hier gewesen war, so ärgerte es ihn doch enorm, noch immer so empfindlich zu reagieren. Eigentlich hatte er gehofft, mit diesem Kapitel abgeschlossen zu haben. Dass er diesen Teil seiner Vergangenheit endlich hinter sich gelassen hatte.

Doch die Ungewissheit, die mit dieser Umgebung auf ihn zurückkam, ließ ihn zittern.

Noch immer hatte er keine Antworten auf die offenen Fragen.

Valentin zuckte leicht zusammen, als er eine Hand an seiner Schulter spürte und sah irritiert zur Seite, blickte in dunkle Iriden und verlor sich sogleich in deren Anblick. Die dunklen Augen hielten ihn fest, waren sein Fels in der Brandung und verhinderten, dass er sich im Strom seiner Erinnerungen verlor.

Wärme wurde von ihnen ausgestrahlt, wenn auch versteckt und kaum erkennbar, aber definitiv vorhanden. Kein anderer würde es erkennen, aber er sah es direkt. Ein Umstand, der ein leichtes Lächeln auf seine Lippen zauberte, auch wenn es sich verkrampfter anfühlte, als es sein sollte.

Er hob seine linke Hand und legte sie auf die des Grauhaarigen, welche auf seiner rechten Schulter ruhte, drückte sanft zu und schloss leicht die Augen.

„Es geht mir gut."

Die Worte waren nur leise, aber ehrlich. Solange er Jack an seiner Seite hatte, würde er diesen Fall überstehen und sich nicht im Strudel der Gefühle verlieren, welche ihn in die Tiefe zu reißen drohten. Jack war hier an seiner Seite und würde ihn, vermutlich genau wie damals, kaum allein lassen. Zumindest hoffte er es.

Der Ältere grunzte leicht, ihm war deutlich anzusehen, dass er ihm nicht glaubte, jedoch beließ er es dabei und drückte noch einmal seine Schulter, bevor er von ihm abließ und sich wieder zum Tatort bewegte.

Der Braunhaarige sah ihm noch einen kurzen Moment nach, bevor er ein tiefes Seufzen ausstieß und ihm folgte. Er konnte sich nicht ewig drücken, er brauchte die Gewissheit und die

Informationen, welche sich vor ihm befanden, sie mussten in diesem Fall weiterkommen, ganz gleich wie.

Der Fall hatte nichts mit der Vergangenheit zu tun, aber auch so spürte er den Zug in seinem Magen, der ihm sagte, dass mehr dahintersteckte, als er ahnte. Er musste, wollte diesen Fall lösen, bevor Schlimmeres geschah.

Er war wenige Schritte hinter Jack als er stehen blieb und diesem über die Schulter sah, den Blick auf die Leiche gerichtet und wünschte sich im selben Moment, es nicht getan zu haben. War er noch eben im Begriff gewesen, den kalten Kaffee an seinen Lippen anzusetzen, so riss er nun die Augen auf. Seine Hände zerdrückten den Becher, welcher nun bereitwillig seinen Inhalt über seinem weißen Hemd verteilte. Ein Japsen entkam ihn und er trat unfreiwillig einen Schritt zurück.

Bilder rauschten vor seinen Augen vorbei, Worte klingelten in seinen Ohren, doch er schüttelte sie energisch, mit einem heftigen Kopfschütteln, ab. Er schob sämtliche Erinnerungen, die versuchten auf ihn einzustürmen, noch energischer beiseite. Nein, er durfte sich nicht vom Strudel aus Gefühlen und Erinnerungen mitreißen lassen! Er musste wach und konzentriert bleiben, um diesen Fall zu lösen.

„Bianca Kumil?"

Er kniff die Augen zusammen, sammelte sich und trat nun näher an die Leiche heran, sie genau betrachtend, doch sein erster Eindruck bestätigte sich nur, als Scott den Kopf hob und den Ausweis der Leiche in der Hand drehte, sodass er den Namen lesen konnte.

„Ja, kennst du sie etwa, Valentin?"

Er stieß die Luft aus, hockte sich schließlich neben den anderen und spürte Sekunden später, wie sich Jack ebenfalls zu ihnen gesellte. Seine Mundwinkel waren genauso nach unten gezogen wie seine, nur sah man auf dem Gesicht des Älteren nicht eine Regung. Dieser betrachtete die Leiche stoisch, wie einen x-Beliebigen, den sie gerade auf der Straße aufsammelten. Es irritierte Valentin, auch wenn er es von ihm kannte, doch nach all den Jahren zeigte er noch weniger Emotionen als damals.

„Nun … ja. Von früher." Er wählte die Worte sorgsam, auch wenn es nicht unbedingt nötig war, schließlich hatte er die Frau seit Jahren nicht gesehen, was er doch sehr begrüßte. Er konnte sie nie sonderlich ausstehen, was definitiv auf Gegenseitigkeit beruht hatte. Sie hatte seine Schulzeit zur Hölle gemacht, selbst ihr damals gutes Aussehen hatte ihn nicht täuschen können. Sie war der sprichwörtliche Wolf im Schafspelz gewesen. Ein durchtriebener Charakter, der sich hinter einer schönen Fassade versteckte. Zielgerichtet nahm sie sich das, was sie wollte, ganz gleich, zu welchem Preis und meistens war er derjenige gewesen, der darunter zu leiden hatte.

Doch wenn er sie jetzt betrachtete, tat sie ihm einfach nur leid. Ihr Gesicht war völlig eingefallen, die Sachen viel zu groß. Selbst ohne geschultes Auge erkannte er, dass sie abgenommen hatte, sehr. Doch er wollte stark bezweifeln, dass sie am Ende verhungert war, das würde nicht ins Profil passen.

Zwar quälte der Gesuchte seine Opfer, folterte sie, doch sie verhungern lassen? Nein, das passte überhaupt nicht. Zumindest nicht nach ihren bisherigen Informationen. Er versorgte sie, hielt sie systematisch am Leben. Auch wenn es durchaus möglich war, jemanden kontrolliert verhungern zu lassen, wäre es doch zu sanft, zu feinfühlig und zu nett.

Er schüttelte sich kaum merklich, als ihm dieser Gedanke kam. Es kam ihm fast natürlich vor, diese Schlüsse zu ziehen und er wusste, was es bedeutete. Er ließ sich auf seinen Gegner ein, fand sich in seine Psyche ein. Es gefiel ihm nicht sonderlich, das tat es nie, aber es war notwendig. Eine leise Stimme meldete sich leise in seinem Hinterkopf, erinnerte ihn daran, dass sie dadurch vielleicht eine größere Chance erhielten ihn zu schnappen. Doch er brachte sie gleich wieder zum Schweigen, er wollte das jetzt nicht hören, sondern musste so viele Informationen wie möglich sammeln.

„Sie ist nicht verhungert."

„Nein, das kann ich definitiv ausschließen." Die ruhige Stimme der jungen Frau riss ihn aus seinen Gedanken und er wandte seinen Blick überrascht in ihre Richtung, er hatte ihr Kommen überhaupt nicht bemerkt. Oder war sie schon zuvor da gewesen? Er besah sie sich noch einmal, Christine wirkte müde, genau wie sie alle. Ihr jedoch schien dieser Fall mehr auf den Magen zu schlagen wie ihnen. Oder mehr als sie zulassen konnten und wollten. Er registrierte am Rande, dass ihr Gesicht einen ungesunden Teint angenommen hatte, irgendwo zwischen leichenblass und grünlich, als könne es sich nicht entscheiden, für welches Team es stimmen sollte. Wobei zumindest ein Team vollzählig genug war und definitiv keine weiteren Mitglieder benötigte.

Trotz alldem, sie durften sich von dieser Grausamkeit nicht aus der Ruhe bringen lassen.

„Kannst du sagen, wie sie gestorben ist?"

Der Grauhaarige hatte die einkehrende Stille mit seinen ruhigen Worten unterbrochen, sah die Schwarzhaarige jedoch nur neugierig an, ihr Blick jedoch verfinsterte sich, bevor sie den Kopf schüttelte.

„Nein, ausschließlich die Theorie des Verhungerns kann ich ausschließen. Aber es wird kein angenehmer Tod gewesen sein."

Die beiden Polizisten und auch Valentin nickten langsam. Davon gingen sie alle aus und vermutlich würden sie noch am Abend erfahren, wie diese Frau umgekommen war. Viel konnte man im Moment nicht sehen, da sie bekleidet war und ihr Körper dadurch gut von neugierigen Blicken wie den ihren geschützt war.

Sie würden sich gedulden müssen, dennoch warf Valentin erneut einen prüfenden Blick auf die Frau, die Augen kritisch zusammengekniffen.

Wäre er der Killer, hätte er sich etwas Neues einfallen lassen. Das letzte Opfer war erwürgt worden, auch erschossen und erstochen konnte er von seiner gedanklichen Liste streichen. Ersticken wäre eine Option, allerdings kam dies dem Erwürgen recht nah, also schloss er es aus, vermutlich würde dieser Tod später noch aufzufinden sein, wenn sie ihn nicht vorher aufhielten. Abgesehen davon war sie nicht erstickt, es sei denn er hatte sich die Mühe gemacht, um die offensichtlichen Spuren verschwinden zu lassen und das wollte Valentin bezweifeln, denn dafür hatte er viel zu viel Spaß daran. Er war ein Meister seines Spiels und würde ganz sicher nichts davon ausradieren und vertuschen, nur damit sie keinen möglichen Hinweis sammeln konnten. Nein, dafür war ihr Gegner eindeutig zu stolz auf sein Werk.

Seine Lippen zogen sich nach unten und er stand seufzend auf, auch wenn seine Knie streikten und das mit einem deutlichen Knacken kundtaten. Nun verzog er die Lippen nicht mehr wegen der Leiche, sondern wegen dem schmerzenden Knie.

Er wurde alt.

„Wirst du alt, Valentin?"

Der deutlich belustigte Ton kam von dem Grauhaarigen, er hatte es mitbekommen offensichtlich. Nicht dass es schwierig war, wo er doch genau neben ihm hockte, dennoch wurmte es ihn. Der Ältere hockte noch immer, während er ihn von unten her angrinste, frech wie ein kleiner Junge, der gerade etwas ausgefressen hatte. Bei Gott, das hatte er auch! Sein rechtes Auge zuckte und sein Blick ging tödlich in die Richtung des Älteren.

„Wie bitte?"

Ein Knurren trat aus seiner Kehle und er musste sich stark zusammenreißen, um nicht seinen Reflexen die Führung zu überlassen. Das war ein Thema, welches er nicht ansprechen wollte: Alter. Er wusste selbst, dass er nicht mehr in seinen Zwanzigern war, es jedoch noch unter die Nase gerieben zu bekommen, war einfach nur gemein, dabei war Jack selber nicht mehr so jung.

„Mah,mah!"

Ein Lachen entkam der Kehle des Black und er stand auf, die Hände ergeben erhoben, sah ihn mit einem Funkel in den Augen an und legte den Kopf zur Seite. Er wollte ihn beruhigen, diese Reaktion kannte er von damals, er hatte sich in dieser Hinsicht wirklich nicht verändert. Doch der Freey schnaubte nur laut, drehte sich auf dem Absatz herum und trat den Weg zu seinem Auto an.

Dieser miese Hund!

Was fiel ihm eigentlich ein, ausgerechnet ihn auf das Alter anzusprechen?! Wer lief denn seit der Geburt mit grauen Haaren herum und kam damit einem jahrhundertealtem Sack gleich?

Er wusste ja, dass er deutlich überreagierte, aber auch er hatte seinen Stolz und der endete bei solcherlei Witzen. Das konnte sein Teampartner auch ruhig wissen. Eigentlich hatte er ja geglaubt, seine kurze Reißleine unter Kontrolle zu haben, doch immer, wenn der Ältere in der Nähe war, entglitt sie ihm und zündete sich selbst. Es war wie ein Abwehrmechanismus, der sich selbst aktivierte und er stand hilflos daneben und musste zusehen, wie er ihn auf Abstand hielt.

Innerlich verfluchte er sich jedes Mal dafür.

Seufzend schloss er die Augen und strich sich die losen Strähnen aus dem Gesicht. Der ganze Tag nahm ihn mehr mit, als er es gedacht hatte. Dieser Ort allein kostete ihn Kraft und verhinderte erfolgreich, sich gänzlich auf den Fall konzentrieren zu können.

Mit einem weiteren Seufzen ließ er die Hand locker fallen und starrte auf die andere Straßenseite, nachdenklich den Kopf zur Seite gelehnt.

Valentin hatte gehofft irgendeinen Anhaltspunkt zu finden, zu ihm. Doch egal wie sehr er sich zuvor auf seine Umgebung konzentriert hatte, so konnte er nichts Ungewöhnliches feststellen, abgesehen davon, dass der Ort, an dem sie die Leiche gefunden hatten, wieder einmal viel zu sauber war. Auch bei diesem weiteren Opfer war es ganz eindeutig nicht der Tatort gewesen, sondern nur ein Ort, um die Leiche in Szene zu setzen und sich über sie lustig zu machen. Ein leises Knurren entwich seiner Kehle, der Kerl spielte mit ihnen wie mit einem Spielzeug.

Dennoch hatte er beinahe schon gehofft, ihn vielleicht irgendwo ausmachen zu können. Wie er sich hinter einem Baum versteckte und alles beobachtete, beobachtete wie seine Tat aufgenommen wurde, ihre Reaktionen studierte und wissen wollte, wie er sie weiter quälen konnte.

Doch nichts, absolut kein Anzeichen von einem Voyeur, der sich einen Spaß aus der ganzen Sache machte und es liebte, Menschen in Verzweiflung zu stürzen. Kein Anzeichen von jemandem, der seine eigene Tat bewunderte. Am liebsten hätte er sich für diesen Gedanken geschlagen, nein, das wäre ja auch zu einfach gewesen, dann hätte Jacks Team den Täter schon beim allerersten Mord festgenommen.

Seine Laune sank, jedoch hatte er nicht die Möglichkeit sich in diesem Kreis der Gefühle zu verlieren, dafür riss ihn eine Bewegung an seinem Hals aus dem Konzept.

Erschrocken zuckte er zusammen, rammte damit dem anderen seine Schulter auf die Nase, was mit einem schmerzhaften Stöhnen quittiert wurde, erst dann drehte er sich irritiert um. Nur um Jack zu sehen, welcher sich wehleidig die Nase abtastete.

„Du hast mir die Nase gebrochen!"

„Ich brech dir gleich etwas ganz anderes!" Valentin blaffte den anderen ungeniert an, bevor er dessen Hand von der Nase riss und sein Gesicht an der verletzten Nase zur Seite drehte. Gebrochen war sie definitiv nicht, dennoch schlich sich ein teuflisches Grinsen auf seine Lippen, bevor er erneut zudrückte und fast sofort mit einem erbärmlichen Wimmern belohnt wurde.

„Ma, Valentin, Aubergine, Aubergine!"

Fluchend und zeitgleich stöhnend versuchte der Ältere seine geschundene Nase aus dem Griff von Valentin zu befreien, er jedoch gab nicht sonderlich gern nach und ließ nur los, da ihn die Worte des anderen verwirrten.

„Aubergine?"

„Mein Safewort!" Brummend bekam er die Antwort, gepaart mit einem missmutigen Blick, während sich über die Nase gerieben wurde.

„Wenn du es schon härter willst, können wir das nicht auf deine Wohnung verschieben?"

„B... bitte?"

Nun völlig aus dem Konzept gerissen, riss er die Augen auf und spürte förmlich die Hitze, die seine Wangen langsam für sich einnahmen. Na super, das hatte ihm gerade noch gefehlt. Konnte sein Körper nicht einmal still sein, musste er ihn immer vor dem Grauhaarigen verraten?

Er hob die Hände abwehrend und trat einen Schritt zurück. Die Reaktion des Älteren überforderte ihn sichtlich und er konnte sie absolut nicht einordnen. Zwar hatte der Black schon immer einen eigenwilligen Sinn für Humor besessen, doch diese sexuelle Ader musste ihm entgangen sein.

Die Hitze wurde schlimmer als er Hände an seinem Hemd spürte und diese so schnell es ging entfernte, nur um weiter zurückzuweichen, jedenfalls bis er mit dem Rücken an seinem Auto stand und keine weitere Möglichkeit zur Flucht hatte.

„Jack …" Nur langsam entkamen die Worte seinen trockenen Lippen, wusste er doch überhaupt nicht wohin mit seinen Gedanken, welche sich im Kreis drehten, unschlüssig, welchen Weg sie einschlagen sollten.

„Die offenen Haare stehen dir, aber vielleicht solltest du das Hemd wechseln, ich habe noch eins im Auto."

Der raubtierartige Blick traf ihn völlig unvorbereitet, er hätte genauso gut nackt sein können, denn er brannte förmlich auf seiner Haut, vertiefte die Röte weiter. Valentin brauchte keinen Spiegel, um zu wissen, dass sich die Röte auf seinem Hals ausgeweitet hatte.

Er schluckte trocken, der Black spielte irgendein Spiel mit ihm und schien zu allem Überfluss auch noch Gefallen daran zu finden.

Noch immer brannte sein Nacken, auch wenn er allein war, so hatte er weiterhin das Gefühl, beobachtet zu werden. Es schüttelte ihn, doch das Gefühl verschwand nicht, dennoch drehte er sich um, nur um festzustellen, dass er noch immer allein war. Gut so, nach der Situation vorhin konnte er etwas Abstand und Zeit für sich gebrauchen.

Die Situation an seinem Auto ging ihm nicht aus dem Kopf, auch wenn er sich nach Jacks Worten recht schnell aus dem Staub gemacht hatte, um auf das Revier zu fahren. Kopfschüttelnd strich er sich durch das Haar, die Lippen verzogen, und starrte auf die Akten vor sich.

Er wollte es wirklich ungern zugeben, doch der Kaffee klebte noch immer an ihm, der braune Fleck auf seinem Hemd machte das Gefühl auch nicht besser. Vielleicht hätte er tatsächlich kurz nach Hause fahren sollen, um sich umzuziehen, doch er hatte nach seinen Worten nicht daran gedacht und wollte sich nur noch in die Arbeit stürzen, erst einmal einen gewissen Abstand zwischen sich und seinen langjährigen Freund bringen. Da war er wieder gewesen, sein Abwehrmechanismus, der dafür sorgte, dass sie auf Distanz blieben und der Black hatte ihn heute bereits zweimal, vermutlich sogar bewusst, ausgelöst.

Es machte ihn wahnsinnig, so intensiv auf einfache Worte zu reagieren, doch der Ältere hatte auch keinen Hehl daraus gemacht, wie sehr es ihn amüsiert hatte und genau das war noch immer sein wunder Punkt: das Gespött zu sein.

Nun hatte er sich selbst dazu degradiert, indem er noch immer, völlig bekleckert, im Büro saß und auf den Älteren wartete, damit sie weiter in dem Fall ermitteln konnten. In der Zwischenzeit füllte er einen Zettel nach dem anderen, mit seiner geschwungenen und kleinen Handschrift, mit allen Informationen, die er hatte. Immer wieder fügte er Randnotizen hinzu, erweiterte das Gefüge, aber irgendwie …

Schien es noch immer nicht zu passen.

Etwas Essenzielles entging ihm und genau das bereitete ihm Kopfschmerzen. Er musste irgendetwas Wichtiges übersehen, denn so sehr die einzelnen Stränge auch ineinanderflossen, umso skurriler wirkte es am Ende. Es war zu einfach? Dachten sie zu kompliziert? Welches Puzzleteil übersahen sie? Wo war der rote Faden, der alles miteinander verband?

Valentin konnte einfach nicht beschreiben, was ihn daran so sehr störte, aber es war definitiv da. Es kam ihm fast schon vor den Täter zu sehen, zu kennen und ihn greifen zu können, so sehr nahm er Kontur an. Doch im selben Moment waren die Konturen so verschwommen, seine Sicht so schleierhaft, dass er in die Luft griff.

Es machte ihn so unfassbar wütend, dass er am liebsten schreien würde, auch wenn es seit Jahren nicht mehr seine Art war, seine Wut herauszuschreien. Er brauchte dringend ein Ventil, auch wenn es für den Moment hieß, es herunterzuschlucken und Sodbrennen zu bekommen.

Valentin verzog seine Lippen noch mehr als zuvor. Wenn er eines hasste, dann war es kein Ventil für seine Wut zu haben, geschweige denn einen Grund. Doch dieser Mann, dieser Mörder, machte es ihm nicht leicht und er stieß an seine Grenzen. Er war gut auf seinem Gebiet, verdammt gut sogar, so viel konnte er zugeben. Doch etwas nicht herauszufinden, etwas zu übersehen, obwohl alles so perfekt schien, machte ihn rasend. Irgendetwas musste es geben, irgendeine Kleinigkeit, die er übersah.

Er war sich so verdammt sicher gewesen, ihn irgendwo in der Nähe des Tatortes zu finden, aufspüren zu können, denn es passte perfekt zu ihm, zu seiner Art der Inszenierung. Er wollte die Reaktionen sehen, er machte sich einen Spaß daraus sie an der Nase herumzuführen, sie vorzuführen. Er musste einfach da gewesen sein. Aber ihm war nichts aufgefallen, kein gaffender Hausmeister, kein Blitzen von der Lichtreflektion eines Fernglases, auch wurden nie irgendwelche Kameras gefunden.

Ganz im Gegenteil, nur er und die Polizei sowie Christine waren vor Ort gewesen. Letztere konnte er sofort ausschließen. Wäre sie der Täter, würde zu vieles nicht ins Bild passen, ganz abgesehen von ihren Reaktionen. Sie konnte es einfach nicht sein, übergab sie sich doch fast schon, wenn sie ihnen die Einzelheiten erzählte. Sie war wütend, die ganze Sache nahm sie einfach viel zu sehr mit, so eine Reaktion konnte man schwer vortäuschen, denn es gab immer Anhaltspunkte, an denen man solch eine Lüge erkennen konnte. Abgesehen davon war der Täter keinesfalls so dumm, sie so offensichtlich anzulügen, das passte nicht.

Auch die einfachen Polizisten, die die Schaulustigen fernhielten oder den Tatort räumten, passten nicht dazu, sie hatten viel zu wenig von den ganzen Reaktionen, ihnen würde der Spaß entgehen.

Kopfschüttelnd griff er sich in die Haare, stützte seinen Kopf wütend auf der Hand ab und starrte das Blatt an, sah jedoch direkt hindurch, ohne den Blick zu fokussieren.

„Es passt einfach nicht …“

Er grummelte leise vor sich hin, wog einen nach dem anderen ab, schloss auch sich selbst aus. Er passte nicht ins Profil, so kaltherzig war er nicht und könnte es auch nicht sein. So wütend er teilweise auch werden konnte, aber Folter und Mord, Himmel, nein!

Allein bei dem Gedanken schüttelte es ihn und seine Magensäure stieß auf. Er schluckte angeekelt und zog die Lippen eine weitere Spur nach unten, diesmal jedoch aufgrund von Schmerzen, die von seinem Magen ausgingen. Wenn er sich weiter in den Fall verstrickte, würde er noch an Sodbrennen sterben, zumindest waren das seine Gedanken, was ihn dann wieder aufheiterte. Immerhin wäre das mal eine andere Art von Tod, eine Art, von der er noch nicht gehört hatte. Gedanklich notierte er es sich auf seiner To-do-Liste, er musste auf dem Heimweg bei einer Apotheke anhalten und sich etwas gegen Sodbrennen besorgen.

Er gluckste leicht und schüttelte, über sich selbst amüsiert, den Kopf. Weshalb kam er ständig auf so abstruse Gedanken, er würde es wohl nie herausfinden.

„Was amüsiert dich so?"

Die Stimme schreckte ihn aus seinen Gedanken und seine Hand verfing sich in seinen Haaren, welche er gerade erneut aus seinem Gesicht streichen wollte. Vielleicht sollte er sich wirklich angewöhnen, einen Ersatzgummi an seinem Handgelenk zu tragen oder noch besser eins im Auto aufzubewahren und ein weiteres in seiner Schreibtischschublade zu deponieren. So zischte er nur schmerzhaft auf und warf dem Grauhaarigen einen bissigen Blick zu.

Sehr zu seinem Leidwesen fiel der Ältere weder um noch ging er in Flammen auf. Vielmehr legte er amüsiert den Kopf schief und kniff die Augen zusammen, bevor er ihm ein Hemd vor die Nase hielt.

„Zieh dich um, dein Hemd muss ja kleben."

„Ich brauche kein …", fing er an, nachdem er endlich seine Finger aus seinen Haaren gelöst hatte, wurde jedoch von dem anderen unterbrochen.

„Ich weiß wie unangenehm es dir sein muss, also hör auf zu diskutieren!"

Mit diesen Worten beendete der Black das Gespräch und so gern Valentin noch etwas erwidert hätte, so blieben ihm die Worte im Hals stecken. Er schluckte trocken und wand den Blick ab, denn der Blick des Älteren ließ keinerlei Widerworte zu, drohten von Zwang, wenn er nicht auf ihn hörte.

So fügte er sich murrend, entriss ihm das dunkle Hemd und verschwand auf den Toiletten, um sich umzuziehen. In Gedanken verfluchte er den anderen auf jede erdenkliche Art, doch kein Ton verließ seine Lippen, dafür mussten jedoch seine Augen Bände sprechen, denn jeder, der ihm über den Weg lief, ging aus dem Weg.

War er wirklich so Furcht einflößend, wenn er sauer war? Es war ihm schon öfter aufgefallen, dass sich keiner mit ihm anlegte, wenn seine Stimmung zu kippen drohte, aber wirklich Gedanken hatte er sich darüber nie gemacht.

Seufzend schmiss er die Tür hinter sich zu, drehte den Schlüssel herum und zog sich sein weißes Hemd über den Kopf, bevor er es auf das Waschbecken schmiss und endlich einmal das Hemd des Älteren in Augenschein nahm.

Wie schon zuvor blieb es weiterhin dunkel, jedoch verfinsterte sich sein Blick um eine Spur, als er den kleinen Schriftzug auf der rechten Brusthälfte zur Kenntnis nahm. Jack machte sich wirklich über ihn lustig, anders konnte er es nicht interpretieren und es schürte nur sein Missfallen ihm gegenüber.

Er hatte sich wirklich kein Stück geändert, in diesem Fall hätte er es sich doch denken können.

„Lehrling der Liebe" stand in geschwungenen Lettern auf der Seite und er schnaubte dunkel durch die Nase. Er kräuselte sie, bevor er es dennoch anzog, die Alternative war, erneut sein beschmutztes Hemd anzuziehen und darauf konnte er geflissentlich verzichten, noch länger musste er sich die Schmach nicht geben. Denn vor ihm wartete eine neue Schmach, dieses Hemd, mit dem peinlichen Schriftzug, welches ihm davon einmal abgesehen viel zu groß war. Zwar war der Ältere nicht sonderlich größer, dafür aber muskulöser und allgemein viel mehr in Form, wie er voller Neid feststellen musste.

Erneut strich sich Valentin die Haare aus dem Gesicht, rettete sie auch aus dem Kragen, bevor er sich sein altes Hemd schnappte und kopfschüttelnd zurück ins Büro ging, nur um den Älteren über seinen Unterlagen vorzufinden.

„‚Lehrling der Liebe‘, ernsthaft Jack?"

„Stimmt doch, oder nicht?!" Dunkle Augen funkelten ihn amüsiert an und wieder legte er den Kopf sichtlich erheitert zur Seite, sah ihn mit diesem Blick an.

„Danke, aber ich kenne mich in dem Thema bestens aus", schleuderte er ihm dunkel entgegen, bevor sein Hemd hinterher flog und mitten im Gesicht des anderen landete. Seiner Kehle wollte bei seinen Worten fast ein Knurren entfliehen, doch dies konnte er gerade so verhindern, stattdessen fegte er seine Unterlagen zusammen und beobachtete aus dem Augenwinkel, wie sich der Ältere von dem Hemd befreite.

„Es riecht nach dir."

„Selbstverständlich, es ist ja auch meins!"

„Kann ich es behalten?"

„Vergiss es!"

Panisch riss er ihm das Hemd aus der Hand, drückte es fast schon an sich und sah ihn zweifelnd an, meinte er das eigentlich ernst? Er verstand den Älteren nicht, wirklich nicht, wollte er das überhaupt?

Der dunkle Blick traf ihn und er hätte schwören können, Eifersucht in ihnen zu sehen, doch das war völliger Schwachsinn, an den Haaren herbeigezogen, das konnte nicht sein.

Kopfschüttelnd drehte er sich um, ließ sich auf den anderen Stuhl fallen und vergrub die Nase wieder in seinen Unterlagen, sie beschäftigten ihn noch immer und sie mussten vorankommen, bevor weitere Menschen starben. Fast schon fröhlich bemerkte die Stimme in seinem Hinterkopf, dass es eine gute Möglichkeit war sich nicht weiter mit Jack und diesem komischen Gefühl, was auch immer das zwischen ihnen war, zu beschäftigen. Beim Durchgehen von neuen und bekannten Fakten konnte der andere immerhin keine anzüglichen Sätze in seine Richtung fließen lassen.

„Gab es eine Vermisstenanzeige für Bianca?"

„Nein, nichts dergleichen, was mich nicht wundert. Sie war Alleinstehend, keine weiteren Verwandten in der Umgebung, es bleibt an Christine zu sagen, wie lange er sie festgehalten hat", kam auch prompt die Antwort, während der Sprechende sich auf seinen Stuhl sinken ließ und ihn nachdenklich ansah.

Valentin indes brummte nur zur Bestätigung, dass er seine Worte vernommen hatte, fügte es ohne den Kopf zu heben seinen Notizen hinzu. Also war Bianca eine weitere Person ohne jegliche Verwandten, welche sie vermissten. Damit war der Junge neulich einer der wenigen, die wirklich vermisst wurden. Suchte er sie danach aus? Allerdings ergab es keinen Sinn, dass es dann variierte.

Er spürte den Blick auf sich, doch er ignorierte ihn gekonnt, wenn der Ältere etwas von ihm wollte, musste er es sagen, im Moment hatte er keine Nerven für seine Spielchen, ganz und gar nicht. Sein Sold war für die nächsten Wochen gefüllt, allein von diesem Morgen und das sollte der Black ruhig spüren.

Wieder schweiften seine Gedanken ab, gingen einmal mehr alle Leute am Tatort durch, denn er musste da gewesen sein, er musste einfach. So sehr konnte er sich nicht in dem Kerl täuschen, selten lag er so falsch und er wollte sich nicht im Geringsten eingestehen, dieses eine Mal falschzuliegen.

Es musste einfach stimmen!

Sein Bauchgefühl sagte es ihm deutlich, sein Instinkt und seine Erfahrung ebenso, also konnte er sich nicht täuschen, auf keinen Fall. Also was übersah er?

Wo war das fehlende Puzzlestück, von welcher Stelle lachte es ihn aus, in welcher Ecke verkroch es sich? Oder übersah er es einfach, lag es womöglich direkt vor seiner Nase? Er fühlte sich wie ein kleiner Junge, welcher vor dem Puzzle verzweifelte, welches er unbedingt fertigstellen wollte, ein Teil schien zu fehlen, doch es war dort, nur passte es nicht in die Lücke. Dabei schien alles so … perfekt.

SCHATTEN

Ein Seufzen entkam seiner trockenen Kehle, als er den Blick zu dem Jungen wandte, welcher sich fast gänzlich unter der Bettdecke verkrochen hatte.

Wie hatte es so weit kommen können? Doch, wunderte er sich wirklich? Schließlich hatte er es regelrecht provoziert, hervorgerufen und beschworen, die dunkle Seite. Er hatte sie in dieses Haus geholt, gleich nachdem Chris bei ihm war, sogar schon zuvor. Sie war in jede Ritze des Gemäuers gekrochen, hatte sich festgesetzt, wartete und zog jeden in den Bann, der zu lange zu verweilen drohte.

Sie griff nach einem, legte langsam ihre langen, dünnen Finger um den Hals und drückte kaum spürbar zu. Nur langsam erhöhte sie den Druck, nahm einem die Luft zum Atmen, nahm die Sinne vollkommen ein, bis das Herz nachgab und sich öffnete. Sie kroch hinein, machte es sich wohnhaft und war nicht wieder zu verbannen.

Auch Chris hatte sie gepackt, nur war er immer zu klein gewesen, um sie zu verstehen. Akzeptiert hatte er sie jedoch schon lange, schließlich war sie ein Teil von ihm. Er war ein Teil von ihm, seine Familie und er liebte die Dunkelheit genauso sehr wie sie ihn.

Ein schmales Lächeln glitt über seine Züge, erreichte seine Augen und ließ sie unheilvoll strahlen. So sehr er sich im ersten Moment auch gewehrt hatte, umso mehr brannte der Stolz nun in ihm. Er wusste, er war hoffnungslos in der Dunkelheit gefangen und hatte nicht den Hauch einer Chance, ihr zu entkommen und dennoch erfüllte ihn das Gefühl der Leidenschaft, wenn er daran dachte, wie viele er mit hineinziehen konnte.

Er liebte diesen Jungen und was wäre besser, als ihn immer an seiner Seite zu haben, ganz gleich, was auch geschah? Nichts, absolut nichts konnte dieses Gefühl ersetzen, welches nun in ihm brannte. Er würde die Tür öffnen, gänzlich, und Chris an die Hand nehmen, während er ihn in seiner Welt umher führte.

Er würde ihn lehren zu leben, lieben, es gänzlich zu genießen und zur schönsten Rose überhaupt zu werden. Seine Dornen würden all jene zuvor übertreffen, sie würden im Mondlicht glänzen und jeden Unvorsichtigen das Fürchten lehren.

Er zitterte vor Erregung als seine Gedanken abdrifteten zu einem anderen, den er in die Dunkelheit führen wollte. Nein, er wollte nicht nur für Chris die Tür öffnen, auch für jemand anderen und er wusste, er würde bekommen, was er wollte. Ganz gleich unter welchen Umständen, doch er würde seine Familie zusammenführen, während er genüsslich das letzte Licht der Fackel ausblies.

Erneut leuchteten seine Augen dunkel auf, bevor er sich zu dem blonden Haarschopf herunterbeugte und einen sanften Kuss auf die Haarpracht drückte.

„Schlaf gut, Chris."

Seine Welt blieb stehen, als er das Geschrei hörte, die Wut, die in den Stimmen mitschwang, das Schreien des kleinen Kindes, welches kaum durch den Streit der Erwachsenen dringen konnte. Er konnte die Worte nicht verstehen, vermutlich ein einfacher Ehestreit, doch die finstere Stimmung schien regelrecht nach außen zu dringen und die gesamte Umgebung einzunehmen.

Er verzog das Gesicht, biss sich auf die Unterlippe, unsicher, was er tun sollte. Sein Magen krampfte sich zusammen und das Blut rauschte in seinen Ohren. Einzig seine Beine versagten ihm nicht den Dienst, um zitternd unter ihm zusammenzuklappen.

Er wusste, wer dort wohnte, er wusste, wer es war und es verstärkte seinen Puls nur, trieb ihn in ungeahnte Höhen. So lange war er schon auf der Suche, hatte es endlich herausgefunden, ihn gefunden und nun stand er hier, mit zitternden Händen, welche vor Schweiß glänzten.

Angst war es, die in seinem Magen rumorte und ihm die Sinne raubte. Sollte er es wirklich tun, seinen zurechtgelegten Plan in die Tat umsetzen? Er wusste es nicht, wirklich nicht. Es gab so viel, was schiefgehen konnte, so viel, was er nicht einberechnet hatte und doch stand er hier vor der Tür und starrte zu dem offenen Fenster hinauf.

Seine Sicht verschwamm und er schwankte zur Seite. Nur unbewusst konnte er sich an der Wand abstützen und doch war es genau diese Geste, welche ihn aus seinem Traum holte. Diese eine Geste war es, welche alles andere ins Rollen brachte, ob er nun wollte oder nicht.

Sein Blick glitt zu seiner Hand, welche verschwitzt auf dem weißen Schalter ruhte, auf seine Hand, welche das Klingeln herbeiführte und das Geschrei mit schrillem Kreischen beendete. Er riss die Augen auf, ein Ruck ging durch seinen Körper und er riss die Hand weg, als hätte er sich verbrannt.

Verbrannt an der Tatsache, dass er es herbeigeführt hatte, was nun folgen würde.

Was sollte er sagen, was tun? Noch konnte er verschwinden, so tun als wäre er niemals hier gewesen und doch bewegten sich seine Füße nicht, ganz gleich wie sehr die Panik seinen Körper einnahm, ganz gleich wie sehr er seinen Geist anschrie, er solle rennen, solle verschwinden und alles auf sich beruhen lassen.

Die Vergangenheit ruhen lassen.

Er zuckte zurück, zog den Schal über sein Gesicht, sperrte die Furcht auf seinem Gesicht, die Kälte auf seiner Haut aus.

Er schluckte trocken, spürte das Kratzen in seiner Kehle. Die Stille nahm ihn ein, schien ihn in eine andere Welt zu entführen, ihn einzusperren und nicht gehen zu lassen.

Was tun?

Gerade als er seine Beine überreden konnte, sich endlich zu bewegen, zu verschwinden und alles zu vergessen, gerade da wurde die Tür aufgerissen und er blickte in die hellen Augen, welche ihn mehr als überrascht ansahen. Unglauben und auch Unkenntnis spiegelte sich in ihnen. Die Frage, wer er sei, stand in ihnen geschrieben und er fand einfach keine Worte, um diese Frage zu beantworten.

Stattdessen öffnete er seine trockenen Lippen, bevor er sie wieder schloss, darüber leckte, seine Worte sammelte und sie aussprach, bevor er sie sich wirklich zurechtgelegt hatte.

„Wissen Sie noch, was heute vor 12 Jahren geschah?"

Seine Stimme war leise und lauernd wie das Knurren eines Tigers, welcher in der Dunkelheit darauf wartete, dass seine Beute einen Fehler machte. Der Körper vor sich spannte sich deutlich an, verkrampfte sich und ging auf Abstand. Die hellen Augen wurden aufgerissen und blickten ihn mit Angst und Unglauben an, Wissen stand in ihnen geschrieben.

Das Wissen über seine Tat, darüber, was vor 12 Jahren geschah, doch auch Schuld, tiefe, unerreichbare Schuld. Doch er spürte sie nicht, sah sie *nicht, ignorierte sie. Er wollte sie nicht sehen, er durfte sie einfach nicht sehen. Denn Schuld machte nicht ungeschehen, linderte nicht den Hass in ihm, den Schmerz in seinem Herzen oder die Krämpfe in seinem Magen.*

Trockenes Schlucken war zu vernehmen, bevor sich der Körper vor ihm zur Seite bewegte und ihn bedeutete einzutreten. Reden, so wollte er es also erklären? In dem jämmerlichen Versuch sich zu erklären, sich zu entschuldigen?

Wie konnte dieser Mann auch nur annähernd annehmen, dass er ihm auf diese Weise verzeihen würde, dass er so sühnen konnte?

Die Angst verschwand aus seinem Körper, nahm die Unsicherheit mit und ließ nur noch Platz für Entschlossenheit. Sein Körper war gespannt wie ein Bogen, bereit zum Abschuss, das Ziel im Visier. Sein Opfer hatte den entscheidenden Fehler gemacht und ihm dadurch einiges erleichtert.

Alles, was danach geschah, verschwamm, verschwand in hellen Schleiern, als schienen sie seine Unschuld bewahren zu wollen, doch die hatte er in dieser Nacht verloren. Seine Unschuld würde für ewig in diesem Haus sein, dort ihr Unwesen treiben und nachfolgende Generationen in Angst und Schrecken versetzen. Sein Geist würde für ewig in diesen Mauern hausen und nur noch die Dunkelheit in seiner Seele zurücklassen.

Blut klebte an seinen Fingern, als er das nächste Mal auf sie sah und sein Körper handelte selbstständig, reinigte alles von seiner Anwesenheit und stellte sicher, dass nichts auf ihn zurückzuführen war. Sein Geist beobachtete ihn, sorgte für Richtigkeit und ließ nicht zu, dass er in Zweifel verfiel oder ebenfalls einen Fehler machte, der seinen ganzen Plan zunichtemachen würde.

Jetzt war es zu spät, es war geschehen und er würde es nicht zurücknehmen können, musste dazu stehen, wenn er in den Spiegel sah und die Konsequenzen tragen. Noch Tage später würde er es spüren, diese Last von seiner Tat, doch mit der Zeit würde diese Last verschwimmen, bevor sie gänzlich verschwand und er keine Reue mehr spüren würde.

Doch für den Moment blendete er alles aus. Nur Wärme durchströmte seinen Körper als er auf die schlafende Gestalt blickte, blondes Haar umrahmte das ruhige Gesicht des schlafenden Kindes. Alles andere rückte in den Hintergrund, nichts war mehr wichtig, einzig der kleine Mensch vor ihm hatte Bedeutung, nahm unweigerlich einen Platz in seinem Herzen ein.

Er war nun für ihn verantwortlich, denn er war gänzlich unschuldig, nichts konnte ihm zur Last gelegt werden, hatte er doch nichts mit alldem zu tun. Er würde den Teufel tun und ein Kind dafür büßen lassen, viel zu unschuldig war dieses Leben, unbefleckt und unberührt.

Auch wenn für dieses Leben alles zu spät war, als er es in seine Arme nahm, es festhielt und ihm Wärme spendete. In diesem Moment beschloss er dieses kleine Leben zu beschützen, es mit Wärme und Liebe zu füttern, ihm würde nichts passieren, er würde es beschützen vor dieser kalten und grausamen Welt. Er konnte nicht zulassen, dass die Kälte ihre Klauen nach ihm ausstreckte, denn dieses Leben war noch voller Licht.

Es hatte noch das ganze Leben vor sich, die Welt stand ihm offen und er würde es sein, der sie ihm zu Füßen legte.

„Schlaf …"

Die Dunkelheit so leis und still,
schleicht sich an dein Bettchen ran.
Atmet tief, atmet ein,
dein Angstgeruch ist sein Gericht.
Langsam mag es sein,
doch sein Gewissen ist völlig rein.

6. SIEG?

Ein tonloses Seufzen entkam dem Älteren, während sein Blick weiterhin auf dem Jüngeren ruhte, doch er sagte nichts. Es war offensichtlich, dass dieser im Moment nichts von ihm hören wollte, auch wenn es beinahe schmerzte, diese Ablehnung zu spüren. Es zerrte förmlich an seinen Nerven, wollte er doch, dass der Jüngere sich auf ihn einließ.

Jack wusste selbst, dass seine Art und Weise dem Jüngeren gegenüber nicht die eines Erwachsenen war, vielmehr die eines pubertären Jünglings. Waren sie nicht alle irgendwo tief in sich noch Teenager, die sich ihre Träume bewahrten? Aber er konnte nicht leugnen, dass es ihm ungemein viel Freude bereitete, den Braunhaarigen so aus der Reserve zu locken.

Er war leicht zu reizen, noch leichter aus der Fassung zu bringen und er schaffte es mit dem kleinen Finger ihn in Verlegenheit zu bringen. Er nutzte nur die Chancen, die sich ihm boten, er suchte sie nicht einmal. Doch Valentin selbst bot so viele Möglichkeiten, dass es wirklich schwer war, dem Ganzen zu widerstehen.

Abgesehen davon brachte es Farbe in ihren tristen Alltag, welcher zur Genüge gefüllt war mit Verzweiflung und Mord. Die Farbe Rot hatte so viele Facetten, Valentin selbst bot eine ganze Palette von dieser Farbe, dass er es gern nutzte, um ihren Tag zu erhellen. Auch wenn es sehr zum Leid des Jüngeren war, doch er wehrte sich nicht wirklich, er gab sich keine große Mühe ihm auszuweichen, also musste er doch, wenigstens etwas, Gefallen daran finden, nicht? Innerlich fluchte er erneut, so abweisend konnte doch niemand sein.

Erneut seufzte er auf, diesmal jedoch laut, da seine Knochen hörbar knackten, als er sich endlich streckte und sich durch die wirren Haare fuhr. Vielleicht sollte er wieder anfangen mehr Sport zu machen, was er in den letzten Wochen definitiv schleifen ließ. Er spürte es in seinem Körper, auch seine Knochen machten deutlich, dass es ihm fehlte. Vielleicht würde der Jüngere ihn wieder mehr beachten? Schon wieder sprach der pubertierende Teenager aus ihm. Wie nötig hatte er es eigentlich? Offensichtlich ja sehr nötig.

Resignierend, fast schon schmollend verzog er das Gesicht, nicht weil er Sport nicht mochte, sondern weil der Psychologe ihn noch immer ignorierte. Er hasste es ignoriert zu werden. In dem Punkt war er vermutlich wie ein kleines Kind, zumindest würde Valentin genau das sagen.

Aber Jack war nun einmal eine einnehmende Persönlichkeit, die ihre Aufmerksamkeit brauchte, auf die ein oder andere Art und Weise und meistens wusste er auch, wie er sich holen konnte, was er wollte.

Doch genau jetzt musste er wohl zurückstecken, denn wenn der Braunhaarige noch immer so war wie damals, würde er ihn strangulieren, wenn er ihn jetzt auf die Nerven ging und er hing an seinem Leben.

Sein Gesicht verzog sich selbstständig, als er sich an einen Moment damals in ihrer Schulzeit erinnerte. Er konnte nicht mehr genau sagen, was er genau angestellt hatte, doch er hatte auf die schmerzhafte Art lernen müssen, dass Valentin durchaus eine starke Persönlichkeit war und man sein Aussehen nicht mit seiner Kraft gleichsetzen durfte.

Denn auch wenn der Jüngere eher unsportlich und kraftlos, manche mochten sogar moppelig sagen, wirkte, so war er es ganz sicher nicht. Er hatte durchaus Muskeln und wusste noch besser diese einzusetzen. In Verbindung mit Wut sollte man als Opfer lieber die Beine in die Hand nehmen, selbst ihn gruselte es, wenn Valentin auf 180 war, in diesen Momenten war ganz sicher nicht mit ihm zu spaßen. Nein, es war dann deutlich schlauer den sofortigen Rückzug anzutreten.

Hätte er ihn damals nicht auf seine ganz eigene Art aufhalten können, hätte ihn kastriert, dessen war er sich sicher. Allein bei der Erinnerung musste er grinsen wie ein kleines Kind. Es hatte nichts geholfen, er war zwar der Kastration entgangen, aber die feine Narbe von Valentins Schlag hatte er noch immer. Nicht nur, dass dieser puterrot angelaufen war und ihn angebrüllt hatte, er hatte ihn auch noch geschlagen wie niemand zuvor oder danach.

Dennoch, wenn auch nur für einen sehr kurzen Augenblick, wusste er, dass der Braunhaarige es gemocht hatte. Obwohl Valentin es immer wieder bestritten hatte, als er ihn damals darauf angesprochen hatte, so war er sich doch ziemlich sicher, dass er recht hatte.

Gedankenverloren strichen seine Finger über die feine Narbe an seiner Lippe und auch sein Blick glitt durch den Jüngeren hindurch. Er war völlig in der Vergangenheit gefangen und bekam so erst recht spät mit, dass das Objekt seiner Gedanken ihn mit gerunzelter Stirn ansah.

„Was grinst du so dämlich, Jack?"

Die dunklen Augenbrauen waren streng und abschätzend zusammengezogen, der Blick glitt zu seinen Fingern, nahmen ihre Bewegung wahr und schienen nach kurzer Verwirrung zu registrieren, was sie taten. Das Gesicht des Psychologen nahm langsam wieder eine rötliche Färbung an, ob vor Wut oder Verlegenheit konnte er nicht sagen, doch die Worte hatten ihn aus seinen Gedanken geholt.

Schnell nahm er die Finger von seinen Lippen, sein Blick voller Unschuld, doch das verräterische Grinsen blieb auf seinen Lippen.

„Nichts!", fügte er schnell hinzu, bevor er sich die Akte über ihr neuestes Opfer vor die Nase zog und schnell den Blick senkte. Oh, er spürte den Blick, die Hitze, die daran lag, doch er tat so, als bemerke er es nicht, in der stummen Hoffnung, er würde es darauf beruhen lassen, denn wenn er das Thema wieder aufwärmte, würde er eine Beule sein Eigen nennen können.

Er hörte noch wie der Braunhaarige Luft holte, um etwas zu sagen, als auch schon die Bürotür mit einem Knall aufflog und sein Kopf nach oben schnellte. Auch Valentin schien sich an seinen unausgesprochenen Worten zu verschlucken und sah genauso irritiert wie er selbst zu seinem Kollegen, welcher aufgeregt in der Tür stand.

Scott hatte Neuigkeiten, gute wie es schien. Er kannte ihn gut genug, um das sofort zu erkennen. Sein Körper zitterte kaum merklich und er verlagerte immer wieder sein Gewicht, von einem Bein auf das andere, unruhig und zu aufgeregt, um still zu stehen.

„Scott?", erhob er also das Wort, um seinen Kollegen endlich die Neuigkeiten entlocken zu können, bevor dieser platzte oder an Schnappatmung verstarb. Denn auch wenn der Grauhaarige es immer wieder versuchte, behandelte der Kurzhaarige ihn immer mit mehr Respekt als nötig war. Ja, er war älter, er war zeitweise sein Ausbilder gewesen, doch nun waren sie gleichrangig. Doch egal wie oft er auch darauf bestand, Scott hielt sich nicht daran und wartete immer stumm auf eine Erlaubnis seinerseits.

Irgendwann hatte er es tatsächlich aufgegeben, ihn immer und immer wieder daraufhin zu weisen, es hatte ja doch keinen Sinn und irgendwie schmeichelte es ihm auch ein wenig, so sehr es ihm auch missfiel.

„Wir haben eine Spur!", platzte er auch gleich heraus, als er endlich Luft geholt hatte und seine Augen blitzten aufgeregt. Eine leichte Röte lag auf seinen Wangen vor Ekstase, wenn er vermuten sollte. Doch er konnte es nachvollziehen, denn auch sein Körper stand augenblicklich unter Strom und er sprang von seinem Stuhl auf, welcher gebeutelt von der rohen Behandlung mit der Wand hinter ihm kollidierte. Den leichten Knall überhörte er doch glatt. Vielmehr traute er seinen Ohren nicht.

„Eine Spur?"

„DNA! Wir haben DNA an dem Opfer gefunden!"

Seine Ohren waren gespitzt, seine Augen ungläubig aufgerissen, sicher sich verhört zu haben, doch auch Valentin war nun aufgesprungen, schien genauso unter Strom zu stehen wie er selbst. Er hatte sich also doch nicht verhört.

„Seid ihr sicher?", fragte er dennoch noch einmal nach, wenn auch mit einem leichten Zittern in der Stimme, da sich seine Worte zu überschlagen drohten. Jedes von ihnen wollte zuerst von seinen Lippen entfliehen, doch er schaffte es sie in Zaum zu halten.

„Ja, das Labor hat soeben angerufen", bestätigte der Braunhaarige noch einmal und sah ihn mit einem überlegenen, zufriedenen Blick an, der seinen Herzschlag beschleunigte.

Sollten sie ihn wirklich haben, dieses Monster, welches sie seit Wochen in Aufruhr versetzte? Hatte ihr unbekannter Gegenspieler endlich den entscheidenden Fehler begangen? Es schien bald zu schön um wahr zu sein. Am liebsten hätte er geschrien vor Freude, wäre in die Luft gesprungen und hätte sie alle umarmt. Auch wenn Valentin wieder so rot geworden wäre und ihm vielleicht doch eine verpasst hätte. Doch er musste Ruhe bewahren, noch wussten sie nichts mit Bestimmtheit.

Die DNA konnte von allen möglichen Menschen sein, sie musste nicht vom Täter sein, womöglich hatte Bianca doch einen Partner und es war seine DNA. Sie mussten sie sorgfältig überprüfen, auch dessen Besitzer mussten sie genau unter die Lupe nehmen, doch sein Instinkt sagte ihm, dass sie das Schwein hatten.

Nach endlosen Wochen, die ohne jegliche Spur im Sande verlaufen waren, war er sich sicher, dass sie ihn endlich hatten. Jetzt mussten sie ihn nur noch mit allen in Verbindung bringen, die Beweise sammeln und dann konnten sie endlich alle aufatmen.

Sein Blick glitt zu dem Psychologen, welcher genauso wie er auf dem Sprung zu sein schien, doch sein Blick lag ebenfalls auf ihm und nur nach einem kurzen Moment setzten sie sich beide in Bewegung. Scott folgte ihnen und sie machten sich zu dritt auf ins Labor, um endlich dieser Spur nachzugehen. Sie marschierten mit einer solchen Geschwindigkeit und Ausstrahlung durch die Gänge, dass alle Kollegen ihnen aus dem Weg gingen.

Sein ganzer Körper vibrierte und er lechzte regelrecht danach, endlich die Chefin des Labors in die Finger zu bekommen, doch der Fahrstuhl schien gegen ihn zu arbeiten und bewegte sich extra langsam, oder aber es kam ihm nur so vor. So oder so war seine Geduld strapaziert und er hatte keinerlei Intention das dünne Seil noch weiter zu eliminieren. Das könnte unweigerlich einen Zusammenstoß mit Valentin auslösen. Wenn das passierte, würde der andere die restliche Woche kein Wort mehr als das Nötigste mit ihm reden und darauf hatte er nun wirklich gar keine Lust.

Vielleicht hätten sie doch die Treppe nehmen sollen.

Stöhnend warf er den Kopf in den Nacken, ungeduldig wie selten. Zugegeben, sonst war er auch nicht die Geduld in Person, aber jetzt schien sie ihn völlig im Stich zu lassen und auch seinen beiden Begleitern schien es nicht anders zu ergehen.

Was für eine Qual!

Ein erneutes, durchaus ebenso genervtes und ungeduldiges Stöhnen drang durch die Kabine, allerdings kam es diesmal von seiner linken Seite, Valentin. Auch er hatte den Kopf in den Nacken geworfen, klopfte ungeduldig mit den Fingern auf seiner Hose und schloss die Augen. Angestrengt schien er sich zur Ruhe zu rufen, aber es zeugte nicht von sonderlich viel Erfolg. Bizarrerweise amüsierte ihn dieser Laut und dieser Anblick, auch wenn er dabei kurzzeitig etwas anderes im Kopf hatte.

Einzig Scott schien seine Ungeduld gut genug verstecken zu können, wenn man einmal von dem nervösen Zucken seiner Finger absah. Kopfschüttelnd wandte Jack den Kopf ab, ließ ihn hängen, schloss die Augen und zählte die quälenden Sekunden, bis der Fahrstuhl sie endlich entlassen würde.

110, 111, 112, 113 …

Endlich ertönte der Gong und läutete ihre Freiheit ein. Eventuell sollte er zugeben, dass es nicht so lange gedauert hatte, aber seine Geduld war am Ende und nach gut 10 Sekunden hatte er die Zahlen in den Gedanken gejagt und eine nach der anderen erschossen, ohne sich an der Geschwindigkeit der Sekunden zu orientieren.

Sie fielen, fielen viel zu schnell.

Wie von der Tarantel gestochen marschierten sie alle aus dem Metallgehäuse, stürmten förmlich das ruhige Labor und rissen so gut wie alle aus ihrer Trance und ihrer Aufmerksamkeit, die sie irgendwelchen Mikroskopen oder Bildschirmen schenkten.

Jedoch beruhigten sich die Weißkittel schnell wieder, sahen sie nur missbilligend an und wandten sich wieder ihrer Arbeit zu. Vermutlich klang von irgendwoher noch ein gemurmeltes „Kein Anstand" durch den Raum, doch dem schenkte keiner von ihnen ihre Aufmerksamkeit. Jack musste gestehen, diese Weißkittel, wie er sie nannte, waren wirklich ein Völkchen für sich. Lustigerweise kam es ihm jedes Mal so vor, als könnte man sie genauso schnell wieder beruhigen, wie man sie aufgeregt hatte.

Auch wenn es hier natürlich Ausnahmen gab, gerade die Laborchefin war eine.

„Claire!" Seine Stimme war scharf, schärfer als er selbst erwartet hatte, doch da sprach die Ungeduld aus ihm heraus und das schien auch die Gesuchte zu erkennen, denn die Blonde verdrehte deutlich ihre Augen und sah ihn missbilligend an.

„Jack, schön, dass du dich mal wieder persönlich blicken lässt", ätzte sie ihn mit einem giftigen Blick an. Nicht dass die Blonde sonst die Freundlichkeit schlechthin war, doch da er sich seit Wochen nicht mehr hatte blicken lassen und immer nur andere vorschickte, konnte er es nachvollziehen. Jedoch ignorierte er auch diesen Satz und starrte sie abwartend an. Ihm ging es gerade nur um die Information, die DNA, und nicht um irgendein nettes Gespräch unter Kollegen.

„Was hast du gefunden?", sprach er also weiter, verlagerte sein Gewicht auf sein linkes Bein, die Arme verschränkt und die Augen zusammengekniffen. Der Grauhaarige hatte keinerlei Geduld für irgendwelchen Small Talk. Da draußen lief ein Wahnsinniger herum, er hatte keine Zeit!

„Oh, danke der Nachfrage, es geht mir gut und dir?" Ein provokantes Lächeln legte sich auf die schmalen Lippen und auch sie verschränkte, durchaus angriffslustig, die Arme vor ihrer Brust, den Kopf schief gelegt und doch triumphierend. Sie sah ihm vermutlich an, dass er gleich aus der Haut fuhr und provozierte es regelrecht, diese miese Schlange.

Doch bevor er ihr noch einen fiesen Kommentar an den Kopf werfen konnte, schnappte sein Kopf geschockt herum und er starrte den braunhaarigen Psychologen neben sich völlig entgeistert an.

Wie bitte? Fiel er ihm wirklich so in den Rücken, ausgerechnet vor dieser Frau?

„Oh, wirklich, Jack? Sehr gern!" Doch die Blonde hatte es ebenso vernommen und grinste ihn nun noch breiter an, während er noch immer die letzten Worte seines Kindheitsfreundes verarbeitete. Er hatte ihn gerade wirklich in eine unvorhergesehene Situation gebracht, die er ganz sicher nicht erwartet hatte, doch auch der Übeltäter lächelte ihn scheinheilig an. Valentin hatte es doch tatsächlich geschafft, ihm die Kontrolle über die Situation zu entreißen.

Sollte das die Rache für seine Provokationen den Tag über sein? Wenn ja, hatte er durchaus Erfolg damit und sein Magen schlug einen unangenehmen Purzelbaum. Dafür würde er sich rächen, definitiv.

„Ma, natürlich lade ich dich auf einen Kaffee ein, Claire", fügte er dann noch einmal leise hinzu, seine Augen jedoch glühten vor unterdrückter Wut dem Braunhaarigen gegenüber. Das würde definitiv noch ein Nachspiel haben, darauf konnte sich der Jüngere ganz sicher verlassen.

Leise murrte er noch eine Verwünschung auf Valentin, bevor er sich wieder der Frau vor sich zuwandte, schließlich war er nicht hier, um sich provozieren zu lassen, sondern um sich seine begehrten Informationen zu holen und diese würde er wohl nur bekommen, wenn er sich am Riemen riss und seiner Wut später Ausdruck verlieh.

Die Blonde seufzte und strich sich eine störende Strähne aus dem Gesicht, bevor sie sich umwandte und ihnen mit dem Finger bedeutete, ihr zu folgen. Alle drei Männer blickten sich irritiert an, zuckten jedoch nur mit den Schultern und folgten ihr, schließlich wollten sie alle das Ergebnis wissen, sie würde ihren Grund haben es in ihrem Büro zu verkünden.

Er unterdrückte mühsam ein genervtes Aufstöhnen, als sie ihr wie eine Horde Neulinge hinterherliefen wie eine Entenfamilie, aus dem Labor heraus, über den Gang und dann endlich in ihr Büro.

„Es wird dir nicht gefallen, Jack", fing die Ältere dann auch schon an, kaum fiel die Tür hinter ihnen ins Schloss. Der Satz brachte ihn dann doch zum Stutzen und sein Blick glitt irritiert zu ihr, fragend. Weshalb sollte es ihm nicht gefallen? Ihm würde alles gefallen, solange sie ihn endlich hinter die schwedischen Gardinen bringen konnten. Er würde sie auch alle umarmen und mit Claire einen Kaffee trinken gehen, wenn es sie nur endlich ans Ziel brachte.

Sie druckste kurz herum, versuchte sich selbst und auch sie abzulenken, doch sie bemerkte schnell, dass es nicht funktionierte.

Doch wenn sich Jack nicht täuschte, gefiel auch ihr das gefundene Ergebnis nicht sonderlich, jedoch konnte er sich in diesem Punkt auch irren. Die tiefe Furche auf ihrer Stirn jedoch, welche sie besorgt und auch unwohl in Falten legte, bestätigten seinen Verdacht jedoch nur und er fing unbewusst an seine schwitzenden Hände an seiner Hose abzuwischen.

„Wer ist es, Claire?" Er versuchte es auf die sanfte Tour, benutzte extra ihren Spitznamen, versuchte ihr emotional näherzukommen, auch wenn er selbst wusste, wie schlecht er darin war, da klappte es bei Valentin deutlich besser, doch er musste es versuchen. Schließlich half sie keinem, wenn sie den eventuellen Killer deckte, nur weil es ihr persönlich naheging.

Jedoch würde es auch ihm an die Nieren gehen, wenn er ihren Worten Glauben schenken durfte und meist durfte man genau das. Er seufzte ergeben, strich sich ungeduldig durch die störrischen, grauen Haare und blickte sie schweigend an. Zwar hatten sie nicht ewig Zeit, aber wenn er sie bedrängte, würde er nur auf eine Mauer treffen.

Die Blonde holte Luft, griff nach der Akte auf ihrem Schreibtisch und blickte sie seufzend an, bevor sie ergeben die Augen schloss. Es dauerte nur wenige Sekunden, auch wenn es allen Anwesenden wie Stunden vorkam. Doch die Zeit war schnell vergessen, als sie ihm die Akte entgegenhielt, sie jedoch noch einmal zurückzog, als er danach griff.

Der Grauhaarige bemerkte diese Geste mit einem Stirnrunzeln, ebenso die Tatsache, dass sie auf ihrer Unterlippe kaute, bevor sie ihm die Akte doch gab.

„Wie gesagt, es wird dir nicht gefallen, vielmehr wird es dein Weltbild ins Schwanken bringen."

„So schlimm kann es nicht sein", meinte er mit einem Schnauben und winkte ihr Argument daher mit einem laschen Wedeln seiner Hand zur Seite, bevor er endlich die Akte aufschlug und sich schlagartig verschluckte.

„Ist das dein Ernst?"

„Mein völliger Ernst. Nein, Jack, ich habe es dreimal überprüft, hier liegt kein Fehler vor. Es war seine DNA an Biancas

Leiche." Sie unterband seinen unausgesprochenen Versuch sofort mit diesen Worten und nahm ihm jeglichen Wind aus den Segeln.

Oh nein, es gefiel ihm absolut nicht, was er auf dem Papier in seiner Hand vorfand. Jeden, er hätte wirklich jeden mit einem Freudentanz verhaftet. Aber ausgerechnet sein Idol … es war wie ein schlechter Film, nur dass es die Realität war. Ein mieser Scherz, er konnte es einfach nicht sein, er glaubte es nicht!

Seine Mundwinkel zuckten nach unten, bevor er entschlossen die Akte zuschlug und seiner Stimme Schärfe verlieh: „Holt ihn her!"

Mit diesen Worten schickte er seinen Kollegen los, nickte Claire nur noch einmal zu und lief mit Valentin wieder hinauf in sein Büro.

Noch auf dem Weg schlich sich ein Lächeln auf sein Gesicht.

Denn auch wenn es ihm nicht gefiel, er musste dieser Spur nachgehen und er würde beweisen, dass er nicht der Killer war und falls doch, würde er es beweisen und untermauern. Denn egal wie sehr es ihm persönlich gegen den Strich ging, es war ein Job und er würde ihn ausüben, koste es, was es wolle. Sollte sein Idol der Killer sein, so würde er ihn mit gutem Gewissen in die Zelle führen, denn dann wäre die Welt weit weniger dunkel als sie im Moment war.

Er hatte ja noch das Vergangene.

Es vergingen mindestens zwei Stunden, bis sie ihn endlich im Verhörraum hatten, angekettet und allein. Der Grauhaarige stand noch mit Valentin und Scott hinter dem Glas, beobachtete ihn und kräuselte die Stirn, nachdenklich. Soweit er von Scott gehört hatte, hatte sich der ältere Mann gewehrt, uneinsichtig, weshalb er auf das Revier gebracht werden sollte.

Jack wusste nicht genau, was er davon halten sollte, hätte der Mann nichts zu verbergen, gäbe es keinen Grund sich zu wehren, wenn er sich jedoch die Situation in Erinnerung rief, in welcher Scott ihn aufgespürt hatte, konnte er es fast schon nachvollziehen.

Allerdings nur fast.

Kopfschüttelnd hatte er ihn beobachtet, wie er zeternd in den Raum gebracht wurde und ihnen mit seinem Anwalt gedroht hatte, man dürfe so etwas mit einer Person, wie er es war, nicht tun. Er plädierte auf sein Freiheitsrecht, womit er ja auch recht hatte, wäre er nicht ein Verdächtiger in einer Reihe grausamer Morde.

Je länger seine Augen auf dem Mann ruhten, desto sicherer wurde er sich, sie mussten den Richtigen haben, weshalb sonst sollte er so nervös sein, so ängstlich und unruhig? Irgendwas hatte er definitiv zu verbergen und er würde herausfinden, was es war, koste es, was es wolle.

Eine Bewegung in seinem Augenwinkel riss ihn aus seinen Gedanken und so schenkte er seinem Kollegen einen fragenden Blick, eine Einladung zu sprechen. Der Kurzhaarige sah ihn mit einem ernsten Blick an, bevor er die Akte, welche sie in den zwei Stunden angelegt hatten, aufschlug und ihn auf den neuesten Stand brachte.

„Soweit wir es herausfinden konnten, können wir ihn mit allen vier bekannten Opfern in Verbindung bringen. Jedoch müssen wir noch seine Alibis untersuchen, sobald wir diese haben. Doch soweit mich mein Instinkt nicht täuscht, war er es."

Jack nickte nachdenklich, machte sich gedanklich seine Notizen, schließlich musste er vorbereitet sein, wenn er hineinging und ihn in die Enge trieb. Er brauchte stichfeste Beweise und er würde sie bekommen. Die Frage war nur, ob sie ihn mit den Morden in Verbindung bringen konnten. Denn die Opfer zu kennen war keineswegs ein Verbrechen. Konnte er ihn jedoch brechen und nachweisen, dass er die Zeit gehabt hatte, die Möglichkeit und auch die persönlichen Voraussetzungen, so würde er ihn festnageln.

Natürlich war es jedem Menschen möglich zu morden, doch die wenigsten weisen eine Persönlichkeit auf, die ihnen solche Morde erlauben. Jeder Mensch war dazu imstande, das wusste er aus Erfahrung, man musste nur die richtigen Knöpfe drücken und die Sicherung flog hinaus. Es war einfach, wenn man den Menschen gut genug kannte und somit die richtigen Knöpfe fand.

Menschen waren manipulativ und kaltherzig, jeder von ihnen zeigte es jedoch auf eine andere Art und Weise. Grundsätzlich sollte man niemandem weiter vertrauen als man Spucken konnte, doch wer hielt sich schon daran? Selbst er, der die Abgründe der menschlichen Seele kannte, hielt sich nicht daran und hatte ein paar Seelen um sich herum, für die er alles tun würde, ganz gleich auf welche Weise.

Sein Blick glitt zur Seite, beobachtete das ruhige Gesicht des Psychologen, welcher gänzlich auf ihren Verdächtigen fokussiert war.

Auch Valentin war imstande zu morden, welche Knöpfe man jedoch bei ihm drücken musste, wusste er nicht. Natürlich konnte er Vermutungen anstellen, doch ob es die Richtigen waren, würde er nicht herausfinden. So unschuldig der Jüngere auch wirken konnte, er war kein unbeschriebenes Blatt, keiner von ihnen. Tief in ihm schlummerte Wut, welche vielleicht irgendwann das Licht der Welt erblicken würde, vielleicht aber auch nicht.

Niemand konnte vorhersagen, ob ein Mensch in seinem Leben morden würde, oder nicht. Auch Selbstverteidigung zeigte es ihnen als Polizisten oft genug, die unschuldigsten Menschen töteten, wenn ihr Leben davon abhing. Andere wieder flüchteten sich in Mord, wenn das Leben ihrer Liebsten in Gefahr war. Wenn man es so betrachtete, konnte man also ohne Zweifel davon ausgehen, dass jeder töten würde, ganz gleich aus welchen Gründen, sie müssen nur da sein.

Nicht dass irgendein Grund eine solche Tat rechtfertigen würde, weder vor ihnen noch vor dem Gericht, doch er konnte einige durchaus nachvollziehen. Denn letzten Endes war er auch nur ein Mensch und hatte sein eigenes Bewusstsein. Selbstverständlich brachte er jeden Täter hinter Gitter, das hieß allerdings nicht, dass er keine Sympathie für wenige von ihnen empfinden durfte, weil er ihre Gründe verstand.

Jack seufzte ergeben auf, schnappte Scott die Akte aus der Hand und sah ihn abwartend an. Natürlich könnte er allein zum Verhör gehen, doch er wusste, dass sein Kollege immer recht gern am lebenden Objekt arbeitete, anstatt hinter der Scheibe zu warten und nichts tun zu können. Er konnte es ihm nicht verübeln, sah man doch direkt vor Ort mehr als aus der Entfernung von gut 2 Metern.

Der Jüngere sah ihn an, nickte bestätigend und folgte ihm, nur Valentin blieb zurück, denn er konnte wiederum mehr erkennen, wenn er den Blick von weiter weg tätigte. Er erkannte vermutlich Gesten und Bewegungen, die sie nicht einschätzen konnten und so würden sie das Puzzle vervollständigen.

Heute würden sie ihn schnappen.

Wenn er sich einmal festgebissen hatte, ließ er nicht mehr los.

Er war es, er wusste es.

SCHATTEN

Ein fast schon wahnsinniges Lächeln schlich sich auf sein Gesicht, als der Ton an den Wänden widerhallte, jedoch nicht nach außen drang. Immer wieder trafen die Töne sein Trommelfell, ließen es in wohligen Schauern erzittern und vergrößerten das Lächeln auf seinem Gesicht.

Ansonsten herrschte im ganzen Haus Ruhe, auch wenn Chris vermutlich wieder die Küche unsicher machte, in dem Versuch an die Cornflakes zu kommen, welche er eigentlich extra ganz nach oben gepackt hatte. Irgendwie musste er den Jungen ja dazu bringen, mehr Gemüse zu essen, auch wenn es nicht ganz so funktionierte wie es sollte.

Eher im Gegenteil, jetzt wollte er es noch weniger als zuvor. Er musste sich bei diesem Punkt ganz dringend noch etwas anderes einfallen lassen, nur wusste er noch nicht, was. Er konnte den Kleinen sich schließlich nicht nur von Cornflakes ernähren lassen, das würde später vielleicht Aufsehen erregen und das konnte er gar nicht gebrauchen. Kopfschüttelnd verjagte er den Gedanken und wandte sich wieder dem Mann vor sich zu.

Er war alt, sehr alt, jedoch noch nicht in der Nähe der Todesschwelle, auch wenn er da noch früh genug ankommen sollte, weil er nachhelfen würde. Er hatte es nicht verdient zu leben, zu atmen und ihn auch nicht um Gnade anzuflehen. Aber bald würde endlich Gerechtigkeit walten.

„Hör endlich auf so wehleidig vor dich hinzubrabbeln, was hast du schon Gutes getan?!" Wütend blitzten seine Augen auf, funkelten den Mann an und brachten ihn, wenn auch nur kurzzeitig, dazu zu verstummen. Denn sehr zu seinem Leidwesen brachte sein Blick genau das Gegenteil zum Vorschein, er flehte noch mehr als zuvor, ignorierte sogar den Speichel, der ihm aus dem Mundwinkel lief, nicht dass er eine andere Wahl hatte.

Er konnte es einfach nicht mehr hören, sein Gestammel um seine Unschuld, dass er sich nie etwas hat zuschulden kommen lassen, dass er ein ehrenwerter Bürger war und nichts Unrechtes getan hatte.

Es hing ihm wirklich zu den Ohren heraus und sein Kopf fing an zu schmerzen, weil der alte Mann auch nicht unbedingt leise redete. Wenn er es nicht selbst sehen würde, würde er sogar bezweifeln, dass er zwischendurch Luft holte.

So schnaubte er nur und griff nach der Tube, welche er zufällig noch einstecken hatte, da er zuvor eines von Chris' Spielzeugen repariert hatte. Dann zischte er wütend, packte ihn unsanft am Kiefer und überdehnte seinen Kopf, zog ihn zu sich hinter. Das Knacken, welches dabei ertönte, war Musik in seinen Ohren. Wunderschöne Musik, wie er fand.

Aufgrund seines festen Griffes konnte der ältere Mann sich nicht wirklich artikulieren, stöhnte nur vor Schmerzen auf und kniff die Augen zusammen, verbargen so die Angst, die in ihnen stand.

„Halt endlich den Rand, ich kann es nicht mehr hören, wirklich nicht! Du weißt genau, wer ich bin, was du mir und vielen anderen angetan hast." Gegen Ende wurde er immer leiser, flüsterte nur noch drohend in sein Ohr, das wiedergekehrte Lächeln auf seinen Lippen verschwand dabei nicht.

Dann richtete er sich wieder auf, wartete bis er endlich wieder die Augen öffnete, er wollte die Angst sehen. Erst dann schraubte er die Tube auf, zog eine großzügige Linie auf seine Unterlippe und drückte dann mit Gewalt seinen Kiefer nach oben, presste so die Lippen für einige Sekunden aufeinander.

Erst als er langsam bis 10 gezählt hatte, ließ er seinen Kopf los und konnte amüsiert beobachten, wie sich die Augen weiteten, aus Angst und aus Erkenntnis. Denn seinem Opfer wurde nur zu schnell klar, dass er nun schweigen musste, ganz gleich, ob er es wollte oder nicht, denn seine Lippen würde er nicht mehr benutzen können.

„Weißt du, Sekundenkleber ist nicht nur nützlich, um kaputtes Spielzeug zu reparieren", stellte er leise in den Raum, ließ die Tube wieder in seiner Hosentasche verschwinden und auch seine Hände fanden kurz darauf ihren Weg in diese. Er entspannte sich, blickte sein Opfer locker an, nur um dann gespielt geschockt die Augen aufzureißen und ihn entschuldigend, ja, fast schon um Verzeihung flehend anzusehen.

„Oh nein, das heißt auch, dass du nichts essen kannst!" Er legte den Kopf schief, bevor sich wieder ein leichtes Lächeln auf seine Lippen schlich.

„Nun, drei Tage wirst du sicher aushalten, danach werden wir sehen, ob ich genug Geschick aufbringe, um dich künstlich zu ernähren."

Allein bei diesem Satz schlich sich ein unheilvolles Lächeln auf seine Lippen, man konnte davon ausgehen, dass es absolut nichts Gutes bedeutete. Schließlich wusste er, wie man Menschen quälte und wen konnte man mit Schweigen besser strafen, als einen Menschen, der es sein Leben lang verstanden hatte, sich aus allem herauszureden? Eine ziemlich passende Strafe, die er sich da überlegt hatte.

Erneut wollte er den Mund öffnen, ließ es allerdings bleiben, als die Tür schwungvoll aufgerissen wurde und ein blonder Wirbelwind den Kopf hineinsteckte.

„Papa?" 'Fragend drang die Kinderstimme durch den recht dunklen Raum, welcher nur von einer einfachen Glühbirne erhellt wurde. Er schloss die halb geöffneten Lippen und wandte den Kopf zur Tür, sich stumm fragend, was er nun wieder angestellt hatte.

„Ja, Chris?", fragte er also ruhig, wandte sich endlich dem Jungen zu und signalisierte ihm somit seine volle Aufmerksamkeit. Nicht dass er sie nicht auch so immer hatte, aber er war gern bereit, es auch körperlich zu signalisieren.

Was auch immer der Junge wollte, er schien es nicht genau zu wissen, denn er druckste herum, sah ihn unsicher an und wackelte von einem Bein auf das andere. Der Erwachsene wartete einfach nur, neugierig, was er wollte. Endlich schien sich der Blondschopf entschieden zu haben.

„Darf ich mitspielen?"

Finger lang und dünn,
beugt es sich zu deiner Kehle hin.
Wehr dich nicht, schrei nur stumm,
dein Leiden ist gleich um.
Es kichert leis, lacht verrückt,
ernährt sich von der Panik in deinem Blick.
Sei beruhigt, ist einerlei,
dein Leiden ist gleich vorbei.

7. STILLE

Er war völlig übermüdet, als er am nächsten Tag gähnend durch die Türen schritt und sich über das Gesicht strich, mit dem Gefühl, dass seine Augenringe an seinen Fingern kleben blieben und er sie auf diese Art durch sein gesamtes Gesicht zog.

Natürlich war es völliger Unsinn, aber genau so fühlte es sich an und er konnte nur verzweifelt aufstöhnen, als sich dieses Bild vor seinen inneren Augen verfestigte. Müde ließ er seinen Kopf zur Seite kippen, gähnte erneut und drückte geistesgegenwärtig auf einen der vielen Knöpfe, die der Kaffeeautomat vorzuweisen hatte.

„Oh Gott, komm schon!", brummte er, schloss noch einmal die Augen, um das Bild zu vertreiben und lehnte sich gegen den Automaten, der just in diesem Moment ein unschönes Röcheln von sich gab, dampfte, rülpste und schließlich gänzlich verstummte.

Jack hingegen reagierte erst nach wenigen Momenten und starrte den Automaten entsetzt an.

„Ma, komm schon!", rief er aus, sah ihn fassungslos an und raufte sich verzweifelt die Haare. Er wollte doch nur einen verdammten Kaffee an diesem Morgen, war das zu viel verlangt? Doch der gesamte Tag schien sich einfach nur gegen ihn verschworen zu haben, schlimm genug, dass der vorangegangene schon beschissen zu Ende ging, der heutige wollte ihn ganz offensichtlich noch übertreffen.

Er seufzte frustriert auf und strich sich erneut durch sein Haar, auch wenn es nichts half und es weiterhin völlig chaotisch von seinem Kopf abstand. Er hasste diesen Tag und sein Magen sagte ihm, dass er nur schlimmer werden konnte.

Ein letzter wütender Blick traf den Automaten, bevor er frustriert mit dem Fuß dagegentrat und grummelnd in die Richtung seines Büros ging. Am liebsten wäre er einfach zu Hause geblieben und hätte den Schlaf nachgeholt, der ihm so fehlte, doch er wurde schon früh von Scott herbestellt, der ihm die Neuigkeiten näherbringen wollte, die er entdeckt hatte.

Wie auch immer dieser das schaffte, schlief er überhaupt? Immerhin war er am Abend zuvor genauso lange auf dem Revier geblieben wie er selbst. Was auch immer Scott zu sich nahm, um so wach zu sein, er sollte wohl dringend auch etwas davon nehmen.

Der Black konnte ein weiteres Gähnen nicht unterdrücken und verdrehte noch im selben Moment die Augen über sich selbst. Nur ein paar Jahre zuvor war es kein Problem gewesen, sich die Nächte um die Ohren zu schlagen, doch die Nacht war überraschend anstrengender gewesen als es geplant war.

Die Augen auf Halbmast betrat er also sein Büro, in welchem er schon mit einem mitleidigen Blick begrüßt wurde, er jedoch beließ es bei einem einfachen heben seiner Hand, bevor er sich auf seinen Stuhl fallen ließ, welcher ein kränkliches Ächzen von sich gab.

Da der Jüngere schwieg, sah er ihn fragend an, während er nun doch die Beine über seinen Schreibtisch schwang und sich so weit nach hinten lehnte, wie es der Stuhl erlaubte, ohne zusammenzubrechen. Scott schmunzelte nur amüsiert und zuckte mit den Schultern.

„Ich habe auch Valentin angerufen, er müsste gleich da sein", meinte dieser also nach einem kurzen Moment und so verfielen sie wieder in Schweigen, wartend, bis der Psychologe endlich eintreffen würde.

Doch die Zeit konnte er nutzen und den gestrigen Abend erneut durchzugehen. Mit geschlossenen Augen rief er sich das Verhör wieder in Erinnerung, welches sie geführt hatten.

Die Tür fiel hinter seinem Partner ins Schloss, verschloss den Raum erneut und nahm dem älteren Mann damit jegliche Hoffnung auf Entlassung. Allein dies war schon Grund genug, für seinen wütenden Blick, welchen er durchaus mitbekam, jedoch einfach überging, indem er ihn mit einem schmalen Lächeln begrüßte.

„Daniel", sprach er also geschäftig und recht kurz angebunden. Er musste jegliche Schwärmerei für seine Arbeit vergessen, diese gehörte nicht hierher, er war ein Mensch wie jeder andere und sehr vermutlich auch ein Mörder, der keine Rücksicht kannte.

„Was mache ich hier?", fing der Weißhaarige ältere Mann auch schon an, zog an den Ketten, welche seine Hände mit dem Tisch verbanden, welche jeden Fluchtversuch zu verhindern wussten.

„Kennen Sie diese Person?", fing er einfach an, überging seine Frage und legte ein Bild von dem rothaarigen Jungen vor ihn auf den Tisch, während er sich selbst einen der Stühle heranzog und sich rittlings darauf niederließ. Auch Scott begnügte sich mit einem der Stühle, auch wenn er sich vernünftig darauf niederließ.

Der ältere Mann schnaubte, kniff die Augen zusammen und wollte deutlich widersprechen, allerdings schien er sich eines Besseren zu entscheiden und griff nach dem Bild, blickte es nachdenklich an, bevor er es langsam wieder auf den Tisch legte.

„Ja, tu ich", beantwortete er dann schleppend die Antwort, man sah ihm an, dass es ihm nicht behagte.

Jack hingegen nickte, legte ein weiteres Bild auf den Tisch. Das Bild einer braunhaarigen Frau, seinem letzten Opfer. Auch hier ließ sich der Verhörte Zeit, ließ auch dieses Bild wieder langsam sinken und nickte.

„Was genau soll das hier werden?"

„Sie kennen die beiden also. Woher genau?" Erneut überging er seine Frage einfach, beobachtete jedoch interessiert seine Reaktion. Er schien sich sichtlich unwohl zu fühlen und rutschte hin und wieder auf dem Stuhl umher, wenn er dies nicht tat, wackelte er mit dem linken Fuß.

Er war nervös.

„Der Junge, wohnte in der Nachbarschaft, Stress mit den Eltern soweit ich weiß, hat immer wieder Unsinn angestellt", fing er also nach einigen Minuten des Schweigens an, nachdem er es nicht mehr ausgehalten hatte kritisch beobachtet zu werden.

„Die Frau?", fragte Scott weiter nach, blickte seinem Ziel dabei genau in die Augen, als wollte er sehen, was sonst keiner sah.

Daniel wand kurz den Kopf ab, bevor er die Lippen verzog, während er antwortete: „Meine Ex", meinte er allerdings nur kurz angebunden, lehnte sich zurück und verschränkte die Arme.

„Welches Verhältnis hatten Sie zu den beiden?" Wieder übernahm Jack das Ruder, lehnte sich etwas weiter vor und positionierte sich etwas anders, gemütlicher. Er strahlte im Gegensatz zu Scott Ruhe aus, ein kompletter Gegenpol zu dessen unverhohlener Neugier.

Wieder zuckten die Lippen des Schriftstellers, bevor er schnaubte und schließlich seufzend nachgab: „Bianca ... war eine eifersüchtige Frau und auf Geld aus, ich hatte allerdings seit Jahren keinen Kontakt mehr zu ihr."

„Der Junge?"

Ein Zucken mit den Schultern begleitete seine Aussage: „Hat sich öfter in meinem Keller versteckt, ich hab ihn gelassen, weil ich es meist sowieso nicht mitbekommen hatte."

Der Grauhaarige summte, fing nun seinerseits an, rhythmisch mit dem rechten Bein zu wippen, während er sich nachdenklich mit dem Zeigefinger seiner rechten Hand über die Lippen strich.

„Was wissen Sie über Tobi Shimura?", fragte er dann langsam und nur seine Augen verrieten durch ein Funkeln seine Neugier, doch es schien sein Gegenüber genug zu verwirren, dass er freimütig eine Auskunft gab.

„Er ist mein Verleger, für die Flirt-Reihe, weshalb?"

Sein Blick flog kurz zu Scott, dann winkte er ab, als sei es eine völlig unwichtige Frage. Seine Gedanken rasten, wenn er auch noch die letzte Person kannte, mussten sie ihm nur noch Motiv und Möglichkeit nachweisen, dann hatten sie ihn an der Angel und er würde diesen Fisch ganz sicher nicht entwischen lassen. Sein Jagdinstinkt übernahm langsam, aber sicher die Kontrolle.

So leckte sich der Grauhaarige kurz über die Lippen, welche völlig ausgetrocknet waren, sie waren so kurz davor ihn einzubuchten und er würde es genießen!

„Sagt Ihnen der Name Percy etwas?" Seine Augen funkelten regelrecht, fingen den älteren Mann ein und ließen ihn nicht eine Sekunde aus den Augen, die Beute würde ihm nicht entwischen.

„Nein, sollte er?"

Beinahe wäre er eingeschlafen, aber nur beinahe, die kalte Hand, die sich plötzlich an seinen Hals verirrte, holte ihn jedoch schnell wieder aus dem Land der Träume. Sein Körper zuckte schneller zusammen, als er es selbst verarbeiten konnte, brachte den Stuhl erneut zum Rebellieren. Bevor er noch die Augen aufreißen konnte, fand er sich auch schon wieder auf dem Boden vor, stöhnend vor Schmerzen, da er ungünstig gelandet war und sein Kopf sich nun auch wieder zu Wort meldete.

Ein Lachen drang an seine Ohren und er war sehr darum bemüht keinen unangemessenen Kommentar zu dieser Störung von sich zu geben, stattdessen blickte er den Übeltäter nur mit einem grimmigen Blick an.

„Kaffee?"

Unschuldig als hätte er nichts zu verschulden, blitzten ihn braune Augen an, ein Lächeln auf den Lippen. Ganz gleich, was Jack eben noch auf den Lippen lag, bei dem Wort des heiligen Gebräus wurde er aufmerksam und blickte ihn erstaunt an, nur um zwei dampfende Becher in seinen Händen zu erblicken.

Dadurch besänftigt nickte er nur, während er aufstand und sich den Stuhl wieder heranzog, die Hand schon ausgestreckt, um endlich sein Hauptbedürfnis zu stillen.

Die Augen des Ältesten im Raum begannen zu leuchten, kaum dass seine Lippen das so schmerzlich begehrte heiße Gebräu berührten, der Tag schien sich doch, wenn auch nur wenig, zu lichten. Wenn zu Hause endlich das Wasser wieder funktionieren würde, könnte er beinahe über den schlechten Start hinwegsehen. Denn neben dem Kaffee sehnte er sich nach einer Dusche, die ihn nicht mit Eiswürfeln bewarf, wenn er sie nutzen wollte, nur um dann ebenfalls den Geist aufzugeben wie der Kaffeeautomat.

Wäre er Raucher, gäbe es bei seinem heutigen Glück vermutlich auch keine Zigaretten mehr. Bei Gott war er an diesem Morgen froh gewesen, diese Sucht schon vor längerer Zeit besiegt zu haben.

Er verdrehte leicht die Augen, bevor er seufzte und sich, dieses Mal jedoch vorsichtiger, zurücklehnte und seinen Kollegen Scott anvisierte.

„Also, weswegen rufst du mich zu so einer unchristlichen Zeit her?"

Der Mundwinkel des Angesprochenen zuckte deutlich, doch er lächelte nicht und zog eine Akte vom Tisch, welche er bis eben völlig übersehen hatte, schlug sie auf und blätterte einige

Momente darin herum, bevor er ihm erneut einen Blick zuwarf und sich räusperte.

„Ich habe Daniel überprüft, seine Aussagen treffen so weit zu, er steht mit all unseren Opfern in Verbindung, nur zu Percy konnte ich keine aufbauen", fing er an und Jack runzelte die Stirn, der Griff um den Becher verstärkte sich.

„Es muss eine Verbindung geben!"

„Ich habe mir noch einmal die Akte von Percy vorgenommen und das einzig Auffällige darin ist sein Drogenkonsum, was uns noch immer keine Verbindung bringt, es sei denn Daniel verkauft neuerdings welche", fügte er am Ende ironisch hinzu, doch ihm war die Enttäuschung anzusehen.

„Was ist, wenn er das wirklich hat?" Die ruhige Stimme riss sie alle aus ihren Gedanken und er blickte zu seinem Jugendfreund.

„Wie meinst du das, Valentin?", fragte er, die Stirn noch immer gerunzelt. Nichts wies darauf hin, dass der Schriftsteller mit Drogen zu tun hatte, doch er war durchaus an seiner Theorie interessiert.

„Nun …", fing er an, bevor er kurz seufzte und sich ebenfalls endlich hinsetzte. „Ich habe schon öfter von Autoren gehört, die hin und wieder zur Hebung ihrer Motivation das ein oder andere konsumieren. Was ist, wenn es hier nichts anderes ist? Vorstellbar ist es allemal, vielleicht tut er es auch nicht mehr, hat es jedoch in der Vergangenheit getan. Wir haben keinen Grund, nicht in der Vergangenheit zu suchen, sie müssen sich nicht kurz vor dem Mord begegnet sein."

Der Grauhaarige nickte nachdenklich und lenkte seinen Blick nach draußen. Es herrschte eine Weile Schweigen zwischen ihnen, bevor er sich wieder zu den anderen beiden Männern umwandte.

Ihm war es wieder eingefallen, natürlich hatte er darüber gelesen.

„Es gab einen Bericht, sogar irgendein Interview, in dem er es erwähnt hatte", klärte er die anderen beiden mit einem Nicken auf. Wenn es stimmte, mussten sie ihm nur noch nachweisen, dass er ihn versorgt hatte.

Oder sie blufften und lockten ihn so aus der Reserve, auch eine gute Methode, die sich oftmals bewährte und zu den entscheidenden Schritten führte.

Also, warum nicht auch hier? Sie hatten allen Grund, um in diese Richtung zu ermitteln und er wollte bezweifeln, dass sie so falschlagen. Irgendetwas musste an dieser Geschichte wahr sein, sie stank viel zu sehr, um falsch zu sein.

Auch Scott stimmte ihm mit einem Nicken zu, bevor er seine Gedanken aussprach und einen Bluff vorschlug. Daran merkte er wieder, bei wem er gelernt hatte: bei ihm. Sie dachten oft in dieselbe Richtung, was ihre Arbeit ungemein erleichterte. Sie war dadurch einfach leichter und durchaus angenehmer, ganz gleich, was sie gerade bearbeiteten. Auch wenn Scott jünger war als er selbst, hatte er schon oft festgestellt, dass sein Geist und seine Gedankengänge weit darüber hinausgingen. Man musste nicht unbedingt lange in diesem Beruf arbeiten, um einige Schlüsse zu ziehen, auch wenn mit der Länge die Erfahrung kam und die Gewissheit, dass nicht jeder nach demselben Muster arbeitete. Je mehr verschiedene Leute man bei der Arbeit beobachtete, je mehr Fälle man bearbeitete, desto mehr Möglichkeiten offenbarten sich einem und man konnte seinen eigenen Weg darin finden. Es war wie in einem Urwald, nicht jeder alte Baum hatte die spannendsten Geschichten zu erzählen.

„Allerdings müssen wir für die anderen noch ein Motiv finden, wir können ihm die Morde nicht einfach anhängen", fügte er dann noch hinzu, da er es beinahe selbst vergessen hatte, sie hatten schließlich nicht nur ein einzelnes Opfer, auch zu den anderen brauchten sie die passenden roten Fäden, denn auch wenn die Bekanntschaft nachgewiesen war, musste es nicht heißen, dass der Schriftsteller einen Grund hatte, diese zu töten. Ja, sie brauchten die roten Fäden vom Opfer zum Täter, ganz wie in einem Spinnennetz. Nur würde nun das Netz die Spinne selber zu Fall bringen.

Jeder von ihnen suchte sich einen aus, selbst Valentin nahm einen der übrigen Opfer, auch wenn es sicher nicht in seinen Arbeitsbereich fiel, doch er wollte sich nützlich machen, wenn er schon einmal anwesend war. An seinem Profil konnte er im Moment nicht arbeiten und es war auch nicht nötig, sollten sie wirklich den Richtigen haben.

Jack selbst wandte sich seinem Computer zu, rief alle vorhandenen und bekannten Akten von Bianca auf und verglich sie mit denen von Daniel. Da sie seine Ex war, war auch leicht zu finden, in welcher Zeit die beiden zusammen waren. Denn in dieser Zeit deckten sich diverse Ausgaben und Aufenthaltsorte, ganz davon abgesehen, dass der Schriftsteller ihm auf Nachfrage den Zeitraum genannt hatte.

Der Grauhaarige suchte eine ganze Weile, bevor er endlich eine Anzeige fand, die ihm ein Lächeln auf die Lippen legte.

Er hatte ihn.

Wenn auch die anderen beiden noch fündig wurden, konnten sie ihn endlich hinter Gitter bringen. Doch Motive allein würden nicht reichen, ihr Verdächtiger musste auch mit dem Zeitraum übereinstimmen, sie konnten ihn nicht nur wegen möglichen Motiven anklagen, würde es auf diese Art funktionieren, wäre wohl jeder von ihnen hinter Gittern.

Kopfschüttelnd, da es keinen Sinn machte sich in möglichen Gedanken zu verlieren, zog er sich einen Block heran, schrieb alles gebündelt auf, was er finden konnte, bei Unsicherheiten schrieb er ein einfaches Fragezeichen hinzu, Dinge wie die Möglichkeit zur Tat markierte er mit einem Ausrufezeichen. Diese Dinge mussten noch überprüft werden, allerdings würde er den Verdächtigen später befragen, wenn sie alle möglichen Motive ausfindig gemacht hatten und sich sicher waren.

Er konnte nur hoffen, dass sie ihn wirklich in die Zelle bringen konnten.

Es würde alles ungemein erleichtern dachte er sich im Stillen, während sein Stift weiter über das Blatt flog.

Soweit er herausfinden konnte, waren Daniel und seine Ex Bianca nicht im Guten auseinandergegangen. Soweit er durch die Zeitungsartikel verfolgen konnte, hatte die Frau ihm eine ziemliche Szene gemacht, als er sie wieder abserviert hatte, da er angeblich mit ihrer Art nicht klarkam.

Mehr müsste er bei einem weiteren Verhör herausfinden, der alte Mann war damals nicht sonderlich auskunftsfreudig gegenüber den Reportern gewesen. Doch wenn er raten müsste und aufgrund der Daten, die er finden konnte, war der Grund wohl so sinnlos und lapidar gewesen, wie er nur hätte sein können: Geld. Doch er hatte schon oft feststellen müssen, dass Geld ein grausames Motiv bilden konnte, sei es für Hass, Abneigung oder gar Mord. Neben Liebe eines der häufigsten Gründe für grässliche Umstände und Taten.

Denn so oft man es sich auch einredete, Geld regierte wirklich die Welt. Wer kein Geld hatte, konnte sich einen Platz auf der Straße sichern, die Abneigung der Umgebung gab es dabei gratis dazu. Selbst hoch angesehene, ehemalige Soldaten verwahrlosten, wenn sie keine Unterstützung bekamen, landeten auf der Straße und bettelten täglich um ihr Überleben. Geld machte vor keinem Menschen halt, es konnte wirklich jeden treffen, dass er auf einmal ohne alles auf der Straße der Einsamkeit landete.

Er hatte es nie verstanden, diese riesige Eifersucht gegenüber diesem Wertpapier. Er verdiente genug, um sich über Wasser zu halten, er schwamm nicht darin, aber er wollte es auch nicht. Wie sagte man immer? Geld verdirbt den Charakter, er konnte dieser These nur zustimmen.

Kopfschüttelnd flog er noch einmal über die Kontodaten der Verstorbenen, welche für ihren Beruf wirklich mehr als genug Wert aufzuweisen hatte. Vermutlich hatte sie es nicht nur Daniel aus den Rippen gezogen und sinnlos ausgegeben, er mochte doch wirklich bezweifeln, dass der Schriftsteller ihr einziges Opfer gewesen war, eine These, welche man ganz leicht mit den Anzeigen unterlegen konnte. Denn davon hatte diese Frau wirklich genug aufzuweisen, allesamt von gut betuchten Männern im höheren Alter. Nichts was ihn wirklich überraschte, ihr Aussehen allein ließ schon darauf schließen, dass irgendetwas an der Frau falsch war. Kein Lehrer verdiente so gut, um sich diese riesigen Steine leisten zu können, geschweige denn die Markenkleidung, welche sie getragen hatte.

Das Telefon riss ihn aus seinen Überlegungen und er schüttelte kurz den Kopf, um seine Gedanken zu klären, bevor er zu dem Hörer griff, ohne darauf zu achten, wer ihn anrief. Um diese Uhrzeit konnte es eigentlich nur das Labor sein oder aber einer der Außenposten, die eine weitere Leiche gefunden hatten, wahlweise auch die Gerichtsmedizin, fingen die überhaupt so früh an?

Sein Blick glitt zu der Uhr, welche ihm mit leuchtenden Ziffern klarmachte, dass sie tatsächlich schon recht lange in seinem Büro saßen, spät genug für die Kellerasseln war es allemal, stellte er mit einem stummen Schmunzeln fest. Sein Grinsen wurde noch breiter als er merkte, dass sich die Laboranten ansatzweise wie die Tierchen verhielten, scheuten sie doch das Tageslicht und waren immer in Gruppen anzutreffen, Christine bildete da eine Ausnahme. Ja, die Weißkittel und alle anderen dort unten waren wahrlich ein Völkchen für sich und er war schon öfters froh gewesen, dass es sie gab.

Christine würde ihn umbringen, sollte sie jemals herausfinden, wie er sie heimlich nannte. Die Erfahrung mit Valentin hatte ihm damals schon gereicht, wieder fasste er sich an die Lippe. Aber er hatte auch nicht vor es ihr unter die Nase zu reiben, er hing an seinem Leben, ob man es ihm glaubte oder nicht. Durch so einen Fehler würde er es jedenfalls nicht einbüßen wollen, das wäre nun wirklich peinlich und äußerst unprofessionell. Er hing geradezu an seiner Seriosität. Ein Begräbnis, auf dem man ihn wegen so einer Lappalie noch im Grab auslachen würde, war das Letzte, das er gebrauchen könnte.

„Ja?", fragte er also nur in den Hörer und wartete darauf, dass die Stille unterbrochen wurde, währenddessen lehnte er sich wieder zurück, verfrachtete seine Beine erneut auf die Platte seines Tisches und zog sich den Block für neue Notizen in Reichweite.

„Mhm … ja, okay. Danke dir", meinte er nach einiger Zeit, in der er nur Zuhörer gespielt hatte, nachdenklich, bevor er den Hörer unsanft wieder auf die Ladestation schmiss, welche er fast verfehlte, denn sein Blick lag auf der leeren Seite, welche er nebenbei mit neuen Worten füllte.

„Was war denn?" Die Frage riss ihn zwar aus seinem Fluss, doch er hob nur schnell die Hand als Zeichen, dass er warten musste, dann beendete er schnell seine Notizen.

„Christine", war dann seine eintönige Antwort, als wäre damit alles gesagt. Jedoch führte diese Antwort nur dazu, dass auch Scott interessiert seinen Kopf hob.

Ergeben seufzte Jack auf, doch statt eine weiterführende Antwort zu geben, griff er nach seinem Kaffeebecher und stellte frustriert fest, dass er alle war. Kalt hätte er ja noch verkraften können, aber alle? Das war nun wirklich zu viel des Guten! Das Universum hatte ihn heute offensichtlich auf dem Kicker. Er fühlte sich unangenehm an den Start des Tages erinnert, erneut war er koffeinlos und würde vermutlich auch die nächsten Stunden keinen zu sehen bekommen, es sei denn, es geschah ein Wunder.

Doch die Chance, dass ihr Automat noch am heutigen Tag, geschweige denn in diesem Monat repariert wurde, lag ungefähr so hoch wie der Lottogewinn. Dementsprechend sanken seine Mundwinkel nach unten, denn der nächste Laden für guten Kaffee war weit genug weg, dass er nicht zu Fuß hingehen konnte, ein Umstand, der ihn zusehends nervte.

„Bianca war vielleicht für ungefähr eine Woche bei ihm, bevor sie verstarb. Er hat sie systematisch verhungern lassen, jedoch war es nicht die Todesursache. Christine meinte, sie hätte eindeutige Rückstände in ihrer Speiseröhre und ihrem Magen gefunden, beziehungsweise in dem, was von beidem übrig war. Er hat sie über die Woche mit verdünnter Säure versorgt, die Dosis war gering genug, damit sie nicht sofort starb. Ihr Untergewicht ist mit starken Abführmitteln zu erklären, damit es anscheinend so aussah, als hätte er sie für mehrere Wochen bei sich gehabt."

Um nicht seinem Kaffee hinterherzutrauern, hatte er sich seinen beiden Kollegen zugewandt, die Arme auf den Tisch stützend und sein Kinn auf die verschränkten Finger gelegt. Seine Ausführungen sorgten für Schweigen zwischen ihnen, nachdenklich betrachteten sie alle die Maserung des Tisches, jeder seinen eigenen Gedanken nachhängend, doch alle zweifelsfrei mit dem Fall beschäftigt. Er wollte sich gar nicht vorstellen, wie bleich Christine bei der Obduktion geworden war und auch den anderen beiden schienen sich angesichts dieser maßlosen Brutalität die Mägen umzudrehen.

„Dann wäre es also insgesamt der kürzeste Zeitraum, den wir zu verzeichnen haben."

Eine einfache Feststellung, welche einzig das Nicken der Übrigen mit sich zog. Auch ihm war es aufgefallen, während alle anderen für Wochen, teils sogar Monate, leiden mussten, hatte Bianca die Ehre eines vergleichsweise schnellen Todes erfahren, wenn auch genauso schwerwiegend und schmerzhaft.

„Hat er seine Methode geändert?"

„Oder doch noch etwas für sie empfunden?"

Der Grauhaarige wiegte nachdenklich seinen Kopf zur Seite, schien genauso wenig begeistert von diesen Theorien zu sein, wie es der Psychologe war, wenn er seinen Gesichtsausdruck richtig deutete. Irgendwas passte da nicht, aber das würden sie nur herausfinden, wenn sie weiterforschten und ihn schließlich fragten. Seine innere Stimme meldete sich und merkte an, dass es wirklich zum Haareraufen war. Es fehlte ihnen immer noch ein Puzzleteil.

Aber immerhin schienen sie das Schwein immer weiter einzukesseln und er würde ihn festsetzen, definitiv. Denn eher würde er dieses Revier am heutigen Tage nicht verlassen, wenn er hier verendete, sollte es so sein, aber diesen Bastard würde er in seine verdiente Zelle bringen. Einen Ehrenplatz würde er sicherlich auch bekommen, ganz weit hinten, in der entlegensten Ecke, an der nicht ein Funken Sonne ihren Weg zu ihm finden würde.

Ja, es wäre schade um seine geliebte Buchreihe, aber die konnte der Kerl auch noch im Knast weiterschreiben, ob er sie dann noch kaufen würde, wäre eine andere Geschichte.

„Also, was habt ihr?", wechselte er das Thema und sah beide neugierig an, sie mussten vorankommen und das ging nur, wenn die Verbindungen und Motive klar definiert waren. Er hoffte sehr, dass beide erfolgreich gewesen waren und sie diesen Abend endlich diesen Fall zu den Akten legen konnten.

SCHATTEN

Das Rauschen füllte den Raum, drang in jede noch so kleine Ecke ein, nahm allen anderen Geräuschen die Chance Fuß zu fassen, fraß sich in die Gehörgänge der Anwesenden und verlangte nach deutlicher Aufmerksamkeit, welche es aber nicht bekam. Es war die letzten Minuten so dominant gewesen, dass es keiner mehr wahrnehmen konnte, es wurde einfach zu schnell zur Gewohnheit.

Erst das Knacken riss alle Personen aus ihren stillen Tätigkeiten und ihren Gedanken, dann herrschte Stille, bevor sie erneut von einem deutlichen Knacken zerrissen wurde. Er hob den Kopf, blickte das Radio scharf an, welches sich dann doch als gnädig genug erwies, um erneute Töne verlauten zu lassen. Doch statt des beschwerlichen, kranken Rauschens hallte nun eine Stimme durch den Raum.

„Wie wir berichten können, wurde am heutigen Abend Daniel, der berühmte Schriftsteller, welcher unter anderem die Flirt-Reihe geschrieben hat, festgenommen und des vierfachen Mordes bezichtigt. Polizeiberichten zufolge, sei er es, der seit Monaten für Schrecken in ganz Jamestown sorgte."

Dann herrschte eiserne Stille, legte sich wie eine dicke Decke um sie, drohte sie zu erdrücken. Doch nur einem stand die Angst ins Gesicht geschrieben, Panik nahm den Körper ein und verlangte ihm alles an Kraft ab, die er noch aufbringen konnte. Ein Zittern fuhr durch den Körper, welcher sich jedoch keineswegs frei bewegen konnte. Einzig die Finger zeigten deutlich, wie unwohl dem Mann zumute war, seine Augen huschten unruhig umher, fixierten einen Punkt nach dem anderen, unfähig sich endlich zu fokussieren.

Erst als er aufstand und im direkten Blickfeld des alten Mannes auftauchte, hörte sein Blick auf, panisch umherzufliegen, lag stattdessen auf ihm.

Ein Lächeln huschte über seine Lippen, als er sich herunterbeugte, die Hände in die Seiten gestützt. „Damit hätten wir das auch geklärt, nicht?", fragte er provisorisch, legte dabei den Kopf schief, um ja keine Regung auf dem faltigen Gesicht zu verpassen.

„Da wir alle nun wissen, dass die Stadt wieder sicher ist, wird es dir sicher nichts ausmachen ...", fing er an, wurde jedoch von einem erbärmlichen Winseln unterbrochen. Tränen stachen in die braunen Augen, flossen ungehindert über das Gesicht.

Er selbst blinzelte kurz verwirrt, bevor er seinen Kopf weiter senkte und den Blondschopf am Fuße des Stuhles ausmachte. Sein Sohn saß da, nachdenklich die Lippen zusammengedrückt und stierte völlig interessiert auf das Bild, welches sich vor ihm bot.

„Chris!", meinte er dann auch schon scharf und strich sich aufgewühlt durch das Haar.

„Nicht doch ...", seufzte er auf, bevor er sich zu ihm herunter hockte. So sollte das Ganze eigentlich nicht ablaufen, aber nun war es zu spät.

Einerseits freute er sich, dass der Kleine so furchtlos experimentierte, andererseits gefiel es ihm nicht, mit welchem Interesse das Ganze gepaart war. Er war sich noch immer uneins, wie seine Gefühle diesbezüglich sein sollten.

Er hätte ihn wirklich nicht in diese Welt lassen sollen, aber er tat es schon zu lange, zu unbewusst und doch zu berechnend. Jetzt hatte die Dunkelheit, die in ihm wohnte, auch von dem kleinen Herz, von dieser unschuldigen Seele Besitz ergriffen. Jedoch wollte er nicht dasselbe Schicksal für den Jungen, welches ihm selbst bevorstand.

Auch wenn er weiterhin mit der Polizei spielte, bestand kein Zweifel darin, dass sie ihn irgendwann fassen würden.

Sein rechter Mundwinkel zuckte, bevor er erneut seufzte und dem Kind durch die blonden Haare strich.

„Nicht rausziehen", hielt er ihn nur Sekunden später auf, legte seine Hand auf die Kleinere und zog sie von dem rostigen Nagel weg, welcher im Fuß des alten Mannes steckte.

Würde er ihn jetzt herausziehen, würde ihr Gast zwar unerträgliche Schmerzen erleiden, doch er hatte nicht vorgehabt ihn durch neugierige Aktionen des Kindes umzubringen. Im Grunde hatte er überhaupt nicht vor ihn umzubringen, das würde er später schön selbst erledigen.

Schließlich war der Teufel von Jamestown gefasst und er würde die nächste Zeit dabeibleiben, bevor er wieder öffentlich auf die Bildfläche trat. Diesen kleinen Unfall konnte man noch gut als solchen abtun, doch würde Chris weiter seiner Neugier nachkommen, wäre der derzeitige Plan zum Scheitern verurteilt.

Er musste wirklich etwas anderes zum Spielen für den Jungen finden.

Hand auf dem Mund,
Atemschwund.
Zitter nicht, bleib nur ruhig,
denn sie labt sich an deinem Blut.
Zähl bis drei, dann ist's vorbei.
Die Sonne geht auf, leuchtet rot,
nur du bist blass und tot.

8. VERLOREN

„Bin ich völlig wahnsinnig geworden?"

„Nein, natürlich nicht. Es ist eine gänzlich normale Reaktion auf die Situation, in Anbetracht der Umstände, die Sie durchgemacht haben, seien Sie sich da versichert."

„Aber ich drehe noch völlig durch!"

„Wenn Sie möchten, kann ich Ihnen etwas verschreiben, jedoch glaube ich, dass Sie mehr Erfolg haben werden, wenn Sie sich der Situation stellen und darüber reden", sprach der Braunhaarige ruhig, auch wenn seine Hand nebenbei über ein Stück Papier flog.

Denn auch wenn er seine Meinung kundtat, seinem Gegenüber zum Gegenteil riet, würde er auf das Mittel bestehen. Jedoch musste er ihm beteuern, dass er nur im Notfall dazu greifen würde. Er würde versprechen sich seinen Monstern zu stellen und mit anderen darüber zu reden, um aus dem Riesenmonster ein kleines Plüschtier zu machen.

„Hier!", meinte er nur seufzend, bevor der junge Mann, welcher ihm gegenübersaß, überhaupt den Mund aufmachen konnte, um danach zu fragen. Zwar nahm seine Unterschrift das halbe Papier ein, da er so schwungvoll unterschrieben hatte, doch der Apotheker würde es dennoch lesen können. Der Herr konnte auch sonst alles von ihm lesen und entziffern, Ärzteschrift halt. Also weshalb sollte er sich jetzt damit befassen, wie seine Schrift aussah?

Wenn er ehrlich war, wollte er den jungen Mann im Moment einfach nur loswerden, sein Kopf schien zu explodieren und es wurde sicher nicht besser, wenn er sich weitere Stunden damit quälte, irgendjemandem zuzuhören, der sich eigentlich nur auf Kosten der Kasse bei jemandem ausheulen wollte.

„Danke!", schallte es ihm entgegen, bevor der Stuhl ein jämmerliches Quietschen von sich gab und verkündete, dass er in wenigen Sekunden endlich allein sein würde.

Valentin murmelte nur noch einen kurzen Abschied hinterher und lauschte auf das Geräusch der Tür, bevor er mit einem leisen Stöhnen den Kopf gegen seine Hände presste. Müde presste er seine Handflächen gegen seine Augäpfel, welche definitiv schon einmal bessere Tage gesehen hatten.

Er schnaubte leise und schüttelte den Kopf. Der Kerl von eben würde sich sowieso nicht daran halten, was er sagte, lieber die Tabletten in sich hineinstopfen, anstatt wirklich an seinem Problem zu arbeiten.

Weshalb sagte er eigentlich noch etwas? In diesem Fall kam er nicht weiter, es war verschwendete Liebesmühe, auch wenn es ihn schmerzte, ihm nicht helfen zu können. Doch diesen Schritt würde sein Patient alleine machen müssen, als Psychologe konnte er nur Hilfe anbieten.

Es nervte ihn und es schaffte nur selten etwas ausgerechnet ihn zu nerven. Allein wenn er daran dachte, dass sich all die Leute, die hier auftauchten, draußen über seine Worte, seine Ratschläge lustig machten, drehte sich sein Magen um und seine Laune sank in einer Geschwindigkeit, bei der selbst der Schall vor Neid erblassen würde.

Hinzukamen diese fürchterlichen Kopfschmerzen, die ihn schon seit Tagen plagten und selbst die Mauer von diversen Mitteln ohne viel Mühe zu durchbrechen vermochten. Der Psychologe fühlte sich hilflos und ausgeliefert, unfähig etwas dagegen tun zu können. Er hasste dieses Gefühl, oh und wie er es hasste!

Lieber ließ er sich wieder von dieser grauen Vogelscheuche, Jack Black, Polizist und Kindheitsfreund, verarschen und aufziehen, selbst das machte mehr Spaß als diese Qualen, Tag für Tag durchleben zu müssen.

Er war es leid, so verdammt leid gegen Wände zu reden, die zwar alle unterschiedlich aussahen, aber die gleiche undurchdringliche Art besaßen. Sturköpfig und dumm, froh seine Zeit verschwenden zu können, die er zwar hatte, aber nicht wollte.

Erneut stöhnte er wehleidig auf und ließ seinen Kopf mit der Hilfe der Schwerkraft lustlos auf den Tisch fallen. Einerseits führte dies zur Verstärkung seiner sowieso schon vorhandenen

Kopfschmerzen, andererseits war er sich bei dem Geräusch nicht sicher, was genau so verdammt hohl klang. Sein Kopf oder doch der Tisch? Aber würde es überhaupt einen Unterschied machen? Momentan kam er sich so selten nutzlos vor, wie die kleinen Tüten, die man normalerweise mit auf den Weg nahm, wenn man seinen Hund Gassi führte.

Schnaufend drehte er sein Gesicht zur Seite, wütend und missmutig gegen die Buchrücken starrend, die ihn auszulachen schienen, standen sie doch völlig unberührt und geordnet im Regal und grinsten ihn dämlich an. Sie schienen ihn förmlich anzuschreien, dass er derjenige war, der hier völlig aus dem Rahmen fiel, nicht seine Patienten.

Eine Woche, es war gerade mal eine Woche her, seit die Stadt aufatmete, weil der mutmaßliche Täter hinter den schwedischen Gardinen saß, unfähig ihnen weiterhin Leid zuzufügen und ihnen die Liebsten vor der Nase wegzuschnappen. Unfähig ihnen weiterhin Angst einzujagen, da keiner wusste, wer der Nächste war. Ein Geist, ein nebensächlicher Geruch, eine urbane Legende, die in Zukunft nur dazu dienen würde, den Kindern Angst einzujagen.

Eine Woche seit es ihm so dreckig ging, als hätte er täglich im Eiswasser gesessen, während er Flüssigdünger getrunken hatte.

Valentins Lippen verzogen sich angeekelt und schmerzhaft bei der bloßen Vorstellung, doch würde sie gut zu diesem Bastard passen, auch wenn er sich gerade nicht ganz sicher war, welche Auswirkungen Flüssigdünger wohl auf den menschlichen Organismus hatte. Nach der Nachricht, die sein Magen an sein überhitztes Gehirn schickte, war es aber nicht allzu angenehm. Überhaupt nicht!

Wobei Tiere ja eigentlich ziemlich ähnlich waren. Vielleicht sollte er eine der Ratten fangen, welche in seinem Apartment lebten, und diese zum Testen nutzen? Sicherlich gäbe es einige ausschlaggebende Erkenntnisse, die er dadurch erlangen könnte. Die Ergebnisse könnte er ja Claire präsentieren, vielleicht würde sie ihn anlernen und er könnte als Weißkittel, wie Jack die Laboranten immer nannte, noch wenigstens etwas Spannendes erleben. Karriere würde er als Quereinsteiger aber nicht mehr machen können.

„Gah!" Brüllend fuhr er nach oben, wischte noch in derselben Bewegung sämtliche Unterlagen und Notizen vom Tisch und fluchte erneut.

„Verdammte Axt! So eine verdammte Scheiße!" Diese und eine weitere bunte Auswahl von Wörtern, ganz gleich, ob alt oder eben seiner Fantasie entsprungen, entkamen seinen Lippen. Nicht das erste Mal in dieser einen Woche, wie er stumm anmerkte. Wenn er richtig gezählt hatte, war es sicherlich das dritte Mal, dass er sein Büro verwüstete, allein aufgrund seiner Gedanken.

Die völlig eigenwillig agierten und in sich in Richtungen entwickelten, in die er sie ganz und gar nicht haben wollte. Ständig entflohen sie seiner Kontrolle, schienen sich regelrecht über ihn lustig zu machen und mit dem Vergangenen quälen zu wollen.

Der Braunhaarige wusste einfach nicht, weshalb sein Geist nicht loslassen konnte und immer wieder zu dieser Art der Gedanken zurückfand. Ständig, aus welchem Thema auch immer, verdrehte sein Hirn die Fakten so, dass er angeekelt oder geschockt über sich selbst zurückblieb. Es war nicht das erste Mal gewesen, dass er einen solchen Vergleich aus seinem Zustand zog und Versuche an Ratten durchführen wollte, wenn es doch nur bei den Ratten bleiben würde.

Das letzte Mal wollte er einen seiner Patienten als Opfer nehmen, weil er derart genervt von ihm war, dass er darüber nachgedacht hatte, auf welche Art und Weise man ihn am besten zum Schweigen bringen konnte, ohne dass es sofort auf ihn zurückzuführen war.

Es machte ihn krank, verschaffte ihm Magenschmerzen.

Valentin war nie der Mensch gewesen, der anderen Leid zufügen wollte oder konnte, hatte es immer ausgesessen, wenn er wieder das Opfer war, aber sich wehren kam für ihn einfach nicht infrage.

Gott verdammt noch eins, er konnte ja nicht einmal die Ratten töten, die bei ihm herumschwirrten und ihm Löcher in die Wände fraßen.

Er verzog wütend die Lippen bevor er sie zusammenpresste, bis sie weiß waren. Heute würde er definitiv Fallen kaufen und aufstellen, auch wenn es völlig gegen seine Prinzipien verstieß diese Tiere zu verletzen, seien sie auch noch so nervig.

In Anbetracht dieser Erkenntnis rieb er sich müde über das Gesicht, erhaschte einen Blick auf die Uhr und hätte am liebsten wieder geschrien. Es war noch nicht einmal 14 Uhr und er war schon völlig fertig mit dem Tag. Würde er heute noch einen Menschen beraten müssen, würde er sich selbst einweisen und nie wieder in die Öffentlichkeit treten.

„Ich dreh noch völlig durch …", murmelte er erneut, so wie er es seit den letzten fünf Minuten sowieso schon unterbewusst tat. Seine Hände stützte er auf seinem Schreibtisch ab, die Unordnung völlig ignorierend, dafür hatte er im Moment keinen Blick. Auch wenn er normalerweise der Erste war, der aufschrie und losrannte, um solch ein Chaos aufzuräumen, so bemerkte er es in der letzten Zeit nicht einmal mehr.

Sein Blick schien in einer Art Tunnel gefangen zu sein, lief nur geradeaus, ohne ein wirkliches Ziel zu besitzen und ließ nicht zu, dass er sich umsah, um die Gegend in sich aufzunehmen. Das letzte Licht im Tunnel war schon erloschen und er war allein in der Dunkelheit gefangen, welche ihn langsam zu übermannen drohte.

„Ich brauch frische Luft …!" Mehr schaffte er es nicht zu sagen, bevor er einfach hinausstürmte und nebenbei auch völlig vergaß, das Schild an seiner Tür herumzudrehen.

Doch wirklich interessieren tat es ihn nicht. Sollten sie doch alle vor seiner Tür verzweifelt um Einlass bitten, er wäre nicht da, um dem nachzukommen. Über die rechtlichen Folgen dafür konnte er sich auch später noch seine Gedanken machen, wenn er es jemals wieder schaffte normale Gedanken in seinem Hirn zu finden. Denn im Moment waren sie ja anscheinend ausverkauft oder zumindest nicht für ihn zugänglich.

Wütend raufte er sich durch die Haare, riss sie aus ihrem angestammten Platz, dem Haargummi und verteilte sie völlig wirr auf seinem Kopf.

Valentin war nicht der Mensch, der schnell die Fassung verlor, aber diese Woche kam ihm vor wie ein ganzes Jahr. Ein Jahr, in dem er sich mit Gedanken quälte, die nicht seinem eigenen Geist entspringen konnten. Sie brachten ihn um den Schlaf oder raubten ihm die Energie, wenn er wach war. Selbst wenn er tatsächlich schlief, ließen sie ihn nicht in Ruhe und er war im wachen Zustand damit gestraft, sich fragen zu müssen, weshalb er von solchen Dingen träumte.

Düsteren Dingen, von denen er früher nicht einmal gedacht hatte, sie wären möglich. Doch seit diesem Fall ...

„Der Massenmörder von Jamestown ist hinter Gittern, wie wir alle seit einer Woche wissen, und doch stellt sich weiterhin die Frage nach dem Motiv. Doch die hiesige Polizei hüllt sich dahingehend in Schweigen, auch der Angeklagte wies unsere Reporter mit einem Lächeln ab. In zwei Wochen jedoch wird dieser Spuk endgültig ein Ende haben, denn das Gericht hat heute entschieden, den mutmaßlichen Mörder zum Tode durch den Stuhl zu verurteilen. Nun zum Wetter ...“

Wie festgefroren blieb er stehen, wandte den Kopf zum Schaufenster, nur um sich im ersten Moment selbst zu sehen. Wüsste er es nicht besser, würde er sich selbst als Obdachlosen betiteln, der auf der verzweifelten Suche nach der nächsten Spritze war, die er sich setzen könnte.

Wütend presste er die Lippen wieder zusammen und strich sich fahrig durch die Haare, um seiner Erscheinung wenigstens etwas Pflege zukommen zu lassen, doch es half nichts. Allein seine Sachen hingen völlig verwahrlost an ihm, als schienen sie ihm nicht zu gehören, von den Augenringen und seinem restlichen Zustand einmal ganz zu schweigen.

Seufzend schüttelte er den Kopf, gab es gänzlich auf und fokussierte wieder seinen Blick auf einen der vielen Bildschirme, welche ihm entgegenblitzten. Die Nachrichten, natürlich, was hätte er auch gerade anderes hören sollen? Jacks Stimme ganz sicher nicht. Der saß nun wieder in seinem Büro, trank den ganzen Tag Kaffee und verschwendete sicherlich keinen Gedanken an ihn.

Seine Lippen zogen sich noch einmal mehr nach unten, gaben der Schwerkraft nach und folgten seiner übermüdeten Laune nach unten. Seinen Lippen entkam ein Schimpfwort dem Moderator geltend, bevor er sich wieder abwandte.

Der Psychologe wollte nicht an den Fall denken und doch, tat er es ständig, noch mehr als zuvor, seit dieser abgeschlossen schien. Der Täter saß hinter Gittern und der Fall bei den Akten im Archiv, kein Grund sich weiter damit zu beschäftigen, dachte man.

Doch sein Geist konnte nicht ruhen, denn noch immer hielt er dieses kleine Puzzleteil in der Hand, welches nicht dem Gesamtbild zuzufügen war. Wenn überhaupt wurden zu wenige Teile geliefert, jedoch nie zu viele, was also stimmte nicht?

Er hatte es noch immer nicht herausgefunden und bezweifelte mittlerweile auch, dass er es je würde. Doch er fühlte sich ständig beobachtet, unter Druck gesetzt, endlich das richtige Puzzle zu finden, um dem Teil seiner Familie hinzuzufügen, aber er kam nicht darauf, wo es sich versteckte.

Der rote Faden war zerrissen, ihm blieb nur eine Faser, an die er sich klammerte, als sei es alles, was ihn am Leben hielt. Doch die Faser löste sich immer mehr im Rauch auf und er griff verzweifelt mit der Hand nach ihr, konnte sie jedoch nicht fassen.

Alice im Wunderland fiel ihm passend dazu als Vergleich ein. War sie nicht auch völlig in ihren Träumen gefangen, konnte sie nicht mehr von der Realität unterscheiden und fiel in ein tiefes Loch, ohne Möglichkeit sich irgendwie zu retten, festzuhalten und zu entkommen?

Gut, es mochte eine etwas knappe Beschreibung dieser Geschichte sein, die nur das Allergröbste zusammenfasste, jedoch kam er sich mehr und mehr wie Alice vor.

Gefangen mit dem Wissen, dass das Puzzle nicht stimmte, jedoch unfähig zu sagen, weshalb es so unrealistisch und falsch war. Er war allein auf der Suche nach der Wahrheit, welche er nicht finden konnte und verlief sich immer weiter in fremden Gedanken, die ihm selbst gehörten. Er konnte nicht mehr sagen, welche seine eigenen Gedanken waren und welche nicht, sie verschwammen formlos ineinander und brachten ihn immer mehr an den Rand des Wahnsinns, aus dem er vor einer Woche gestiegen war, als er den Fall zu den Akten legte.

Es schienen sich unsichtbare Hände um ihn zu legen, welche ihn unter allen Umständen zurückziehen wollten, unfähig ihn gehen und sein eigenes Leben leben zu lassen. Er spürte den Strick um seinen Hals, der sich immer weiter zuzog, je mehr er versuchte sich zu wehren.

„Kaffee", murmelte er müde, während er nach dem passenden Kleingeld für die junge Frau vor sich suchte, erleichtert es in seiner Hosentasche vorzufinden, konnte er wenig später mit dem Kaffee wieder aus dem Schatten des kleinen Wagens heraustreten und seine Gefühle in dem heißen Gebräu ertränken. Jedenfalls war dies seine Intention, wenn da nicht wieder diese Gedanken wären, die immer völlig aus der Reihe zu ihm fanden.

War es möglich jemanden mit Kaffee umzubringen? So rein potenziell war es natürlich möglich, wenn man zu viel trank, an einer Überdosis zu sterben. Aber es war doch noch einmal eine andere Sache, ob man jemand darin ertränkte oder mit der Hitze des Gebräus spielte. Vermutlich war es sogar möglich das Opfer in den direkten Prozess einzubeziehen und ihn …

Fluchend zerdrückte er den nachgiebigen Becher in seiner Hand, nur um erneut aufzuschreien, da sich das frisch gebrühte Gebräu nun über seiner Hand und seinem Shirt verteilte.

Wütend über sich selbst, über die ganze Situation und gar sein Leben schmiss er den Becher in die nächste Mülltonne und hielt seine Hand in den nahe gelegenen Brunnen, auch wenn es eine völlige Zweckentfremdung war, doch für den Moment war es ihm, mal wieder, völlig egal.

Die Leute hielten ihn doch schon für wahnsinnig, würde er auch, könnte er sich von außen betrachten. Welcher gesunde Mensch rastete auch völlig ohne ersichtlichen Grund aus und goss sich Kaffee über? Er kannte keinen, abgesehen von sich selbst.

Verzweifelt ließ er den Kopf hängen, strich sich die wirren Haare aus dem Gesicht und setzte sich auf den Rand des Brunnens, um weiterhin das kühle Nass an seiner verbrannten Hand genießen zu können.

Konnte er nicht einfach seine Gedanken abstellen, so wie es sonst auch funktionierte, wenn er der Polizei bei einem Fall unter die Arme griff? Sobald der Fall abgeschlossen war, hatte er seine Gedanken und Gefühle wieder völlig im Griff, sperrte die Fremden aus und wurde wieder er selbst.

Er sprang nur für die jeweiligen Fälle in die grausamen Tiefen des Strudels, doch er fand immer das benötigte Seil, um dort wieder herauszufinden. Doch dieses Mal war es nicht so, dieses Mal hatte der Hai ihn vom rettenden Seil fortgerissen.

Er hatte die Gedanken mitgenommen, ganz so wie das Wasser an einem klebte, wenn man aus dem Meer kam. Jedoch schien er, anders als bei einfachem Wasser, nicht zu trocknen. Es war Schleim, ekelhaft und bösartig, der sich in jeder seiner Poren eingenistet hatte und sich langsam mit seinem Blut vermischte, um ihn langsam, aber sicher zu vergiften. Er hatte ein neues Opfer gefunden, einen neuen Wirt für seine Bösartigkeit.

Der Braunhaarige fühlte sich ekelhaft und doch wieder nicht. Er konnte sich nicht wirklich entscheiden, wie er sich fühlte oder fühlen sollte. Es bereitete ihm Kopfschmerzen, die er sowieso schon vorzuweisen hatte.

Einerseits fühlte es sich an, als würde er einen Parasiten mit sich herumschleppen, der sich beim besten Willen nicht von ihm lösen wollte, andererseits als hätte er endlich das fehlende Stück zu sich selbst gefunden, auch wenn er sich strikt weigerte, diese Option anzuerkennen oder gar weiterzuverfolgen.

Doch seit Ende dieses Falles hatte sich einiges geändert, auch wenn er es selbst nicht benennen konnte. War es überhaupt möglich, dass sich eine Person durch so einen Fall so änderte? Er verzog die Lippen, schüttelte den Kopf, um sich selbst zu überzeugen.

Nein!

Es war nicht möglich. Niemand konnte sich dadurch so ändern, welche Veränderung es auch immer war, er war noch immer derselbe, nicht? Er reagierte einfach über, weil er sich zu viele Gedanken machte, die er sich nicht machen musste.

Sie hatten den Täter, es war der Mörder. Daran gab es nichts zu rütteln. Es gab kein falsches Puzzle, kein überflüssiges Puzzleteil und schon gar nicht den falschen Mörder. Sie hatten alles richtig gemacht, waren den Hinweisen korrekt nachgegangen und hatten die Fehler genutzt, die dieser gemacht hatte.

Es war richtig ihn zum Tode zu verurteilen, denn er war schuldig.

Er war es gewesen.

Der Schriftsteller und niemand anderes.

Er nickte sich selbst zu, als er seine Hand endlich aus dem Brunnen zog und skeptisch musterte. Sie war noch immer rot, aber mit Glück hatte er den weiteren Schaden abgewandt, auf Brandblasen wegen eigener Dummheit konnte er getrost verzichten. Ganz davon abgesehen, dass es völlig unansehnlich wäre, wäre es auch einfach nur nervig damit herumrennen zu müssen.

Warum zweifelte er selbst so an seinen stummen Worten, weshalb stellte er sich selbst so infrage?

Sie hatten ihn doch gefasst und dennoch fühlte es sich so falsch an wie nichts anderes in seinem Leben. Er war völlig davon überzeugt, dass sie den richtigen Menschen in das Gefängnis gebracht hatten, daran war nichts zu rütteln.

Er wusste Details, die niemand wissen konnte, wenn er nichts damit zu tun hätte, konnte ihre offenen Fragen ohne zu zögern beantworten und ließ keine weiteren Lücken. Dieser Schriftsteller musste es gewesen sein, daran hegte er keinen Zweifel, ganz davon abgesehen, dass sie seine DNA an der letzten Leiche gefunden hatten.

Doch genau da lag seiner Meinung nach der Fehler. Es war ein Schandfleck auf dem sonst so weißen Kittel des Täters. Niemals hatte er auch nur einen Hinweis hinterlassen, einzig bei dem letzten Opfer gab es Flecken, die den Kittel langsam, aber sicher rot färbten und ihn überführten.

Es war alles so schnell gegangen, dass man es kaum glauben konnte. Es gab von Anfang an keinerlei Zweifel, dass sie den Richtigen hatten. Aber genau hier wurde es unheimlich. Man fand den Täter, den richtigen Täter, nie auf Anhieb. Vor allem nicht bei seiner perfiden Art des Katz-und-Maus-Spiels. Man rannte immer in Sackgassen, denn nichts war so einfach wie es immer schien und dennoch war es hier der Fall.

Rannten sie auch zu Beginn völlig hilflos und kopflos wie eine Schar aufgeschreckter Hühner im Kreis, schloss sich dieser erschreckend schnell um den Schriftsteller und kesselten ihn ein, ließen ihm keine Möglichkeit zur Flucht, die er nicht einmal ernsthaft in Betracht gezogen hatte.

Dieser alte Mann war sich völlig bewusst, was er getan hatte und zeigte keinerlei Reue deswegen, völlig normal, wenn man bedachte wie krank er war. Dennoch störte es den Psychologen, es schien alles einfach zu nahtlos, zu perfekt und wieder schien das überflüssige Puzzleteil erneut vor seinen Augen zu erscheinen, jedoch keine Lösung zu bringen.

Was hatte er übersehen?

War es überhaupt noch seine Aufgabe, die richtige Lösung zu finden, obwohl alle zufrieden waren? Valentin seufzte einmal mehr auf, unschlüssig, was er tun sollte. Wenn es nach ihm ginge, würde er einfach nur sein eigenes Leben leben, jedoch nahm dieser Fall immer und immer wieder seine Gedanken ein.

Nein, das war gelogen. Es war nicht nur dieser Fall, der ihn immer wieder beschäftigte, es waren genau genommen alle, die er je mit der Polizei gemeinsam gelöst hatte. Jeder einzelne Täter blieb ihm im Kopf, er und seine Taten, seine Beweggründe, seine Methoden, wie in einem riesigen Archiv.

Wenn er es nicht besser wüsste, würde er behaupten, er sei verflucht, ständig mit den Gedanken auf der schwarzen Seite des Lebens zu stehen. Wobei es am Ende auch nur eine Grauzone war, denn das Leben konnte man nicht in Schwarz und Weiß teilen, verschwamm es doch überall, da jeder eine andere Ansicht von gut und schlecht hatte. Es gab zu viele Grautöne. Handelte doch jeder nach eigenem Ermessen, seiner eigenen Erfahrung und Einschätzung nach.

Die Taten, die sie für barbarisch hielten, hielt der Täter wiederum für gerecht und angebracht, auch hier verschwamm die klare Grenze im undurchsichtigen Grau.

Waren sie nicht am Ende alle nur Tiere, die überleben wollten, so wie es die Natur vorgesehen hatte? Auf die ein oder andere Weise kämpfte jeder nur für sich selbst und wollte das Beste für sich oder seine Liebsten.

Nur hatte jeder eine andere Ansicht von Gerechtigkeit, von richtig und falsch.

Valentin war nur ein weiteres Opfer, welches sich auf dem Weg verlaufen hatte und im Schatten wandelte, weil er nicht wusste, wohin er sich wenden sollte. Verloren im Wald zwischen all den Bäumen, die jeder eine andere Nachricht für ihn bereithielten.

Hänsel und Gretel hatten sich auch im Wald verlaufen und sich am Ende doch selbst verloren, nicht? Waren es nicht einst ach so unschuldige Kinder gewesen, die am Ende in die Dunkelheit treten mussten, um zu überleben? Alles andere hätte zum Tod des anderen oder sich selbst geführt, sie hatten in ihrer Situation das Richtige gewählt, auch wenn die Moralprediger sagen würden, es war falsch.

Als Psychologe konnte sich Valentin nicht ganz entscheiden, war die Tat der Kinder richtig oder falsch? Gab es so etwas überhaupt? So wie er das sah, hatten sich die beiden gegenseitig geschützt, indem sie die Hexe ins Verderben geschickt hatten. Gut für sie, da sie lebten, schlecht für die verstorbene Hexe. Welche Auswirkungen die ganze Sache im Nachhinein auf die beiden hatte, konnte niemand sagen, vielleicht hatte es sie nicht weiter verändert, vielleicht aber doch. Dahingehend konnte er nur spekulieren.

Er fühlte sich selbst wie die Kinder, verloren und doch sicher auf seinem Weg. Tat er das Richtige oder war er schon dabei etwas Falsches zu tun?

Nur er selbst konnte diese Frage beantworten, jedoch verweigerte sein Geist die Antwort. Er stand zwischen all den Bäumen, suchte vergeblich den Weg und rannte von Baum zu Baum, in der Hoffnung die Nachricht zu finden, die ihn auf den richtigen Weg bringen würde.

Doch jeder dieser Bäume hatte eine verwirrendere Nachricht für ihn als der vorherige, die ihn in keinster Weise weiterbrachte, sondern nur noch tiefer in den Wald führte, von dem er nicht wusste, ob am Ende eine Lichtung warten würde, oder nur weitere Dunkelheit.

Es war einfach nur zum Haareraufen, wären sie nicht schon völlig durcheinander. Er verstand weder seine eigenen Gedanken noch den Weg, den sie gingen.

Was war an diesem einen Fall anders gewesen als an den vorhergegangen? Die Grausamkeit sprach für sich selbst, diese hatte er noch nicht zuvor erlebt, doch der Rest war eine gewisse Routine gewesen, die er sich über die Jahre angewöhnt hatte. Er hatte doch nichts anders gemacht als sonst auch.

Valentin war den Spuren gefolgt, hatte seine Schlüsse zu der gesuchten Person gezogen, ein Profil erstellt, es bei Gelegenheit erweitert, verworfen, neu verflochten. Ganz so wie ein Puzzle, welches er immer gern als Vergleich zog.

Eines fügte sich zum anderen, ein Teil glitt problemlos in das nächste, der Täter gefasst, die Persönlichkeit in einem Bild gefangen und doch passte dieses Bild einfach nicht auf den Täter. Einerseits war er sich sicher, keinen Fehler begangen zu haben, andererseits war er sich unbewusst im Klaren, dass er einen gewaltigen Fehler gemacht hatte.

Er hatte ihn unterschätzt, auf so vielen Ebenen falsch eingefangen, den falschen Pinsel geschwungen und aus Faulheit zwei verschiedene Puzzle miteinander vermischt. Er konnte beim besten Willen nicht genau sagen, wann er angefangen hatte, einen Fehler zu begehen, doch er hatte den Weg weiterverfolgt, uneinsichtig und blind gegenüber dem Fehler, den er gemacht hatte.

Er hatte ihn schlichtweg nicht bemerkt.

Er hatte sich unter seine Finger geschlichen, ohne dass er sich dessen bewusst war.

Der Psychologe hatte schon zu Beginn bemerkt, dass dieser Fall, dieser Mensch, alles andere als leicht zu fassen wäre, hatte er es nicht sogar noch gesagt? Hatte er sich nicht sogar darauf gefreut, die wohl schwerste Aufgabe vor sich zu haben, die er je finden würde?

Wann war er in die Gemütlichkeit gegangen und hatte angefangen die Fakten zu ignorieren? Er erkannte seinen eigenen Stil nicht mehr wieder, wann war ihm dieser verloren gegangen?

Natürlich existierten Fakten und diese führten alle zu dem zu Tode Verurteilten, der im Moment noch das Leben im Gefängnis genoss. Doch es schien ihm, als würde hinter ihm im Schatten etwas anderes lauern. Etwas Größeres, etwas Gefährlicheres. Ein Wesen, welches er bisher nicht beachtet hatte. Das Monster im Schatten.

Müde strich er sich einmal mehr über das Gesicht, schüttelte erneut den Kopf, um seine Gedanken zu klären und sich wieder auf das Leben zu konzentrieren.

Vermutlich sah er einfach Gespenster, sehr zum Vergnügen seiner weitreichenden Fantasie. Er war übermüdet, völlig ausgebrannt und rannte stur wie er war einfach weiter gegen die Wand, anstatt sich die Ruhe zu holen, die er so dringend benötigte.

Es war völlig absurd, was er sich da zusammenreimte, abwegig, ein einfaches Hirngespinst, weil er enttäuscht war, dass sein großer Fall am Ende viel zu einfach war.

Er hatte sich etwas Schweres gewünscht, sich hineingesteigert und dies völlig grundlos. Der Fall war einfacher gewesen als er wollte und nun machte er es sich zum Vorwurf, obwohl er nichts dafür konnte.

Vielleicht sollte er sein Büro wirklich für wenige Tage schließen, sich einfach freinehmen, im Bett liegen und den Schlaf nachholen, den er brauchte.

Vielleicht, aber auch nur vielleicht ging es ihm danach besser. Ganz bestimmt.

SCHATTEN

Ein Seufzen durchfuhr seine Lunge, ließ seinen Körper vibrieren und brachte das Rauschen des Blutes in seine Ohren. Dann hob er den Kopf und legte die Hand endgültig an den Knauf der Tür, drehte ihn um ein Viertel, bevor diese ins Schloss fiel und alle Geräusche aussperrte.

Eine erneute Vierteldrehung und sie war verschlossen, sperrte alles aus, was sich dahinter befand, befunden hatte und wieder befinden würde. Doch für den Moment würde diese Tür verschlossen bleiben, für wie lange konnte er jedoch noch nicht sagen. Doch es würde lange genug sein, oder doch nicht? Würde die Dunkelheit ihn wieder einholen, vielleicht auch den Jüngeren gleich mit?

Zwar wollte er sich für die nächste Zeit in Geduld und Ruhe üben, doch er konnte beim besten Willen nicht sagen wie lange dieser Zustand anhalten würde. Er wollte sich selbst keine Versprechungen machen, die er nicht halten konnte, gleich wie sehr er sich bemühte, dafür war er mittlerweile zu tief in der Dunkelheit gefangen und hatte seine eigenen Gefühle in dieser Richtung nicht mehr vollständig unter Kontrolle.

Er gab es sich gegenüber vielleicht selbst zu, würde es jedoch niemals laut aussprechen, dass er immer mehr die Kontrolle verlor und sich immer wieder emotional verleiten ließ.

War es zu Beginn noch geordnet, systematisch und geplant, so sorgte sein eigener Hormonhaushalt immer mehr dafür, dass er aus Impulsen heraus handelte, auch wenn er es verstand, dies gut genug zu verstecken, dass es bisher noch niemandem aufgefallen war.

Er konnte zu Gott persönlich beten, dass es auch weiterhin so bleiben würde und ausgerechnet ihm keine Unstimmigkeiten auffallen würden.

Doch das würde nicht passieren, niemanden war die Verbindung zu vorherigen Opfern bekannt oder gar aufgefallen, dafür hatte er in vielerlei Hinsicht gesorgt und würde es auch so beibehalten. Es ging im Grunde niemanden etwas an, was genau er trieb oder weshalb, auch wenn er wollte, dass er es verstand.

Diesen Wunsch würde er für den Moment jedoch definitiv hinten anstellen, er hatte vorerst Wichtigeres zu tun, nämlich seinen alten Alltag wiederfinden und sich um Chris zu kümmern, welcher dringend wieder mehr Aufmerksamkeit brauchte.

In den letzten Tagen war ihm mehr und mehr bewusst geworden, dass er sich in einer Art und Weise mit dem Kind verrannt hatte, die er nicht mehr rückgängig machen konnte. Er stand vor einer Mauer, die er selbst um sie herum aufgebaut hatte, unfähig sie wieder einzureißen.

Nun musste er mit dieser Konsequenz leben und das Beste daraus machen, das war ihm bewusst, und auch wenn es eine Herausforderung werden würde, ihm trotz allem den richtigen Weg mit ins Leben zu bringen, so nahm er es sich fest vor, ihm diesen zu zeigen.

Denn auch gewisse Neigungen, die man ungewollt, gewollt vererbt hatte, konnte man für das Gute einsetzen, waren sie auch noch so schlecht, und er wollte, dass Chris genau das tat, anstatt sich in seinen Gefühlen zu verrennen. Denn das war etwas, was er unbedingt verhindern wollte, dass der Junge in der Zukunft Schwierigkeiten bekam, weil er seine Emotionen und Impulse nicht unter Kontrolle hatte.

Die Frage, die er sich seit Tagen diesbezüglich stellte, wie brachte man einem Achtjährigen bei, seine Gefühle unter Kontrolle zu halten? Er war schließlich nicht unbedingt das beste Beispiel dafür, aber jemand anderen konnte er auch nicht zurate ziehen.

Seufzend strich er sich durch die Haare, bevor er die Hand locker und lustlos fallen ließ.

Er wusste ja, dass er in der Vergangenheit ziemlich viel Unsinn getrieben hatte, aber er hätte niemals geahnt, nun an diesem Punkt zu stehen, doch ein Rücktritt war nicht möglich, oder?

Es war durchaus denkbar, dass es niemals ans Licht kam, wenn er nun das Tuch warf und Abstand zu der ganzen Geschichte nahm, mehr schon als die letzten Tage. Jedoch glaubte er nicht daran, dass es ihm wirklich vergönnt wäre, im Schatten zu leben.

Dazu müsste er größeren Abstand aufbauen, viel größeren, doch genau dies kam für ihn aus vielerlei Gründen nicht infrage.

Diesen Abstand würde er nicht aufbauen können, nicht wollen. Jetzt musste er zusehen, wie er sich selbst und vor allem den Jungen wieder in geregelte Bahnen brachte.

Über sich und seine Moral die Augen verdrehend, stieß er ein weiteres Seufzen aus, bevor er sich endlich von der Tür abwandte und den Flur entlangging, um das Wohnzimmer zu betreten. Wo er auch schon feststellen musste, dass alles viel schwieriger werden würde, als er es sich eben ausgemalt hatte.

Denn sein persönlicher Teufel stand völlig unwissend in seinem Wohnzimmer.

Schlaf nur tief und ganz schnell ein,
web ein Lied in deinen Träumen ein.
Zähl die Wolken, Schafe auch,
denn so ist es seit jeher Brauch.
Tanz mit den Sternen,
versuch nicht den Rhythmus zu lernen.
Schlaf nur tief, schlafe ein,
denn so kann die Dunkelheit nicht hinein.

9. DAS SPIEL

Der Braunhaarige wusste nicht, wenn er wirklich ehrlich zu sich selbst war, wie lange er schon in diesem Park saß und einfach nur die Vögel und Menschen um sich herum beobachtete, ohne sie wirklich zu sehen. Zwar glitt sein Blick umher, doch seine Gedanken waren bei sich selbst, stritten mit ihm selbst um die Macht seiner Gedanken.

Doch immer, wenn er sich sicher war, diesen Kampf gewonnen zu haben, brachen neue Gefechte über ihn herein, streckten ihn und seine Vernunft nieder. Es war selbst für ihn schwer zu beschreiben, womit er genau kämpfte.

Einerseits war es ihm bewusst, um was es eigentlich ging, aber auf der anderen Seite, entzog es sich seiner Kenntnis. Natürlich ging es um seine Gedanken, doch auf welche Seite er sich stellte, war ihm teilweise schleierhaft.

War Valentin noch zu Beginn überzeugt gewesen, für sein altes Ich, sein wahres Ich zu kämpfen, so verschwamm die Linie immer mehr zwischen ihnen.

Auf der einen Seite stand er, kämpfend für die Gerechtigkeit, für das Glück und das Wohl der Menschen, auf der anderen Seite ein diffuser Schatten, leuchtend im Wahnsinn, der seine Grundlagen komplett zerstören wollte.

Zeitweise war er sich fast sicher, diese diffuse Gestalt erkennen zu können, zu kennen. Er war es selbst, mit einem vor Wahn verzogenen Lächeln auf den Lippen.

Doch sobald er blinzelte, waberte nur wieder der Schatten vor seinem geistigen Auge, undurchdringlich und bedrohlich, ohne seine tatsächliche Gestalt zu offenbaren. Obwohl er so greifbar nah wirkte, entglitt er immer wieder seinem Griff, seinen Argumenten ihm nicht zu folgen. Der Schatten lachte ihn aus, hauchte ihm Versprechungen ins Ohr und rief ihn zu sich.

Es waren Versprechen, die einem einen Schauer über den Rücken jagten, so düster schienen sie. Doch eigentlich waren sie fast schon beruhigend anzunehmen. Das Versprechen, dass alles besser werden würde, wenn er ihm folgte. Dass endlich alles einen Sinn ergab, wenn er sich seiner Macht hingab. Doch er wollte nicht.

Natürlich, die Aussicht, dass alles besser werden, sich alles aufklären würde, war durchaus verlockend, doch die Dunkelheit machte ihm und seinem vernünftigen Geist einfach nur Angst. Was würde mit ihm passieren, wenn er sich dieser undurchdringlichen Macht hingab, sich verleiten ließ in die Dunkelheit zu treten, statt dagegen anzukämpfen?

Einmal mehr schüttelte er seinen Kopf, noch mehr an seinem Verstand zweifelnd als zuvor.

„Die Sonne bekommt mir nicht", entfloh es dem Braunhaarigen murrend, wenn auch nicht überzeugt.

Er wusste einfach selbst nicht, wohin mit sich selbst, wohin er seine Gedanken verbannen sollte, womit er seinen Körper beschäftigen sollte und genau dies gab seinem Unterbewusstsein genug Freiraum, um ihn in den Wahnsinn zu treiben.

Es hielt nie lange an, die Ablenkung, wenn er die Kinder auf dem Spielplatz oder die Eltern, die Großeltern mit ihren Enkeln beobachtete. Eine kurze Weile gab er sich einfach der stummen Analyse der Familienverhältnisse hin, bis er sich plötzlich wieder in seinen eigenen Gedanken wiederfand.

Valentins Lippen pressten sich zusammen, bis jegliche Farbe aus ihnen gewichen war, den Kopf in den Nacken gelegt, schloss er frustriert die Augen, schluckte das genervte Geräusch wieder seine Kehle hinunter und überlegte, ob es wirklich Sinn machte, in seinem Zustand wieder zurück in die Praxis zu gehen.

Doch so schnell der Gedanke auch gekommen war, verwarf er ihn wieder und schüttelte, nur um es sich selbst zu unterstreichen, entschieden den Kopf. Nein, es machte keinen Sinn, überhaupt keinen, wie er frustriert feststellen musste.

In seinem jetzigen Zustand würde er es einfach nicht schaffen, den Patienten zuzuhören, geschweige denn die benötigte Aufmerksamkeit zuteilwerden zu lassen. Der Braunhaarige gab es wirklich ungern zu, aber er war nicht fähig seinen Job auszuführen, nicht so lange dieser Mörder weiter Risse in seine Gedanken trieb.

Er bekam ihn einfach nicht los, diesen ätzenden Gedanken etwas Essenzielles übersehen zu haben, einen Fehler gemacht zu haben. Noch immer saß die Gefahr in seinem Genick, leckte wie ein Wahnsinniger an seiner Haut, kostete seinen Schweiß und sorgte für intervallartige Schübe von Gänsehaut auf seinem ganzen Körper.

Es war zum Verrücktwerden. Jeder Riss, den dieser Mörder in seine ehemals lückenlosen Gedanken trieb, brannte wie eine mit Säure ausgefüllte Wunde. Sie brannte, machte auf sich aufmerksam, war nicht zu lindern. Doch wenn er es endlich geschafft hatte, ein Pflaster darüberzulegen, entstand der nächste Riss oder ein alter brach auf, breitete sich aus und brachte sein gesamtes System, seine ganzen Überlegungen zum Einstürzen.

Er konnte das Gebilde nicht mehr halten, das Puzzle verlor immer mehr an Gestalt und Substanz, verschwamm und verflüssigte sich.

Nur ein einziges Teil schien sich gegen diesen Prozess wehren zu können, blieb, wo es war und behielt stur seine Form. Doch es war weiß.

So weiß, dass es in den Augen blendete, die Sicht auf das Bild dahinter verwehrte und unnachgiebig nach Aufmerksamkeit verlangte. Nach derselben Aufmerksamkeit, die dieses Teil schon zu Beginn der Ermittlungen haben wollte, die ihm jedoch nicht vergönnt war.

Es wurde ignoriert, zur Seite geschoben, auf später vertröstet und mit der Zeit einfach vergessen. Es war ein pochender Gedanke, welcher an Kraft verlor, je weiter ihre Untersuchungen voranschritten. Je mehr Teile sie fanden, desto unwichtiger wurde dieses, umso verworrener wurde das Endergebnis, die Spur, der sie folgten.

Denn ohne dieses Teil war das ganze Ergebnis auf falschen Fährten aufgebaut.

Doch wirklich eingestehen wollte es sich der Braunhaarige nicht. Denn dann würde er zugeben, einen Fehler begangen oder zumindest verfolgt zu haben. Doch wo genau dieser Fehler lag, vermochte er nicht zu sagen.

Dennoch, das Ende verlief zu schnell, zu glatt und viel zu einfach. Einmal mehr fuhr sich Valentin durch das Haar, strich die mittlerweile verschwitzten Strähnen nach hinten und schloss im selben Zug die Augen, in dem Versuch einmal die Umgebungsgeräusche auf sich wirken zu lassen, anstatt seiner Gedanken.

Die Vögel sangen völlig unbehelligt von den schreienden Kindern ihre melodischen Lieder. Die Kinder wiederum ließen sich nicht von ihren Eltern oder anderen Erwachsenen stören und brüllten sich weiterhin gegenseitig an, schlugen sich mit den Plastikschaufeln oder bewarfen sich einfach mit dem Sand. Der Brunnen, auf dem er noch immer saß, plätscherte fröhlich vor sich hin und das Pärchen neben ihm war in der Zwischenzeit dazu übergegangen, sich geräuschvoll für alle Anwesenden zu liebkosen.

Er verzog das Gesicht, irritiert von den schmatzenden Geräuschen, und drehte angeekelt seinen Kopf zur Seite, nur um schnell zu beschließen, endlich einmal das Weite zu suchen.

Zurück würde er nicht gehen, wer wusste schon, wer vor seiner Tür wartete. Vermutlich der nächste oder schon übernächste Termin, doch er wusste es nicht mehr, hatte vollkommen die Zeit vergessen und schüttelte nur den Kopf. Am heutigen Tag würde er nicht mehr arbeiten.

„Was für eine miese Wendung", murmelte er, konnte sich jedoch nicht dazu überreden, wirklich Mitleid zu empfinden, als er die Todesanzeige las, die ihm förmlich entgegensprang, als er fast in jemanden hineinlief. Der ältere Mann sah ihm irritiert hinterher, verzichtete jedoch auf einen warnenden Ruf der Empörung, wie es sonst der Fall gewesen wäre. Vermutlich wirkte er so elendig, wie er sich fühlte.

Wieder ein Toter mehr in der Stadt, doch wirklich Mitleid empfand er nicht, erschien es ihm doch fast schon kleingeistig, dieses eine Opfer zu betrauern, wenn es Menschen gab, die einen viel tieferen Graben durch die Stadt zogen. Ein Opfer, welches sich auch noch selbst dazu degradiert hatte, verdiente in Anbetracht dessen kein Mitleid. Dieser Mensch hat sich selbst dazu entschieden, seinem Leben ein Ende zu setzen, dafür gab es kein Mitleid. Menschen, die aus dem Leben gerissen wurden, verdienten es.

Erschrocken über seine eigenen Gedanken blieb er stehen, starrte auf die braune Tür vor sich, unfähig sich zu bewegen, und versuchte zu ergründen, woher genau diese Gedanken kamen. Es waren toxische, bösartige Gedanken. Ideen, die ihm normalerweise nicht im Geringsten kommen würden, doch seit wann dachte er denn normal?

Seit diesem Serienmörder fuhren seine Gedanken Achterbahn und schlugen Richtungen ein, die er seinem gesunden Geist nie zugemutet hätte. Sie waren dunkel, verleiteten einen auf Abwege und passten überhaupt nicht zu ihm, seiner herzlichen Art und seinem Beruf.

Doch wirklich wehren konnte sich Valentin dagegen nicht. Sie waren schon immer da, verborgen in den hintersten Winkeln seines Geistes. Doch sie waren da.

„Du bist nicht so", murmelte er sich selbst zu, in der Hoffnung überzeugend genug zu klingen, damit er es selbst glaubte. Er war kein Mensch der dunklen Seite, wobei auch dies relativ zu sehen war. War nicht gerade er einer der Menschen, die stets behaupteten, es gäbe kein Schwarz-Weiß, sondern nur Grau?

Besser gesagt bestand die Welt aus vielen bunten Farben, welche in all ihren Facetten leuchteten. Dennoch wollte er sich in diesem Moment partout nicht auf der dunklen Seite sehen, deren Existenz er immer wieder verleugnete.

Natürlich gab es helle Seiten und deren Schatten.

Dem Mann, der ihn noch immer in den Träumen verfolgte, konnte er einfach keine Farbe zuweisen. Er war durch und durch dunkel, verschwamm mit der Nacht. Dieser Mann konnte einfach keine Facette einer Farbe sein, es war unmöglich, dass auch er gute Seiten aufwies.

Oder?

Ein Seufzen entrang sich seiner Kehle, bevor er endlich einmal blinzelte, seine trockenen Augen befeuchtete und sich zusätzlich über das Gesicht rieb, um so die Gedanken fortzuwischen.

Wo war er überhaupt? Die Tür vor sich kam ihm vage bekannt vor, allerdings war es nicht seine eigene Haustür, dessen war er sich sicher. Denn im Gegensatz zu seiner war sie wirklich schmucklos. Wo bei ihm ein Holzschild hing, um Ankömmlinge willkommen zu heißen, blitzte ihm hier blankes Holz entgegen, welches auch schon bessere Tage gesehen hatte.

Stirnrunzelnd ging er einen Schritt zurück, um sein Blickfeld zu erweitern und die Umgebung vollständig in sich aufzusaugen.

Neben der Tür waren links und rechts Blumentöpfe auszumachen, in welchen das Leben mehr schlecht als recht blühte. Vermutlich sollten dort ursprünglich Blumen zu sehen sein, vielleicht auch kleine Bäume, doch was auch immer geplant war, es hatte keine Chance sich durch das wachsende Unkraut zu kämpfen.

Wobei auch dieser Anblick etwas Beruhigendes und Schönes hatte. Unkraut war nicht immer hässlich, es konnte schön sein, es konnte herausstechen, Licht in die Schatten werfen.

Abgesehen von den beiden Blumentöpfen konnte man allerdings nicht viel ausmachen.

Der Garten wirkte schmucklos, wenn auch relativ gepflegt. So wirkte das Gras auf den ersten Blick wie ein Urwald, ungepflegt und unordentlich, doch wenn man noch einmal hinsah, ergab es mit den Bäumen und Büschen ein angenehmes Gesamtbild.

Ganz anders als der Garten zu seinem Wohnhaus.

Der Rasen war fast penibel gestutzt, jede Woche, am selben Tag, zur selben Uhrzeit, lief derselbe alte Mann mit dem Rasenmäher über den Garten, verpasste nicht einen Tag. Es war fast lästig, wie genau er darauf zu achten schien. Ebenso penibel wurde sich um Baum und Busch gekümmert, die Tür immer frisch lackiert, das Holzschild abgestaubt, das Unkraut vom Weg entfernt.

Es war zu perfekt, um beruhigend zu wirken, jedenfalls für ihn. Valentin machte es eher wahnsinnig immer wieder dasselbe Bild vor Augen haben zu müssen. Ein Bild, welches sich nie änderte und immerzu gleich wirkte.

Dieser Garten hingegen war natürlich und wild, wirkte regelrecht sympathisch und ruhig. Hier durfte die Natur sein wie sie wollte, wurde nicht eingeschränkt.

Als der Braunhaarige einmal mehr den Kopf und damit seinen Blick schweifen ließ, sah er auch endlich, wo er sich befand, weshalb ihm diese Tür so bekannt vorkam, woher die Ruhe kam, die der Garten ausstrahlte. Es lag nicht unbedingt am Garten, an der Art und Weise wie er gepflegt wurde. Viel mehr lag es an seinem Besitzer, der schon immer eine relativ beruhigende Wirkung auf ihn hatte, selbst wenn er sich nur über ihn aufregen könnte. So sehr dieser Mann ihn auch aufregte, so sehr beruhigte ihn seine Anwesenheit auch. Verstehen konnte er es nicht, wollte es eigentlich auch nicht.

Sie hatten sich nach Jahren wiedergesehen, ohne Kontakt zu haben und dennoch schien es, als hätte sich nicht wirklich viel zwischen ihnen geändert seit damals.

Es war für den Psychologen in ihm zum Verrücktwerden.

Valentin entwich ein Seufzen, während er über das verblichene Holz am Zaun strich, weil er sich schon wieder zum Gehen gewandt hatte, als er erneut stehen blieb.

Was sprach eigentlich dagegen, den Grauhaarigen zu besuchen? Er hatte ihn gefühlte Ewigkeiten nicht gesehen und wer wusste schon, vielleicht konnte er ihm wieder bei einem Fall helfen. Irgendetwas anderes tun, als sich den banalen Alltagsproblemen von seinen Patienten zu stellen, erschien ihm gerade das Richtige.

Sein Körper lechzte förmlich nach dieser Art der Beschäftigung. Er vermisste das Adrenalin, das durch seinen Körper pumpte, die Ungewissheit, was einen als Nächstes erwarten würde, die Unruhe, wenn man auf Ergebnisse wartete. Die Abenteuerlust und den Drang, das Rätsel zu lösen, welches vor einem lag.

Entschlossen drehte er sich doch wieder herum, hob schon die Hand, um an der Tür zu klopfen, anstatt die Klingel zu verwenden, als er erneut innehielt und unsicher die Tür ansah, bevor er die Hand doch wieder senkte und noch ein wenig auf das Holz sah.

Sein Herz schlug unnatürlich in der Brust, als sich dort ein Vorhaben entwickelte, von dem er selbst noch nichts ahnte. Doch er spürte das Klopfen bis in seinen Hals.

War Jack überhaupt da? Immerhin war es mitten in der Woche. Nicht, dass das viel zu bedeuten hatte in seinem Berufszweig, richtete man sich dort doch nicht nach Tagen und setzte die Leute ein wie man sie benötigte. Wochenende gab es kaum an den berühmten zwei Tagen, wenn überhaupt hatte man Glück, wenn einem zwei Tage hintereinander freigegeben wurden.

Er fühlte sich lächerlich vor dieser Tür herumzulungern, unsicher, ob der Hausbesitzer zu Hause war oder nicht. Weshalb klopfte er nicht einfach, so wie es jeder normale Mensch tun würde?

Stattdessen stand er hier, starrte lebloses Holz an und hörte seinen Gedanken zu, wie sie sich gegenseitig im Kreis jagten, ohne dass ein Gewinner in Sicht wäre. Stattdessen jagte das „Warum?", das „Warum nicht?" um die Kurve, überholte dabei das „Tu es einfach!" und ließ die Angst weit zurück, welche hechelnd am ersten Berg stand.

Sein Herz hatte schon lange entschieden, sein Geist schon längst eine Entscheidung getroffen.

„Warum schleichen wir uns hinten hinein und nehmen nicht einfach die Vordertür?", fragte er irritiert, beobachtete jedoch interessiert, wie sich der Grauhaarige bückte und etwas unter einem der Blumenkübel suchte. Jedenfalls wirkte es von seiner Position aus so, tatsächlich grub der andere jedoch in der Erde und zog wenig später triumphierend einen silbernen Schlüssel hervor, der vor feuchter Erde kaum zu erkennen war.

„Hab den Schlüssel vergessen", bekam er nur als saloppe, ruhige Antwort, wie es typisch für den Grauhaarigen war, ganz gleich in welcher Situation sie sich befanden.

War es wirklich okay, völlig unabgesprochen hierherzukommen? Immerhin wussten die Eltern des Grauhaarigen nichts und Valentin wurde erzogen, sich für alles die Erlaubnis einzuholen, auch wenn es sich nur um Besuch zum Spielen oder Zeitverbringen handelte.

„Es ist okay, komm schon rein." Die Erinnerung traf ihn, ließ ihn ertappt zusammenzucken und schief lächeln, bevor er endlich seine Füße auf das helle Parkett setzte und ganz wie es dem Anstand gebührte, seine Schuhe vor dem ersten Absatz auszog, um barfuß weiterzulaufen.

Der Flur war recht leer, doch hell und warm. Nur ein paar Bilder hingen an den Wänden, zeigten eine glückliche Familie, doch Valentin kam nicht dazu, diese näher zu betrachten. Denn kaum versank er in dem Anblick von einem der Bilder, spürte er den Druck an seinem Ärmel und wurde im nächsten Moment davongezogen, ungeduldig wie es schien.

„Jack, bist du das?"

„Ja."

„Wer ist das?" Ebenso dunkle Augen wie die des älteren Schülers trafen seine, doch der dazugehörige Junge erschien relativ jung. Der Blick war durchbohrend, wenn auch glasig vor Fieber, getrübt von der Müdigkeit, die seinen Körper im Griff hielt.

„Ich bin Valentin ... – Ein Freund." Die Worte kamen zeitgleich aus ihren Mündern, doch die Worte des Black verwunderten ihn mehr als seine eigenen. Hatte er ihn eben als Freund betitelt? Mit diesen Worten hatte er ihn noch nie bedacht. Einzig stumme Akzeptanz und gemeinsame Zeit, die sie hier und da verbrachten. Doch wirklich als Freund wurde er noch nie betitelt.

Es wärmte ihm das Herz, und ohne dass er es wirklich beeinflussen konnte, bildete sich ein breites Grinsen auf seinem Gesicht.

Das frech-fröhliche Grinsen aus seiner Erinnerung hatte sich auch in der Realität auf sein Gesicht gekämpft und nahm es nun völlig selbstlos ein. Es schien fast so, als hätte diese Erinnerung einen Schalter in ihm umgelegt und ließ die Zweifel und die Unsicherheit, die ihn eben noch heimgesucht hatten, einfach verschwinden.

Zurück blieb das sanfte Pochen von Adrenalin in seinen Adern, das stumme Klopfen in seinem Kopf, das immer da war, wenn ihn sein Verstand warnen wollte, aber seine Instinkte übernahmen.

Valentin scherte sich nicht darum, ob das, was er als Nächstes tun wollte, falsch war oder nicht. Er überließ seinem Körper die Führung und ließ sich, angetrieben von der Erinnerung, leiten ohne darüber nachzudenken.

Vielleicht hätte er es tun sollen.

Seine Füße trugen ihn einmal durch den Garten, durchstreiften raschelnd das Gras und blieben erst stehen, als er vor der Hintertür angekommen war.

Auch hier schien der Rasen ungepflegt gepflegt zu sein, blühte in seiner natürlichen Pracht und die weiten Bäume versteckten die Hintertür auf eine frivole Art und Weise. Das Holz war nicht so verblichen wie die Vordertür, strahlte fast schon im alten Glanz und doch fiel sie nicht auf, verschwand im Blattwerk.

Valentin musste sich fast schon durchkämpfen, bevor er endgültig davorstand und den Blumenkübel erblicken konnte, in dem er den Schlüssel vermutete. Wie Jack es einst tat, grub auch er seine Finger in die feuchte Erde und suchte mit seinen Fingern nach dem kalten Metall, bis er es schließlich ertasten konnte und zwischen seinen Fingern hervorzog.

Das Lächeln schwand nicht, formte sich jedoch in einem triumphierenden Ausdruck.

„Ganz wie früher", murmelte er, gepackt von dem kleinen Erfolgserlebnis.

Das Haus war nicht dasselbe, in dem er früher gelebt hatte. Tatsächlich konnte man keinen Vergleich ziehen. Wirkte das Haus hier gepflegt und warm, so strahlte das alte, in dem er zu Schulzeiten gelebt hatte, eher kalt und unnahbar. Doch anscheinend übernahm man Eigenheiten der Eltern immer, ganz egal, ob man wollte oder nicht.

Natürlich konnte er nicht sagen, ob diese Eigenheit bewusst gewählt war oder nicht, aber er freute sich, den Älteren noch immer gut genug einschätzen zu können, um solche Geheimnisse zu lüften.

Seine Zunge glitt unruhig über seine Lippen, bevor er den angehaltenen Atem ausstieß, die Schultern straffte und mit zitternden Fingern den dreckigen Schlüssel in das Loch schob, bedacht keinerlei Geräusche zu verursachen.

Wie erwartet ließ die Tür einen leisen Klick verlauten, bevor sie fast schon geräuschlos aufglitt und der Braunhaarige sich durch den Spalt in das Haus begeben konnte.

Die Küche, wie ihm auffiel, doch weiter kam er mit seinen Gedanken nicht, als ihm sein Herz fast aus der Brust sprang und er fast schon aufgeschrien hätte, hätte sich keine Hand über seine Lippen gelegt.

Das Adrenalin pumpte in seinen Adern, brannte wie Feuer und brachte den Schweiß auf seine Stirn. Seine Pupillen nahmen die doppelte Größe an und seine Hände verkrampften sich automatisch um den Arm, den er zu greifen bekam.

Die Worte blieben in seinem Hals stecken, einzig Schlucken brachte er zustande.

„Ah, du bist es", erklang es nach einiger Zeit hinter ihm und tatsächlich löste sich langsam die Hand von seinen Lippen, ließ ihn fast gierig nach Luft schnappen, welche er vor Angst angehalten hatte.

„Könntest du … eventuell …" Valentins Stimme versagte zitternd, als er spürte wie sich die Klinge des Messers von allein einen Weg unter seine Haut suchte, da er sprach und sein Fleisch damit zum Verkauf bot.

„Oh, ja, richtig." Fast schon süffisant, wohlgesonnen erklang die tiefe Stimme. Doch viel mehr sprach das Amüsement aus ihr, als er tatsächlich das Messer senkte und ihn wieder freiließ, ihm nicht mehr ans Leder wollte.

„Hast du irgendwen erwartet?", fragte er nervös schluckend, gepaart mit einem seichten Lächeln, um seine Unsicherheit zu überspielen.

Doch das Adrenalin pumpte noch immer warm durch seine Adern und ließ ihn die Aufregung spüren, die er fast schon wohlgesonnen entgegennahm. Sie war angenehm, sagte ihm zu, wollte ihn mehr spüren lassen.

Diese Art Abenteuer reizte ihn mehr als es sollte und das, obwohl es gerade um sein Leben gegangen war.

Wie verkorkst war er eigentlich?

„Du blutest", überging der Polizist gekonnt seine Frage, doch anstatt ihm ein Tuch zu reichen, lehnte er sich amüsiert nach vorn und Valentin wäre nach hinten ausgewichen, würde er nicht schon den Türrahmen in seinem Rücken spüren. So ließ er das warme Gefühl, welches sich durch seinen Körper zog, über sich ergehen, schloss ergeben die Augen und biss sich auf die Unterlippe, um jegliche Geräusche, die sich seine Kehle hinauf kämpften, zu unterdrücken.

„Was genau führt dich zu mir, Valentin? Hast du mich vermisst?"

Amüsement glitzerte in den dunklen Augen, welche nicht vermochten einen großen Abstand aufzubauen.

„Ja, ganz sicher", schnaubte der Braunhaarige jedoch nur abwehrend und schob den Black mit Kraft von sich, um endlich wieder frei atmen zu können. Dieser Kerl machte ihn auf allen Ebenen einfach nur wahnsinnig! Ständig rief er Gefühle in ihm hoch, die nicht da sein durften, die ihn verwirrten. Doch gleichzeitig schien er sich auch nicht von ihm irritieren und ablenken zu lassen. Erst recht nicht ließ er sich abhalten, sich ihm weiter anzunähern.

„Möchtest du etwas trinken?"

„Bitte."

Die Zeit verging schneller als es ihm bewusst war, doch war er mit jeder Minute entspannter als zuvor und es lag nicht nur an dem Bier, welches immer vor ihm stand und allem Anschein nach kein Ende fand. Immer wieder reichte der Ältere ihm wortlos eine neue Flasche, sollte sich die andere dem Ende entgegen neigen. Valentin hingegen widersprach nicht, nahm die Flaschen wortlos entgegen, nickte ihm sogar dankend zu, während seine Gedanken wieder auf die Reise gingen.

Sie sprachen nicht viel, saßen nur im Einklang beisammen am Tisch, jeder seinen eigenen Gedanken nachhängend, sich eine stumme Stütze zum steigenden Alkoholpegel bietend.

Der Black blickte zur Seite, den Kopf gelangweilt auf dem Handballen gestützt, hin und wieder am Bier nippend. Mochte der Anblick noch so unschuldig und normal sein, so löste er in Valentin etwas aus, das er nicht greifen konnte. Irgendetwas lag an seiner Haltung, seinem abwesenden Blick, was ihn irritierte, doch es entwich ihm, sobald er danach greifen wollte.

Also ließ er es bleiben, den Gedanken greifen zu wollen, ging lieber zur stummen Beobachtung über und ließ erneut seine Gedanken schweifen.

Das Haus war hell eingerichtet, mit Holz durchzogen. Einzig die Arbeitsplatten der Küche bestanden aus schwarzem Schiefer, welcher einen guten Kontrast zum sonst so hellen Holz bildete.

Selbst die Stühle, welche unfassbar ungemütlich wirkten, luden zum Bleiben ein, wenn man sich einmal überwunden hatte und saß.

Die ganze Küche strahlte eine gewisse Ruhe aus, die einen förmlich willkommen hieß. Man vergaß seine dunklen Gedanken draußen, schwelgte in schönen Erinnerungen, genoss den Duft in der Nase, der in der Küche lag, vermutlich vom Mittagessen.

„Wollen wir etwas spielen?"

Die Frage riss ihn aus seinen Gedanken und er blinzelte irritiert, als er spürte wie das kühle Bier über seine Hand lief, weil er beim Trinken zusammengezuckt war. Doch der dunkle Blick des Polizisten lag eindeutig auf ihm, fragend und abwartend.

„Spielen?", hakte er also irritiert nach, leckte sich den Schaum vom Handgelenk, ließ den anderen dabei allerdings nicht aus den Augen. Erst sein aufgeregtes Herz in seiner Brust machte ihm klar, was er gerade veranstaltete, verstärkt von dem sich verdunkelnden Blick des anderen, ließ er die Hand sinken und kratzte sich verlegen über die Narbe auf seinem Nasenrücken.

„Irgendwas … Karten, oder etwas anderes?", kam es ihm unschuldig entgegen, begleitet von einem schief gelegten Kopf.

Valentin nickte nur, unsicher, was er von der Situation halten sollte, doch er stimmte zu, was sollte schon passieren? Abgesehen von offenbar mehr Alkohol, wie er schnaubend feststellte.

„Willst du mich abfüllen?", kommentierte er die Sakeflasche, die neben dem Kartenset ihren Weg auf den Tisch fand, gefolgt von zwei tönernen Schnapsgläsern. Der Braunhaarige gab es ungern zu, aber er vertrug nicht über die Maßen viel Alkohol. Wenn er sich recht erinnerte, hatte jeder von ihnen schon 3 Flaschen Bier getrunken und nun sollte nebenher noch diese Flasche geleert werden?

Ein großes Vorhaben, wie ihm schien. Doch er wischte den Gedanken zur Seite und ließ es auf sich zukommen. Zur Not würde er schon auf der Couch schlafen dürfen.

„Ich doch nicht", gluckste der Black bestätigend und schmunzelte amüsiert, es glänzte sogar noch in seinen Augen. Jedoch ging er nicht weiter darauf ein, goss ihnen beiden die Gläser voll, stellte sie vor sich, doch bedeutete zu warten, bis er die Karten ausgeteilt hatte.

„Auf dich!", prostete ihm der Ältere zu, entlockte ihm eine hochgezogene Augenbraue und einen Blick voller Irritation, doch auch er hob das kleine Glas an, nickte ihm zu und erwiderte den Spruch auf ihn.

SCHATTEN

Es war still im Haus, kaum ein Geräusch war zu hören, abgesehen von dem Ticken der Uhr, die im immer gleichbleibenden Takt die Stille durchbrach. Sonst war nur das Klirren eines Deckels zu hören, der voller Elan über den Boden rollte und schlussendlich hinter einer der Anrichten zum Liegen kam.

Ihm war es egal, ließ er ihn dort unbeachtet liegen und wandte sich wieder dem Glas vor sich zu, welches er mit der orangenen Flüssigkeit füllte, um sie dann dem blonden Jungen zuzuschieben, der ihn schon abwartend und mit roten Wangen ansah, freudig eines seiner liebsten Getränke zu bekommen, die er so selten kaufte.

Er mochte das Zeug nicht und vermied es, wo es möglich war, dem Kind wirklich ungesunde Sachen zukommen zu lassen. Doch der fertige Orangensaft aus dem Laden bildete die Ausnahme allen voran, wenn er keine frischen Orangen bekam oder aber keine Lust hatte selbst den Saft zu pressen. In diesem Fertigzeug war einfach zu viel Zucker enthalten.

„Hier, Chris."

„Danke, Papa!", schallte es ihm auch gleich freudig entgegen. Doch entgegen der freudigen Worte, blickten ihn blaue Augen an, abwartend, bis er sich zu ihm setzte, selbst mit einem Getränk bewaffnet. Diese Geste entlockte ihm ein fröhliches Grinsen, doch er ließ sich Zeit, hob den Deckel gemütlich auf, spülte ihn ab und schloss die Flasche, bevor er sich ein gekühltes Bier aus dem Kühlschrank angelte und sich mit geöffneter Flasche zu seinem Sohn setzte.

Er nickte ihm leicht zu, stieß mit dem Jungen an, bevor jeder stillschweigend den ersten Schluck genoss.

„Spielen wir etwas, Papa?", fragte ihn der Blonde dann doch irgendwann, war es doch noch nie seine Stärke, Stillschweigen zu bewahren, geschweige denn ruhig zu sitzen. Er sah ihn an, abwartend und wertend, strich sich nachdenklich über die Unterlippe und nickte dann langsam, bestätigte seine Frage.

„Etwas Neues?", erwiderte er die Frage und er bekam schneller als gedacht ein Nicken als Antwort, was sein Herz kurz aussetzen ließ vor Freude. Seine Augen glänzten verräterisch und auch das Grinsen verbreitete sich, reichte bis in die letzten Winkel seiner Augen.

Eigentlich sollte er es nicht tun, aber sein innerer Sadist war auf einem Höhenflug, weswegen er sein Gewissen vollkommen ignorierte und das Bier abstellte, bevor er aufstand und in einem der Schubfächer nach dem Gesuchten kramte.

Er summte zufrieden, als er fündig wurde und drehte sich mit dem Gesuchten in der Hand herum. Der fast schon ängstliche Blick seines Sohnes hätte ihn alarmieren sollen, an seinen Verstand rütteln müssen. Doch er feuerte nur seinen sadistischen Trieb an, der schon seit Wochen völlig auf der Strecke blieb.

„Keine Sorge, dir wird nichts passieren, wenn du dir Mühe gibst", erläuterte er beruhigend, strich im Vorbeigehen über die blonden Haare und setzte sich wieder neben ihn, nahm einen Schluck Bier und stellte die Flasche dann weit genug weg.

„Schau zu!", forderte er streng, bevor er seine Hand ausgebreitet auf die Holzplatte legte und in geübten Schwingungen das Messer in die Zwischenräume sausen ließ. War er zu Beginn noch langsam, darauf achtend, dass der Junge sah, was geschah und wirklich aufmerksam wurde, so wurde er immer schneller und schneller. Bis zu dem Punkt, an dem man kaum noch folgen konnte, doch er schnitt sich nicht.

Sein Blick ruhte auf Chris, als er das Messer locker in der Hand drehte, es an der Klinge festhielt und den Griff in die Richtung des Kindes hielt.

Dieses sah ihn lange an, unschlüssig, ängstlich. Doch der Blick wurde immer fester, ernster und williger, abenteuerlustig, bis er das Messer nahm und seine kleine Hand auf den Tisch legte, der an der Stelle noch immer rot glänzte.

Eine alte Tradition,
ein Spiel für alle Klassen.
Ruhm sei der Lohn,
die Verlierer werden dich hassen.
Nimm einen Schluck,
zwei geh'n auch.
Schärf die Klinge,
unscharfe Sinne.
Triff die Mitte, nicht den Finger.
Das Messer klirrt,
Der Atem stockt.

10. GLAS

SUIZID IM HEIM

Am gestrigen Abend haben die Kinder im Heim „Roter Mond" einen erschreckenden Fund getätigt.

Dabei wurde der seit Jahren Zuständige für das Heim auf dem Dachboden gefunden, die Kinder sind noch immer verstört. Auch für die Angestellten des Heimes ist der Abschied des Leiters, Scott Wales, ein Rätsel.

„Er war immer fröhlich und für die Kinder da, er hat seine Arbeit geliebt und schien keinerlei Probleme zu haben."

War das Leben des Heimleiters wirklich so von Sonne durchzogen? Was steckt hinter diesem furchtbaren Abschied? Hatte diese tragische Tat einen weitläufigen Hintergrund, oder wuchs ihm einfach alles über den Kopf hinaus?

Weiter auf Seite 13

Mit einem tiefen Seufzen ließ der Braunhaarige die Zeitung sinken, strich sich über den Nasenrücken und schloss die Augen. Zu solchen Nachrichten aufzuwachen, erschien ihm nicht sonderlich förderlich, für niemanden. Immerhin waren es schlechte Nachrichten, Worte, die niemand gern hörte, ganz gleich, ob man den Menschen kannte, dem dieser Name gehörte oder auch nicht.

Auch wenn er den Leiter nicht persönlich kannte, hatte er doch einiges von ihm mitbekommen. So schien er sich immer für Kinder einzusetzen und war auch bei Spendengalas sehr beliebt. Er setzte sich für sie ein und soweit Valentin es sagen konnte, fanden auch die Kinder immer ein gutes Zuhause. Er war ein gut beschriebenes Blatt, welches sich anscheinend nur an grüner Tinte bereicherte, etwas, was sich jeder Bürger wünschte. Eine reine Weste, welche mit positiven Patches rühmen konnte.

Weshalb sollte sich also ein erfolgreicher und anscheinend gutherziger Mensch wie Wales das Leben nehmen?

Es war ihm ein Rätsel, welches er jedoch nicht weiter verfolgen würde, jedenfalls nicht solange ihm andere Dinge im Kopf herumgeisterten und ihm keine Ruhe ließen. Doch wirklich ausschließen konnte er nicht, sich später mit dem Thema zu beschäftigen. Es lag in Valentins Natur, neugierig zu sein und immer nach den tieferen Gründen zu suchen.

Doch noch immer drückte der Gedanke, etwas in seinem letzten Fall übersehen zu haben, an seinen Gedanken.

Der Psychologe schüttelte angenervt seinen Kopf, bevor er endlich die Zeitung sinken ließ, wobei sein Blick automatisch auf den Verband seiner linken Hand fiel, bevor er weiter zu dem ausgerissenen Stück Papier glitt, welches vor ihm lag.

Ein Stück aus der Zeitung, die er eben ablegte, doch was genau ihn dazu veranlasst hatte, dieses Stück aus dem Schmierblatt zu reißen, erschloss sich ihm noch nicht ganz. Es war ein Reflex gewesen, der von ihm Besitz ergriffen hatte, seine Hand gelenkt hatte und er hatte nichts anderes tun können als zu folgen.

Darauf stand, verschmiert durch seine Hektik und den Schweiß, in den er dabei ausgebrochen war, ein Todestag, der sich in diesem Jahr einmal mehr jährte. Der Name darüber grinste ihn an, pochte an seinem Hinterkopf, er kannte den Jungen.

Doch woher erschloss sich ihm auf die Schnelle nicht. Es schien fast so, als sähe er den Namen vor sich, ein schwarzer Umriss, ohne wirklich nennenswerte Form, doch es war offensichtlich ein Mensch. Die Umrisse blieben dunkel, wurden nicht klarer und gaben kein Gesicht preis, dass er hätte zuordnen können.

Doch seine Gedanken schienen förmlich zu schreien, stießen mit einem Rammbock gegen die Tür, zwangen sie mit jedem Stoß ein Stückchen auf. Jedoch nicht weit genug, als dass mehr als ein kleiner Lichtschimmer hindurchschlüpfen konnte. Ein kleiner Lichtstrahl, der die Erkenntnis in sich trug, dass er den Namen kannte, sogar zuordnen konnte.

Doch er wusste partout nicht wohin …

„Das hat doch alles keinen Sinn", murrte er leise, schloss kurz die Augen und legte den Kopf in den Nacken, wartete bis es erlösend knackte. Erst dann seufzte er entspannter als zuvor auf und legte die Zeitung endgültig beiseite, ebenso den kleinen Ausschnitt. Es war Wochenende, er sollte sich nicht mit solchen Nachrichten oder Gedanken befassen, er sollte sich entspannen und versuchen den Kopf freizubekommen.

Alles leichter gesagt als getan, denn seine Gedanken rannten noch immer im Kreis.

Wenn sie sich nicht gerade mit solchen Nachrichten beschäftigten, oder mit dem Serienmörder, den er vor Wochen gesucht hatte, kehrten sie zu dem Abend zurück, an dem er zu Jack geflüchtet war, in der Hoffnung den Kopf freizubekommen.

Der Abend, welcher zugegeben nicht mehr gänzlich in seinen Gedanken abzurufen war, hatte ihm tatsächlich geholfen sich abzulenken, mehr als er je gedacht hätte. Denn seitdem dachte er nicht mehr partout über den Schrecken nach, der wochenlang über ihrer kleinen Stadt lag, sie alle hatte in der Dunkelheit leben lassen.

Jedoch konnte Valentin auch nicht behaupten, vollkommen entspannt zu sein. Klopfte nun nicht mehr ständig der Zweifel, etwas Falsches getan zu haben an seiner Tür, übernahm nun mit Freuden die Sicherheit, etwas Grundlegendes einfach vergessen oder übersehen zu haben. Nicht über den Fall, was sonst die Normalität gewesen war, sondern über etwas anderes.

Aber der Braunhaarige konnte es einfach nicht greifen. Jedes Mal, wenn er die Hand ausstreckte und die Finger um diesen kleinen Funken schließen wollte, entfloh er geradewegs, nutzte die kleine Lücke zwischen seinen Fingern und flog kichernd davon. Nur um später wieder mit einem freudigen Leuchten an seiner Tür anzuklopfen.

Es machte ihn wahnsinnig, es nicht greifen zu können.

Doch wie alles andere fegte er auch diese Gedanken wieder beiseite, verdrehte die Augen über sich selbst und warf einen Blick durch seine Wohnung. Seine verdammte Wohnung, die er, seit er eingezogen war, nicht weiter beachtet hatte. Valentin war nur zum Schlafen hier, nutzte das Badezimmer und nahm den geringsten Platz in der Küche ein, bestehend aus dem kleinen Tisch, der mit der Zeitung und der Kaffeemaschine bedeckt war.

Der Rest der Wohnung war leer, unbenutzt und von Kisten gesäumt. Kisten, die er vor Monaten mitgebracht hatte, jedoch nie ausgeräumt oder beachtet hatte. Einzig seine Kaffeemaschine hatte er ausgepackt und aufgebaut, die Kleidung fast achtlos in den Schrank geworfen, das Badezimmer spärlich genug belegt, um seiner täglichen Pflege nachzugehen.

Aber er lebte hier nicht, nicht ansatzweise.

„Vielleicht sollte ich es endlich ändern", gab er seufzend zu, strich sich über die alte, verblasste Narbe über seinem Gesicht. Seine Augen schlossen sich dabei fast automatisch, als würde er in der Vergangenheit schweben, doch wirklich erinnern, woher er die Narbe hatte, konnte er sich nicht.

So schüttelte er nur den Kopf, schob auch diesen Gedanken beiseite und erhob sich endlich von dem ungemütlichen Holzstuhl, auf welchem er schon seit bestimmt einer Stunde saß. Hatte er nicht irgendwo Überzüge, die er dafür nutzen konnte?

Nachdenklich kratzte er sich an der Wange, verschränkte dabei den linken Arm und legte den Kopf schief, begutachtete die Kisten, die sich überall in der Küche, dem Wohnzimmer, dem Schlafzimmer und quer im Flur stapelten. Selbst das Extrazimmer war belegt mit all den Kisten, die ihm sonst überall den Weg versperrten. Tatsächlich hatte er nur so weit aufgeräumt, dass seine Standardwege frei begehbar waren.

„Na schön, fangen wir mal irgendwo an. Bloß keine falsche Scheu, Valentin", sprach er sich selbst ein wenig Motivation zu. Vielleicht fühlte er sich nach dieser Aufgabe etwas mehr zu Hause.

Ein Gefühl, welches ihm mittlerweile fast schon fremd war. Schließlich verbrachte er kaum Zeit in dieser Wohnung, stürzte sich lieber in die Arbeit, anstatt an seinem eigenen Sozialleben zu arbeiten. Zwar war Valentin berüchtigt dafür, in die Psyche anderer zu sehen, ihnen zu helfen und Ratschläge zu erteilen, aber er selbst war einfach ein hoffnungsloser Fall und schaffte es eher selten, sich daran zu halten.

Erst recht, wenn er in seinen Gedanken weiterhin in irgendeinem alten Fall feststeckte.

Es war zum Verzweifeln.

Ihm entfloh ein ergebenes Seufzen, bevor er die Arme endgültig fallen ließ, mit den Schultern zuckte und sich eine der Kisten schnappte, die gerade in Reichweite war. Er trug sie in sein Wohnzimmer und stellte sie dort auf den Boden, die einzig wirklich freie Fläche, die er hatte.

Allerdings auch nur, weil er sich irgendwann zu Beginn hier Platz geschaffen hatte, da er die Eigenschaft hatte, auf dem Boden nachzudenken, wenn er versuchte sich in einen Mörder hineinzuversetzen. Oft lag er dann stundenlang auf dem Boden, starrte die Decke an, sprach mit sich selbst oder ließ seine Gedanken laufen, wenn er die Augen geschlossen hatte. Wenn er in dieser Phase war, verschwand er in einem fremden Gehirn und versuchte es einfach zu verstehen, ohne sich eine Meinung zu bilden. Er ging dabei die Fakten durch, Schritt für Schritt ging er das fremde Leben durch, beobachtete, lernte zu verstehen, nachzuvollziehen und vorauszusehen.

Je nachdem, auf welche Art Mensch es sich bezog, ging es relativ schnell und unkompliziert. Doch mit dem Schlächter von Jamestown hatte er einige verzweifelte Stunden verbracht, die ihn absolut nicht weitergebracht hatten. Oft stand er bei ihm vor einer einfach nur schwarzen Wand, welche er verzweifelt mit den Händen abfuhr, in der Hoffnung, er fand einen geheimen Auslöser.

Doch gefunden hatte er ihn nie.

Mit einem neuen Kaffee bewaffnet, ließ er sich endlich neben dem Karton sinken, stellte die Tasse in Sicherheit und drehte den Karton, auf der Suche nach einer Aufschrift, wie es eigentlich seine Art war. Hatte er doch jeden einzelnen Karton mit guten Gewissen gepackt, systematisch sortiert, um später, wenn er endlich auspackte, keine großen Probleme zu haben. Doch egal wie er den Karton drehte, er fand keine Aufschrift, keine Zuordnung.

Es ließ ihn an seinem Verstand zweifeln.

Hatte er wirklich diesen Karton gepackt, vielleicht einfach nur vergessen, ihn zu beschriften?

War er vielleicht noch von früher? Aber er war sich fast sicher, jedes Mal alle Kartons ausgepackt zu haben.

„Was steckt in dir?", murmelte er, nun wirklich von der Neugier gepackt, und drehte den Karton einmal mehr um seine eigene Achse, bevor er endgültig den Staub von ihm wischte und anfing an dem braunen Klebeband zu zupfen, um es zu lösen.

Jedoch war er alles andere als geduldig, weshalb er schnell murrte, die Augenbrauen zusammenzog, ehe er sich frustriert hochstemmte und in die Küche ging, um vielleicht irgendwo ein Messer oder eine Schere zu finden.

Doch wieder einmal musste er feststellen, er hatte nicht ausgepackt, weshalb auch kein Messer zu finden war, jedenfalls nicht in der Küche. Mit dem Brieföffner, welcher unter seinen Arbeitsunterlagen begraben war, hatte er schon mehr Glück, auch wenn er dabei fast erneut die Augen verdrehen wollte, über sich selbst und seine Arbeitswut, die ihm nun ein Wochenende der anderen Sorte bescherte.

Auch wenn er kein Mann war, der viel Wert auf Dekoration oder ein stilvolles Heim legte. So war er doch ein Mann, der gewisse Macken hatte, was seine Ordnung anging.

Natürlich konnte er jetzt alles auspacken und einfach in die Regale, welche er zum Teil noch aufbauen musste, stellen, jedoch würde er wahnsinnig werden, wäre sein Besitz nicht nach seinem System geordnet.

„Offenbare dich", summte er freudig, jetzt, als er ein Gerät hatte, um sich endlich dieses lästigen Klebebandes zu entledigen.

Valentin blies sich entschlossen eine Strähne aus dem Gesicht, als er den Brieföffner beiseitelegte und die oberen beiden Laschen zur Seite knickte, gefolgt von den letzten beiden, bevor er endlich einen Blick in die überraschend volle Kiste warf.

Sie war überzogen von einer dünnen Staubschicht, die deutlich davon sprach, wie lange ihr Inhalt nicht angerührt worden war. Doch wirklich aussagekräftig war die oberste Schicht ihres Inhaltes auch nicht.

Das Erste, was ihm entgegenblickte, war ein fast leeres Blatt Papier, vergilbt und verschlissen erzählte es seine Geschichte, doch mehr als sein Name stand dort nicht drauf. Dennoch nahm er es neugierig in die Hand, drehte es, um seine Geheimnisse zu lüften, doch alles, was er sah, waren die wackeligen Versuche eines kleinen Kindes, seinen Namen zu schreiben. Immer und immer wieder, standen dort dieselben Buchstaben, im verzweifelten Versuch sie ordentlich aneinanderzureihen.

Er prustete amüsiert, zog überrascht die Augenbraue nach oben und schüttelte grinsend den Kopf.

Vielleicht war es eine Kiste von damals, seiner Schulzeit. Der Zeit, in der seine Eltern noch gelebt hatten.

Anders konnte er sich dieses Blatt und die weiteren kleinen Schätze, die auf diese Zeit schließen ließen, nicht erklären. Doch wer hätte diese kleinen Erinnerungen zusammenstellen sollen? Seine Eltern?

Sicher nicht. Soweit er sich erinnern konnte, waren sie keine Menschen, die etwas sonderlich vorsichtig aufbewahrten, gesondert zusammentrugen, um es später mit einem Griff zur Hand zu haben. Oftmals landeten ihre Unterlagen einfach nur auf irgendeinem Stapel, welcher nicht mehr beachtet wurde, bis man ein bestimmtes Dokument benötigte und einmal den kompletten Haufen durchsuchen musste.

Doch je weiter er kam, je mehr alte Zeichnungen und undurchsichtigen Texte er betrachtete und zur Seite legte, desto tiefer stieg er in die Kiste und deren längst vergessene Geheimnisse.

Das Herz des Braunhaarigen schlug mit jedem kleinen Heft, jedem Blatt mehr gegen seine Brust, meldete sich heftiger und sturer zu Wort.

Ganz so, als wollte es ihn warnen.

Wenn er es nicht selbst besser wüsste, würde er sagen, er hatte Angst.

Angst davor, weiter in seine Vergangenheit zu dringen, mehr zu offenbaren von dem, was er vergessen hatte. Doch er weigerte sich, es sich selbst einzugestehen, einzusehen, dass es dort eine Dunkelheit gab, die seine Erinnerungen überlagerte.

Sie waren schwammig, teilweise nicht mehr vorhanden, eher sporadisch und nicht auf eine Zeitlinie festzulegen. Der Psychologe hatte einiges vergessen, vieles verdrängt und noch mehr einfach unter „nie passiert" abgelegt. Es kümmerte ihn nicht, hatte ihn nie weiter beschäftigt. Er lebte sein Leben mit dem Wissen, das er abrufen konnte.

Niemand wollte sich mit der eigenen Schulzeit beschäftigen.

Dennoch schlug sein Herz stetig weiter, klopfte erbarmungslos gegen seine Rippen, zog sich im Takt zusammen und schien immer kleiner zu werden. Ein kalter Griff legte sich um sein Lebenszentrum, drückte es zusammen und schien ihm die Luft zum Atmen zu rauben.

Doch Valentin schüttelte nur stur den Kopf, verdrängte das unsichere Gefühl und schluckte angespannt, als er das Foto hervorzog.

Darauf war er selbst zu sehen, ohne Narbe, aber mit einem breiten Grinsen im Gesicht, den Arm um den Grauhaarigen geschlungen, die Hand zu einem Peace-Zeichen gebeugt. Die Freude stand quer über seinem Gesicht geschrieben, nur der Grauhaarige, Jack, blickte so wie er es immer tat. Fast schon gelangweilt, genötigt, auf einem Foto zu erscheinen, freudlos. Aber dennoch konnte man, wenn man genau hinsah, dieses kleine Leuchten in seinen Augen erkennen, verschlungen hinter vielen Mauern, nicht befugt gesehen zu werden. Wenn man genau hinsah, waren die Ränder des Bildes verschwommen, standen in Bewegung, was darauf schließen ließ, dass er ihn tatsächlich unfreiwillig vor die Kamera gezogen hatte.

Ein amüsiertes Lächeln legte sich auf seine Lippen, als er das Bild weiterhin betrachtete, vollkommen verträumt. Doch er konnte nicht sagen, an welchem Tag es aufgenommen wurde, wie die Situation war und was zu dieser Idee geführt hatte.

Er wusste es einfach nicht, folgte aber seiner Eingebung und drehte das Bild in seinen Händen, vielleicht fand er eine Notiz auf der Rückseite.

Tatsächlich wurde er für seine Eingebung belohnt, auch wenn er die Schrift nicht zuordnen konnte, so spitz und kantig wie sie war, war es definitiv nicht seine eigene. Seine Handschrift war schon immer verschlungen und rund gewesen, niemals so wie diese, welche fast zwanghaft korrekt zu sein schien. Doch sie war es nicht, nicht annähernd, wirkte es doch viel mehr so, als sei sie in das Papier geritzt worden. Jedoch stellte er nach einer schnellen

Überprüfung, in dem er darüberstrich, fest, dass es nur normale Schrift mit einem normalen Kugelschreiber war.

Doch viel mehr als die Schrift verunsicherten ihn die Worte, die dort geschrieben standen.

„Vergiss mich nicht", murmelte er, zog nachdenklich die Augenbrauen zusammen, wiederholte die Worte erneut, schmeckte sie auf seinen Lippen. Doch einen Reim konnte er sich daraus nicht machen.

Ein erneuter Blick auf das Bild und er verstand es noch weniger. Weshalb sollte er Jack vergessen, oder sich selbst?

„Was für ein Unsinn", seufzte er und legte das Bild zur Seite, begleitet von einem Kopfschütteln und dennoch hinterließen diese Worte einen bitteren Nachgeschmack in seinem Herzen.

Er konnte wirklich nichts damit anfangen.

Valentin sah noch einige Momente auf den Stapel, auf dem er eben das Foto abgelegt hatte, und die Worte schienen ihn regelrecht auszulachen. Erst nach einigen Minuten, in denen er einfach nur an dem kalten Kaffee nippte und diese drei Worte ansah, konnte er sich endlich losreißen und wieder einen Blick in die Kiste werfen, deren Inhalt sich nun langsam dem Ende neigte.

Jetzt waren dort nur noch ein paar wenige Tüten zu finden, Blätter und eine Fliegerbrille, mit der er absolut nichts anfangen konnte. Das verblasste, eher dreckige Orange, welches fast mit dem dunklen Blau verschmolz, stach regelrecht hervor, zog ihn in seinen Bann. Die Gläser waren verdreckt, verkrustet und gebrochen.

Doch auch mit dem Inhalt der Tüten konnte er im ersten Moment nichts anfangen. Was hatten all diese Gegenstände in dieser Kiste zu suchen, einer Kiste, die er nicht selbst gepackt haben konnte?

Neugierig stellte er die Kaffeetasse zur Seite, genau auf das Foto von zuvor, doch er bemerkte es nicht, da seine gesamte Aufmerksamkeit dem Inhalt des Kartons galt. Schon bevor er sich selbst bewusst wurde, was ihm am interessantesten erschien, griff er wie hypnotisiert zu einer der durchsichtigen Tüten, in der nicht mehr zu finden war, als eine Glasscherbe.

Sie war nicht sonderlich klein, allerdings auch nicht riesig, hatte locker Platz in seiner Handfläche, ohne dass es aussah, als würde er ein Fenster halten. Einem Impuls folgend, öffnete er die Tüte, nahm sich die Scherbe heraus und hielt sie in das Licht, welches durch sein Fenster schien. Sie glänzte, zeigte einzelne Tropfen auf, die daran getrocknet waren, offenbarte schmale Risse, den Weg in eine andere Welt. Doch am faszinierendsten war die Farbe, die er auf dem Glas ausmachen konnte.

Das Glas war bunt, ein Stück vom Regenbogen, würde er sagen. Denn ganz gleich, in welchen Winkel er das kleine Fenster hielt, zeigte es einen anderen Aspekt des Regenbogens auf.

Die Sonne schien seit Tagen, dauerhaft und schien nicht weichen zu wollen. Sie war immer da, ließ sich nicht vertreiben, nicht von den Wolken unterkriegen. Im Gegenteil, beinahe wirkte es so, als würde sie sich von den Wolken ernähren, wachsen und noch mehr Wärme abgeben, als sie es ohnehin schon tat.

Es war ein Sommer, wie man ihn lange nicht mehr gesehen hatte. Die Luft flimmerte vor Hitze, das Bild verschwamm vor den Augen, der Schweiß lief, ungeachtet davon, ob man sich betätigte oder auch nicht.

Selbst wenn man nur herumlag im Schatten der Bäume, trieb es einem den Schweiß auf die Stirn. Es gab keine Möglichkeit, der Hitze zu entrinnen, denn selbst innerhalb der eigenen vier Wände schien es unmöglich, dem Sommer eine kühlere Wendung zu geben.

Die Ventilatoren fielen reihenweise aus und kein Luftstrom versprach Abkühlung.

Doch trotz der Hitze ließ sich keiner der Jungen davon abbringen, das Eis in ihren Händen zu essen als sei es ein Wettlauf mit der Zeit. Tatsächlich war es das, denn entweder sie waren schnell genug oder aber es lief über ihre Hände und verklebte. Doch auch hier kannten sie schnelle Abhilfe, indem sie den geschmolzenen Saft einfach von ihren Händen leckten.

„Das schöne Eis", murrte es dunkel neben dem Braunhaarigen, welcher verwirrt seine Tätigkeit, das Eis in seinem Mund zu versenken, innehielt, um zu sehen, von was der Grauhaarige sprach. Doch das grimmige Gesicht, als dieser dem kühlen Nass folgte, welches über seine Hand

lief, amüsierte ihn einfach zu sehr, als dass er seine Sorgen hätte ernst nehmen können.

Die Rechnung dafür folgte sogleich, als er sich fast an dem Holzstiel verschluckte und jämmerlich anfing zu husten. Immerhin entlockte er dem Grauhaarigen damit ein Grinsen und ihm wurde von zwei Seiten auf den Rücken geschlagen, damit er wieder zu etwas Luft kam.

„Ihr zwei seid ziemlich blöd."

„Ach, halt den Mund!", konterte der Black murrend und wischte angeekelt seine klebrige Hand im Gras ab, als Valentin endlich aufhörte zu husten, als würde sein Leben davon abhängen.

Doch anstatt etwas zu dem vorherigen Kommentar zu sagen, fing er einfach an zu lachen. Auch wenn er von beiden Seiten zuerst irritiert gemustert wurde, stimmten die beiden anderen Jungen schnell mit ein, wenn auch zögerlich, doch sie lachten einfach mit.

Der Grauhaarige schüttelte irgendwann den Kopf, warf den Holz-spieß hinter sich, vollkommen ignorant der Umwelt entgegen, und stützte sich nach oben, um endlich aufzustehen, dann sah er sie erwartend an.

„Kommt ihr? Wir sind schon zu spät", seufzte er dann, strich sich durch das halblange, vollkommen unbändige Haar und sah sie abwartend an.

„Mich wundert es, dass du da tatsächlich hinwillst", konterte Valentin mit hochgezogener Augenbraue, nahm aber die dargebotene Hand entgegen und ließ sich nach oben ziehen.

„Will ich auch nicht", war die gemotzte, unwillige Antwort, während er den Blick abwandte.

„Mutter ist dort." Die leisen, aber ruhigen Worte kamen von dem Dritten im Bunde und Valentin drehte sich herum, um auch ihm auf-zuhelfen.

Doch sein Blick verschwamm, lenkte sich von selbst von dem jungen Gesicht ab, sodass er nichts erkennen konnte. Eine schwarze Gestalt im Sonnenlicht, eine Einbildung, fantasierte er?

Kopfschüttelnd zog er den Jüngsten von ihnen auf die Beine, bevor er die Hände in die Hosentasche steckte und begann neben Jack herzu-laufen. Den Blick hatte er auf den strahlend blauen Himmel gerichtet, während er den Neckereien der beiden Jungen neben sich zuhörte, mit halbem Auge zusah, wie sie sich gegenseitig schlugen, ohne wirklich Ge-walt anzuwenden.

Er fühlte sich frei, war keinem Druck ausgesetzt und auch wenn keiner von ihnen am Morgen Lust gehabt hatte, den Jüngsten mitzunehmen, hatte es sich mittlerweile eingespielt und es war eine gewisse Ruhe zwischen ihnen dreien eingekehrt.

Tatsächlich hatten sie ihn nie zuvor mitgenommen, ständig abgeschoben mit irgendwelchen fadenscheinigen Ausreden, die überhaupt keinen Sinn ergaben.

Keiner von ihnen, weder Jack noch er selbst, hatten Lust auf ihn aufzupassen, wenn sie durch die Nachbarschaft streiften, ihre Schulaufgaben ignorierten, die zumindest Valentin dann nachts nachholte, weshalb er schon länger dauerhafte Augenringe trug.

Seit er Jack kannte, kam er aus sich heraus, fand zu sich selbst, oder passte sich dem Älteren an, er konnte es nicht genau bestimmen, aber etwas Rebellisches flammte in ihm auf.

„Verdammt, leg den Stein wieder weg!", maulte genau in diesem Moment der Älteste herum und warf die Hände in die Luft. Der Braunhaarige folgte seinem Blick und öffnete die Lippen, um auch noch einen Tadel hinzuzufügen, als der Jüngste auch schon beleidigt schnaubte und den Stein warf.

Ohne zu sehen, in welche Richtung er flog.

Ohne einen Gedanken daran, was passieren könnte.

Das Nächste, was er hörte, neben dem entsetzten Nach-Luft-Schnappen von ihnen dreien, war das Klirren des Glases.

„Wales!"

Der Psychologe blinzelte, um Feuchtigkeit in seine trockenen Augen zu bekommen, doch selbst dann blinzelte er erneut, irritiert von den eigenen Gedanken, die ihn überflutet hatten, als er die Glasscherbe betrachtet hatte.

Oder waren es tatsächlich Erinnerungen, eine von denen, die er vergessen hatte?

Seufzend steckte er die Glasscherbe zurück in die Tüte, nahm einen weiteren Schluck des eisgekühlten Kaffees und verzog angeekelt das Gesicht, bevor er sie langsam wieder abstellte. Erst dann fiel es ihm auf einmal auf.

Die Glasscherbe. Es war eine aus dem Kirchenfenster, welches Wales versehentlich zerstört hatte, deshalb war sie so bunt.

Kurz danach war die Orgel verstummt, schweigen war in das Gebet getreten und es dauerte tatsächlich nicht lange, bevor die weiten Türen aufschwangen und sich der leitende Priester auf sie stürzte, mit Worten, die er einem Geistlichen niemals zuvor zugetraut hatte.

Er gluckste leise, amüsiert bei diesem Gedanken und schüttelte den Kopf.

Kinder. Sie waren immer wieder ein Segen für sich selbst, kaum zu glauben, dass er selbst ein ziemlicher Rebell war, bevor er zu seinen Großeltern gezogen war. Zumindest nahm er es an, wenn er der Erinnerung von eben Glauben schenken wollte, auch wenn es ihm schwerfiel.

Doch er musste zugeben, dass er, obwohl sich sein Verstand dagegen sträubte, nicht unwohl bei dem Gedanken fühlte. Im Gegenteil, es fühlte sich fast schon vertraut an, auch wenn er nicht genau wusste, weshalb.

Kopfschüttelnd wollte er wieder in die Kiste greifen, als es ihm wie ein Schlag durchfuhr, die Gewissheit, die leise, fast unscheinbar bei ihm angeklopft hatte. Sie hatte sich mit einem gewaltigen Schlag Gehör verschafft und tolerierte es nicht, von ihm ignoriert zu werden.

Es war, als würde ein Sturm über ihn hereinbrechen, unaufhaltsam und schreiend, immer denselben Namen wiederholend.

„Wales!", wiederholte er auch laut, bevor er hektisch aufstand, der Kaffeetasse, die er dabei umwarf, keine Beachtung schenkend. Seine Füße fanden von selbst den Weg in die Küche, stolpernd, mehr rutschend als laufend. Nur unbewusst hielt er sich an dem kleinen Küchentisch fest, fegte die Zeitung herunter, auf der Suche nach dem Schnipsel, den er vor einiger Zeit noch in der Hand gehalten hatte. Den Schnipsel, den er selbst herausgerissen hatte, ohne dass er wusste, weshalb.

Valentins Brust hob sich hektisch, ohne dass er wirklich Zeit hatte zu atmen, zu sehr lag die Gewissheit, die leichte Spur Angst in seinen Knochen. Seine Finger umschlossen das Blatt Papier, führten es vor seine Augen und bestätigten das, was er schon wusste.

Er kannte den Jungen.

Nur wusste er nicht mehr genau, woher oder was ihn mit ihm verband und dennoch schnürte sich seine Brust zu, als er die Worte erneut las.

Wales Dunken
19xx – 19xx
In tiefster Trauer bekunden wir auch heute wieder,
Jahre nach dem Unglück, unser Beileid.
Er war ein guter Sohn, ein guter Bruder und e
in ebenso guter Freund.
In Gedenken an dich.

Der Knoten in seiner Brust verspannte sich noch mehr, verhärtete sich und verhöhnte ihn auf unnachahmliche Art und Weise. Nur langsam konnte er den Zettel wieder zur Seite legen, sich bewusst werden, was er eigentlich gelesen hatte.

Er kannte den Jungen, welcher anscheinend bei einem Unfall oder Ähnlichem, auch wenn er daran nicht einmal im Traum denken wollte, ums Leben gekommen war. Jedoch wusste er nicht, wie gut er den Jungen gekannt hatte. Alt war er jedoch niemals geworden.

Bei diesem Gedanken flog sein Blick einmal mehr zu dem Zeitungsausschnitt, begutachtete die Jahreszahlen, rechnete. Zwölf Jahre war Wales, als er verstarb.

Zwölf war kein Alter, um zu sterben, ganz gleich, aus welchen Gründen. Aber mit zwölf stand einem noch die Welt offen, lag einem regelrecht zu Füßen. In diesem jungen Alter, konnte man noch alles werden, nichts hielt einen auf, keiner verweigerte einem die Träume.

„Zwölf ...", murmelte er, zog nachdenklich die Augenbrauen zusammen, während er wie von Geisterhand gesteuert wieder zurück in das Wohnzimmer lief. In seinen Erinnerungen war Wales auch um die zwölf Jahre gewesen, auch wenn er sein Gesicht nicht gesehen hatte, aber seine Stimmlage passte in den Altersbereich.

Also musste diese Erinnerung entstanden sein, recht zeitnah an seinem Todestag, so alt konnte sie nicht sein.

Er verzog die Lippen bei diesem Gedanken, fühlte sich regelrecht unwohl und doch schlug sein Herz ruhig, sandte Wärme durch seinen Körper und ließ dem Gefühl keine Zeit, sich niederzulassen. Stattdessen breitete sich die Wärme in ihm aus, bedeutete ihm ruhig zu bleiben, zu Leben. Der Vorfall war verjährt, lange her, es brachte nichts sich darüber aufzuregen oder sich darüber Gedanken zu machen, wenn er den Jungen überhaupt nicht mehr kannte.

Kopfschüttelnd ließ er den Blick schweifen, sah wieder zu der Kiste, die er im Begriff war zu erkunden, sah erneut die Fliegerbrille, die ihm erschreckend bekannt zu sein schien, obwohl er sie wirklich nicht erkannte.

Doch sie zog ihn magisch an, lockte mit zarten Rufen, streckte die Hand nach seinen Gedanken, seinem Innersten aus, ohne dass er sich wehren konnte.

Er bemerkte überhaupt nicht, dass er mit nackten Füßen in dem verschütteten Kaffee stand.

„Müssen wir ihn unbedingt mitnehmen?", erklang es genervt neben dem Braunhaarigen, welcher sich nicht einmal herumdrehen musste, um das Verdrehen der Augen zu bemerken.

„Wir haben es versprochen", konterte er nur ruhig und hielt seufzend einen Ast zur Seite, um hindurchzuschlüpfen, nur um ihn danach zurückschnippen zu lassen. Ein vielleicht eher ungünstiger Gedanke, als er das flache Klatschen hörte, welches verlauten ließ, dass er direkt in einem Gesicht gelandet sein musste. Sein Mundwinkel zuckte amüsiert bei dem Gedanken, dass es den Älteren erwischt hatte.

Doch der Gedanke wurde Sekunden später bestätigt, als er eine Kopfnuss kassierte, die ihn regelrecht von den Füßen fegte, weil er nicht damit gerechnet hatte. Gefolgt von einem einstimmigen „Spinnst du eigentlich?", rutschte er geradewegs den Abhang hinunter, an welchem sie eben noch gestanden hatten.

Er konnte nur noch die Arme vor sein Gesicht ziehen, um zu verhindern weitere, unnötige Verletzungen zu kassieren.

„Ich hasse dich!", maulte er wütend und verzog das Gesicht, als er sich einige Kletten von der kurzen Hose zupfte und einfach nur auf

der feuchten Erde sitzen blieb, bis die anderen beiden bei ihm angekommen waren.

„Ich weiß", kam es nur trocken, fast schon gelangweilt als Antwort, während er dort saß und einfach nur wartete, dass sie endlich diesen Abhang hinuntergestiegen waren.

„Wales, hör auf zu träumen, komm schon!", folgte es allerdings auch recht schnell, diesmal eher genervt.

„Wir sollten hier nicht sein, Mutter hat es doch ...", fing der Jüngste im Bunde an, fast schon zu protestieren. Valentin drehte den Kopf, legte ihn in den Nacken und sah den Jungen beinahe ängstlich oben am Abhang stehen, einen der dünneren Bäume umklammernd.

„Was, willst du wieder zurück?", stichelte der Grauhaarige jedoch einfach weiter, ungeachtet dessen, dass er die Gefühle eines anderen verletzen könnte, es war ihm schlichtweg egal, so schien es ihm.

„Nein, nein, ich wollte ...", kam es nur zögernd zur Antwort, bevor der schwarzhaarige Junge sich wirklich zögerlich an den Abstieg machte, um zu ihnen zu stoßen. Zu zögerlich für den Ältesten.

„Jack, hör auf!", fuhr er ihn gereizt, aber dennoch ruhig an, nahm seine Hand, die sich zur Faust geballt hatte, und lockerte sie, wenn auch mit leichter Gewalt. Er wusste, dass der Grauhaarige normalerweise nicht so aggressiv war, aber schon seit seine Mutter verkündet hatte, sie sollten Wales mitnehmen, wirkte er alles andere als glücklich oder besonnen, wie es sonst immer der Fall war.

SCHATTEN

Das Leben des Heimleiters, Scott Wales, fand am gestrigen Abend ein jähes Ende.

Gefunden haben ihn zwei Kinder des Heimes „Roter Mond" als diese in der Nacht Verstecken gespielt haben und sich im Büro des Leiters verstecken wollten. Sie fanden ihn dort erhängt vor seinem Schreibtisch vor.

Eine Strafe für die nächtlichen Ausflüge der Kinder blieb aufgrund der Vorkommnisse aus.

Der plötzliche Tod des sonst so fröhlichen und engagierten Mannes wirft einige Rätsel auf. Während die Kinder noch unter Schock stehen und trauern, werden hinter geschlossenen Türen die Stimmen der Angestellten laut.

Keiner von ihnen konnte diesen Akt der Flucht verstehen oder nachvollziehen, wirkte er doch normal, wenn auch gestresst und beschäftigt. Doch aufgrund der anstehenden Gala, um Spenden für das Heim zu sammeln, sahen die Angestellten keinen Grund, dieses Verhalten zu hinterfragen.

„Er war immer sehr engagiert, setzte sich für die Kinder ein und sorgte für ihre Sicherheit. Er wollte, dass jedes Kind eine Heimat fand, die zu ihm passte", so die Älteste der Angestellten.

„In letzter Zeit hat man ihn kaum gesehen, aber das ist zu dieser Zeit normal, er verbringt viel Zeit im Büro, um die Gala so gut wie nur möglich vorzubereiten."

Ob er sich im Mondschein erhängt hatte, den nächtlichen Schein des Vollmondes auf der Haut? Eine schwarze Silhouette vor dem weißen Kreis?

Wie gern hätte er ihn selbst gefunden, betrachtet wie ein teures Gemälde, welches er sich nicht leisten konnte. Doch seinen Tod, konnte er sich leisten, die Betrachtung seiner Leiche wäre Bezahlung genug. Jedoch blieb ihm dieser Anblick verwehrt. Auch wenn er es zuvor schon gewusst hatte, sorgte dieser Gedanke, diese unumstößliche Tatsache, für Wehmut.

Doch leider waren es die Kinder, die ihn gefunden hatten, statt einige der Angestellten. Das Gesicht, welches sie gemacht hätten, wäre einfach nur amüsant gewesen, so jedoch war es vermutlich noch amüsanter. Der Schock, diesen alten Narren zu finden, hängend, und der Umstand, dass die Kinder ihn in dieser Situation gefunden hatten.

Es war schade um die Kinderseelen, doch etwas daran ändern konnte er nicht.

Einzig die Vorstellung von seinem malerischen Tod blieb ihm, jagte Adrenalin durch seinen Körper, ließ sein Blut vibrieren und sorgte für eine angenehme Gänsehaut, die sich über seine Arme zog. Es war primitive Erregung, die diese Vorstellung ihn ihm hervorrief und doch lockte sie das Grinsen auf seine Lippen. Animalisch, von Instinkten gelenkt, doch tief reichend bis auf den Grund seiner Seele.

Die Dunkelheit reicht zu lang,
zu tief verworren.
Mein Herz es wartet,
ein Licht soll kommen.
Das Licht erscheint,
verlischt zu schnell.
Die Dunkelheit zu dunkel,
meine Seele verworren.

11. WALES

Sie liefen eine ganze Weile fast schweigend durch die dichten Bäume, kämpften sich durch Büsche und Schlingen. Sie stolperten über Steine, durch Dornen hindurch und rissen sich die Arme dabei auf. Immer wieder durchbrach ein gemurmeltes, undeutliches Fluchen die Stille zwischen ihnen, wenn wieder ein Ast in ihrem Gesicht landete.

Es waren keine eindeutigen oder ernsten Flüche, vielmehr spielerisch auf diverse Waldbewohner, oder sie beleidigten sich gegenseitig, so wie es Jugendliche nun einmal taten. Nichts davon war ernst gemeint oder wirklich bösartig, wollten sie sich doch viel eher gegenseitig ablenken, um nicht daran zu denken, wo sie sich befanden.

Oder um es genauer zu definieren; sie wollten den Jüngsten unter ihnen ablenken. Während die beiden Älteren ihren Spaß daran hatten, allen voran der Junge mit den warmen braunen Augen und den längeren Haaren, der die ganze Sache eingefädelt hatte. Während der Älteste unter ihnen zu Beginn noch protestiert hatte, war ihm der ganze Ausflug doch viel zu anstrengend, stimmte er recht schnell zu, als die Rede von Abenteuern und Geheimnissen begann.

Auch wenn der Kurzhaarige und Älteste von ihnen immer auf unnahbar und cool tat, so war er doch noch ein Kind und das Leuchten in seinen Augen würde ihn immer wieder verraten. Das Glitzern, welches auftrat, wenn man von unentdeckten Geheimnissen, neuen Wegen und Schätzen sprach, war nicht zu übersehen, wenn man wusste, wonach man suchen musste. Oder aber man achtete auf seine Stimme, seine Haltung, welche sich, wenn auch nur um Nuancen, änderte, sobald man seine Aufmerksamkeit erlangte.

„Wohin gehen wir eigentlich?“

„Wissen wir nicht“, wurde die Frage salopp abgewunken, mit einem breiten Grinsen auf den Lippen, bevor diese sich zu einem überraschten Schrei verzogen.

Keiner von ihnen hatte auch nur die Zeit rechtzeitig zu reagieren, sich irgendwo festzuhalten oder den überraschten Schrei, der sich ihre Kehle herauf kämpfte zu unterdrücken.

Noch als sie völlig unverhofft und leichtsinnig durch die Dunkelheit wanderten, sich durch das Dickicht kämpften, achtete keiner auf den Boden unter ihnen. Sie wussten, es war rutschig, war der Langhaarige doch schon zuvor einen Abhang hinabgerutscht, doch bis auf einige herausragende Wurzeln, über die sie regelmäßig stolperten, fanden keine Zwischenfälle mehr statt.

Jedenfalls nicht, bis sich Valentin schwunghaft umdrehte, um voller Euphorie die Arme auszubreiten und dann von jetzt auf gleich verschwunden schien. Alles, was man noch von ihm sah, war sein Haarschopf, der auch schnell dem Rest des Körpers folgte. Alles begleitet von einem Schrei.

Nicht nur der Älteste der drei Jungen rannte schnell hinterher, auch der Jüngste rutschte auf dem schlammigen Boden in die Richtung, beide mit dem Namen des Mittleren auf den Lippen.

Doch ganz gleich, was auch passierte, es passierte zu schnell, als dass es noch einer von ihnen im Nachhinein sagen konnte.

Sobald die beiden zu der Stelle rannten, an der der Langhaarige verschwunden war, brach auch unter ihnen der Boden weg. Die Schwerkraft schlug zu, zog sie nach unten, begrub sie mit der feuchten, teils nassen Erde, die über ihnen zusammenbrach und erstickte ihre Schreie im tiefsten Inneren des Waldes.

Sie rutschten immer tiefer hinab, schlugen sich die Knie und Ellenbogen ein, bis sie diese endlich anzogen. Doch lange währte ihre Reise nicht, viel mehr endete sie vollkommen abrupt.

Die Jugendlichen fielen übereinander, schlugen sich die Köpfe an den herausragenden Wurzeln an und blieben stumm liegen. Bei ihrem Sturz waren die nachfolgenden beiden über den Braunhaarigen gefallen, bildeten nun einen undurchsichtigen Haufen aus Gliedmaßen, doch bewegen tat sich keiner von ihnen.

Die Lichtung erstreckte sich genau vor ihnen. Sie lag im Dunkeln und wurde nur von dem Vollmond am Horizont erleuchtet, was dem Ganzen einen unheimlichen Flair verlieh.

Die Luft schien zu vibrieren, regelrecht zu flimmern, erregt durch die Anwesenheit von unbefugten, den drei Jugendlichen. Als wenn die Sonne, welche im Sommer am Horizont stand, ihre Wärme über der Welt ausbreitete, über dem Asphalt thronte. Die Straße verschwamm, flimmerte im Licht der Hitze. Genau so flimmerte die Lichtung in der Dunkelheit.

Einzig von dem kleinen See in ihrer Mitte wurde der Mond reflektiert, nur schwächer, magischer als er eigentlich war. Umrahmt von den Glühwürmchen, welche sich an den Pflanzen und Blumen um das Wasser herum zur Genüge taten.

Doch entfernt, überdeckt von all dem, konnte man die schwachen Umrisse eines Hauses, einer Villa erkennen, welche sich im Schatten des Waldes, welcher die Lichtung umrahmte, versteckte. Sie war nur ein Blinzeln entfernt, einen Augenblick, doch lenkte die ganze Szenerie so sehr von diesen dunklen Umrissen ab, dass man sie kaum wahrnahm.

Es dauerte eine ganze Weile, bevor Valentin bemerkte, dass er tatsächlich in einer Pfütze aus kaltem Kaffee stand. Bis er es bemerkte, war seine Socke vollkommen durchtränkt und braun, von dem flüssigen Glück. Noch eine Weile länger dauerte es, bis sich ein Fluch seine Kehle herauf kämpfte und er mit einem „Gott verdammter ...!" aus der Pfütze sprang und sich fast noch im selben Zug die Socke von den Füßen riss. Nur um dabei ins Stolpern zu geraten und in die Kartons hinter sich zu fallen, weil er das Gleichgewicht verlor.

Es schepperte, knallte und knackte, als er mit seinem vollen Gewicht in den Kisten landete und dem Braunhaarigen blieb nichts anderes übrig, als die Lippen zu verziehen und die Augen zu schließen, mit einem stummen Gebet an den eben noch verfluchten Gott, dass nichts Wichtiges kaputt gegangen ist.

„Ist anscheinend nicht mein Tag ...", murmelte er jammernd und zog die Lippen nach unten, blieb allerdings noch eine Weile auf dem Boden sitzen, bevor er sich tatsächlich aufraffen würde.

Solange er jedoch noch in seinen eigenen Trümmern lag, versuchte er die Erinnerung von eben einzuordnen. Sie waren alle recht jung, nicht viel älter als bei der Erinnerung zu der Kirche, die er zuvor hatte. Aber was genau sie im Wald wollten, wusste er nicht, konnte es sich auch nicht vorstellen. Valentin wusste nur, er hatte das Ganze eingefädelt und die anderen beiden oder zumindest Jack mit in den Wald genommen, sie regelrecht überredet, mit ihm auf dieses Abenteuer zu gehen. Aber was war dort so interessant?

Er konnte es sich einfach nicht vorstellen, allein weil er heute keinen Fuß in einen gruseligen, dunklen Wald setzen würde, nicht freiwillig jedenfalls. Oder würde er es, wenn am Ende des dunklen Regenbogens das Licht wartete?

Seufzend rieb er sich über das Gesicht, vertrieb die aufkommende Müdigkeit und stand endlich, wenn auch sehr vorsichtig, auf, um sich den Schaden zu besehen, den er kurz zuvor angerichtet hatte.

Sehr zum Glück des Psychologen war auf den ersten Blick nichts Essenzielles kaputt gegangen, sah man einmal von alten Bildern und deren Rahmen ab. Allerdings bedauerte er einen Spiegel, den er dabei zertrümmert hatte.

Nicht, dass er etwas gegen die sieben Jahre Pech hatte, die ihn nun verfolgen würden, wenn man denn daran glaubte. Viel mehr bedauerte er das Ableben des Spiegels, weil er noch von seiner Großmutter stammte und er ihn doch, über all die Jahre, lieb gewonnen hatte. Er hatte etwas Antikes, Edles, was nun in seinem Leben fehlen würde, zusätzlich zu den sieben Jahren Unglück, die nun wie ein dunkler Schatten über seinem Leben hängen würden.

„Wie soll ich das nur überleben?", fragte er sich, noch während er die Augen verdrehte und amüsiert schmunzelte. Nicht dass er auch nur annähernd viel Glück hatte in den letzten Jahren.

Wobei, wenn man sagen konnte, dass es Glück war, dass er Jack wieder getroffen hatte, hatte er vielleicht welches. Natürlich würde er sich diese Tatsache niemals eingestehen. So weit käme es noch, zuzugeben, dass er verborgene Gefühle für den Mann hatte. Gefühle, die schon lange in der Vergangenheit lagen, dass sie gestorben waren.

Wieder entglitt ihm ein Seufzen, bevor er begann die Scherben mit der bloßen Hand zusammenzusammeln und sie dann fortbrachte.

Erst später bemerkte er den Schnitt an seiner rechten Hand, welcher sich tief über die Handinnenfläche erstreckte, direkt über seiner Lebenslinie. Fast schon zynisch zog Valentin die Mundwinkel nach oben, leckte sich über die Hand, um das Blut daran zu hindern, auf den Boden zu tropfen. Weder war es sonderlich hygienisch noch wirklich gesund, doch es war eine blöde Angewohnheit, die er schlecht wieder loswurde. Wann immer er eine kleine Wunde an den Händen hatte, bedeckte er sie mit seinen Lippen und nahm den Lebenssaft wieder in sich auf, während er sich auf den Weg machte, diese zu versorgen.

Mit dem Geschmack von Eisen auf der Zunge wischte er sich die andere Hand an der Hose ab, um die letzten kleinen Splitter loszuwerden. Erst dann bewegten sich seine Füße in das angrenzende Badezimmer, um dort die Schnittwunde zu versorgen.

Doch währenddessen machten sich die Gedanken des Psychologen wieder selbstständig, ließen seine Hände automatisch die Wunde auswaschen und das Pflaster anbringen.

Woran war Wales gestorben, wenn er noch so jung gewesen war? An einer Krankheit schien ihm unwahrscheinlich, wenn er seinen Erinnerungen glauben durfte. Denn in ihnen wirkte er recht munter, wenn auch besorgt und beinahe ängstlich, doch er wirkte keinesfalls krank.

„Was ist nur geschehen?", fragte er sich seufzend, schlug abwesend mit der Hand auf den Wasserhahn und ging wieder zurück ins Wohnzimmer, in dem noch immer alles verstreut lag, teilweise mit Kaffee getränkt. Als er es sah, kämpfte sich der Laut der Frustration ganz allein seine Lunge hinauf, ehe er sich bückte und eines der Fotos, welches obenauf lag, in die Hand nahm, erneut betrachtete.

Hatte er zuvor nur Jack und sich selbst gesehen, so fiel ihm nun die Hand am Rand auf, welche nur verschwommen zu sehen war. Vielleicht war es Wales' Hand, die sich auf das Bild geschlichen hatte, als dieser das Foto gemacht hatte? Sicher war er sich nicht, würde er sich auch nie sein können, immerhin konnte er ihn schlecht fragen.

Der Kaffeefleck, kreisrund, da die tropfende Kaffeetasse direkt darauf gestanden hatte, prangte genau über dem Gesicht von Jack und ihm, umrahmten sie. Doch mehr als ein wehleidiges Seufzen hatte er dafür nicht übrig, weshalb er mit dem Handballen darüber strich, um die Flecken provisorisch zu trocknen und es dann in die Sicherheit zu legen, auf den leeren Schreibtisch, welcher nur von seinem Laptop bewohnt wurde.

„Ah … genau!" Unbewusst bis er sich auf die Unterlippe, während er über die wenigen Kisten kletterte und sich den Laptop heranzog.

Kaum hochgefahren, sprang ihm die Startseite des hiesigen Polizeidienstes entgegen und fragte nach seinen Daten der Registrierung, da es ihm sonst nicht möglich war irgendwelche Daten abzurufen.

Die Augen verdrehend, weil man auf dieser Seite ständig wieder aus seinem Konto herausflog, alles natürlich der Sicherheit gewidmet, tippte er mit flinken Fingern seinen Namen und seine Sicherheitsnummer ein, bevor es wieder eine gefühlte Ewigkeit dauerte, bis er eingeloggt und weitergeleitet wurde.

Kurz starrte er regungslos vor sich her, beobachtete fast schon hypnotisiert das blaue Logo mit dem schwarzen Falken, welcher sich nach einiger Zeit zu bewegen schien, bevor doch endlich ein Ruck durch seinen Körper ging und ihm wieder einfiel, was er eigentlich auf der Seite nachsehen wollte. So navigierte er sich zu den Fallakten, klickte sich durch die Sicherheitsfragen und tippte endlich den Namen ein, der in seinem Kopf festzuhängen schien.

Wales Dunken.

Als auch nach zwei Minuten noch keine Reaktion auf dem Bildschirm vorzufinden war, schnaubte er genervt, schlug mit der flachen Hand auf den Schreibtisch, genau auf das Bild und wandte sich schließlich ab.

Würde er halt noch ein paar Dinge aus den Kisten räumen, solange er auf die Akten wartete. Doch im Gegensatz zu vorher wandte er sich von dem Wohnzimmer ab und schlich sich stattdessen ins Schlafzimmer, um sich dort den Kisten, die ebenfalls unangetastet oder nur aufgerissen herumstanden, zu widmen und sich deren Inhalt endlich zur Genüge zu führen, sie an ihren richtigen Platz stellen.

Er sah sich um, kratzte sich unbewusst an seinem Oberarm und hatte den Kopf schief gelegt, während er darüber nachdachte, welche Kiste er endlich auspacken wollte. Allerdings dauerte die Suche nicht so lang, wie er zuvor erwartet hatte, da er sich einfach spontan für die Kiste, welche sich direkt neben seinem Kleiderschrank befand, entschied. Den aufgerissenen Seiten war anzusehen, dass er schon zuvor darin gewühlt hatte.

„Noch mehr Klamotten", murmelte er, begleitet von einem tiefen Seufzer. Wozu hatte er so viel Kleidung?

Je tiefer er in die Eingeweide der Kiste vordrang, desto mehr alte Sachen fand er. Nicht unbedingt alt in Jahren, jedoch alt genug, dass er sich nicht erinnern konnte, sie je getragen zu haben. Was so oder so unwirklich erschien, da er meist nur dieselben drei Outfits trug, wenn er mit der Polizei arbeitete oder in seiner Praxis.

Tatsächlich hing an einigen noch das Preisschild, was ihn noch mehr irritierte. Hatte er sich tatsächlich jemals solche Art der Bekleidung gekauft, oder woher kamen diese zerrissenen Jeans, das lockere Hemd oder sogar die einfachen Shirts mit bunten Sprüchen?

„Ich bin mir fast sicher, sie nicht gekauft zu haben", überlegte er verwirrt, schüttelte aber einfach nur den Kopf und legte sie, fast schon sorgfältig, über einen nahe stehenden Stuhl, um sie später vielleicht anzuziehen, wenn er duschen gewesen war.

Doch so schnell wie ihm dieser Gedanke kam, wurde er wieder verdrängt, als er ein leises, fast lautloses Ping vernahm und damit informiert wurde, dass endlich die Anfrage, die er zuvor am Laptop gestellt hatte, Anklang gefunden hatte und beantwortet wurde.

Wäre er nicht so tief in seinen Gedanken gewesen, hätte er es vielleicht schon eher gehört, denn je näher er seinem Laptop kam, desto bewusster wurde ihm, dass das Geräusch einfach nicht verebbte und immer wieder ertönte.

Regelmäßig, fast ruhig, doch penetrant genug, um auf sich aufmerksam zu machen.

Kaum stand er endlich vor dem schmalen Gerät, flog sein Blick über eine sehr kurze Akte, in der ein Wort hauptsächlich hervorstach: „ungelöst".

Valentin zog die Augenbrauen zusammen, dachte nach und murrte unwillig vor sich her, fluchte fast lautlos in dem stumpfen

Versuch auf die Schnelle eine Lösung für dieses Wort zu finden, war jedoch ablenkt durch das noch immer anhaltende Geräusch, welches nun erneut seine Aufmerksamkeit einforderte.

„Jack?", fragte er irritiert, aus seinen Gedanken gerissen und durchaus neugierig, als er endlich auf das grüne Symbol geklickt hatte, und blickte dem blassen Gesicht des Älteren entgegen, der ihn fast schon müde entgegenblinzelte.

„Valentin", ertönte es auch sogleich als Antwort, gefolgt von einem schmalen, hauchdünnen Lächeln, welches man gerne übersehen konnte, wenn man den Grauhaarigen nicht genau kannte.

„Weshalb rufst du an?" Die Frage von ihm kam prompt ohne weitere Ausschweifungen.

„Ich habe frei und wollte einfach fragen, ob du Zeit hast", war die Antwort, welche mit einem Schulterzucken erklang. „Wir haben uns lange nicht gesehen und ich könnte eventuell etwas Ablenkung gebrauchen", führte er fort, ohne wirklich auf eine Reaktion zu warten.

„Du meinst wegen …"

„Ja, genau deswegen. Also?"

„Ich muss noch einmal kurz wohin, aber dann habe ich Zeit", fing der Braunhaarige schon an, warf einen kurzen Blick auf die kleine Uhr am unteren Bildschirmrand und wollte eben antworten, als er einfach unterbrochen wurde.

„Ich bin in einer Stunde da", waren die letzten Worte, bevor der Videoanruf ohne weitere Verzögerung beendet wurde und einen stummen Psychologen zurückließ, durch dessen Körper keine Regung floss.

Nicht, bis die letzten Worte des Polizisten zu ihm durchdrangen und ein Ruck durch seinen Rücken verlief.

Eine Stunde? In der Zeit würde es knapp werden, zu duschen und dem Rest nachzugehen, den er noch vorhatte, doch ihm blieb wohl nichts anderes übrig.

Auch wenn der Grauhaarige regelmäßig, eigentlich ständig, zu spät kam, wollte er es nicht herausfordern. Vielleicht hatte er eineinhalb Stunden, bevor er wirklich vor seiner Tür stehen würde.

Sein Blick flog durch das unordentliche Wohnzimmer, aber er presste die Lippen nur zu einem schmalen Strich zusammen und zischte wütend auf, bevor er den Laptop mit einem letzten Blick zuknallte und in das Badezimmer stürmte.

Noch während er durch die Wohnung rannte, sich ungesehen die herausgelegten Sachen von zuvor griff, leuchtete das Bild, welches er eben noch auf dem Gerät gesehen hatte, vor ihm auf. Neben „ungelöst" stand noch etwas anderes, was ihm Falten auf die Stirn trieb.

Die Todesursache gab ihm zu denken, allen voran als er mit geschlossenen Augen endlich unter dem heißen Wasser stand und spürte wie sich seine Muskeln entspannten, das heiße Nass aufnahmen und seine Gedanken ihren eigenen Weg gingen.

Ertrunken.

Seine Lippen öffneten sich von allein, als er das Wasser kälter stellte, fast eisig. Den Kopf in den Nacken gelegt, spürte er wie sich seine Muskeln verkrampften, doch er machte keine Anstalten sich zu bewegen, die Lippen zu schließen und etwas gegen das Wasser zu tun, welches in seinen Mund und in seine Nase drang.

Seine Hände verkrampften an seiner Seite, seine Faust schlug blind gegen die Wand, rutschte an dem Hahn ab, doch der Schmerz drang nicht zu ihm hindurch. Sein Hals verkrampfte sich, ein Stöhnen kämpfte sich seine Kehle hinauf, verlor sich auf dem Weg in die Freiheit, ertränkt vom Wasser, verdrängt von der fehlenden Luft.

Die Ader an seinem Hals trat heftig hervor, als er unter Anstrengung die Augen aufriss, Luft holen wollte und sich an dem Wasser verschluckte, welches sich in seinem Mund gesammelt hatte. Valentin röchelte, schlug erneut gegen die Wand und beugte sich endlich nach vorn, schlug mit der Stirn gegen die Fliesen, keuchte, rang nach Atem und sank zitternd auf die Knie.

Sein Blick fokussierte sich nur langsam, doch stetig, richtete sich auf seine zitternden, fast blauen Finger und brachte endlich Regung in seinen Körper. Mit einem Ruck stand er dann doch endlich wieder auf, schüttelte den Kopf, riss den Hahn wieder herum und wusch sich endlich den Schweiß von dem Körper, ehe er aus der Duschkabine trat und sich nach einem zweifelnden Blick in die bereitgelegten, brandneuen Sachen warf.

Seine Haare fanden Platz in einem unordentlichen, feuchten Dutt, bevor er sich endlich die Autoschlüssel griff und aus dem Haus ging, das Chaos hinter sich nicht beachtend.

Er hatte noch genau 30 Minuten, bis Jack auftauchen würde, wäre dieser denn pünktlich, was er bezweifelte.

Wie viel Zeit hatte er bitte unter der Dusche verbracht?

Viel zu lange, wenn er noch einmal daran dachte, wie er abgedriftet war und sich beinahe selbst ertränkt hätte, als wollte er das Schicksal des Jungen nachvollziehen.

Valentin hatte zwar die Angewohnheit sich hin und wieder in die Opfer hineinzuversetzen, wenn sie starben, um ihren Blick auf den Mörder zu haben. Doch das eben … war etwas Neues.

So oder so würde er warten müssen, bis der Braunhaarige wieder vor der Haustür auftauchte und ihn hereinlassen konnte. Denn allein sein Weg zum Präsidium, welches er nun aufsuchen wollte, brauchte zwanzig Minuten, wenn die Ampeln ihn denn ließen, wie er wollte.

Gerade als der andere angerufen hatte, hatte er beschlossen die Akte persönlich zu holen, der Gedanke wurde nur bestätigt, als er weitergelesen hatte, während er mit ihm telefoniert hatte.

Auch wenn er es nicht genauer beachtet hatte, hatte ihm der Familienname, den er gesehen hatte, gereicht, um sofort zu wissen, was eigentlich los war.

Auch wenn er es vergessen hatte, der Ältere hatte es nicht vergessen, wie sollte er es auch jemals vergessen? So einen Tag vergaß man nie. Er blieb in Erinnerung, ob man wollte oder nicht. Es war unmöglich ihn zu vergessen, nicht bevor man selbst starb.

Der Todestag seines Bruders.

Wales Dunken war Jacks Bruder, Adoptivbruder. Er war ertrunken und laut der Akte, wusste keiner, weshalb.

Ganz gleich, was der Grund war, musste es für den Polizisten ein Schicksalsschlag gewesen sein, den dieser nicht jedes Jahr allein verbringen wollte. Der Braunhaarige selbst konnte sich bis heute kaum an den Jungen erinnern, doch er würde für den anderen da sein.

Ein Unfall, oder doch Mord?

Der Psychologe war gewillt, genau dies herauszufinden und dazu würde er die Akte benötigen. Auch wenn er sie vor dem anderen verstecken müsste, würde er keine Mühe scheuen, das Ganze aufzuklären.

Kopfschüttelnd riss er den Schlüssel herum und entfernte ihn, brutaler als eigentlich gewollt, aus dem Zündschloss, bevor die Autotür genauso brutal hinter ihm zuflog wie er eben noch den Schlüssel behandelt hatte.

Er grüßte kurz, beförderte das Lächeln von allein auf seine Lippen, während er ansonsten wortlos zu dem Fahrstuhl lief und sich in den Keller bringen ließ, wo all die Akten von abgelegten Fällen und deren Beweismittel zu finden waren. Die Suche nach der Akte, stellte sich jedoch als schwieriger heraus, als er angenommen hatte. Nicht etwa, weil er nicht fähig gewesen wäre das Alphabet zu beherrschen, vielmehr, weil es nicht nach dem Alphabet geordnet war. Alle gingen durcheinander, lagen völlig wahllos in den Regalen und er konnte sich nur an den verblichenen Daten orientieren, wodurch er die Akte tatsächlich nach ganzen zehn Minuten fand.

„Wenn ich ganz viel Langeweile habe ...", schwor er sich mürrisch und verzog die Lippen zu einer Fratze, anders konnte man diesen Gesichtsausdruck nicht nennen. Dann, dann würde er das ganze Lager aufräumen und zwar richtig. Auch wenn er kein Polizist war, konnte er sich vorstellen, dass es durchaus knapp werden könnte, wenn man so lange nach einer Akte suchen musste, wenn sie vielleicht wichtig für den Fall war.

Aber natürlich konnte er sich das Ganze auch einfach nur einbilden.

Jetzt war er definitiv zu spät für sein Treffen mit dem Black.

Er schnaubte geräuschvoll, als er die Akte aus dem Haufen zog und mit einem kurzen, grimmigen Blick überflog. Viele Blätter waren nicht enthalten und auf die Schnelle konnte er tatsächlich nur drei Seiten zählen, die ihm fröhlich entgegenfunkelten, unangetastet von dem Staub in dem Lager, in dem sie schon seit einigen Jahren ihr Dasein fristeten.

Valentin entfloh ein ergebenes Seufzen, ehe er den Kopf schüttelte, die Akte zusammenschlug und sie sich unter den Arm klemmte, bevor er aus dem Keller und dann aus dem Polizeipräsidium verschwand, um sein Auto aufzusuchen. Schließlich hatte er noch eine Verabredung, zu der er eigentlich nicht noch später kommen wollte als ohnehin schon.

Der schmale Ordner flog weitestgehend ungesehen auf den Beifahrersitz, als er sich in sein Auto schwang und mit einer Bewegung den Schlüssel in die dafür vorgesehene Öffnung rammte. Wer auch immer die Untersuchungen damals geleitet hatte, musste wirklich nicht bei der Sache gewesen sein. Es musste doch eine Spur zum Täter geben und es damit möglich machen, diesen zu fassen, nicht?

„Alte Dilettanten!", murrte er grimmig, kurz bevor er mit einem Schlag auf die Bremse trat und dann mit einem harten Ruck stehen blieb, knapp bevor er das parkende Auto vor sich näher kennenlernte, als er es eigentlich wollte.

Sein Atem stockte, zitterte kurz und sein Mundwinkel zuckte unsicher, in welche Richtung er sein Gesicht ziehen wollte.

Valentins Blick flog umher, in dem stillen Gebet, dass niemand seine halsbrecherische Aktion beobachtet hatte, doch sein Schutzengel schien heute die Arbeit zu verweigern oder aber hatte sich ein anderes Schäfchen gesucht. Denn als er den Kopf wandte, sah er schon wie die schlaksige Figur des Älteren, welcher vor seinem Haus gewartet hatte, auf ihn zukam, die Augenbraue gehoben und die Hände in den Hosentaschen versenkt. Sein Gesicht war verschlossen, doch sein Blick flog zu dem dunklen Wagen vor ihm und dann wieder zurück zu Valentin, abschätzend und bewertend, doch mehr als ein strafendes Schütteln des Kopfes hatte er für diese Aktion nicht übrig.

„Hattest du irgendwie vor, mein Auto zu demolieren?", fragte der hoch gebaute Mann, als Valentin ergeben das Fenster heruntergelassen hatte und zuließ, dass dieser sich zu ihm herunterbeugen konnte.

„Ich … nein, eigentlich nicht, weshalb parkst du so dämlich?", konterte er schnell, auch wenn er gegen Ende seiner Ausführung immer leiser wurde und nicht wollte, dass ihn der andere hörte.

„Wenn es dir nicht gefällt, sag ruhig Bescheid, dann komme ich das nächste Mal zu Fuß, oder willst du mir da auch noch drüberfahren?" Die Gegenfrage wurde begleitet mit einem offensichtlichen Blick auf die Parkstreifen.

„Nein … ich …" Murrend verzog er die Lippen und sah zur Seite, wollte den Älteren nicht beachten, der ihn abwartend ansah. Der Psychologe spürte selbst wie die Röte seinen Hals hinaufkroch und sich langsam, aber sicher auf seine Wangen ausbreitete. Sein Nacken brannte regelrecht bei dem intensiven Blick des Grauhaarigen, doch weitere Worte fielen nicht, vielmehr wurde die Fahrertür aufgerissen und ihm eine Hand entgegengestreckt.

„Komm schon, bevor du mir wirklich noch in den Hintern fährst."

„Das wäre echt für den Arsch …", murmelte er und zog die Lippen, sofern möglich, noch weiter nach unten, während er das Fenster wieder nach oben fuhr.

„Du hättest definitiv die Arschkarte, ja." Die Drohung in dieser Antwort war deutlich, fast schon greifbar und dennoch schwang ein sanfter Witz mit ihr.

Auch wenn er es eigentlich verhindern wollte, konnte er das Prusten nicht mehr aufhalten und die Röte, die vorher noch von Scham gelenkt war, wurde nun zum Begleiter seines tiefen Amüsements.

„Du bist unmöglich", murmelte er ergeben, entfernte einmal mehr den Schlüssel aus dem Schloss und ergriff die Hand des Blacks, um sich aus dem Auto ziehen zu lassen.

Doch anders als erwartet, ließ ihn der andere nicht gleich los, hielt ihn noch einen Moment fest, die Hand fest in seiner, ohne Platz auszuweichen, doch mit dem warmen Atem auf seiner Haut, dem kalten Metall in seinem Rücken.

Er schluckte die Worte, die er eben noch sagen wollte, unwohl herunter, sah überall hin, nur nicht in die Augen seines

Kindheitsfreundes, wollte er nicht die Bestätigung dessen finden, was er seit einer Ewigkeit verdrängte. Nur unbewusst leckte er sich über die Lippen, öffnete sie und schloss sie doch wieder, ohne etwas zu sagen.

Der warme Atem strich über seinen Hals, wanderte nach oben, streifte seine Lippen.

„Ich … wie wär's, wenn wir reingehen?", fragte er schnell, plapperte eher als wirklich zu sprechen und entriss ihm mit einer Bewegung die Hand, um sich herumzudrehen und nach der Akte zu greifen, die noch immer auf dem Beifahrersitz lag.

Den frustrierten Gesichtsausdruck des anderen bekam er nicht mit, hörte nur wie dieser die Faust auf das Autodach schlug und seinen Kopf gegen seinen Arm lehnte, ihm weiterhin die Möglichkeit der Flucht versperrte.

„Jack?", fragte der Braunhaarige dann doch leise, als er sich wieder herumgedreht hatte und sich gleich seinem Gesicht entgegen fand, ohne sich wirklich aufrichten zu können.

„Hm?"

„Wir sollten reingehen …", wiederholte er seine Worte von zuvor, während er ihm kurz in die Augen sah, doch den Blick schnell wieder abwandte und wartete, bis sich der Körper des Polizisten endlich von ihm entfernte.

Nicht dass er sich wirklich unwohl gefühlt hätte, doch er wollte nicht einmal annähernd darüber nachdenken, was zwischen ihnen eigentlich stattfand.

Zitternd stieß er die Luft aus, die er unbewusst angehalten hatte, die Röte in seinem Nacken und auf seinem Hals entfernte sich nur langsam, ebenso wie das Kribbeln auf seiner Haut, der Nachhall des ruhigen Atems.

Es dauerte noch einen weiteren Moment, bis er sich endlich aus seiner eigenen Starre löste und dem Grauhaarigen folgte, der ihn abwartend rief.

„Komme ja schon", meinte er leise, konnte das Verdrehen seiner Augen nicht unterdrücken und folgte der Ungeduld in Person, die ja selbst ständig zu spät kam, nur um endlich die Haustür aufzusperren und ihn eintreten zu lassen.

Kaum war er ihm gefolgt, verzog er das Gesicht, als hätte er eben auf eine Zitrone gebissen. Er hatte vollkommen verdrängt, wie seine Wohnung im Moment aussah. Unaufgeräumt, dreckig, teilweise überschwemmt und einfach nur unansehnlich. Vielleicht hätte er doch lieber aufräumen sollen, anstatt die Akte zu holen. Was für ein Desaster.

Valentin war es fast augenblicklich peinlich, fast so peinlich wie die Situation vor wenigen Momenten, doch er presste nur die Lippen aufeinander und schwieg eisern, fast bockig.

„Nett, hast du Sauron eingeladen?", ertönte es amüsiert vor ihm, gefolgt von einem frechen Grinsen auf den Lippen, umgeben von schmalen Falten, die man überraschend selten zu Gesicht bekam.

„Nein, nur Gandalf, den Weißen", konterte er und nun schlich sich auch auf sein Gesicht ein freches Grinsen, welches selbst seine Augen zum Leuchten brachte, allein weil er wusste, wie sehr er den Polizisten mit diesem Kommentar ärgern konnte.

„So alt bin ich nun auch wieder nicht", war auch gleich die bockende Antwort auf seinen Konter. Die amüsierten Falten waren verschwunden, doch die dunklen Augen glänzten und verrieten, dass er weiterhin amüsierter war, als er zugeben wollte. Doch der Braunhaarige grinste nur frech und zuckte mit den Schultern.

Wer wusste schon, wie alt er wirklich war?

Abschätzend legte er den Kopf schief und nickte stumm, mehr für sich selbst, als für den Uniformten.

„Wer weiß", brummte er nur und zuckte mit den Schultern, bevor er, eher unbewusst als beabsichtigt, die Hände auf seinen unteren Rücken legte und ihn tiefer in die Wohnung schob, damit sie nicht mehr im Eingang stehen mussten.

„Was willst du mit der Akte meines Bruders?", fragte er ruhig, fast flüsternd, als sie sich endlich an den bald leer geräumten Küchentisch setzten, jeder mit einem Bier bewaffnet und stumm vor sich hin starrend.

Wer wusste schon, wie viel Zeit tatsächlich vergangen war, doch das Schweigen hatte sich ausgebreitet, nahm die Wohnung ein, nur unterbrochen von dem Ticken der Uhr, ihren ruhigen

Atemzügen und dem Klirren der Flaschen, wenn sie auf das Holz trafen.

Die Akte hatte er schon zu Beginn auf die Anrichte im Flur gelegt, darüber geschwiegen und gehofft, Jack hätte es nicht mitbekommen, doch nun wurde er vom Gegenteil überzeugt, weshalb er leise seufzte und sich unruhig durch die Haare fuhr, den Blick auf seine eigene Hand gerichtet, welche die Bierflasche umklammerte, als sei es ein rettender Anker.

„Ich wollte das Ganze einfach noch einmal … untersuchen", gab er dann nach weiteren Minuten preis, unsicher wie der Überlebende darüber dachte, weigerte er sich den Blick zu heben. Doch je mehr Zeit verging, desto unruhiger wurde er selbst und hob dann doch endlich den Blick. In dem Moment, als er das tat, stellte er fest, dass ihn sein Gegenüber die ganze Zeit schon anzusehen schien, abwartend, dass er den Blick hob.

„Warum?", war alles, was er fragte, genauso ruhig wie zuvor, und wenn er sich nicht täuschte, konnte er nicht nur den gebrochenen Blick erkennen, den diese Tatsache hervorrief, sondern es auch in seiner leisen Frage hören, die er ihm gestellt hatte.

Heute war der Todestag des Jungen und ausgerechnet heute wollte er den Fall wieder aufrollen, natürlich warf das Ganze Fragen auf.

„Ich weiß nicht", gab er aber zu, wandte den Blick wieder ab und setzte die Flasche an seine Lippen an, bevor er sie doch wieder absetzte, ohne einen Schluck zu trinken.

„Ich … muss einfach", meinte er vage, zog die Augenbraue zusammen, da er selbst nicht ganz zufrieden mit der Antwort war, doch es war die Wahrheit. Valentin wusste einfach nicht, weshalb ihm das Ganze auf einmal so wichtig war. Schließlich kannte er den Jungen nicht, nicht mehr jedenfalls, und dennoch schien es ihm so wichtig wie nie, dieses Bedürfnis, die Wahrheit herauszufinden.

Es war wie ein innerer Zwang, der ihn dazu trieb, der Sache nachzugehen. Vielleicht war es auch einfach der banale Gedanke endlich etwas anderes zu tun, als sich Alltagsprobleme von Fremden anzuhören.

Einen Moment starrte er nur noch stur geradeaus, bevor er erneut die Flasche ansetzte, diesmal jedoch einen Schluck trank, bevor er sie wieder abstellte. Es kam ihm selbst wie eine fadenscheinige Ausrede vor, doch er unterstrich es selbst noch einmal, indem er mit den Schultern zuckte und die Flasche spielerisch im Kreis drehte.

Doch als Antwort bekam er nur ein vages Brummen, statt wirklichen Worten. Jedoch nahm er an, der Ältere war nicht wütend, denn er saß noch immer hier, bei ihm, in seiner Küche, anstatt erbost seine Jacke zu nehmen und zu verschwinden.

„Was gedenkst du eigentlich zu tun, um diesen Tag herumzubringen?", fragte er dann selbst ruhig, aber nicht so leise wie der andere zuvor.

„Ich weiß nicht, spielen, oder dich ausfragen, je nachdem", kam es nun weitaus amüsierter als zuvor.

„Also wirst du tatsächlich langsam zum Alkoholiker?", grinste er, bekam jedoch nur ein verzogenes Gesicht zu sehen.

„Am Ende sehe ich wirklich noch so aus wie Sauron."

„Oder wirkst so alt wie Gandalf."

SCHATTEN

Schweiß rann den Rücken entlang, verlor sich in jeder Ecke, die er erreichen konnte, verleimte die Kleidung mit dem Körper, ließ sie unangenehm über die nackte Haut reiben, doch keiner nahm es wirklich wahr. Denn das Adrenalin in ihren Körpern war zu präsent und ließ keine Möglichkeit zu, sich auf etwas anderes zu konzentrieren, als das Rauschen ihres eigenen Blutes.

Schritte hallten in der Dunkelheit, verloren sich im Knirschen des Untergrunds und im Plätschern des Regens. Niemand sah sich um, niemand blieb stehen. Blind wurde ein Fuß vor den anderen gesetzt, ohne darauf zu achten, wohin der Weg am Ende führte.

„Halt dich fest!", erklang es immer und immer wieder, stumpf, doch laut genug, um als Schrei zu gelten.

Die Schritte wurden immer schneller, abgehakter, stolpernder, unsicherer.

Die Kraft in den Beinen ließ nach, beschwerten den Weg, der in der Dunkelheit verborgen war.

Plätschern.

Ein Schrei, der die dunkle Decke über ihnen zerriss.

Wehklagen, ein Zischen, geballte Wut.

Funken sprühten in den Augen auf, verhießen nichts Gutes, vertrieben das spärliche Licht aus ihnen.

Ein Knacken, wieder das Plätschern, diesmal lauter, näher, gewaltiger.

Rauschen erklang in den Ohren, nur durchbrochen von dem Schluchzen, den heiseren Schreien.

Wasser durchdrang die dünne Kleidung, zog an dem Körper, rief ihn in die Tiefe.

Erneute Schreie, ein Knall.

Stille.

„Er … er hat einfach nicht aufgehört zu schreien!"

Den Blick gesenkt, abgewandt,
doch die Hitze steigt konstant.
Schau nicht hinein,
es könnte dein Ende sein.
Spiegel glatt und schön,
doch der Dämon in dir ist voller Höhn.

12. KAFFEE

Die Sonne stand noch nicht wirklich am Horizont, war sich unsicher, ob sie schon den Tag einläuten sollte oder den Menschen noch etwas Ruhe gönnte, als der Braunhaarige entschied, endgültig aufzustehen und nicht mehr im Bett herumzuliegen, wie er es schon seit geraumer Zeit tat.

Tatsächlich war es noch so dunkel, dass er die Lichter, die von außen in das Zimmer drangen, an der Decke beobachten konnte und sich zu jeder Form, jeder Farbe und jedem kleinen Licht eine eigene Geschichte ausdachte, die er sich stumm selbst erzählte. Ganz gleich, um welches Licht es sich handelte, er konnte immer eine neue Geschichte dazu erfinden.

Je kleiner und unscheinbarer das Licht, desto größer und faszinierender die Geschichte. Doch je größer, desto kleiner war die Geschichte, umso weniger wichtig erschien sie ihm.

So gab es zwei recht große, dunkle Punkte, die einen viel helleren, kleineren umkreisten, die gemeinsam über die Decke, die Wände wanderten und allerlei Abenteuer erlebten. Ohne es wirklich zu wollen, hatte er die drei Punkte nach ihnen benannt, der Hellste von ihnen war Wales, der sie als Geist begleitete, mit ihnen lachte und jedes kleine Abenteuer genoss. Der ihnen zur Seite stand, ihnen die Hand reichte und sie umarmte, wenn sie es benötigten. Aber auch der, der hinter ihnen stand und den Kopf schüttelte, wenn sie wieder Unsinn anstellten. Der Punkt, der durch die beiden Größeren immer wieder in allerlei Schwierigkeiten landete, aber sich nichts daraus machte, im Gegenteil, er genoss die Gefahr.

Schon die ganze Nacht hatte er das junge Gesicht vor Augen, dass sie schon ihr ganzes Leben lang begleitete, nur dass er es vergessen hatte und sich nun erst wirklich wieder an den Jungen erinnerte.

Es schien grausam, einen guten Freund zu verlieren, noch dazu so jung.

Valentin schüttelte stumm den Kopf, biss sich auf die Innenseite seiner Wange und verdrehte die Augen, bis er den schwachen Schein der Zahlen erhaschen konnte, die ihm die Uhrzeit ansagten. Zu früh, definitiv zu früh.

Den Fluch auf den Lippen konnte er nicht mehr zurückhalten, doch er dämpfte ihn durch das Kissen, in welches er seinen Kopf drückte, während er schon mit dem Hintern aus dem Bett rutschte. Sicherlich alles andere als elegant oder sexy, doch es erfüllte seinen Zweck und er kam endlich, wenn auch langsam, aus dem Bett heraus, welches schon völlig durchwühlt war. Abgesehen davon war es ein leiser Weg, statt einmal quer durch die Wohnung zu rennen, oder sich bestenfalls in der Bettdecke zu verhaken, wie er es sonst zu tun pflegte.

Aufstehen war eine Disziplin, die er bis zum heutigen Tag noch nicht gemeistert hatte.

Resigniert legte er seine Stirn gegen sein Bettgestell und seufzte leise, ehe er sich nach oben hievte und sich leise aus dem Zimmer schlich, unnötig leise stellte er kurze Zeit später fest und verdrehte über sich selbst die Augen.

Sein Besuch, Jack, schlief auf der Couch, nicht in seinem Schlafzimmer.

Entweder er wurde alt oder der Alkohol beschleunigte die Verwesung seines Gehirns und ließ ihn vergesslich werden. Oder, was auch sehr wahrscheinlich war und neben all seiner Fantasie die Version war, die am meisten Logik offenbarte; es war zu früh am Morgen.

Einige mochten um diese Uhrzeit aufstehen und sogar arbeiten, doch Valentin war doch lieber derjenige, der ausschlief, sofern es denn möglich war.

Sein Blick fiel auf die vermummte Gestalt auf seinem Sofa, welche verborgen unter der grauschwarzen Zebradecke nur vage zu erkennen war. Doch der markante Haarschopf ragte hinaus, glänzte fast schon im Schein der Straßenlaterne und zauberte ihm ein sanftes Lächeln auf die Lippen.

So friedlich wie er aussah, war er sonst, im wachen Zustand, eher selten zu sehen. Seine Züge waren nie entspannt, immer sah man nur die Sorge, den Eifer oder einfach nur das Leben in seinem Gesicht, aber Entspannung fand man dort selten. Wenn man sie denn einmal sah, war sie im nächsten Moment wieder verschwunden, weil man sie sich selbst verbat. Bei dem Psychologen vermutlich ebenso.

„Wie ein Baby ...", murmelte er leise, spürte wie sich seine Mundwinkel von selbst nach oben zogen und seine Füße sich gänzlich ohne sein Zutun in Bewegung setzten und geschickt den herumliegenden Kleidern auswichen, um keine Geräusche zu verursachen.

Kaum stand er direkt vor der Couch, strich er sich eine lose Strähne hinter das Ohr, beugte er sich langsam herunter und hauchte dem Älteren, bevor er sich selbst davon abbringen konnte, einen Kuss auf die kaum sichtbare Stirn. Seine Lippen blieben eine Weile liegen, schenkten der recht kühlen Haut ein wenig Wärme und er schloss selbst seine Augen, unbewusst genießend, was er gerade tat.

Es kam einfach über ihn, ohne dass er etwas dagegen tun konnte. Etwas in ihm wurde regelrecht von dem anderen angezogen und das Bedürfnis, ihm ein wenig Zuneigung zukommen zu lassen, überwog einfach, ohne dass er dagegen ankämpfen konnte. Wenn er sich schon immer gegen alles wehrte, wenn er bei Verstand war, konnte er den kurzen Moment der Ruhe nutzen, um die Gesten, die er sonst bekam, zu erwidern, ohne dass der Ältere es mitbekam.

Doch allzu lange hielt der Moment nicht an, denn schon bald riss er die Augen wieder auf und entfernte sich geschockt von dem Polizisten, der bei ihm auf der Couch lag und weiterhin friedlich dem Schlaf frönte.

Der Grauhaarige beschwerte sich nicht, murrte nur leise und zog die Lippen nach unten, ehe er unkontrolliert und völlig frei kurz mit dem Arm wedelte und dann die Sofadecke wieder über seine Nase zog, sich tiefer in dem weichen Stoff vergrub und weiterschlief, als sei nie etwas passiert.

Valentin währenddessen starrte ihn einfach nur an, bevor er seinen Blick losriss und sich schnell, aber weiterhin leise von ihm entfernte, um sich in die Küche zu begeben, um dort die Zeit zu nutzen bis es spät genug war, dass er Brötchen holen konnte.

Auch wenn der andere etwas unfreiwillig geblieben war, weil er im Nebel des Alkohols darauf bestanden hatte, dass dieser nicht mehr fuhr, wollte er ihm wenigstens etwas Gutes tun und ein ausführliches Frühstück spendieren. Andererseits wollte er auch die Zeit bis zu diesem Moment nutzen, um die Akte, die er am Tag zuvor mitgebracht hatte, noch einmal durchzugehen und sich weitere Informationen anzulesen, die ihm vielleicht helfen konnten.

Die Akten landeten auf dem Tisch, kurz nachdem er sie geholt und hinter sich die Kuchentür geschlossen hatte. Erst danach holte er sich ein Glas Orangensaft aus dem Kühlschrank, bevor er sich dazu setze und das Glas nachdenklich an seine Lippen führte, während seine Augen über die wenigen Zeilen der ersten Akte flogen.

Erst ein paar Minuten später, da er immer wieder angehalten und nachgedacht hatte, blieb sein Blick an einer Zeile hängen, die ihm schon zuvor flüchtig aufgefallen war, weshalb er die zweite Akte, welche zufälligerweise gleich dabei gelegen war, mitgenommen hatte.

Ganz hinten in der Ecke des Lagerraumes, in dem er auch die Akte von Wales gefunden hatte, hatte auch diese gelegen, wenn auch deutlich verstaubter, älter als die andere. Doch sie sprang ihm regelrecht ins Auge und er musste sie mitnehmen, jetzt lobte er stumm seine Intuition, die ihm schon das ein oder andere Mal geholfen hatte. Denn der Name stand mehr oder weniger in der Akte seines Kindheitsfreundes und schrie ihn damit regelrecht an, dass er die Akte lesen sollte. Hätte er sie nicht schon bei sich gehabt, hätte er sie sich vermutlich noch geholt. Erst recht, nachdem er am Morgen zuvor die Zeitung gelesen hatte, die es ihm ebenso entgegen brüllte.

Nicht dass ein gemeinsamer Nenner von zwei Akten gleich die Lösung wäre, so weit wollte er nicht gehen, doch es machte ihn neugierig genug, dort weiterforschen zu wollen, ohne auf zu viele Barrikaden zu stoßen, jedenfalls hoffte er dies. Es gab schließlich viele Akten, viele Menschen, die irgendwo denselben Nenner teilten, sich begegnet waren, Generationenübergreifend anzufinden waren und genau dies hieß nicht, dass man sie gleich in Verbindung bringen konnte.

Sein Mundwinkel zuckte amüsiert bei dem Gedanken, ehe er den Kopf lose schüttelte, ohne einen wirklichen Grund. Könnte man von jedem gemeinsamen Zweig aufeinander schließen, wen müsste er dann alles kennen, allein in seiner Branche als Psychologe? Er zog die Mundwinkel nach unten, machte eine regelrechte Fratze und schüttelte sich, als ihm ein ehemaliger Mitstudent einfiel, dem man schon von Weitem ansah, was er zum Frühstück hatte.

Es wäre gemein von ihm, zu behaupten, es läge nur an dem Umfang des jungen Mannes, doch auch dieser sprach deutlich für seine Essgewohnheiten. Natürlich gab es Krankheiten, die das Ganze förderten, doch er wusste aus sicherer Quelle, dass es ganz allein dem Essverhalten des Studenten verdient war, den Umfang eines menschlichen Ufos einzunehmen. Zusätzlich schlabberten die Hose und das Shirt so ungünstig um seine pralle Figur, dass die Krümel der morgendlichen Pizza oder des Donuts, welchen er in der Regel auf dem Weg zur Uni verdrückte, nur die Sahnehaube bildeten.

„Bah!" Angeekelt schüttelte er sich und rieb sich über die nackten Arme.

Er hatte nichts gegen breite Menschen, in seinen Augen war es vollkommen egal, wie Menschen gebaut waren, was sie trugen.

Nur musste es nicht unbedingt unappetitlich sein und ein Gefühl des Ekels auslösen. Egal wie ein Mensch gebaut war, Hygiene war kein Fachgebiet der schlanken Bevölkerung.

Er sah auf den Charakter der Menschen, doch dieser war bei seinem ehemaligen Mitstudenten genauso unangebracht wie sein Aussehen, ganz zu schweigen von seinem Geruch, der ihm ständig in die Nase gestiegen war, als dieser sich an ihn herangemacht hatte.

Erneut schüttelte er seinen Kopf, bevor er seufzte und sich die losen Haarsträhnen, einmal mehr mit dem Zeige- und Mittelfinger der linken Hand aus dem Gesicht strich, wobei sein Blick auf den Fehler dieser Hand fiel. Doch wirklich fassen konnte er diesen kurzen Gedanken nicht, da diese Bewegung von einem herzhaften Gähnen begleitet war, welches ihm die Tränen in die Augen trieb.

Es wäre wirklich schön, mal wieder ordentlich schlafen zu können, doch für den Moment begnügte er sich mit den Akten, die noch immer ausgebreitet vor ihm lagen.

„Roter Mond …", murmelte er und zog die Augenbrauen unbewusst zusammen, sodass sich eine tiefe Falte zwischen seinen Augen bildete. Ebenso unbewusst legte er den Kopf schief und rieb sich mit dem linken Zeigefinger über genau diese Falte, als er sich weiter in die Akten vor sich vertiefte und alle anderen Gedanken erfolgreich verdrängte, um sich konzentrieren zu können.

Das Heim „Roter Mond" war ihm schon zwei Tage zuvor ins Auge gefallen, als in der Zeitung stand, dass sich dessen Leiter, Wales, das Leben genommen hatte und die Kinder ihn erhängt vorgefunden haben. Ein Trauma, welches definitiv behandelt werden müsste, um keine bleibenden Schäden anzurichten, doch darauf konnte er sich im Moment nicht konzentrieren, es war nicht sein Job diese Kinder zu betreuen, oder sich Gedanken über ihren seelischen Zustand zu machen.

Das Heim wurde auch in der Akte von Wales genannt, gleich mit der Familie Black, welche ihn aus dem Heim heraus adoptiert hatten.

Laut der Akte des ehemaligen Dunken wurde er schon kurz nach der Geburt in das Heim gegeben und hatte dort sein Leben gefristet, war aufgewachsen und hatte die Grundlagen des frühen Lebens gelernt. Doch er schien kein einfaches Kind gewesen zu sein. Dennoch hatte die Familie Black ihn adoptiert und Jack damit einen Bruder beschert.

Ein schöner Gedanke und dennoch kam er nicht umhin sich zu fragen, weshalb. In seinen Erinnerungen wirkte Wales alles andere als schwierig oder schwer umgänglich. Eher im Gegenteil. Er wirkte ängstlich, zurückgezogen und vorsichtig, analysierend.

Aus ihm wäre ein guter Polizist geworden, die Rolle, die nun Jack innehatte, welche er ihm damals aber nicht wirklich zugetraut hatte.

Auch erinnerte er sich nun an die ein oder andere Gelegenheit, an der er Wales schon zuvor getroffen hatte, allerdings wirkte er meist recht kränklich, vor allem zu Beginn ihrer Freundschaft. Jedoch hatte er nie erfahren, was das Kind so geplagt hatte und es wäre alles andere als taktvoll, würde er heute danach fragen oder später in der Zukunft. Vermutlich war es am Ende nur eine Grippe und er interpretierte zu viel in seine verschwommenen Erinnerungen hinein, ein Umstand, der nicht unbedingt neu war, den er jedoch sehr gern verdrängte.

Doch von dieser Gemeinsamkeit abgesehen, da fand er keine Umstände mehr, die den Jungen mit dem Waisenhaus in Verbindung brachten. Er lebte dort und wurde aufgenommen, bis zu seinem Ableben hatte er eine liebende Familie um sich, ein schönes Ende für einen Verlorenen, wenn er sich diese Metapher erlauben durfte, ohne vom Himmel bestraft zu werden.

Doch auch in der zweiten Akte fand er keine wirklichen Hinweise auf das Ableben ihres Besitzers. Sie war rein, bis auf ein oder zwei Vorfälle, weit in der Vergangenheit, die dem Mann Verhalten nachsagten, welches nicht mit seiner Arbeit und seiner Lebensweisheit übereinstimmten. Er wurde verurteilt, lernte daraus und war bis zu seinem Tod ein nominierter, guter Mann und weit bekannt in der gesamten Umgebung.

Wales wirkte nicht wie ein Mensch, der sich das Leben nahm, jedenfalls nicht ohne Grund, jedoch stand dieser nicht in seiner Akte.

Er seufzte leise, klappte sie zu und schob sie von sich, dasselbe machte er mit der Akte des jungen Black, nachdem er noch einen langen Blick auf das Foto geworfen hatte und die Lippen zu einem schmalen Strich zusammenpresste, um dem hauchdünnen Wehklagen, welches sich in seinem Hals gebildet hatte, Einhalt zu gebieten

„Es tut mir leid!", murmelte er dennoch durch seine zusammengebissenen Zähne und lehnte sich zurück, sank regelrecht in den Stuhl ein und schloss die Augen, ließ seine Gedanken schweifen und verzog das Gesicht, als er spontan den Geruch von abgestandener Pizza in der Nase hatte.

Doch glücklicherweise wurde dieser unangenehme Geruch schnell von etwas Positiverem abgelöst.

Orangen, Zedernholz, angenehmer Schweißgeruch ... Valentin zog irritiert die Stirn kraus, hob unbewusst die Nase und schnüffelte, folgte dem Geruch mit seinem Kopf und suchte, ohne es selbst wirklich zu realisieren, den Ursprung des Duftes. Doch sobald er seine Nase in einem Stück Stoff vergraben hatte, riss er die Augen auf und zuckte zurück.

So heftig, dass er rückwärts vom Stuhl rutschte und sich den Kopf an der Küchenwand anschlug, auch wenn es nicht heftig war, gab er dabei ein gequältes Stöhnen von sich, was von seinen überraschten Schmerzen berichtete.

„Mah, Guten Morgen, Sonnenschein. So erschreckend ist meine Anwesenheit nun auch nicht ... Bemüh' dich nicht, ich weiß, wo der Kaffee steht", erklang es seltsam hohl und gleichzeitig amüsiert, nur um von einem unfassbar geschockten Schnaufen abgelöst zu werden, als der Black feststellte, dass es noch gar keinen Kaffee gab.

Anklagend drehte er sich zu ihm herum. Verrat stand in seinen Augen geschrieben, als er ungläubig hinter sich deutete, auf die gähnend leere Kaffeekanne und nur eine kleine Frage stellte: „Wo ist der Kaffee?"

„Ich vermute da, wo er normalerweise ist, wenn er nicht gekocht wurde", schnaubte er brüsk als Antwort und verdrehte die Augen.

„Weshalb hast du denn noch keinen Kaffee gekocht?", fragte er weiter, erbarmungslos und fast anklagend, doch in seinen Augen stand das Schmollen geschrieben, welches man nicht in seinem Gesicht vorfand.

„Es ist doch erst um 4 Uhr morgens", schoss er irritiert zurück und sah ihn an, als sei er wahnsinnig. Natürlich hätte er Kaffee kochen können, doch er wollte den Grauhaarigen nicht wecken und hatte daher zu dem Orangensaft gegriffen, der noch immer fast unangetastet auf dem Tisch stand.

„Es ist um 7", war der einzige, staubtrockene Kommentar des Älteren, bevor er die Lippen verzog und gezielt einen der

Küchenschränke aufriss und einen Fluch ausstieß, bei dem Valentin noch viele Minuten später die Ohren klingelten. Doch im ersten Moment war er zu geschockt, um zu reagieren, vielleicht sogar zu helfen. Eher im Gegenteil, als sich der Schock gelegt hatte, fing er haltlos an zu lachen, schlug sich dabei verzweifelt den Kopf an die Wand, um sich zu beruhigen. Doch der Anblick, der sich ihm bot, war einfach nur zu schön, um ihn nicht erheiternd zu finden, weshalb es ihm unmöglich schien, mit dem Lachen aufzuhören.

Wie selten hatte man auch die Chance einen in Mehl getränkten Polizisten zu bewundern, der dadurch aussah wie eine Leiche, welche er normalerweise vorfand, oder auch Vogelscheuche, der die Farbe fehlte. Passend zu seinem Spitznamen, wie ihm ebenfalls kurz darauf einfiel, jedoch förderte es nicht gerade sein Ziel, sich zu beruhigen. Stattdessen kippte dieser Gedanke Öl ins Feuer und er lachte noch mehr, während er, in dem winzig kleinen Versuch ihm beruhigend die Hand zu reichen, mit dem Finger auf ihn zeigte und damit noch mehr ins Lächerliche zog.

Mittlerweile fehlte ihm regelrecht die Luft und er fiepte, während er nach dem fehlenden Sauerstoff schnappte und nur noch breit grinste. Der Bemehlte sah ihn die ganze Zeit unverwandt an, wütend, regelrecht mörderisch, doch er schwieg und blies sich nur eine Strähne aus dem Gesicht, bevor er zu einer stumpfen Antwort ansetzte.

„Du hast keinen Kaffee mehr!", murrte er und knallte den Apothekerschrank wieder in seine Ausgangsposition, wobei der Schrank gefährlich wackelte.

Mit der Neuigkeit hatte Valentin weniger gerechnet, war vielmehr verwirrt. Wie lange lebte er schon ohne Kaffee, wenn er keinen mehr dahatte? Wobei, am Tag zuvor hatte er noch welchen gehabt, also musste er ihn leer gemacht haben, ohne dass es ihm aufgefallen wäre, was für eine Schande.

„Fein, dann geh duschen und wir gehen frühstücken …!", seufzte er ergeben und wedelte formlos mit der Hand, für mehr fehlte ihm wirklich das überzeugende Maß an Luft.

„Nackt?", kam es spottend zurück, doch ehe der Braunhaarige antworten konnte, war der Ältere schon verschwunden und
bediente sich geräuschvoll an seinem Kleiderschrank, bevor nach
weiteren Minuten endlich die Dusche ertönte und verkündete,
dass sie ein neues Opfer gefunden hatte.

7 Uhr morgens also, wie lange hatte er die Akten angestarrt und
hatte versucht sich einen Reim auf deren leere Seiten zu machen?

Er kam sich lächerlich vor, wie er in den teils zu kurzen Sachen
vor dem Spiegel stand und seinem Spiegelbild einen angenerv-
ten Blick schenkte. Da er nicht geplant hatte hierzubleiben oder
gar zu duschen, hatte er natürlich nichts mit, weshalb seine Haare nun frei in alle erdenklichen Richtungen abstanden. Ein Anblick, der so gesehen nichts Neues darstellte, doch ihnen fehlte
das Volumen und teilweise lockten sie sich auf, etwas, das er gern
zu verbergen versuchte. Da keiner aus seinem Umkreis wusste,
dass er die Locken seiner Mutter geerbt hatte, wollte er es auch
gern dabei belassen. Es war eine Haarmode, die er nicht unbedingt zu tragen pflegte, weshalb er sich immer Mühe gab, dieses Erbgut für sich zu behalten.

Er seufzte ergeben, schüttelte den Kopf mit seinen feuchten
Haaren und strich sie provisorisch mit der Hand glatt, auch wenn
es absolut nichts brachte, sie würden sich definitiv in die üblichen
Kringel verwandeln, die er nur an seinen freien Tagen zu Hause duldete. Er fand allerdings auch nichts in dem Spiegelschrank
des Psychologen, was ihm irgendwie weiterhelfen würde. Zwar
schien er die Haarpflegeabteilung ausgeraubt zu haben, aber von
Stylingprodukten war weit und breit nichts zu sehen.

Erst nach seiner erfolglosen Suche zupfte er an der Hose, welche ihm nur bis zu der Mitte seiner Waden ging und an der Hüfte spannte. Doch egal wie sehr er zog, es änderte nichts, weswegen er einen frustrierten Laut ausstieß.

„Wachs verdammt noch mal in eine Größe, die keinem Gnom
gleicht …!", maulte er leise für sich selbst und an keinen Bestimmten gerichtet, auch wenn es durchaus an Valentin gerichtet war.

Der Mann wirkte überhaupt nicht so klein.

Die Blicke, die er den ganzen Morgen geschenkt bekam, sobald jemand erkannte, dass er zu kurze Kleidung trug, nervten ihn auf allen Ebenen, die einen Menschen nur nerven konnten, dennoch verzog er keine Miene und lenkte sich mit dem Gedanken ab, dass es dem braunhaarigen Psychologen mindestens genauso peinlich war wie ihm selbst. Auch wenn sein Unwohlsein noch zusätzlich von den Haaren bestärkt wurde – eine Frisur wie sie von dem Langhaarigen begeistert aufgenommen wurde, denn immer wieder spürte er den Blick auf sich und seinen Haaren.

Der Einzige, der diesen Gedanken und Anblick wohl lustig finden würde, wäre sein Kollege Scott, der sehr zu seiner Freude allerdings im Moment nicht annähernd aufzufinden war.

Die meiste Zeit schwiegen sie tatsächlich, jedenfalls bis Valentin nachdenklich auf eine der umliegenden Zeitungen starrte und sie dann mit spitzen Fingern endlich zu sich zog, um doch noch einmal die Nase darin zu vergraben, als hätte er sie nicht schon die letzten 10 Minuten von seinem Platz aus gelesen.

Mehr als eine gehobene Augenbraue hatte er dafür nicht übrig, bevor er sich endlich dazu entschied, wenigstens einmal die Titelseite zu lesen, die ihn geradewegs anlächelte.

„Ah, Wales", murmelte er, kratzte sich am Kinn und strich sich über den Dreitagebart, als er den Kopf schief legte, und nickte unbewusst. Der Mann war ihm durchaus ein Begriff, jedoch war ihm neu, dass er Selbstmord begehen wollte. Einen Grund dafür kannte er nicht, allerdings hatte er ihn auch seit Jahren nicht mehr gesehen, wenn überhaupt war er ihm auf irgendeiner Gala entgegengelaufen und hatte es nicht für nötig befunden, ihm mehr Aufmerksamkeit zu schenken.

Apropos Gala …

„Mah, Valentin … Willst du mich zu der Gala am Wochenende begleiten?"

„Gala?" Verwirrte Augen trafen auf dunkle Iriden, getrübt noch von den Worten in der grauen Zeitung, welche sie nur Sekunden zuvor noch intensiv begutachtet hatten ohne zu blinzeln. Er wiederholte die Frage noch einmal deutlicher, bevor er sich bewusst dazu entschied ein paarmal zu blinzeln, bevor seine Augen noch vollständig austrocknen würden.

Von einer Gala in der nächsten Zeit hatte er nichts gehört, keinen Ton hatte er davon gelesen oder vernommen, wenn er doch mal wieder das Radio anwarf, um sich berieseln zu lassen. Oder hatte er davon gehört und es nur nicht beachtet, weil er solche Veranstaltungen nicht sonderlich mochte?

Er schüttelte kurz den Kopf, blinzelte erneut und legte endlich das Papier nieder, um sich wieder seiner Begleitung zu widmen, die ihm schon geantwortet hatte, nun jedoch die Augenbraue nach oben zog und ihn fragend betrachtete.

„Hörst du mir überhaupt zu?"

„Nein, entschuldige, sagst du es noch einmal?", fragte er süßlich und grinste ihn verlegen an, während seine Finger sich von selbst hoben und über die Erhebung auf seinem Nasenrücken strichen.

„Mah … Die Gala der Polizei, des Bürgermeisters, der Stadt. Allgemeines Blabla, du weißt schon", kam die resigniert geseufzte Antwort, unterstrichen mit dem losen Wedeln der Hand.

„Und weshalb gehst du dort hin?", erwiderte der Braunhaarige noch immer irritiert, sah sein Gegenüber dieses Mal allerdings an.

„Meine Anwesenheit wird verlangt, da ich der leitende Detektiv bei dem Fall von Daniel war", murrte er als Antwort und drehte betont mürrisch den Kopf zur Seite, als er das sagte, um resigniert die Hand aufzustützen und die Augen zu schließen. Alles in allem wirkte Jack deutlich gelangweilt, wenn er nicht das unruhige Zappeln seines Fußes bemerken würde, der den ganzen Tisch zum Beben brachte.

War ihm die Antwort wirklich so wichtig, ob er ihn begleitete?

Nachdenklich zog der Psychologe die Augenbrauen zusammen und starrte seinen Kindheitsfreund unverhohlen an, während er versuchte ihn zu analysieren. Jedoch kam er, wie sonst auch, auf keinen wirklich grünen Zweig.

Ihm entfloh ein resigniertes, der Ergebung geschuldetes Seufzen und er nahm sich die Zeit, die Zeitung betont ordentlich zusammenzufalten.

„Wenn du mir sagst, weshalb du Wales kennst, komme ich mit zur Gala", ließ er dann freimütig verlauten, bevor er im selben Atemzug zwei Tassen Kaffee sowie das Frühstücksmenü bei der Kellnerin orderte, welche wohl aufgrund von Jacks wedelnder Hand auf sie aufmerksam geworden war. Ehe sie ihm charmant zuzwinkerte und dann mit wackelnden Hüften wieder verschwand. Ein reizender Anblick, welchem er jedoch keine Beachtung schenkte, dafür sah er erneut zum Grauhaarigen, der ihn, vermutlich aufgrund seiner Forderung, ungläubig anstarrte und allem Anschein nach mit sich haderte, ob er diesen Handel eingehen wollte.

Doch am Ende schien er zu gewinnen, dass wusste er, sobald Jack ergeben die Augen schloss, die Arme verschränkte und sich nach hinten gegen den Stuhl lehnte.

„Fein!", stimmte er dunkel zu, leckte sich langsam über die Lippen und legte seinen Blick auf den Tisch vor ihnen, welcher über und über bedeckt war mit gezeichneten Kaffeetassen.

„Ich habe ihn schon das ein oder andere Mal auf einer Gala getroffen, mehr nicht", war jedoch alles, was er zur Antwort bekam.

Was für eine Lüge. Er wusste, dass auch Jack eine Zeit lang im Heim gewesen war, doch mehr Informationen hatte er darüber nicht in der Akte finden können. Allerdings bedeutete ein Leben im Heim nicht automatisch, dass er den Leiter kannte.

Es war also keine zufriedenstellende Antwort und der Psychologe machte auch keinen Hehl daraus oder versuchte seinen Unmut darüber zu verstecken.

„Die Wahrheit, Jack!", forderte er ihn auf, fast knurrend und ballte unbewusst seine Faust. Er wusste, der Ältere versteckte etwas vor ihm, dass konnte unmöglich die ganze Geschichte dahinter sein, sonst hätte er sich zuvor nicht so extrem gegen diesen Handel gesträubt.

Die Reaktion auf die Anzeige hatte ihn einfach neugierig gemacht. Denn sie war zu resigniert, zu egal, zu maskiert, um wirklich ernst gemeint zu sein. Der Polizist hätte nicht so lange überlegt, wenn es tatsächlich nur eine so oberflächliche Bekanntschaft war. Also musste er ihn wirklich persönlich kennen.

„Er war im Heim, oder?", sprach er also seinen Gedanken aus.

„Fein, ich war im Heim!", gab der andere knurrend preis, genau im selben Moment, als Valentin die Erleuchtung darüber kam und die deutliche Verspannung in seiner Statur erkannte, die sein sichtliches Unwohlsein berichtete.

Kein Thema, über das er reden wollte, wie er sich denken konnte. Niemand mochte über die Zeit im Heim reden. Zeit, die vergangen war und vermutlich nicht die beste, die man im Leben haben konnte. Jedenfalls konnte er sich das so vorstellen, wenn er all seine Erfahrungen mit seinen Patienten bedachte, oder seine eigene, die auch nicht geradlinig war.

Selbst wenn er nicht selbst in einem Heim gewesen war, so wusste er doch, wie es sich ohne Familie anfühlen konnte.

„Entschuldige!", murmelte er reuevoll, wandte den Blick ab und lenkte ihn lieber auf die Kellnerin, die mit einem breiten Lächeln im Gesicht angelaufen kam, die georderten Kaffees in der Hand, welche sie vor ihnen abstellte.

Den seinen stellte sie tatsächlich betont vorsichtig und langsam ab, blickte ihm dabei geradewegs in die Augen und setzte ein entwaffnendes Lächeln an, welches er automatisch erwiderte, ohne dass er etwas dagegen unternehmen konnte.

Er mochte ihr Lächeln nicht einmal, es war zu breit.

Dieser Blick war gefährlich. Ging es ihm gerade durch den Kopf, als auch schon das knallen einer Tasse erklang, welche besonders hart wieder auf seine Untertasse gesetzt wurde.

Doch das Geräusch riss ihn aus seinen Gedanken und brachte ihn dazu den Blick von der jungen Frau abzuwenden, nur um in loderndes Feuer zu blicken. Ein Anblick, der ihm die Gänsehaut über den Körper jagte und ihn unbewusst schlucken ließ, um den Kloß in seinem Hals loszuwerden.

Doch so schnell wie der Blick zu sehen war, genau so schnell verschwand er auch wieder und wurde hinter eisernen Türen und stürmischem Nichts verschlossen. Nur die blassen Finger, in welche sich langsam wieder das Blut bewegte, deutete noch darauf hin, was nur Momente zuvor geschehen sein musste.

Als er den Kopf wieder abwandte, war die Kellnerin verschwunden und die Ruhe umfasste wieder ihren kleinen Tisch.

„Eifersüchtig?", wagte er sich amüsiert zu fragen, weitaus amüsierter, als er eigentlich war, jedoch erwartete er keine Antwort. Der Jüngere bekam auch keine direkte, abgesehen von einem groben Schnaufen, das genug Unmut deutlich machte.

„Ich hoffe du besitzt so etwas wie einen Anzug", wurde stattdessen das Thema gewechselt und der Blickkontakt wieder aufgenommen, unverhohlen und stur gehalten, ohne eine Chance auf Flucht.

„Anzug?", fragte er jedoch nur gequält und verzog das Gesicht. Weshalb unbedingt ein Anzug? Natürlich, es war eine Gala, aber dennoch sollten doch eine ordentliche Jeans und ein weißes Hemd mehr als genügen, oder nicht?

Wenn er dem Ausdruck auf Jacks Gesicht Glauben schenkten durfte, dann war es nicht genug und er hob schon ergeben die Hände, ehe der andere auch nur im Ansatz etwas dazu sagen konnte.

„Schon gut, schon gut, ich kaufe einen", gab er sich geschlagen, während er gedanklich all die ihm bekannten Boutiquen ablief, um herauszufinden, wo er den günstigsten Fummel herbekam.

„Wir kaufen einen. Wer weiß, was du dir für einen Fummel aussuchst", wurden seine Gedanken jedoch sofort niedergeschmettert. Mit etwas Fantasie konnte er sie regelrecht vom Tisch rutschen sehen, hinab auf den Boden, wo sie qualvoll verendeten.

„Hey, was soll das denn jetzt heißen?", fragte er beleidigt und zog grimmig die Brauen zusammen, sah wieder auf, da er seinen Gedanken gefolgt war, und verschränkte die Arme, lehnte sich abwehrend zurück, nur um der Kellnerin einmal mehr unbewusst Platz zu machen, als sie das Menü brachte, welches er für sie bestellt hatte. Doch dieses Mal hob er nicht den Kopf, beachtete sie nicht einmal.

Im Gegenteil, sein Fokus lag noch immer wütend auf dem Polizisten, in der stummen Hoffnung ihn dadurch eventuell verstummen zu lassen, doch die Hoffnung auf Erfolg war ziemlich beschränkt. Erst recht als sich seine Mundwinkel amüsiert nach oben zogen und seine Hand betont langsam über sein Erscheinungsbild fuhr.

„Mah … Weil ich deinen Modegeschmack kenne und so werde ich dich sicherlich nicht mitnehmen", legte er dann freimütig offen, fast schon gönnerhaft.

„Willst du mir damit gerade sagen, ich sähe aus wie ein Penner?", erboste sich der Kleinere regelrecht und wollte schon weitere Ausführungen offenbaren, als ihm der Ältere ins Wort fiel.

„Eher wie ein verwirrter Alkoholiker, der sich in der Zeitlinie geirrt hat", kam die trockene Antwort zurück und ließ ihn nunmehr sprachlos zurück.

Was war das denn für eine Unterstellung?! So schlimm war seine modische Auswahl nun auch wieder nicht.

Beleidigt schnaubte er auf, wandte sich dann doch kommentarlos seinem versäumten Frühstück und dem bis eben sträflich missachteten Kaffee zu, um weiteren Gesprächen dieser Art aus dem Weg zu gehen.

Stattdessen ließ er seine Gedanken wieder schweifen, zog sich zurück in seine kleine Kammer, in der alle seine Erfahrungen, sein Wissen und seine makabren Ideen gesammelt und geordnet waren.

Jack war also irgendwann ins Heim gekommen, nachdem Valentin in die Staaten gezogen war, denn zuvor lebte er bei seinen Eltern. Soweit er sich erinnern konnte jedenfalls.

Also kannte er Wales, genauso gut wie alle anderen Kinder vermutlich. Aber weswegen war es ihm so unangenehm über das Thema zu reden?

Ein Leben im Heim mochte nicht angenehm sein, doch es war auch nichts Neues, das Schicksal teilten viele Kinder und dennoch war irgendwas an Jacks Reaktion anders als die der anderen, die er behandelt hatte, wenn es zu diesem Thema kam.

Abweisung, Unwillen, Wut, all die Gefühle kannte er, waren ihm geläufig, doch irgendwas brodelte noch in dem Grauhaarigen, das er nicht zuordnen konnte.

Vielleicht hing es mit seinem Bruder zusammen, schließlich war er im selben Heim gewesen, bevor sie ihn adoptiert hatten, nicht?

SCHATTEN

Blanke Wut durchfuhr seinen Körper und rasender Zorn verne-belte seinen Verstand, doch er kämpfte beides nieder und zwang sich selbst seinen Puls zu beruhigen und die Atmung wieder unter Kontrolle zu bekommen. Es dauerte geschlagene fünf Minuten bis er seinen Verstand so weit geklärt hatte, dass seine Finger aufhörten unkontrolliert zu zittern und sein Puls wieder auf einem relativ normalen Stand war.

Doch noch immer lag ein leichter Nebel um seine Gedanken, ließen nur einen einzigen klaren Gedanken zu, welcher ihn zittern ließ.

Sein Körper reagierte von selbst bei diesem Gedanken. Seine Nackenhaare stellten sich auf und seine Lippen verzogen sich zu einem leichten Grinsen, welches man nur als charmant bezeichnen konnte, wenn man nicht wusste, was sich dahinter verbarg.

Seufzend strich er sich die Haare aus dem Gesicht, bevor er sich von der kalten Steinwand abdrückte, an der er die letzten dreißig Minuten lang gelehnt hatte, um in die Dunkelheit zu starren und zu warten.

Verschmolzen mit der Nacht lief er keinerlei Gefahr erkannt zu werden und konnte somit ungestört seinen Gedanken nach-hängen. In die Gasse kamen selten Menschen, wenn überhaupt Mitarbeiter der umliegenden Gebäude, die ihren Müll in die Tonnen warfen, ohne Rücksicht darauf, ob sie auch die Richtige erwischten und den Müll nicht versehentlich vermischten.

Es interessierte einfach keinen, der Mülldienst würde die Fehler schon korrigieren.

Bei dieser Arroganz verzog er die Lippen und erneut wall-te Wut in ihm auf.

Dieses Mal jedoch fiel es ihm deutlich einfacher, diesen Impuls nach unten zu kämpfen und sich wieder auf sein Vorhaben, sein Ziel zu konzentrieren, immerhin waren das Probleme, die ihn nichts im Geringsten angingen.

Seine klammen Finger tasteten nach der Schnur in seiner Tasche, strichen über die Spritze, die gleich dabei lag und dann hob er wieder den Blick, ließ ihn umherschweifen, ehe er sich endlich in Bewegung setzte und langsam die Gasse entlangschritt.

Schritt für Schritt knirschte der Kies und der Müll unter seinen Füßen, unbeachtet von ihm oder jemand anderen, einzig der einsame Waschbär schreckte zusammen und schlug die Flucht nach vorn an, in dem er kamikazeartig in die nächste Tonne sprang und sich nicht mehr regte, bis er weit genug aus der Gasse hinausgetreten war.

Die Stadt lag schon lange im Dunkeln, der Puls der Stadt war ruhig und leise, doch das Leben pulsierte ungesehen von allen in ihr.

Einzig der unterschwellige Klang drang durch die Adern der Stadt, kämpfte sich in seine Adern hinauf und ließen sein Blut in stummer Ekstase vibrieren. Seine Mundwinkel hoben sich von allein in stummer Einsicht über das kommende. Je weiter er lief, desto entspannter wurde er, desto ruhiger ging sein Puls, pulsierte nicht mehr in seinen Ohren, sondern wurde nur noch zu einem sanften Hintergrundgeräusch, welches ihn auf seinem Weg begleitete.

Je näher er den bunten Farben kam, die gedrungen aus den verdreckten Fensterscheiben leuchteten, desto lauter wurde der Puls der Stadt, die Musik und der Rhythmus drangen hinaus in die Nacht und ließen die Sterne heller erleuchten als zuvor. Nur wenn die Tür einmal aufging, erleuchtete die gesamte Umgebung und wurde in bunte Lichter getaucht, die Schatten auf die umherziehenden Menschen warfen.

Er selbst kniff die Augen zusammen, als das Licht genau ihn anzuvisieren schien, und blieb einen Moment stehen, um seine Augen wieder an die Dunkelheit zu gewöhnen, die ihn gleich darauf erneut einnahm.

Doch kaum blinzelte er, sah er sein Opfer aus der Diskothek herauskommen und nahm fast augenblicklich die Verfolgung auf.

Stumm, leise, wie eine Katze auf weichem Teppich wich er dem knirschenden Müll aus und beschleunigte seine Schritte immer weiter, um seinem Opfer immer näher zu kommen und es schließlich mit einem gekonnten Schlag zu erlegen, die Beute zu zerreißen, ohne sie zu töten.

Aber bei all dem rauschte sein Puls wieder aufgeregt in seinen Adern, schickte die Hitze durch seinen Körper, doch das Lächeln auf seinem Gesicht verschwand.

Ein Mann, vermummt und stumm,
steht auf dem Markt herum.
Der Blick er schweift, gleitet lang,
bis er an einem Jungen hang.

13. QUALM

Sein Blick glitt gemächlich über die hölzernen Farben seines Schrankes, bevor er wie festgefroren an dem schwarzen Fleck hängen blieben, der überhaupt nicht in sein Ambiente passte und vollkommen aus dem restlichen Inhalt des Schrankes herausstach. Der genannte schwarze Fleck war der Anzug, den Jack ihm noch unbedingt aufschwatzen musste, nachdem sie gemeinsam frühstücken waren.

Eine Falle, der er leider aufgelaufen war, bevor er es wirklich registriert hatte, denn man konnte über den Älteren sagen, was man wollte, aber wenn dieser wollte, wusste er einfach, wie man mit den Leuten reden musste, damit er erreichte, was er wollte. Nun saß er fast schon eine geschlagene halbe Stunde hier und starrte vor sich her, während seine Finger unruhig über den Kassenzettel strichen, in der banalen Hoffnung die Daten darauf ändern oder gar löschen zu können.

Seine Finger waren klamm und seine Zunge klebte ihm trocken am Gaumen, so unwohl fühlte er sich mit dem Wissen behaftet, dass Jack den teuren Stoff bezahlt hatte, den er ohnehin nur ein einziges Mal trage würde, bevor er ihn weit, weit hinten in seinen Schrank verbannen würde. Dorthin, wo er ihm niemals wieder begegnen musste, da er weder die Farben an sich selbst noch den Stil mochte.

Dennoch hatte keiner seiner Proteste gefruchtet, war vielmehr auf taube Ohren gestoßen – bei beiden, dem Polizisten und dem Verkäufer, welcher ihm tatkräftig zugestimmt hatte, ihm würde der graue Stoff vorzüglich passen.

Er war der Typ Mensch, der lieber leger und verhältnismäßig bunt herumlief und damit ebenso in der Masse unterging, wie er es mit den grauen und dunklen Farben tun würde, die so viele bevorzugten.

Allerdings versuchte er, wenn auch unbewusst, gegen seinen Job und seine Gedanken anzukämpfen, indem er buntere Farben trug, die Geschichten erzählten, die so zwar nicht stimmten, die Leute um ihn herum aber fröhlicher und offener stimmten und ihm damit einiges erleichterten.

Selbst in seinem Job, in dem er normalerweise keine Straftäter verfolgte, war ihm nach einer gewissen Zeit aufgefallen, dass ihm die Menschen, seine Patienten, offener gegenübertraten, wenn er bunte Kleidung trug, anstatt den tiefsinnigen dunklen Teint, den viele seiner Patienten trugen, um ihrer Stimmung mehr Ausdruck zu verleihen.

Tatsächlich war er selbst davor einer dieser Menschen gewesen, die fast schon penibel darauf achteten, nichts Farbiges in ihrem Schrank vorzufinden, von eventuell bunter Unterwäsche einmal abgesehen. Er mochte die Vielfalt, die selbst schwarz und weiß haben konnte, zumal es meist einfach nur passte und keinerlei Probleme mit der Körperwahrnehmung hervorrief. Doch seit er herausgefunden hatte, dass die Menschen viel eher bereit zu reden waren, wenn er bunt gekleidet war, weshalb auch immer, hatte er es beibehalten und so waren über die Zeit all seine ehemals geliebten Sachen ausgewandert.

Es war einfach ungewohnt, fast schon unmöglich, nun wieder in dieses Muster zu fallen, es kam ihm fremd vor, als würde es einfach nicht in seine Realität passen, welche er sich mühsam aufgebaut hatte.

Ein Seufzen entglitt seinen Lippen und er senkte kurz den Blick auf seine nervösen Finger, hielt in seiner versunkenen Tätigkeit inne und glättete den Fetzen wieder, anstatt ihn weiter zu zerknüllen. Doch die Zahlen blieben gleich und ließen ihn erneut schlucken.

Weshalb bezahlte dieser Irre so viel für ihn, obwohl er sich so arg dagegen gesträubt hatte?

Oder tat er es genau deswegen? Um ihm eins auszuwischen oder er zog womöglich eine banale Freude daraus, ihn leiden zu sehen? Eine Möglichkeit, der er am liebsten keine Beachtung schenken würde.

Er verzog die Lippen, biss sich auf die Unterlippe und stieß einen erneuten, dieses Mal eher frustrierten Seufzer aus, bevor er entschlossen murrte und sich von seinem Bett erhob, um den Zettel endlich aus seinem Blickfeld zu verbannen.

Am besten in irgendeine Ecke, die er nicht weiter beachten würde, dann jedoch würde er vergessen, dass er das gute Stück noch immer zurückgeben konnte. Würde er ihn aber offen darlegen, würde er ihn nur die gesamte Woche über auslachen, bis er ihn tragen musste.

Doch wegschmeißen konnte er ihn nicht. So banal es auch klang, so wütend er eigentlich auf diese Geste war, genauso viel bedeutete sie ihm, ohne dass er wirklich sagen konnte, weshalb. Er wollte darüber einfach nicht nachdenken.

Das hatte er sich schon vor so langer Zeit verboten und dennoch brachte ihn der Ältere immer wieder dazu, darüber nachzudenken, trieb ihn an den Rand des Sees, in dem er diese Gedanken verbannt hatte und er musste zu seinem Leidwesen feststellen, dass er immer öfter feuchte Füße bekam, anstatt sich fernzuhalten, wie es der eigentliche Plan gewesen war.

Kurz kniff er die Augen zusammen, murrte unsinnige Worte vor sich her und knallte den Zettel schließlich in das nächstbeste Buch, das er greifen konnte.

Sollte er als Lesezeichen verenden.

Doch gerade als er seine Gedanken mit etwas anderem ablenken wollte, nämlich der Zubereitung von Kaffee, fiel ihm etwas anderes ins Auge, gerade als er das Buch zur Seite legte, in dem er eben noch den Kassenzettel verbannt hatte.

„Das ist aber nicht meine …?", murmelte er zu sich selbst und zog die Augenbraue hoch, verwirrt und irritiert über ihre Existenz und dennoch griff er danach, ohne wirklich darüber nachzudenken.

Es war eine einfache braune Mappe, so wie es die von Wales ebenfalls gewesen war, weswegen er gleich wusste, dass diese älter war. Geschätzt, ohne dass er sie öffnete, gute fünfzehn bis zwanzig Jahre alt. Weshalb sollte die hier rumliegen, hatte Jack sie eventuell vergessen? Doch weshalb sollte er eine Akte mit zu ihm bringen?

Irritiert drehte er sie einmal um die eigene Achse, begutachtete sie erneut und schluckte den Kloß in seinem Hals herunter, ehe er sie endlich aufschlug und im selben Augenblick, wie seine Augen die Namen lasen, wieder fallen ließ, ohne sie wirklich gelesen zu haben.

Er hatte sie nur überflogen, doch seine Glieder wirkten wie zu Eis gefroren. Die Kälte schlich sich unerbittlich in seinen Körper und löste ein unbändiges Zittern aus, welches er sonst nur von einer extremen Unterkühlung kannte, welche sich netterweise ebenso selten Blicken ließ, wie dieses abscheuliche Gefühl bei bewusstem Verstand zu erfrieren.

Ebenso unwohl wie er sich fühlte, presste er die Lippen zu einem schmalen, blutleeren Strich zusammen und kniff die Augen ebenso zu, in der kindlichen Fantasie, wenn er sie wieder öffnete, wäre die Akte nicht da und hätte auch niemals existiert. Wenn er die Augen aufschlug, würde er noch immer auf dem Bett sitzen und sich über seinen Kindheitsfreund aufregen, welcher ihm einen unendlich teuren Anzug bezahlt hatte, den er ohnehin nur einmal tragen würde. Dennoch hatte er es mit einem frechen Lächeln abgetan, anstatt darüber zu diskutieren, wenn er schon so etwas Teures bekäme, müsste er es auch öfter tragen.

Doch nichts dergleichen hatte er gesagt, nur lächelnd bezahlt und ihm die Tüte in die Hand gedrückt.

Valentin hatte ihn nur knapp davon abhalten können, dass er ihm einen maßschneidern ließ.

Doch als er die Augen öffnete, lag die Akte noch immer da auf dem Fußboden, direkt vor seinen nackten Füßen und lachte ihn höhnisch an.

„Das kann nicht sein", murmelte er wie in einem Mantra gefangen und schüttelte heftig den Kopf, um seine Gedanken zu unterstreichen.

Aber es war keine Fata Morgana, ganz gleich wie viel Mühe er sich auch gab, sich diesen unsinnigen Fakt einzureden. Sie verschwand einfach nicht.

Dafür nahm das Zittern in seinem Körper zu und die Kälte erreichte mittlerweile seinen Nacken und verstärkte ihren unbarmherzigen Griff um seine Kehle.

Die Namen drückten ihm regelrecht die Luft ab und er hatte keine Chance, keine Kraft, den Griff zu lösen.

Im Gegenteil, er röchelte erbärmlich und stieß pfeifend die Luft aus, ehe er wie von selbst einen Fuß vor den anderen setzte und sich endlich in die Küche begab. Aus dem Einflussbereich dieser Akte hinaus, um sich einen extra starken Kaffee zu Gemüte zu führen oder aber doch lieber ein Bier hinunterzukippen.

Oder sollte er doch gleich zu stärkeren Mitteln fassen, um das Ganze zu vergessen?

Entschlossen schüttelte er den Kopf, beschimpfte sich selbst als Feigling und drückte härter als nötig auf den Knopf, der ihn in wenigen Minuten einen Kaffee spendieren würde, extra stark. Ausnahmsweise würde er ihn sogar schwarz hinunterwürgen, überlegte er sich, während er starr auf den Strahl starrte, der sich seinen Weg aus der Maschine und in seine Tasse bahnte.

Es war nur eine Akte über die Vergangenheit, von ihr musste er sich nicht so unter Druck setzen lassen.

Lächerlich!

Dennoch …

Darin war mehr oder weniger sein gesamtes Wesen eingraviert, dachte er jedenfalls.

Denn dieser Zeitpunkt war ein Wendepunkt in seinem Leben gewesen, wie er es bis dahin kannte, wie auch immer es genau ausgesehen hatte. Doch er beschwerte sich nicht, hatte er nie getan und stattdessen lebte er mit seiner Amnesie.

Es musste ein Wendepunkt gewesen sein, nicht?

„Du bist ein schwacher Mensch!", maulte er sich selbst an und strich sich durch das wirre Haar, welches sich von ihm unbemerkt aus seinem lockeren Zopf gelöst hatte und ihm vorwitzig ins Gesicht hing. Ebenso wischte er in derselben Bewegung den leichten Schweißfilm von seiner Stirn, der sich dort angesammelt hatte und das unwohle Gefühl nur verstärkte.

Noch immer sah er wie hypnotisiert auf den Strahl des schwarzen Glücks, stemmte sich dabei auf der Anrichte ab und folgte seinen verkrampften Fingern, hinauf bis zu den zitternden Armen. Doch kaum registrierte er seinen eigenen Blick, stieß er sich ab und lehnte sich stattdessen mit dem Rücken gegen den Kühlschrank, verschränkte Arme und Beine miteinander, um das Zittern zu unterdrücken oder zumindest insoweit zu ignorieren, dass es nicht mehr so extrem auffiel, er es weniger spüren konnte. Der Kaffee schien gegen die Zeit zu spielen, die Zeit, die der Psychologe sich selbst nicht zugestand und doch so dringend brauchte, um die Existenz dieser Akte zu verarbeiten. Natürlich musste eine existieren, das war nur logisch, doch bis vor einiger Zeit hatte er keinen Gedanken daran verschwendet. Selbst jetzt verbat er sich die meiste Zeit überhaupt daran zu denken und vergrub seine Nase lieber in kuriosen Fällen, um sich abzulenken und so weiter durchs Leben zu taumeln, ohne sich irgendwo festhalten zu können. Nicht weil er es nicht wollte, sondern weil er es aus welchen Gründen auch immer einfach nicht konnte.

Ein innerer Drang zwang ihn dazu immer weiter und weiter zu laufen. Er konnte einfach nicht stehen bleiben, nichts festhalten, niemanden mitnehmen. Er musste diese Reise allein gehen, aber der Braunhaarige kannte ihr Ende nicht, nicht sein Ziel.

Genau das machte ihm Angst, was er natürlich nicht zugeben würde, nicht einmal vor sich selbst.

Er stieß ein frustriertes Seufzen aus, schloss die Augen und trommelte mit den Fingern auf seinem Oberarm. Der Kaffee lief noch immer gemächlich in seine Tasse und schien einfach kein Ende zu finden.

Wieder fiel sein Blick auf die Akte, welche er mitten im Flur hatte fallen lassen, nachdenklich und für einen Moment vergaß er sogar, weshalb er eigentlich so unruhig war, denn ihm fiel wieder ein, weshalb sie hier sein konnte.

Jack.

Amüsiert grunzte er, hielt sich jedoch schnell die Hand über den Mund und drückte mit den Daumen und Zeigefinger seine Nase zu, um sich vom Grunzen abzuhalten. Eine blöde Angewohnheit, die ihn hin und wieder überfiel, wenn er lachte. Erst recht, wenn er genügend Alkohol konsumiert hatte, kam es vor, sonst konnte er es die meiste Zeit unterdrücken.

„Ja, stell dir sein Gesicht vor, als er dann bauchfrei bei uns auf dem Revier arbeiten musste, weil er wegen der Dringlichkeit nicht nach Hause konnte", gluckste der Ältere von beiden, ebenso mit Lachen beschäftigt wie der Braunhaarige selbst, und verschüttete dabei etwas von seinem Bier, kommentierte es allerdings nur mit einem weiteren Glucksen und einem kindlichen „Upsi!".

„Ihr seid wirklich gemein", grinste der Psychologe, anstatt wie sonst auch eine Rede zu schwingen, dafür war er zu angetrunken und die Geschichte einfach zu komisch. Ganz zu schweigen von der Vorstellung, wie Scott bauchfrei durch das Revier wetzte, um Akten zusammenzutragen und Recherchen anzustellen, um sie in den Fall, an dem sie arbeiteten, weiterzubringen.

„Schade, dass ich zu der Zeit noch nicht wieder hier war", murmelte er dann plötzlich, vollkommen von seinem Lachanfall kuriert, und starrte trübsinnig in die kleine Öffnung seiner Bierflasche, bevor er die Luft pfeifend ausstieß und einen großen Schluck nahm, nur um ihn dann geradewegs auszuspucken, als er die nächsten Worte des Grauhaarigen vernahm.

„Dir hätte es mehr gestanden, stimmt", murmelte er, vermutlich in der Hoffnung, dass er es nicht hörte, da er vollkommen auf das Bier fixiert war.

„Bitte?", fragte er hustend in einer viel zu hohen Stimmlage als es gut für ihn war und spürte noch trotz des Alkohols, wie die Wärme seinen Nacken nach oben kroch und ihn für sich einnehmen wollte.

„Ich sagte, dass es wirklich schade ist", war jedoch nur die unschuldige Antwort, keine zufriedenstellende, wenn man es genau nahm. Doch er akzeptierte sie mit zusammengezogenen Augenbrauen und grunzte nur, während er sinnlos mit der Hand durch die Luft wirbelte.

„Das Lustigste, das wir angestellt hatten, waren Leute im Schlaf zu rasieren oder sogar zu tätowieren", meinte er dann nachdenklich, um von dem ungesunden Thema abzulenken, und richtete seinen Blick nachdenklich auf die Brust des anderen. Allerdings auch, um sich zu fokussieren und keinen Unsinn zu erzählen. Dadurch, dass er schon recht gut angetrunken war, stolperte er gern über die eigenen Worte, nuschelte vermutlich auch wie ein Betrunkener und musste sich daher umso mehr konzentrieren. Doch auch die Erinnerung glitt aus seinen Fingern, obwohl er sich gerade darauf konzentrieren wollte.

Aber immer, wenn er dachte, er hatte sie, entglitt sie seinen Fingern und er schnaubte frustriert auf und schüttelte den Kopf, da er schon wieder den Faden verloren hatte.

Wo waren sie?

„Vermisst du eigentlich deine Eltern?", erklang auf einmal völlig aus dem Nichts die genuschelte Frage, die Valentin erst nach einigen Momenten wirklich verstand, da auch der Grauhaarige dem Alkohol zugesprochen war und über die eigenen Worte fiel. So war es wenigstens nicht ganz so peinlich.

„Vermissen? Gott, wenn ich wüsste, wer es war, würde ich ihn eigenhändig umbringen", plapperte er ungestüm drauflos, ohne vorher darüber nachzudenken und knallte im selben Zug die Flasche Bier auf den Tisch, wobei er geflissentlich das Bier, das ihm über die Hand lief, ignorierte.

Er wusste nicht einmal, ob der Fall aufgelöst war! Seit er damals fortgebracht wurde, wurde er darüber nicht mehr informiert, vermutlich gut oder auch schlecht, je nach Gesichtspunkt oder Nüchternheitsgrad zu sehen.

„Ich glaub wir haben noch die Akte."

„Natürlich habt ihr sie, ihr habt sie alle."

„Willst du sie haben?"

Ein Laut der Frustration entkam ihn, glitt jedoch ins Gequälte und Unglaubliche ab, als er sich mit einem Schlag bewusst wurde, weshalb Jack ihm die Akte da gelassen hatte.

Er hatte scheinbar betrunken wie ein Weihnachtself bei ihrem ersten unverhofften Treffen darum gebeten und es durch den Kater einfach vergessen.

Zumindest bis eben. Auch wenn die Erinnerung alles andere als klar abzurufen war, war er sich nun immerhin sicher, selbst daran schuld zu sein, dass er wie ein Kleinkind in der Küche stand und mit aller Macht versuchte die Existenz dieser Akte zu leugnen.

Jetzt, da er es wieder wusste, fühlte er sich zwar nicht besser als zuvor, aber er spürte Erleichterung darüber, dass er nicht mehr im Dunkeln tappte und nun wenigstens zuordnen konnte, was die ganze Geschichte zu bedeuten hatte.

Dadurch kühlte sich sein hitziges Gemüt von selbst ab und ließ ihn klarer denken.

Er hatte darum gebeten, also würde er auch damit arbeiten können und musste nicht vor der Wahrheit davonrennen. Auch wenn er ihn sicherlich nicht umbringen würde, würde er einmal herausfinden, wer der Täter war. Wenn er es denn herausfand.

Zwar hatte er gegenüber Jack etwas anderes behauptet, aber er würde niemals einen Menschen töten. Vermutete er doch eher, dass die Aussage dem Rausch geschuldet war, der Überraschung über das unerwartete Thema …

Es erschien ihm fast schon unmöglich, positiv zu bleiben und die Hoffnung aufrechtzuerhalten, tatsächlich den Täter finden zu können. Doch Valentin wollte sich erst einmal einlesen und schauen, was er fand, bevor er sich ein Urteil darüber bilden würde und dann entscheiden, ob er positiv blieb oder doch den Kopf in den Sand steckte, wo er momentan war.

Ein erneuter Seufzer verließ seinen Mund, doch er war ausnahmsweise nicht von Hoffnungslosigkeit geprägt, nur von Resignation, dass er noch immer dastand und sich nicht bewegte und stattdessen in seinem Kopf all die Möglichkeiten durch wälzte, die es nehmen könnte.

Jedoch bewegte er sich auch nach diesem Gedanken nicht und ließ Taten folgen. Eine blöde Angewohnheit, die er bis heute nicht ablegen konnte; alles zu zerdenken, anstatt wirklich die Initiative zu ergreifen.

Kopfschüttelnd wandte er den Blick vom Küchentisch ab und besah sich die endlich volle Kaffeetasse, die ihm fröhlich entgegenblickte, und nahm sie langsam in die Hand, um den ersten Schluck zu nehmen, ehe er auf dem Weg zum Tisch etwas von der wertvollen Flüssigkeit verlieren würde.

Angeekelt verzog er die Lippen, doch er beschwerte sich nicht und presste sie nur aufeinander. Er wollte starken, schwarzen Kaffee, jetzt musste er damit leben. Zur Not konnte er noch immer Milch hinterherwerfen, wenn er etwas mehr getrunken hatte, jetzt jedoch war es unmöglich, wenn er nicht wie Kleopatra ein Bad nehmen wollte, auch wenn es dann eher ein heißes Kaffeebad, statt kalter Milch sein würde.

Vorsichtig stolzierte er zum Tisch, setzte die Tasse ab und holte die Akte aus dem Flur. Erst dann ließ er sich selbst eher plump und schwerfällig auf den Stuhl fallen, welcher ein streikendes Ächzen von sich gab, gefolgt von einem gefährlichen Knarzen, welches ihm einen Schauer über den Rücken jagte. Hoffentlich ging der Stuhl nicht das nächste Mal, wenn er sich setzte, kaputt. Das könnte schmerzhaft werden.

„Na dann zeig mal, was du für mich hast", seufzte er ergeben und schlug endlich die hellbraune, mit Kaffee befleckte Mappe auf und wurde auch gleich von dem üblichen Deckblatt begrüßt.

Datum, Name, Vorfall, alles vermerkt, doch der Psychologe überflog es nur und weigerte sich die genaue Bezeichnung zu lesen. Er wusste doch, was passiert war, er wusste, dass seine Eltern ermordet wurden, mehr musste er nun wirklich nicht lesen. Doch die folgenden Berichte beinhalteten alles, was er eigentlich nicht lesen wollte.

Detaillierte Beschreibungen des Tatortes, den Autopsiebericht und die folgenden Untersuchungen zur Tat. Alles dokumentiert mit Fotos und weiteren Berichten über Abläufe und Tathergänge, ebenso die Zeugenberichte oder Aussagen von Bekannten und Nachbarn.

Alles wie immer, wie bei jedem anderen Fall und doch fiel es ihm unendlich schwer, die Nase darin zu versenken und die Informationen so abgeschottet aufzunehmen, wie er es sonst zu tun pflegte.

Sich einfach die nötigen Punkte anzueignen, die wichtig waren, um den Fall voranzutreiben und eventuell auch zu lösen. Den Abstand zu wahren und sich nicht weiter auf die betroffenen Personen einzulassen.

All das fehlte ihm. Es war Valentin schlichtweg nicht möglich, den Abstand zu wahren, da er selbst betroffen war und sich ja unbedingt den Fall näher ansehen wollte. Weil es dem Braunhaarigen seit damals ein Bedürfnis war, ein inneres Ziel, über welches er nie sprach es aber unbedingt erreichen wollte, bevor sein Lebensabend geschlagen hatte und gerade jetzt hatte er die beste und womöglich einzige Möglichkeit in dieser Akte zu suchen und die Daten zu studieren.

Die Chance würde er nie wieder bekommen, würde er sich jetzt nicht ergreifen. Allein dieser Gedanke verstärkte den Knoten in seinem Magen mehr, als die Angst vor der Wahrheit es je getan hatte.

Es war seine einzige Möglichkeit Gerechtigkeit zu erlangen und seine Eltern zu rächen, auch wenn es nur mit dem Wissen war, die Wahrheit zu kennen und nicht mehr von Alpträumen heimgesucht zu werden, die ihn so oft den Schlaf raubten.

„Reiß dich zusammen, Valentin Freey!", murmelte er sich selbst zu und biss sich einmal mehr auf die ohnehin schon geschundene Unterlippe, bevor er erneut die Augen schloss, wenn auch nur für einen Moment.

Um sich zu wappnen.

Dann holte er Luft und schlug die Akte, die er zuvor wieder zugeschmissen hatte, wieder auf und wurde gleich von einem der Bilder des Tatortes begrüßt.

Es war ein bemerkenswert langweiliger Tag, wenn man einmal von all den üblichen Ereignissen absah. Die Sonne versteckte sich schon seit den frühen Morgenstunden hinter den Wolken und schien auch in den nächsten Stunden nicht hervorkommen zu wollen.

Die Schüler der Mittelstufe hatten es mit etwas Unwillen hingenommen und lebten damit. Solange es nicht begann zu regnen, würden sie sich nicht beschweren. Selbst dann wären es wohl eher die Lehrkräfte, die sich nach allen Möglichkeiten der Kunst über das Wetter auslassen würden, da sie in der dann völlig verdreckten Schule unterrichten mussten, weil sich alle Schüler im Schlamm zu wühlen schienen.

Doch dazu kam es nicht, denn auch wenn die Sonne verschwunden blieb, kam kein einziger Regentropfen hinab auf die Erde, um den Pflanzen den eigentlich so dringend benötigten Wasserhaushalt zu schenken.

Auch wenn Valentin nichts im Unterricht lernte, jedenfalls nichts Neues oder irgendetwas Interessantes, war der Tag abgesehen von den lang gezogenen Stunden tatsächlich nicht unbedingt so langweilig, wie er es später seinen Eltern erzählen würde, wenn sie nach seinem Tag fragten.

Im Moment saß er hinter dem Schulgebäude, oben auf der Mauer, die das Gelände umzäunte, und sah sich argwöhnisch um, bevor er aufgeregt in seiner Hosentasche fummelte und dadurch beinahe das Gleichgewicht verlor.

Dummerweise saß er direkt auf dem Gesuchten und hatte daher seine leichten Schwierigkeiten, um heranzukommen. Doch bald schon stieß er einen leisen Jubelruf aus und ein breites Grinsen schlich sich auf seine Lippen. Jetzt, da er sein Ziel erreicht hatte wirkte er gleich ruhiger, geerdeter. Seine Augen funkelten spitzbübisch auf und sein Kopf flog erneut in alle Richtungen, um sicherzugehen, dass er auch wirklich allein war.

Erst dann schnippte er den Deckel auf und zog einen der länglichen Drogen heraus, klemmte sie sich zwischen die Lippen und seufzte erleichtert, da jetzt schon der Geschmack auf seiner Zunge ein angenehmes Kribbeln hinterließ.

„Brauchst du vielleicht auch Feuer?", sprach ihn jemand trocken von der Seite an und ließ ihn heftig zusammenfahren. Die Schachtel selbst machte einen Hüpfer und war schon im nächsten Moment aus seinen verschwitzen Fingern gerutscht und zu Boden gesegelt, von wo ein amüsiertes Grunzen erklang.

Sein finsterer Blick folgte, ebenso die wüste Beschimpfung, die er für seinen besten und einzigen Freund übrig hatte.

„Wenn ich dich jemals erwische, Black, bring ich dich um!", fauchte er aufgebracht und zog die Augenbrauen wütend zusammen, doch das Zittern seines Körpers strafte seiner Worte lügen.

Auch wenn seine Worte anderes versprachen, war er einfach nur zu Tode erschrocken. Die Angst, jemand könnte ihn erwischt haben, saß einfach tief in seinen Knochen.

Auf keinen Fall durften je seine Eltern davon erfahren.

„Mahmah, beruhig' dich wieder!" Mit verdrehten Auge schlich sich ein freches Grinsen auf das blasse Gesicht, welches nur wenige Momente später genau vor ihm auftauchte, verziert von ebenso einem Stängel und der Packung, die er zuvor fallen gelassen hatte, welche in seiner Hand lag.

„Hier!", murrte er dann nur ruhig und schnippte das Sturmfeuerzeug von sich an, hielt es Valentin unter die Nase, damit er den Glimmstängel anzünden könnte, bevor er seine eigene entzündete.

„Danke!", plapperte er gefolgt von einer grauen Rauchwolke und einem entspannten Lächeln.

„Wenn sie uns je erwischen, fliegen wir von der Schule", meinte er irgendwann nachdenklich, ließ seinen Blick einmal mehr durch die Umgebung streifen und seufzte ergeben, ließ die Schultern sinken und verzog die Lippen unwohl. Seine Eltern würden ihn häuten und nie wieder vor die Tür lassen. Noch weniger, wenn sie herausfanden, dass er mit dem Mist angefangen hatte und nicht Jack, der laut seinen Eltern ja ohnehin einen schlechten Einfluss auf ihn hatte.

Dabei war es genau andersherum.

Jack wurde von ihm beeinflusst, jedenfalls was die rebellische Ader anging. Auch wegen ihm hatte er angefangen an den Stängeln zu ziehen.

„Was grinst du so blöd?"

„Ich muss nur gerade daran denken, was für ein schlechter Einfluss du bist, Jack", beantwortete er frech die gestellte Frage, nahm einen erneuten Zug und legte amüsiert den Kopf schief.

„Na klar, entschuldige. Am Ende schreibst du noch gute Noten", war nur die schnaubende Antwort, welche nur mit einem empörten Blick vom Braunhaarigen kommentiert wurde.

„Das tat weh!", maulte er wehleidig und strich sich übertrieben über die Brust, genau dort, wo sein Herz aufgeregt in seiner Brust schlug. Wie konnte er nur so etwas Fieses behaupten? Gute Noten? Also wirklich, das wäre ja grausam, wie sollten seine Eltern sonst weiterhin denken, dass Jack der schlechte Einfluss war? Eigentlich hatten sich seine Noten sogar wieder gebessert, nachdem sie gute Freunde geworden waren.

Er war ehrlich, zu Beginn hatten sie sich tatsächlich verschlechtert, doch der Grauhaarige trat ihm genug in den Hintern, um seine Noten wieder auf die Reihe zu bekommen, jedenfalls halbwegs.

So zuckte er auch jetzt fluchend zusammen, als er einen harten Schlag auf den Kopf bekam und sich diesen jammernd rieb.

„Jack!", rief er wehleidig aus und rieb sich vollkommen übertrieben über den Kopf, um seine Schmerzen zu verdeutlichen.

Doch der Ältere der beiden Jungen kannte keinerlei Erbarmen, eher im Gegenteil, er schnaubte und sah ihn scharf an, zog ihn noch einmal einen Schlag mit dem Heft über den Kopf.

„Konzentriert dich!", rief er ihn zur Räson und wiederholte die Frage, die er anscheinend schon davor gestellt hatte, nur hatte Valentin diese nicht gehört.

Jedoch sah er ihn auch jetzt unverständlich an und legte den Kopf schief, welcher herrlich zu schweben schien.

Er musste sich noch eine ganze halbe Stunde mit dem Black herumschlagen, oder er mit ihm, je nachdem, was man lieber sehen wollte. Doch der Oberstufler gab partout nicht auf, ihm den Unterrichtsstoff einzuprügeln, teilweise wortwörtlich.

Immerhin konnte er dank ihm behaupten, wesentlich besser im Sportunterricht geworden zu sein, da er auch nicht ausließ, ihn quer über die Felder oder durch den Wald zu jagen, um ihn fit zu halten.

Dabei war der Braunhaarige absolut nicht sportlich, aber über die Wochen und Monate hatte er angefangen zu spüren, dass sich sein Körper veränderte, abgesehen von dem Muskelkater, der ihm zu Beginn überhaupt nicht mehr verlassen wollte.

So zog sich ihre Freundschaft durch die Zeit, ein schlechter Einfluss und ein gewissenhafter Ruhepunkt, der versuchte alles beisammenzuhalten, während die andere Seite mit allen Regeln der Kunst versuchte das Chaos heraufzubeschwören.

Vor einigen Wochen kam noch Jacks jüngerer Bruder dazu, der erst vor wenigen Tagen wieder gesund geworden war und mit ihnen nach draußen kommen konnte. Jedoch gingen sie ihm beide geflissentlich aus dem Weg, jedenfalls hier in der Schule.

Denn auch wenn der Braunhaarige einen durchaus miesen Einfluss auf ihn hatte und sich deswegen nicht im Geringsten schämte, wollte er ihn nicht auch noch zu diesen Dummheiten verleiten, die er schon mit dem älteren Bruder begonnen hatte. Angefangen bei den Glimmstängeln, von denen sie sich mittlerweile die Dritte ansteckten.

Stattdessen verleitete er den ehemaligen Dunken gekonnt zu Streichen und anderen Unsinnigkeiten, die keinen verletzten, sondern eher die Menschen zum Lachen brachte und keiner trug einen Schaden davon.

Damit war selbst der Black einverstanden und kommentierte es nicht weiter. Im Gegenteil, er half die Streiche zu verbessern.

„Bin ich wirklich so ein mieser Einfluss?", fragte er irgendwann seufzend, völlig aus dem Zusammenhang gerissen, sah jedoch nicht auf, um die Reaktion zu sehen, sondern starrte stur in die Berechnungen, die vor ihm aufgeschlagen lagen.

„Nein, du suchst dir nur perfekt die Wege in die Lücken des Seins und holst sie hervor. Was aussieht wie Chaos, ist im Grunde nur die wahre Natur derjenigen, die du erreichst."

„Wow! Das klingt viel zu erwachsen", murrte er mit verzogenem Gesicht, lachte aber, als er das Blitzen in den Augen des anderen sah.

„Hör auf, mich ständig zu verkohlen, ich meinte es ernst", jammerte er dann leise, doch der andere kam um eine Antwort herum, als die Schulglocke läutete und sie sich gegenseitig nur frustriert ansahen, bevor sie die Suchtmacher ausdrückten und sich wieder in die Jacke schoben, ehe sie sich von der Mauer herunterrutschten ließen und gemächlich zum Unterricht gingen.

Nach dem endlich der lang gezogene Unterricht beendet war und er vollkommen verschwitzt aus den Sportumkleiden treten konnte, verzog er die Lippen und fragte sich stumm, weshalb er überhaupt ein Handtuch in seinem Nacken liegen hatte. Denn als er verträumt nach draußen getreten war, war er nasser als zuvor und das bis auf die Knochen.

Es regnete aus allen Kübeln und er war bei Weitem nicht der einzige Schüler, der die Schultasche über seinen Kopf hielt, um wenigstens etwas Schutz vor dem Wetter zu bekommen. Doch wirklich viel half es nicht, da er zu lang gebraucht hatte, um zu reagieren. Deshalb ließ er die Tasche nach kurzer Zeit wieder sinken, verdrehte frustriert die Augen und zog die Lippen nach unten. Allerdings blieben sie nicht dort, wie er eigentlich wollte. Denn kaum sah er den Älteren auf sich zukommen, zogen sich seine Mundwinkel von selbst in die Höhe und schienen wie angeheftet zu sein.

Es war beinahe gruselig, was für gute Laune er bekam, wenn sein bester Freund auf einmal zu sehen war.

„Brauchst du Shampoo oder weswegen stehst du da wie ein begossener Pudel?"

„Ja, ich hab meins vergessen", ging er auf das Spiel ein und grinste amüsiert, drückte sich jedoch entgegen seiner Worte gegen die Hauswand und sah sich verstohlen um. „Wann kommt Wales? Er müsste eigentlich auch gleich durch sein." Nachdenklich sah auch der Grauhaarige vor sich durch die Gegend und seufzte fast schon erleichtert, als der

schlaksige Junge auf sie zu gerannt kam, natürlich im Shirt und voll-
kommen ungeschützt.

„Wales!", fauchten die beiden älteren Jungen fast zeitgleich und der
Jüngste zog schon die Schultern nach oben, in Sorge auf den bevorste-
henden Sturm, der auf ihn eindringen wollte.

Doch Valentin schnaufte einfach nur und zog sich die Jacke von den
Schultern, um sie um den gerade erst wieder gesund Gewordenen zu le-
gen, ebenso wie er sein Bandana vom Sport aus der Tasche zog und ihm
kurzerhand umband. Natürlich war es jetzt schon viel zu spät, um ihn
trocken zu halten, doch es würde hoffentlich warm genug sein, um ihn
vor einer erneuten Erkältung zu bewahren.

„Danke!", kam es zweistimmig und er hob überrascht den Kopf.
Während der jüngste verschämt schien, war Jacks Blick offener, seine
Worte jedoch umso leiser.

Valentin winkte nur ab, bevor sie sich alle auf den Heimweg mach-
ten, den sie weitestgehend stumm zurücklegten, bis sie sich ebenso schwei-
gend trennten, nur die Hände erhoben und sich dann langsam, aber si-
cher aus den Augen verloren.

„Ich bin wieder …" Das letzte Wort blieb ihm im Hals stecken, auch
die Tür fiel völlig ungeachtet von ihm laut krachend ins Schloss.

Doch er rührte sich nicht, reagierte auch in keinster Weise, als die
Tasche haltlos von seiner Schulter rutschte, er den Boden durchtränkte
und einfach nur vor sich hin starrte.

Seine Augen wurden immer größer, panischer. Doch jeder Laut ver-
wandelte sich in ein erbärmliches Krächzen, welches seinen Hals verließ
und auf halbem Weg verstummte.

„Mum … Dad?!" Die Worte waren nur ein Hauch von dem ei-
gentlichen Schrei, der ihm in den Knochen steckte. Doch noch immer
bewegte er sich nicht, hob nur die Hand, bewegte sich wie in Zeitlu-
pe, während das Bild vor ihm viel zu schnell voran flog, um wirklich
real zu sein.

Seine Mutter schrie ihn an, kreischte fast schon ohrenbetäubend, er
sollte rennen, doch wirklich beenden konnte sie es nicht. Ihre Worte ver-
loren sich mitten drinnen in einem Gurgeln, die Augen aufgerissen starr-
te sie ihn an, ehe sie schwach zu Boden fiel und nur noch unkontrolliert
mit dem Finger zuckte, der geradewegs auf die Tür zeigte.

„Nein!" Endlich rang sich der Schrei durch seinen Hals und sein Körper bewegte sich, stürmte nach vorn und stolperte regelrecht in das offene Wohnzimmer, direkt auf seine Mutter zu, die ihn bis vor wenigen Augenblicken noch angeschrien hatte.

Während sein Blick nur auf die dunklen Haare seiner Mutter gerichtet waren, bekam er nur am Rande den Stoß mit, dem ihm sein Vater versetzte, um ihn wegzubekommen.

Er riss die Augen auf und …

Keuchend kniff er die Augen zusammen und wischte versehentlich die Tasse Kaffee vom Tisch, während er zwanghaft versuchte seinen Atem unter Kontrolle zu bekommen, doch wirklich erfolgreich war er mit dem Versuch nicht. Im Gegenteil. Die Bilder liefen immer wieder vor seinen Augen ab und ließen sein Blut weiter vor Adrenalin brennen.

Nachdem ihm sein Vater zur Seite gestoßen hatte, hatte er nur noch am Rande mitbekommen, wie ihm ein Messer über die Kehle gezogen wurde und auch er röchelnd zu Boden glitt. Danach wurde ihm vermutlich ein Baseballschläger oder so etwas Ähnliches über den Schädel gezogen, denn fast zeitgleich gingen bei ihm die Lichter aus.

Valentin hatte nur noch einen kurzen Blick auf seinen Angreifer erhaschen können, wie ihm nun wieder einfiel.

„Men in Black!", seufzte er halb frustriert, halb amüsiert und strich sich hart über die Schläfen, um sich wieder zu beruhigen.

Erst nach einer Weile ließ er seine zitternden Hände sinken und legte sie wieder auf die Akte, wischte die Bilder zur Seite und widmete sich den Berichten.

Es war fast frustrierend, dass selbst die Augenzeugen, die eventuell etwas Wichtiges gesehen hatten, nur dasselbe beschrieben, was er gesehen hatte: Die Men in Black.

Doch um Aliens ging es ganz sicher nicht, ebenso schloss er eine Geheimorganisation oder das FBI oder Ähnliches aus. Dafür war die Wahrscheinlichkeit einfach zu gering, abgesehen davon brachten sie niemanden um und ließen erst recht keine Zeugen, wenn auch ein Kind, zurück.

Wenn er nach der größten Wahrscheinlichkeit ging, war es ein Einbruch oder ein Attentat, aber auch hier war er sich nicht sicher. Einen Einbruch schloss er nach weiteren fünfzehn Minuten gekonnt aus, da nichts zu fehlen schien, wenn er den Aufzeichnungen der damaligen Polizisten Glauben schenken wollte. Ohnehin war es unwahrscheinlich, denn bei ihnen gab es überhaupt nichts zu klauen. Sie lebten schon seit Ewigkeiten an den Limits und seine Eltern nahmen Kredite auf, um sie um die Runden zu bringen und um ihm das zu ermöglichen, was er hatte.

„Kredite …" Seine Augen wurden groß, doch er schüttelte den Kopf. Nein, das konnte nicht sein, oder? Wobei das Aussehen der Täter durchaus darauf zutreffen konnte. Auf Bluthunde von irgendeinem Kredithai. Allerdings hatte er keinerlei Beweise für seine waghalsige Theorie. Aber vielleicht konnte er in dieser Richtung etwas herausfinden, wenn er etwas nachforschte.

SCHATTEN

Dämmriges Licht des Mondes drang durch die zerbrochenen Scheiben, erhellte den staubigen Flur nur so weit, wie man die eigene Hand strecken konnte. Doch selbst dann sah man nicht genug, um sich orientieren zu können. Die meiste Zeit musste man sich voran tasten und hoffen, man stolperte nicht versehentlich in ein Loch.

Eine Fackel wäre hilfreich, doch das einzige Feuerzeug hatte er schon vor einiger Zeit verloren und stolperte daher eher blind durch die Gegend, einzig mit dem Licht des Mondes.

Ein Knacken durchbrach die Stille, gefolgt von Klirren irgendeiner Vase oder eines weiteren Fensters. Danach war nur noch ein spitzer Schrei zu vernehmen und alles zog an einem vorbei wie in einem vorgespulten Film.

Schweiß rann über den Rücken, hinterließ einen nassen Fleck im dunklen Shirt und klebte es am Körper fest. Die Hände zitterten und die Füße stolperten über sich selbst, in dem Versuch schnell voranzukommen.

Doch sie knickten untereinander weg, krachten durch morsches Holz, brachen ein, entlockten ihm einen Schrei.

Unruhe überkam das Gelände und jeder versuchte den ursprünglichen Ort des Lärms zu finden. Doch viel beängstigender war: Von wem kam der Schrei?

Ein Kind ganz zart und rein,
wird bald nicht mehr unschuldig sein.
Verdorben, beschmutzt,
trägt weiter, was benutzt.
Lehrstunden und Wahn,
gesät, gedeihen warm.

14. SPLITTER

Durch das Radio, welches von selbst ansprang und ihn regelrecht anschrie, schreckte er ziemlich schnell aus seinem Schlaf hoch und brauchte erst eine ganze Weile, bevor sich sein Blick fokussierte, er scharf genug sah, um die Schemen des Radios erahnen und darauf schlagen zu können.

Nachdem es endlich verstummte, seufzte er beruhigt auf, fing jedoch noch im selben Atemzug an zu gähnen und die Arme in die Luft zu strecken, um etwas von der Verkrampfung aus seinem Körper verbannen zu können. Dann gähnte er erneut und rieb sich mürrisch über die Augen, bis sein Blick endgültig aufklarte und er feststellen konnte, dass er noch immer in seiner Küche saß.

Er musste wohl eingeschlafen sein, als er über den Akten hing und versuchte etwas Vernünftiges aus den ganzen Daten herauszufiltern. Irgendetwas, das ihm Hinweise oder zumindest irgendeine Bestätigung zu seiner Vermutung gab.

Vollkommen steif und zusammengesunken saß er auf dem Küchenstuhl, auf dem er schon Stunden verbracht hatte, bevor er von der eigenen Müdigkeit eingeholt wurde und ihr zum Opfer fiel, ohne etwas dagegen tun zu können. Die Akte von dem Mord an seinen Eltern lag noch immer aufgeschlagen vor ihm. Genau betrachtet musste er auf ihr eingeschlafen sein, wenn er die Knicke und die feuchten Stellen richtig deutete.

Der Braunhaarige knurrte unzufrieden und wischte über die Akte, in der irrsinnigen Hoffnung, er könnte damit den Schaden eingrenzen, den er schon angerichtet hatte. Doch wie nicht anders zu erwarten erreichte er nur das genaue Gegenteil und die feuchten Buchstaben versanken in der Dimension zwischen lesbar und total verschmiert, ohne dass er sie daraus retten könnte.

Seine Augen flogen über die Buchstaben, soweit er sie noch erkennen konnte und versuchten zu erkennen, was er da eben zerstört hatte.

Doch wirklich schlau wurde er mit seinem Fund nicht und so verzog er missmutig die Lippen, ehe er feststellte, dass es zum Glück nur der Autopsiebericht war. Den brauchte er selbst ja nicht, er wusste genau wie sie gestorben waren, weshalb es nun wahrlich keinen Weltuntergang darstellte, wenn dieser Bericht etwas lädiert war. Wenn es denn überhaupt jemals auffallen sollte, was er selbst bezweifelte, keiner würde diese Akte wieder hervorkramen und durchsehen. Wahrscheinlicher war, dass sie in Vergessenheit geraten würde.

„Na ein Glück!", murrte er seufzend und strich sich angefeuchtete Strähnen aus dem Gesicht, ehe er die Akte endgültig zuknallte und von sich schob.

Er hatte ja sowieso keine klaren Punkte finden können.

Erst dann lief er in Gedanken versunken ins Bad, stolperte über seine eigenen Füße und fiel fast zielgerecht in die Duschkabine.

Mehr als ein Schnaufen entkam ihn nicht, als er verdreht auf dem Boden saß und sich dann in die richtige Position brachte, um wenigstens annehmbar gemütlich auf dem kühlen Boden in der Kabine zu sitzen. Wie von selbst legte er die Arme um sich selbst und rieb sich über die Oberarme, um sich selbst etwas Wärme zu spenden. Seit er aufgeschreckt wurde, war ihm kalt und der Traum von der Nacht lag noch immer in seinen Knochen und kühlte ihn zusätzlich ab.

Der Traum ähnelte eher einem Alptraum, einem längst vergessenen, doch gestern wieder aufgelebten.

Dennoch war er sich unsicher; Erinnerung oder wirklich nur ein Traum, der ihm die gelesenen Worte bildlich vor Augen führte?

Er hatte sich all die Jahre verboten über den Vorfall und den Mord an seinen Eltern nachzudenken. Er hatte es mit Absicht vergessen und verdrängt, um nicht in der Vergangenheit zu leben. Doch schon vor Wochen hatte er unbewusst und betrunken das Eis gebrochen und war wieder hinabgeglitten.

Eine Abfahrt, die seinem Geist leichter fiel als normalerweise, da er sich aktiv daran hinderte. Doch der Fall des Serienmörders schien einen Bruch hinterlassen zu haben, sprach ihn einfach persönlich an, ohne dass er genau aussagen konnte, weshalb dem so war.

Doch der Riss war stark genug, um ihn in die Tiefen des Menschlichen hinabsteigen zu lassen und dort wieder auf Türen zu stoßen, die er am liebsten verschlossen gelassen hätte. Aber Valentin war nicht stark genug, um dieses Mal aus diesem Loch zu steigen, die Türen, die sonst nur verschwommen am Rand erschienen, zu ignorieren und die Abgründe hinter sich zu lassen. Er versank zusehends tiefer in der Materie, welche ihn mit offenen Armen empfing – Flucht schien sinnlos zu sein.

Es dauerte ewig bis er sich endlich wieder aufraffte und die Dusche andrehte, um sich zu reinigen, von dem Schmutz, den er spürte, zu befreien. Auch wenn er genau wusste, dass die ganze Aktion nichts bringen würde, so wollte er doch wenigstens dieses Ritual durchführen, um dem Gefühl der Sauberkeit annähernd nahezukommen. Den wirklichen Schmutz würde er jedoch nicht entfernen können, denn eine Dusche würde seine Seele nicht reinigen können … war so etwas überhaupt möglich? Die Reinigung der Seele … Was brauchte es wohl dazu? Reue, Mitgefühl? Was reinigte einen von dem Schmutz, den man sich selbst auflastete?

Er seufzte tief und schmiss die nasse Kleidung, die er noch immer trug, einfach über die Kabinenwand und traf eventuell sogar den Wäschekorb, auch wenn er es bezweifelte. Bei seinem Glück lag es nun eher quer im Bad verstreut und erfreute die Fliesen mit elender Nässe.

Sobald er sich abgeduscht hatte und wieder aus der Dusche getreten war, sammelte er die tatsächlich herumliegende Kleidung auf, schmiss sie in die Maschine und stellte sie auch gleich an, bevor er sich abtrocknend auf den Weg ins Schlafzimmer machte.

Die Wolken hingen tief am Himmel, verdeckten ihn und hinderten die Sonne schon den ganzen Tag daran, hindurch zu blicken, sperrten das Licht, welches die letzten Tage sonst immer zu sehen war, aktiv aus. Ganz gleich, wie oft die Sonne es auch versuchte, die dicke Decke hinderte sie daran und verhinderte jegliche Teilnahme am Alltag.

Die allgemeine Dunkelheit schlug auf das Gemüt der Stadtbewohner, doch anders als sonst waren nicht die Erwachsenen betroffen von der erdrückenden Ruhe, sondern die Kinder.

Die Jüngsten der Kleinstadt, deren lautes Lachen sonst immer mit dem Wind durch die Straßen getragen wurde, verebbte heute schnell. Ganz gleich, wie laut das Lachen auch war, es verklang viel zu schnell, abgeschnitten vom Wind und eingesperrt in der beengten Brust.

Keiner der Jugendlichen achtete auf die anderen. Die Blicke gesenkt, die Ohren versperrt, den Blick auf den Boden gerichtet und verhangen. Ignoranz stand neu an der Tagesordnung und doch bekamen sie alle viel zu sehr mit, was sich im Untergrund anbahnte. Auch ohne zuordnen zu können, was in der Luft lag, fiel das Atmen schwerer als sonst und das Herz schlug viel, viel langsamer, unfähig den üblichen Rhythmus anzunehmen, den es sonst an den Tag legte.

Die Ruhe, allumfassend wie selten, lag wie ein Schleier über der Stadt, schirmte sie von allem ab und kündigte ein Unheil an, welches man so nie erwartet hätte.

Nicht hier in dieser sonst so bunten Gegend.

„Pass doch mal auf, wo du hintrittst!", erklang der erboste Schrei eines Jungen, welcher sofort wütend die Schultasche von seinen Schultern gleiten ließ und ohne groß darüber nachzudenken stieß er den Jungen, welcher ihm angeblich unrecht getan hatte, gegen die Schulter und verfrachtete ihn damit, eher unbeabsichtigt, gegen die raue, aufgeschlagene Wand.

Ein Keuchen entfloh dem Unschuldigen, doch die Lippen blieben geschlossen und verhinderten jeglichen Protest, der in dem sonst so hellen Herzen aufschrie. Es dauerte alles andere als lang, bis sich die anderen Jungen, die den Ersten begleitet hatten, herumdrehten und ebenfalls ihre Taschen achtlos zur Seite warfen. Noch kürzer war der Moment zu dem ersten Faustschlag, welcher nur knapp den Kiefer verfehlte und stattdessen in der Wand landete.

Der Unschuldige hatte sich geduckt, aus Angst vor den Schmerzen.

Zusammengekauert kniete er nun am Boden, die Hände über dem Kopf zusammengefaltet, die Knie angezogen in der Hoffnung sich so klein wie möglich zu machen.

Ein trockenes Lachen entflog der Überzahl, verblasste aber so schnell wie alles andere an dem Tag.

Einzig ein Knacken folgte dem Geräusch, ein Wimmern.

„Du bist so erbärmlich", ertönte es spöttisch, doch sie gaben auf, auf den Kleineren einzuschlagen, ihn zu demütigen. Einzig das Hochziehen von körpereigenen Flüssigkeiten war noch zu hören, bevor der feuchte, gesammelte Speichel direkt auf dem am Boden Kauernden traf.

Die Minuten vergingen, in denen er weiterhin am Boden aufzufindenden war, ehe er sich erhob, die Tasche an sich nahm und sich eher schlecht statt recht den Dreck von der schuleigenen Kleidung klopfte. Seine Lippen verzogen sich voller Ekel, als seine Hand auf den feuchten Speichel traf, doch mehr als einen dazu passenden Laut hatte er dafür nicht übrig.

Die Resignation des eben Geschehenen hatte ihn schneller eingeholt als sonst. Schließlich war es nicht das erste Mal, dass er den anderen zum Opfer fiel, weil er mit seinem Kopf woanders war und irgendjemanden falsch gegenübertrat. Es war nichts Gutes, sich daran zu gewöhnen, aber er hatte es aufgegeben sich darüber aufzuregen.

Die Knie zitterten noch immer leicht, als er einen Fuß vor den anderen setzte, um sich auf den Weg zu seiner nächsten Unterrichtsstunde zu machen. Er wusste, er würde zu spät kommen, doch sein Interesse daran war eher von geringer Natur. Es würde nicht auffallen, würde er fehlen und den Stoff würde er schnell nachholen können, dennoch trugen ihn seine Füße selbstständig in das richtige Klassenzimmer zu seinem Platz, auf den er sich gleich sinken ließ.

Doch anders als sonst fand er sich nicht auf einem Stuhl wieder, als er sich gedankenverloren sinken ließ. Im Gegenteil, er landete auf dem Boden und verzog die Lippen als der Schmerz sein Hirn erreichte.

Gefolgt von dem Lachen seiner Mitschüler schloss er ergeben die Augen, verzog die Lippen zu einer schmerzhaften Grimasse und rieb sich den unteren Rücken.

„Kann ich dir helfen?", ertönte die ruhige, samtene Stimme und brachte ihn dazu endlich wieder die Augen zu öffnen. Das Lachen war verklungen, wie alles an diesem regnerischen, dunklen Tag. Sein Blick erfasste die helle, fast schon weiße Hand vor sich, die ihm offen entgegengehalten wurde.

„Ach … danke!", seufzte er auf, ergriff die dargebotene Hand und ließ sich auf die Füße ziehen. Erneut bedankte er sich bei dem Fremden, ohne auch nur den Blick zu heben, und begann damit sich den Dreck von dem Mantel zu klopfen. Was angesichts des Wetters ein eher unsinniges Unterfangen war.

„Hier, deine Tasche", ertönte es noch amüsiert, bevor auch diese in seinem Blickfeld erschien und er sich endlich bewusst wurde, wo genau er sich befand.

Die Röte stieg von allein in sein Gesicht, sein Blick flog unruhig umher, doch bis auf die fremde Person schien keine Seele auch nur auf ihn zu achten. Sie alle gingen ihrer Wege, ganz versunken in die eigene Welt, blind für die Umgebung und das Leid anderer. Noch blinder für deren Glück.

Nur ihr eigenes Ziel im Blick setzten sie einen Fuß vor den anderen und waren sich ihrer Umgebung nicht klar.

Sie könnten mitten auf der Straße laufen und wären sich dessen nicht einmal bewusst, denn es war ihnen einfach egal.

Ein Unfall hätte neben ihnen stattfinden können, ein Toter, ein älterer Mensch, der fiel. Es interessierte keinen, nur die junge Frau vor sich, der er endlich einmal in die Augen blickte. Hellbraune, freundliche Augen blickten ihm entgegen, völlig angstfrei lächelte sie ihn an, auch wenn das Lächeln nicht ihre Augen erreichte, so war es doch da.

Jedoch wirkte es nicht so, als würde sie ihn mit dem Lächeln betrügen. Vielmehr als könnte es nicht bis zu ihren Augen hervordringen, ganz gleich, wie sehr sie es versuchte.

Allerdings wollte er nicht über fremde Menschen richten, ohne den Hintergrund in ihrer Geschichte zu kennen. So könnte er sich viele Dinge ausmalen, die einfach nicht stimmten, die erfunden waren und damit würde er ihnen mehr Unrecht zufügen, als er je wollte.

„Annika mein Name", stellte sie sich schließlich amüsiert vor und drückte ihm im selben Moment seine Tasche gegen die Brust.

„Wo hängst du mit deinen Gedanken, dass du dich fast vor das nächstbeste Auto werfen möchtest, hm?"

„Oh, das ... also ich ... Entschuldige, ich bin Valentin", stellte er sich schließlich vor, wenn auch weitaus stammelnder als sie es getan hatte. Erneut ergriff er ihre Hand, schüttelte sie, dieses Mal jedoch zum Gruß und nicht, um sich wieder aus dem Dreck ziehen zu lassen, in welchem er gelandet war.

Ihr glockenhelles Lachen erklang, sichtlich amüsiert über sein Auftreten, welches die Röte auf seinen Wangen nur noch weiter verstärkte.

Er verzog als Antwort nur die Lippen, wollte nicht erzählen, wohin seine Gedanken geflohen waren. Einerseits, weil er es nicht konnte, er wusste einfach nicht, wo seine Gedanken gewesen waren, andererseits wollte er es auch überhaupt nicht wissen.

Es gab dunkle Flecken in seinen Erinnerungen, die er nicht ausleuchten konnte und er hegte bis heute auch nicht die geringste Anregung dort eine Kerze zu entzünden, um sich den dunklen Dämonen zu stellen, die sich Schatten schimpften.

Vieles war verhangen, wie durch einen Vorhang, nur vage zuerkennen und nicht richtig zuzuordnen. Oftmals holten ihn nur Worte, Sätze ein, die er nicht zuordnen konnte, Dinge die ihn aber tagelang beschäftigten, bevor er sie wieder zur Seite schob und ignorierte.

Geschehnisse, dessen er sich nicht sicher war, ob sie tatsächlich geschehen sind oder ob sie seiner Einbildung entsprangen. Einfach nur Erinnerungen, Fetzen, Bilder und Geräusche. Geräusche, die seinen Verstand durchstreiften und ihn auf ewig verfolgten.

Unbewusst schüttelte er den Kopf und kratzte sich an der Wange, um der peinlichen Situation irgendwie zu entgehen.

„Kaffee?", fragte er schnell, noch bevor er es sich anders überlegen konnte, und sah sie fragend und offen an.

Ihm blickte Überraschung entgegen, schien sie doch nicht mit diesem Angebot gerechnet zu haben. Vermutlich dachte sie, er würde sie einfach stehen lassen, ignorieren, wie so viele andere Menschen es an dem heutigen Tag taten.

Doch er war nicht wie die anderen. Sie hatte ihm geholfen, also würde er sie zumindest auf einen Kaffee einladen, das war das Mindeste, was er für sie tun konnte und wer wusste schon, welches Gespräch sich daraus entwickeln würde?

Noch immer sah sie ihn überrascht an, antwortete ihm nicht direkt. Er konnte nur raten, aber wäre er an ihrer Stelle, würde er überlegen, ob sie das Angebot ernst meinte und ihn nicht doch noch versetzte. Ob sie mit ihm spielte, sich einen Spaß erlaubte oder ob sie vielleicht der nächstbeste Psychopath war, auf den man lieber nicht treffen wollte.

Wobei die letzte Version eher unwahrscheinlich war.

Dafür wirkte keiner von ihnen unheimlich genug, um diesen Gedanken auch nur zu erwägen.

„Okay, ja … Wieso eigentlich nicht?!", entschied sie sich nach einer gefühlten Ewigkeit, grinste ihn breit an und drehte sich um, um voranzugehen, nicht darauf achtend, ob er ihr folgte.

Etwas überrascht blieb er noch einen Moment stehen, ehe er ihr seufzend folgte, große Schritte nehmend, um sie wieder einzuholen und sie nicht aus den Augen zu verlieren.

„Was arbeitest du?", fragte er nach einiger Zeit der Stille interessiert und sah sie aufmerksam von der Seite her an, um sicherzugehen, dass sie ihn gehört hatte oder um zu sehen, dass die Frage unerwünscht war.

Wenn er ehrlich zu sich selbst war, was er ungern war, musste er zugeben, dass er schon die ganze Zeit überlegte, welchen Beruf die junge Frau ausübte. Auch wenn sie älter erschien als er war, so konnte er mit dieser Vermutung auch einfach nur falschliegen.

Vielleicht war sie jünger als er dachte? Immerhin kannte er sie nicht, sie konnte einen schlechten Tag haben, dadurch älter wirken oder es lag einfach in ihrer Natur älter aufzutreten, als sie eigentlich war.

Ihm selbst sah man sein Alter auch nicht wirklich an, wenn er die letzten Tage bedachte, musste er deutlich über dem Zenit seines Alters leben, um so fertig auszusehen, wie er sich fühlte und sich heute Morgen im Spiegel erblickt hatte.

Vielleicht waren die grauen Haare auch nur Einbildung und er wirkte überhaupt nicht so abgenutzt wie ihm sein Spiegel weismachen wollte.

Seine Gedanken wieder zurück zwingend sah er sie erneut an, ließ seinen Blick über ihre Statur werfen und presste nachdenklich die Lippen aufeinander.

Sie wirkte überraschend freizügig, nicht dass er da wirklich drauf achten würde, doch es war zu auffällig, um es nicht zu bemerken. Fast schon erotisch wirkte ihr Auftreten und er würde nicht eine Sekunde daran zweifeln, dass sie genau das im Sinn gehabt hatte, als sie sich für die hautengen Lederhosen und das bauchfreie Top mit dem Netz entschieden hatte. Es war definitiv anziehend und zog die Blicke auf sie, Blicke, die sonst in der Dunkelheit verschwanden, weil sie sich nicht für die Umgebung interessierten.

Sie blieben an ihr haften, entflohen einen Moment lang aus der Finsternis, leuchteten auf und verzehrten ihren Anblick.

„Ich bin Lehrerin", grinste sie ihn frech von der Seite an, sichtlich amüsiert über seine Frage oder vielleicht auch über seinen Blick, den er auf die Antwort übrig hatte.

Mit dieser hatte sie ihn vollkommen überrascht, denn das war ein Beruf, den er absolut nicht im Sinn hatte. Nicht, dass er irgendeinen im

Sinn gehabt hätte, war er mehr mit analysieren und schätzen beschäftigt, als sich wirklich um die Frage zu kümmern.

„Welche Fächer?", fragte er auch gleich weiter seine Überraschung überspielend und doch durchaus interessiert bei dem Thema.

„Kampfkunst-Lehrerin", korrigierte sie sich selbst, noch breiter grinsend als zuvor oder sie machte sich einfach nur über ihn lustig, denn mehr als ein „Oh!" hatte er im ersten Moment nicht auf diese Enthüllung übrig. Kampfkunst hatte er noch weniger auf dem Schirm als Lehrerin. Auch nicht, dass es durchaus ein Vollzeitjob war, den man tatsächlich ausübte und damit über die Runden kam. Aber wer war er, das zu beurteilen? Er selbst sah wahrscheinlich aus, wie man sich einen Psychologen vorstellte.

Langweilig, zugeknöpft und offensichtlich in seinem Beruf tätig. Jedenfalls war es das, was ihm viele immer wieder sagten. Ja, er liebte seine Hemden und die Pullunder, die er darüber trug, seine langweiligen Jeans und seine allgegenwärtige, braune Umhängetasche, die ihn täglich begleitete. Entweder sah man ihm den Psychologen schon von Weitem an, oder man hielt ihn für einen Lehrer. Jedenfalls schien es regelrecht offensichtlich.

Allerdings hatte er bei ihrem Aufzug ganz sicher nicht auf Lehrerin getippt, weswegen er fast schon automatisch einen Blick auf seine Armbanduhr warf, um sich noch einmal zu vergewissern wie spät es eigentlich war. Tatsächlich lag er mit seiner Vermutung richtig, dass es wirklich noch relativ früh war, jedenfalls so früh, dass jetzt noch Unterricht stattfand, vielleicht auch eine Pause. Jedenfalls wurde ihm damit klar, dass die Frau neben ihm tatsächlich während des Unterrichts so herumlief und sich so vor ihren Schülern präsentierte.

„Nicht etwas kühl?", fragte er daher interessiert nach, lenkte den Blick absichtlich auf die Straße vor sich, um sie nicht versehentlich anzustarren und dann noch als pervers zu gelten. Natürlich fanden auch sein Blick und seine Libido ihren Aufzug reizend, allerdings hatte er sich weit genug im Griff, um sie nicht anzustarren wie ein Wahnsinniger.

„Nein, eigentlich ist es recht warm", erwiderte sie ruhig, doch in ihren Augen stand der Schalk, die Herausforderung konnte man förmlich schmecken, die sie in die Worte gelegt hatte.

Valentin brummte nur, verzog leicht die Lippen, musste allerdings selbst zugeben, dass es tatsächlich noch nicht so kalt war, wie er vorhin noch angenommen hatte.

Vermutlich war ihm einfach nur kalt, weil er noch vom Regen durchnässt war.

Sie liefen noch eine Weile recht schweigsam durch die Stadt, unterhielten sich immer wieder über diese oder jene Kleinigkeiten, die man sah, die einem auffielen, wobei sie immer mehr in einen gemütlichen Trott verfielen und den ein oder anderen Witz teilten.

Im Café angekommen, bestellten sie schon während sie sich einen Sitzplatz suchten, welchen sie schließlich auch ganz hinten in der Ecke des gemütlichen Lokals fanden.

Es war braun gehalten, hölzern, eher gemütlich. Kaum kam man durch den Eingang, empfing einen der Duft von frisch gemahlenem Kaffee und frischem Kuchen, der soeben aus dem Ofen geholt wurde. Die Sitzgruppen waren klein, aber gemütlich gehalten. Ebenfalls hölzern wurden sie von einem Lederüberzug auf der Sitzfläche aufpoliert.

Alles in allem erinnerte das kleine Café eher an eine gemütliche Hütte im Wald, statt einem berühmten und dazu noch beliebten Café mitten in der Großstadt. Es war regelrecht ein Weg in eine andere Welt, mit der Chance sich in seine eigene Zuflucht zu träumen.

Hier hinten in ihrer Ecke, an einem der Ausläufer der Verkaufsräume, hatten sie ihre Ruhe, waren ungestört und hatten gleichzeitig einen angenehmen Blick nach draußen in den Park, welcher in vollkommener bunter Pracht erstrahlte, wie es so üblich war für den Herbst.

„Ist es nicht ungemütlich in den Sachen Kampfsport zu unterrichten?", fragte er dann schließlich, nachdem er ihr den Stuhl zurechtgerückt und sich selbst gesetzt hatte.

Als Antwort erhielt er ein amüsiertes Lachen, welches gegen Ende eher dem systematischen Grunzen eines kleinen Ferkels ähnelte. Ein Umstand, der die junge Frau dazu brachte, peinlich berührt die Hand vor den Mund zu heben, den Blick abzuwenden und schweifen zu lassen, bis sie sich beruhigt hatte.

Gerade als er sich für seine forsche Frage entschuldigen wollte, blickten ihn wieder diese bernsteinfarbenen Augen an, offen und einladend für ein weiteres Gespräch.

„Natürlich, ich habe mich für die Mittagspause umgezogen. Es wäre durchaus ungemütlich in der Trainingskleidung durch die Stadt zu laufen", beantwortete sie ihm sichtlich amüsiert seine Frage.

Natürlich, weshalb fragte er auch so. Der Braunhaarige lachte leise, kratzte sich verlegen an der Wange und wandte den Blick von den lilafarbigen Haaren der jungen Frau ab.

„Und was ist mit dir? *Lehrer für Mathe und Physik?* " Die Frage war nicht einmal abwertend, abgesehen von dem offensichtlichen Spott in der Betonung der beiden Unterrichtsfächer.

Gut, er selbst konnte die besagten beiden Fächer nicht sonderlich leiden, aber deshalb würde er niemals darüber spotten.

„Ich bin Psychologe", brummte er und verzog die Lippen zu einem kleinen, allerdings nicht ernst gemeinten Schmollen, um seine Missgunst bezüglich ihres Vorschlags noch extra zu untermauern, auch wenn es aufgrund seines beleidigenden Tonfalls sicherlich nicht nötig war.

„Jetzt schmoll' nicht, die Sachen stehen dir prima, du bist heißer als du glaubst." Beruhigend summte die helle Stimme ihm die liebevollen Worte ins Ohr, brachten ihn kurz von seinem Schmollen ab, trugen ihn in eine andere Welt, nur um schnell wieder zurückzufinden, als er den spielerischen Klaps auf seinen Hintern vernahm.

„Verdammt, Annika! Du weißt doch, dass ich mich in diesen engen Klamotten immer unwohl fühle!", seufzte er, versuchte sich noch aus der Situation zu retten, doch der eisige Blick, der ihn daraufhin traf, ließ ihn abrupt verstummen und den Blick abwenden.

„Willst du mich ernsthaft blamieren? Reiß dich gefälligst zusammen!", blaffte sie ihn unwirsch an. Verschwunden war der liebevolle Ton in ihrer Stimme, der leichte Glockenschlag, den er immer zu hören gedachte, zerplatzt und von der Bombe der Realität zerstört.

„Nein, möchte ich nicht!", seufzte er ruhig und stieß sich von der Wand ab, jedoch nicht ohne sich unwohl an den Kleidungsstücken zu schaffen zu machen. Ganz zu schweigen von der hautengen Lederjeans, die seine Unterhose immer wieder in durchaus unvorteilhafte Positionen rückte, lag auch das zerrissene Shirt hauteng an und zeigte darunter seine nackte, blasse Haut.

Wenn es nur die Sachen allein wären, würde er sich schon unwohl fühlen. Das Halsband, welches sie ihm, enger als nötig, angelegt hatte, verstärkte sein Gefühl jedoch nur und er verzog die Lippen, als sie ihm den Rücken zuwandte und endlich die Tür aufschloss, wissend, dass er ihr ungefragt folgen würde.

Mit einem Blinzeln und im Zuge eines kurzen Herzschlags, schlug er der Länge nach auf dem Boden auf und spürte den Schlamm mehr, als dass er ihn sah. Seine Augen hatte er instinktiv zusammengekniffen, um sich vor dem Dreck zu schützen. Doch es half nicht sonderlich viel, da er alles einatmete, als sein Kopf brutal in den Dreck gedrückt wurde. „Friss Schlamm, Freey!", ertönte es noch, als er nur kurz keuchend nach Luft rang, ehe sein Kopf an seinen Haaren nach oben gezogen wurde. Nur damit im nächsten Moment wieder Schlamm seinen Weg fand und ihm die Luft zum Atmen nahm.

Ewigkeiten, jedenfalls fühlte sich das Ganze so an, überstand er die Tortur, unfähig schreien zu können, da er mittlerweile nur noch Schlamm schmeckte.

Doch vermutlich dauerte es keine fünf Minuten, bis alles wieder vorbei war und er lachend zurückgelassen wurde.

Noch eine Weile lag er einfach da, das Gesicht im Schlamm verborgen, doch den Kopf gedreht, um wenigstens etwas Luft zu bekommen. Erst dann setzte er sich langsam auf, wischte sich grob mit dem dreckigen Ärmel über das Gesicht und verzog die Lippen, presste sie aufeinander und sagte sich selbst, dass er nicht heulen durfte.

Nur am Rande nahm er den silbernen Haarschopf wahr, der ihn zu beobachten schien, doch als er näher hinsah, war dieser verschwunden.

Seine Beine zitterten, unwillig ihn zu halten, als er sich nach oben kämpfte und auch die Tasche glitt ihm immer wieder aus den Fingern, viel zu schwer, um von ihm gehalten zu werden.

Einmal mehr rutschte sie ihm aus der Hand und er hörte es nur noch klirren.

„Bist du vollkommen wahnsinnig?" Fauchend oder eher kreischend erklang der Ton in seinen Ohren, raubte ihm für einen kurzen Moment die Sinne, leider nicht lang genug, um gänzlich abzuschalten. Denn schon im nächsten Moment riss ihn die schallende Ohrfeige wieder zurück in die Realität und sagte ihm regelrecht, wo er sich eigentlich befand.

„Das war mein verdammter Nagellack!" Erneut landete die flache Hand auf seiner Wange, gefolgt von der gefüllten Tasche, die in seiner Magengrube landete. Gefüllt mit Sportschuhen bohrte sie sich in seine Seite und er taumelte nur keuchend zurück. Unfähig noch etwas dazu zu erwidern, schüttelte er einfach nur den Kopf, schlang eine Hand um seinen Bauch und hob die freie Hand, in dem billigen Versuch den nächsten Angriff abzuwehren.

Natürlich, der Nagellack.

„Entschuldige, es tut mir leid!", murmelte er eher abwesend, als wirklich aktiv in der Realität verankert zu sein. Ein Seufzen entrang sich seiner Kehle und er fing an sich zu bücken, um die herausgefallenen Sachen aus der Tasche wieder einzusammeln.

Knirschen des Kiesweges erklang und er vermutete einfach, dass der andere, gegen den er versehentlich gelaufen war, sich einfach nur abwandte und seiner Wege ging. Weshalb auch sollte er nachschauen, ob alles in Ordnung war? Es war ja offensichtlich, dass er geträumt hatte und nicht aufgepasst hatte, wohin er eigentlich lief und demnach nicht hatte ausweichen können.

Es war dem Braunhaarigen regelrecht peinlich, so verträumt gewesen zu sein, dass er tatsächlich gegen jemanden gerannt und dabei noch seine Schultasche nach unten geschmissen hatte.

„Nicht schlimm, ist alles okay?", erklang es fragend, als auch schon eine Hand in seinem Blickfeld auftauchte und ihm half, die verstreuten Stifte einzusammeln, die sich überall im Dreck tummelten.

Überrascht hob er den Kopf und sah sein Gegenüber an, blickte in tiefe, dunkle Augen und doch war das helle Glitzern in ihnen so offensichtlich zu sehen, dass die Augen jegliche Dunkelheit verloren.

SCHATTEN

Die Sonne verschwand eben hinter dem Horizont, entzog der Welt ihre letzten Strahlen und verschwand dann gänzlich von der Erdoberfläche. Trotz aller goldenen und roten Nachzügler kehrte schnell die absolute Dunkelheit über diesen Teil des Erdballs ein und damit auch die folgende Ruhe der Nacht.

Fast kein Laut drang an das Ohr, jedenfalls kein Geräusch vom menschlichen Ursprung. Dafür erklangen die Grillen, das Zirpen der Zikaden, die noch ihre Lieder beendeten und sich dann ebenfalls zur Ruhe betteten und wenn man nur genau genug hinhörte, die Augen schloss und seine Fantasie anstrengte … dann konnte man das Rauschen der kleinen Flügel hören, von den vielen kleinen Glühwürmchen, die ihren stummen Tanz im Vollmond darbrachten, ohne dass man sehen konnte, welchem genauen Muster sie folgten.

Doch der Tanz war faszinierend, wenn nicht sogar hypnotisierend und lenkte einem von allen negativen Ereignissen des Tages ab.

Ihre Farbe erhellte die kleine Lichtung, die in dem kleinen Waldstück zu finden war, welches direkt an dem kleinen Haus anlegte, welches sich recht weit außerhalb der Kleinstadt befand.

Doch so abgeschnitten es wirkte war es überhaupt nicht, denn einzig der Wald machte diesen Ort so friedlich. Auch wenn man ihn binnen 10 Minuten durchquert hatte, so war er das Zentrum der absoluten Ruhe.

Nur nicht heute Nacht.

Das ruhige Treiben, welches unter dem hellen Glanz des Mondes stattfand, fand ein jähes Ende, als ein fürchterliches Jaulen diese eigentümliche, magische Stille zerbrach. Es war gequält, laut und alles durchdringend. Das Blut in den Adern gefror, wenn man die Panik in dem Laut des Tieres vernahm. Doch so grauenhaft und laut es im ersten Moment auch war, so schnell verklang es dann auch und mündete in einem eher leisen Laut des Schmerzes.

Doch auch dieser setzte sich in den Adern fest, betäubte die Sinne und brachte allumfassende Kälte mit sich, die sich bis auf die Knochen durch ätzte.

Winseln folgte, Angst, die beinahe schon auf der Zunge zu schmecken war.

Ein silbernes Messer, eine scharfe Klinge, die im silbernen Mondlicht glänzte, trat zum Vorschein, spiegelte den runden Mond in seiner Schneide und fuhr kurze Zeit später hinab.

Ein Schmatzen erklang, ein Röcheln, welches im erneuten Jaulen unterging, doch anders als zuvor verebbte es nicht.

Im Gegenteil, es war von Dauer, wie eine kleine Symphonie der grausameren Art. Strebte sie immer wieder höhere Töne an, wenn das Messer erneut seinen Weg in den warmen Körper fand.

Splitter, dunkel, verschmiert und warm,
finden den Weg in deinen Arm.
Kriechen rein, so tief hinein,
zeigen auf was, was im Vergessen scheint.
Kurzer Schmerz für lange Pein,
deine Splitter,
sie sind nicht rein.

15. HUND

Nun stand er hier, direkt vor dem Haus, an dem eine Geschichte begann, die ihm zu großen Teilen noch unbekannt war. Er wusste nur, dass hier Geheimnisse begraben lagen, die man nicht erwarten würde, wenn er nach den Akten in seiner Hand ging. Er hatte nicht vor, das Haus zu betreten, näher heranzugehen oder mit irgendeinem der Bewohner zu sprechen. Im Gegenteil, er würde hierbleiben auf der anderen Straßenseite, einfach nur das Haus betrachten, ab und zu mal die Straße beobachten. Aber er würde nichts tun.

Er wollte einfach nur verstehen, was geschehen war, seine eigenen Ideen begründen, untermauern und festigen, denn ob sie stimmten, wusste er nicht, aber er konnte raten, sich einige Szenarien aufbauen.

Allerdings würde er nie erfahren, ob diese Szenarien, die sich sein Kopf von selbst zusammen gesponnen hatte, als richtig erwies oder nicht.

Nicht bis er die Wahrheit herausfand und untermauern, beweisen konnte.

Nicht, bevor er nicht die Wahrheit gehört hatte, von jemandem, der darin involviert war.

Einfach an seinem Auto lehnen, die Arme verschränken und durch das Gebäude hindurchsehen, sich der ganzen Geschichte näher fühlen, obwohl es unmöglich war. Verbunden fühlen, obwohl er keinerlei Verbindung zu diesem Haus und seinen Einwohnern hatte. Intimität spüren, die ihm nicht möglich war. Einfach fühlen, was er nicht fühlen konnte.

Kinderlachen drang an sein Ohr, gepaart mit entsetzten, teils wütenden Schreien, dann wieder lachen, Radau und Lärm begleitete dieses Fest der Gefühle und vor seinem inneren Auge spielten sich die Szenarien wie von selbst ab.

Kinder auf den Schaukeln, andere daneben, die unbedingt einen Platz wollten. Geschrei, schubsen, leichte Schläge. Brüllen,

Wut, Spaß und Zusammenhalt gingen fließend ineinander über, ohne dass man wirklich Grenzen ziehen konnte.

Ein gemeinsames Band verstrickte sie, hing an jedem fest, riss nicht, zeigte ihnen immer wieder, wohin sie gehörten, dass sie zusammengehörten.

Es war als Außenstehender schwierig diese Art der Verbundenheit nachzuempfinden, zu spüren, zu sehen und doch erschien es so offensichtlich, dass man es kaum übersehen konnte. Egal, wie groß das Geschrei war, wie tief und lang anhaltend der Streit. Die Einigkeit umarmte sie, führte sie wieder zusammen, schlichtete, wärmte und reparierte das stumme Band, welches entstanden war und partout nicht reißen wollte. Auch wenn sich ihre Wege irgendwann trennen sollten, so würde dieses Band tief in ihnen verwurzelt bleiben. Vollkommen gleichgültig, ob sie es selbst noch bemerkten oder auch nicht.

Eine Krähe flog über ihn hinweg, kreischte ihre eigene Empörung in die Luft und setzte ihren Flug fort, als sei alles, was sie belastete, unwichtig, denn sie hatte es verkündet und würde sie nun nicht mehr belasten. Der Wind trug sie fort, nahm sie ein Stück mit sich, teilte seine Geschichte mit ihr, ehe sich ihre Wege wieder trennten.

Doch das Band war geschaffen, auf ewig, und sie würden immer wieder dazu zurückkehren.

Ob in Gedanken oder in Person, einmal geschlossene Bände, ließen sich nicht so leicht kappen, wie man sich selbst vielleicht vormachte. Einmal im Bündnis vergrub es sich tief unter der Haut und selbst ohne jeglichen Kontakt beeinflusste es einen, erinnerte einen an ehemalige Zeiten, ganz egal, wie sehr man sich dagegen sträubte. Verbundenheit war allgegenwärtig und immer vorhanden.

Natürlich konnte man sich einreden, keine Einigkeit zu haben, doch irgendwo fand ein unscheinbarer Faden den Weg, sich um deinen Finger zu wickeln, sich zu verheddern und dir erhalten zu bleiben. Selbst eine Schere würde dieses Band nicht löschen, nicht kappen können.

Denn Fäden waren stur. Einmal angekommen, blieben sie, verwuchsen mit der Haut und drangen in deinen Kreislauf ein. Verbundenheit war zu spüren, wenn auch nur unbewusst und vielleicht ignoriert, aber sie würde niemals verschwinden.

Selbst nach dem eigenen Tod, würde dort ein Band liegen.

Es wurde im Laufe der Zeit zu einem Netz, spannte über den Körper, verdreht, verheddert, verknotet, einschneidend, oberflächlich. Vollkommen gleichgültig, wie viele oder wenige Fäden man glaubte zu besitzen, sie rahmten einen ein, lenkten das Gewissen, die eigenen Schritte. Sie beeinflussen Charakter, Worte, Gedanken, Erinnerungen.

Verbundenheit unter diesem Aspekt konnte durchaus erdrückend wirken, einengend, oder gar beängstigend. Doch sie war es nicht.

Sie war sanft, kaum zu spüren, ein leichter Hauch auf deiner Wange.

Selbst wenn sich die Fäden in das Fleisch bohrten, würden sie doch niemals so verletzen, dass man den Wunden sterben könnte. Sie halten einen zusammen, halten jedes Teil an seinem Platz, selbst wenn man das Gefühl hat auseinanderzufallen.

Es war unmöglich.

Denn Einigkeit sorgte genau dafür, eins zu sein, mit sich selbst.

Egal, welchen Weg man einschlug, welche Hilfe man ausschlug. Das Band war geschmiedet und blieb erhalten, wurde zu einer einzigartigen Karte auf der eigenen Haut.

Fäden verknoteten sich mit sich selbst, mit anderen, erschufen neue Ketten, neue Verbindungen und waren doch für sich einzeln so viel mehr als sie schienen.

Gemeinsam jedoch wurde es umso mehr.

Durchtrennen schien unmöglich, denn kappte man einen, verschwamm das Bild, bildete sich neu, fand einen anderen, erneuten einzigartigen Weg sich zu verbinden und den Weg unter deine Haut zu finden.

Sie nehmen den Kreislauf ein, diese Verbindungen und spüren den Herzschlag.

Mal leise, mal laut. Schnell und dann wieder ruhig, doch niemals still, niemals tot. Immer würde es schlagen. Denn sie halten den Kreislauf am Leben und hindern einen daran aufzugeben.

Sein Blick flog wieder einmal zu dem Haus, wandte sich ab von der Krähe, die schon vor Minuten aus seinem Sichtfeld verschwunden war.

Seine Arme verschränkt, strich er sich über die Arme, zog die Schultern an und beobachte ein Kind mit recht hellen Haaren.

Hier an diesem Ort wurden so viele Verbindungen geschmiedet, die einen ein Leben lang verfolgten, begleiteten. Vielleicht erinnerte man sich nicht an alles, nicht an die guten Momente, nur an schlechte. Vielleicht auch genau andersherum. Oder man verdrängte diese Zeit gänzlich, aber würde sie deswegen verschwinden?

Automatisch legte er den Kopf schief, als ein weites Kind Bekanntschaft mit dem Boden machte, überrascht aufschrie und sich die Tränen verkniff, die eindeutig kommen wollten.

Andere stellten sich zu dem Kind, boten Hilfe an, welche tapfer ausgeschlagen wurde.

Verbindungen. Sie sorgten sich umeinander, ob sie es zugeben wollten oder nicht. Hatten sie sich noch Minuten zuvor gestritten, ja fast gegenseitig geschlagen, so hielten sie sich nun an der Hand und sorgten dafür, dass keiner auf seinem Weg verloren ging und sie immer wieder, alle, zurückkehren würden.

Dieses Haus verband. Es war ein Sammelpunkt, ein Knoten.

Sein Blick flog zu seinem Auto, blieb auf einer bleichen Akte hängen, welche aufgeschlagen auf seinem Beifahrersitz lag. Er selbst war eine Zeit lang in diesem Knoten gewesen, ein Teil davon. Er hatte sich eingefügt, verschwamm im Kontrast der Fasern und stärkte das Seil, welches entstand und immer wieder neu geknüpft wurde.

Auch wenn er nie lange Teil des Ganzen war, so blieb ihm die Zeit doch immer wieder im Gedächtnis. Zumindest in Teilen von Bruchstücken, denn ganz konnte er sich nicht mehr daran erinnern, würde er vermutlich auch nicht mehr, so wie er sich an vieles aus dieser Zeit einfach nicht mehr erinnerte. Doch er benötigte keine genauen Erinnerungen, weder an Gesichter noch

Taten. Weder Gesten noch Worte. Nichts davon war notwendig, um in dem Gewissen zu leben, dass ihn diese Zeit hier zusätzlich geprägt hatte, ob gut oder schlecht konnte er selbst nicht sagen, doch er wusste es war definitiv eine einprägsame Zeit gewesen.

Ein Seufzen entwich seinen Lippen und er ließ einmal mehr den Blick über die Straße schweifen, unwissentlich verstärkte sich dabei der Griff in seinen eigenen Arm.

Seine Lippen pressten sich ebenso unbewusst zusammen, bis nur noch eine weiße Linie zu erkennen war, wo zuvor rosige Lippen zu finden waren. Doch er störte sich nicht daran, auch nicht an dem unangenehmen Ziepen, welches entstand, als er sich die Schneidezähne in die Unterlippe bohrte.

Seine Gedanken gingen von selbst auf eine Reise, von der er sich nicht sicher war, ob es seine eigene war oder doch die eines anderen.

Das einzelne, rötlich verfärbte Blatt, welches dabei vor seinem Auge hinabglitt, bekam er nicht mal richtig mit.

Als er blinzelte, schien er um einige Zentimeter geschrumpft zu sein …

„Hey, kommst du, oder willst du da ewig stehen bleiben?", rief eine junge Stimme quer über die Straße, renkte sich bald den Arm aus bei dem Versuch seine Aufmerksamkeit zu erlangen und schreckte ihn damit aus seinen Gedanken hervor.

„Verdammt, komm von der Straße herunter!", blaffte er unhöflich, zeterte noch einige Momente, in denen er den Abstand hinter sich brachte und packte den Jungen grob am Arm, um ihn ebenso grob von der Straße zu zerren, auf den Gehsteig, nur um einen winzigen Augenblick später ein Auto zu sehen, welches mit rasantem Tempo genau da entlang krachte, an dem der Junge nur Sekunden zuvor stand.

„Du bist doch blöd!", schnauzte er ungehalten, nicht im Geringsten befriedigt, als die Augen erschrocken an Größe zunahmen, als sie das Auto gesehen hatten.

Seine Hand hatte sich schon von selbst gehoben und dem Jungen eine saftige Kopfnuss verpasst, die ihm vermutlich noch Momente später Kopfschmerzen bereiten würde.

„Was soll das denn?", erklang es schüchtern und wehleidig, während die kleinen Hände angestrengt über den geschundenen Hinterkopf rieben.

„Ich wollte dir etwas zeigen, kommst du mit?", erklang es dann einige Minuten später, in denen er eisern geschwiegen hatte und wirklich versucht hatte, den anderen zu ignorieren oder besser den Faden seiner eigenen Gedanken wieder aufzunehmen, die ihn kurz zuvor beschäftigt hatten, doch er kam einfach nicht mehr drauf, welche Gedanken er gehegt hatte.

Er seufzte wehleidig, vielleicht auch ein wenig genervt und zog lustlos die Schultern nach oben, um sie dann ebenso energisch wieder fallen zu lassen. Womit er nur die Frage bestätigte und ihm dann hinterher trottete, als hätte er alle Zeit der Welt.

Sein Führer allerdings nicht, rannte er doch ständig wieder vor, hüpfte von einem Bein zum anderen und sah sich abwartend nach ihm um. Er brauchte wirklich nichts sagen, es war so schon offensichtlich genug, dass er dem anderen Jungen nicht schnell genug war und mehr als ein wenig bummelte.

Der Blick flog uninteressiert über die Straßen, beobachtete die Menschen und blieb schließlich an einem weiteren Jungen hängen, den er schon zuvor des Öfteren beobachtet hatte.

Er konnte nicht genau sagen, weshalb es so war, wieso es ausgerechnet dieser Junge war, der seine Augen gefangen hielt und nicht mehr loszulassen schien. Doch es interessierte ihn eigentlich auch kaum. Wichtig war nur; was tat er hier in dieser abgelegenen Ecke, vollkommen ungeschützt und unerfahren, in einer der gefährlichsten Gegenden der Stadt?

Er wusste wirklich nicht, woher er die Contenance nahm, nicht quer über die Straße zu rennen, um dem anderen zu folgen, statt dem Quälgeist, der in diesem Moment wieder an seinem Ärmel zupfte und riss, um ihn zum Weitergehen zu bewegen.

„Sei jetzt nicht so ungeduldig!", blaffte er so unfreundlich wie schon zuvor und presste die Lippen unwohl zusammen, als er sah, wie getroffen der Kleinere von seinen Worten war. So seufzte er nur einmal mehr voller Selbstmitleid auf und legte seine Hand, etwas grober als beabsichtigt, auf den Kopf des anderen und strich ihm kurz über die Haare.

Eine stumme Entschuldigung.

Doch in dem Moment war sein Blick schon wieder woanders, beobachtete den anderen Jungen, der eben auf ihre Straßenseite gewechselt war, den Blick gesenkt und seiner Umgebung keine Beachtung schenkend.

Doch er kannte ihn, sah er ihn doch des Öfteren in der Schule, aber er hatte nie wirklich viel mit ihm gesprochen, eher selten wenn er es genau nahm. Auch wenn sie sich angenähert hatten, versuchte er seine Anwesenheit zu meiden, denn sie ließ seine Haut immer kribbeln und er konnte partout nicht schätzen, weshalb er diese Gefühle hatte. Er konnte sie nicht einmal benennen und wollte sich in den kurzen Momenten auch nie darum kümmern.

Seine Füße folgten von allein dem kleineren Jungen, langsam und gediegen wie auch schon zuvor und kümmerte er sich nicht im Geringsten um die offensichtliche Ungeduld.

Stattdessen fixierte er wie hypnotisiert den anderen Jungen, der sich soeben mit dem Ärmel über die Nase strich, diese kraus und hochzog und dann weiter stapfte, völlig ignorant den wüsten Beschimpfungen der Erwachsenen gegenüber. Sein Blick bohrte förmlich Löcher in die Luft, aber er schien es einfach nicht zu bemerken.

Als er endlich an dem Abwesenden vorbeilief, ihn an der Schulter streifte, wobei er tatsächlich kurz und verwirrt den Blick hob, sah er das Blut an seinen Lippen, welches aus seiner Nase floss. Die tiefen Augenringe, das blasse Gesicht, in welchem wirklich absolut jede Verfärbung sofort auffiel.

Die Augen weiteten sich einen kurzen Moment, vermutlich eher unbewusst als bewusst. War es vielleicht Erkennen?

Er wusste es nicht, konnte es in dem kurzen Moment nicht zuordnen, als der Blick auch schon wieder abgewandt wurde und er nur noch den Rücken zu sehen bekam, als er schon selbst in die nächste Gasse gezogen wurde.

„Komm schon, beeil dich endlich!" Die relativ helle Stimme riss ihn aus seiner Lethargie, während er dem Jüngeren einfach nur hinterher stolperte und nicht einmal mitbekam, dass er dabei fast auf die Nase flog.

„Zieh nicht so, ich komm ja schon!", maulte er fast schon laut, wohl aber regelrecht genervt und riss sich los, nachdem er endlich den Kopf abgewandt hatte, um nicht mehr den anderen Jungen zu beobachten, sondern darauf zu achten, wohin er eigentlich ging. Dabei rannte er direkt in den Kleineren hinein, welcher nur zurück stolperte und fast über seine eigenen Füße fiel.

„*Ah, verdammt!*" *Tut mir leid*", *sprach er schnell, wesentlich ruhiger und sanfter als zuvor, als seine Hände auch schon den anderen umfassten und davon abhielten zu fallen und unsanft auf der dreckigen Straße zu landen, bestenfalls noch von einem Auto überfahren zu werden.*

„*Ich wollte nicht schreien, aber renn nicht so achtlos durch die Straßen!*", *seufzte er resigniert und klopfte dem Kleineren etwas Dreck von der Seite, ehe er einladend die Hand hob und nach vorn deutete, damit er stumm das Einverständnis gab, weiterzugehen, wenn auch wesentlich gemäßigter als zuvor.*

„*Entschuldige!*", *erklang es jedoch noch kleinlaut, ehe der aufgedrehte Junge einmal durchatmete und dann betont ruhiger voranging.*

Doch der Schein trog. Man sah deutlich die zitternden Hände, das breite Grinsen und die leuchtenden Augen, die verrieten wie aufgeregt er eigentlich war und wie gern er einfach nur nach vorne stürmen würde, um ihn endlich dahin zu bringen, wo er ihn haben wollte. Ihm endlich das zu zeigen, was er ihm unbedingt zeigen wollte.

Es konnte einfach nicht schnell genug gehen, am liebsten wäre er wohl schon gestern da gewesen und hätte ihm seinen Fund, wie er es betitelte, gezeigt. Doch der Weg war noch ein Stück und so würde der Wunsch, es ihm eher statt später zu zeigen, wohl warten müssen.

Denn immer, wenn er wieder zu schnell gehen wollte, hielt er ihn am Kragen des Pullovers zurück, kassierte einen bösen Blick und ließ ihn eher zögernd wieder los.

Doch auch wenn seine Füße ihn immer weitertrugen, Schritt für Schritt, so war sein Gedanke bei dem Jungen von vorhin und dessen blutverschmiertes Aussehen.

Was hatte er nur getan, um so auszusehen und weshalb störte es keinen, abgesehen von ihm?

Vielleicht sollte er ihn wirklich mal wieder ansprechen, wenn sie wieder in der Schule waren, immerhin waren die Ferien ohnehin bald zu Ende.

Der Kleinere schien den anderen vorhin einfach nicht bemerkt zu haben, so fokussiert wie er war. Er machte sich stattdessen stumme Vorwürfe, sich nicht näher mit dem dünnen Jungen beschäftigt zu haben, auch wenn dieser in der Schule immer und immer wieder seinen Blick suchte, als wollte er herausfinden, ob es wirklich eine Bindung zwischen ihnen gab.

Was tat er? Ihn so gut es ging ignorieren, einfach weil er ihm unter die Haut ging und er sich nicht überwinden konnte über seinen verdammten Schatten zu springen. Dabei juckte es ihn regelmäßig in den Fingern, aber mehr als ihn vor den anderen zu beschützen, oder in den Pausen stumm mit dem Jüngeren neben ihm zu sitzen, tat er nicht. Während sie beide in schweigender Übereinkunft ein Auge auf den Jüngsten hatten oder gemeinsam mit ihm irgendwelche Spiele spielten, ging er dem anderen größtenteils einfach aus dem Weg.

Anders wiederum schien ihn der andere eben auch erst erkannt zu haben, als sie aneinandergeraten waren.

Was war nur mit ihm los, dass er in so einem Zustand völlig vernebelt durch die Straßen lief?

„Komm, schlaf nicht ein!" Der Satz riss ihn erneut aus den Gedanken und brachte ihn dazu, den Kopf zu heben, die Hände, welche er unbewusst zu Fäusten geballt hatte, zu lockern und den Blick schweifen zu lassen, auf der Suche nach dem Besitzer der Stimme.

Er fand ihn auch, weiter weg, viel weiter hinten als zuvor. Das Fluchen schluckte er hinunter, als er kurz die Straße hinabsah und sie in einem Sprung überquerte, vorbei an den fahrenden Autos, weil er so schnell wie möglich wieder zu dem Jüngeren wollte, damit ihm nichts passierte.

Die Hupen ertönten im erbosten Einklang hinter und neben ihm, brachten seinen Körper immer wieder zum Beben, doch er blieb nicht stehen, auch wenn ihm sein Körper, sein Instinkt, genau dazu rieten.

Einfach stehen bleiben, unsichtbar werden, um der Gefahr zu entgehen. Aber genau das wäre fatal. Würde er stehen bleiben, würde man ihn überfahren und er hatte nicht vor, so von der Erde zu gehen, geschweige denn so vor den Augen des Schwarzhaarigen abzutreten.

Dafür war sein Verantwortungsbewusstsein ihm gegenüber zu groß, zu ausgeprägt. Vielleicht sollte er das auch endlich mal bei dem Braunhaarigen in Angriff nehmen.

Er würde ihn nicht allein lassen.

„Du sollst nicht ständig wegrennen!"

„Versink' halt nicht ständig in Gedanken und bleib mitten auf dem Weg stehen!", blaffte der Braunäugige zurück und sah ihn mit einem durchaus bösen Blick an, verschränkte die Arme und verzog die Lippen nach unten.

Eigentlich wollte er etwas erwidern, presste allerdings nur die Lippen aufeinander und stieß gepresst die Luft heraus, bevor er eher grob die Hand im strubbligen dunklen Haar des Jüngeren vergrub und ihn etwas nach vorn stieß, als Zeichen einfach weiterzugehen, anstatt sich zu beschweren.

Dass er deutlich zu fest stieß, bemerkte er an dem Zischen, welches erklang, doch seinen Lippen entkam keine Entschuldigung. Im Gegenteil, er presste die Lippen nun so fest aufeinander, dass sie weiß wurden, nahm allerdings die Hand weg und stiefelte mürrisch neben dem Kleineren her.

Sie durchquerten noch ein, zwei weitere Gassen, die eher unauffällig waren, ehe er sich vor einer Grünanlage und Bäumen wiederfand. Die Betonlandschaft endete fast schon abrupt hinter ihm, hinterließ einen harten Schnitt in der Landschaft und machte der Natur Platz.

Sie konnte sich einfach nur ausbreiten, still und leise existieren und wurde kaum von einem Menschen betreten, vermutlich weil keiner auf die Idee kam, die Gassen einfach zu durchqueren, wurden sie doch hauptsächlich als Ablageplatz für Müll genutzt.

Doch glücklicherweise schien der Jüngste den Ort entdeckt zu haben, denn er strahlte mit einem Schlag ein inneres Licht aus, welches er von ihm überhaupt nicht gewöhnt war. Jedoch blieb er im Gegensatz zu ihm nicht stehen und genoss den Anblick, sondern stürzte vor, direkt zwischen die Büsche und Bäume und ward nicht mehr gesehen.

Ehe der Ältere überhaupt reagieren konnte, war er aus den Augen verschwunden und ließ ihn ratlos zurück.

Es dauerte tatsächlich noch ein, zwei weitere Momente, ehe er das eben Geschehene registrierte und reagieren konnte.

Sein Hirn schrie ihn an, nach dem Schwarzhaarigen zu rufen, sein Körper jedoch entschied im selben Moment nach vorn zu stürzen, während sein Instinkt ihn regelrecht zu Boden riss, auf dem er fluchend ankam. Nun jedenfalls war er passend zu dem anderen Jugendlichen gekleidet, den er zuvor gesehen hatte, denn auch seine Nase fand den Gruß an den Boden alles andere als angenehm und verströmte einen unangenehmen Schmerz, gepaart mit wohliger Wärme, die sich langsam über seine Lippen ausbreitete und ihn vermutlich wie ein Unfallopfer aussehen ließ.

„Verdammte …!" Zischend wischte er sich mit dem Ärmel über das Gesicht, hob den Kopf, um sich erneut zu orientieren und öffnete schon

die Lippen, um nun doch seinem Hirn zu folgen und nach dem anderen zu rufen, als er ihn auch schon wieder sah, wie er auf ihn zu kam, gefolgt von einem kleineren Schatten.

Seine Stirn runzelte sich irritiert und er blinzelte die seichten Tränen aus Schmerz zur Seite, während er sich aufrichtete und den Blick fokussierte, in der Hoffnung weniger verschwommen zu sehen.

Immer wenn es um seinen kleinen Bruder ging, verschwand jede Logik aus seinen Gedanken und machte nur noch seinem Beschützerinstinkt Platz. Doch nun war er wieder hier und sein Puls beruhigte sich langsam wieder, da er ja vor Panik regelrecht in die Luft geschossen war.

So richtete er sich langsam wieder auf und konnte auch die Umrisse etwas klarer erkennen, bis sich sein Blick endlich klärte.

Ein Hund.

Hinter dem Kleineren lief ein eher räudig aussehender Hund daher, der mehr schlecht als recht wusste, wie man eine Pfote vor die andere setzte und demnach immer wieder aus der Bahn geriet.

Er wirkte nicht unbedingt jung, eher verletzt, unterernährt, räudig eben. Es war ein typischer Straßenhund, der an keine Nahrung kam, ausgesetzt und misshandelt von irgendwelchen überforderten Erwachsenen, vielleicht sogar gequält von feigen Kindern, die es als lustig empfanden Tiere zu quälen.

Seine Zähne bohrten sich automatisch in seine Lippen, bis diese zusätzlich einen leichten Eisengeschmack auf seiner Zunge hinterließen.

Er hasste es, wenn Tiere gequält wurden. Die armen Tiere hatten es absolut nicht verdient, waren sie doch die treuen Begleiter der Menschen, sorgten für Wärme und Liebe im Herzen, waren treu und ergeben. Weshalb also fanden es manche Menschen lustig, diese zu quälen? Gut, vielleicht schoss er damit aus der Bahn, er wusste ja nicht, was dem Tier zugestoßen war, doch er wollte ihm helfen.

Den Jüngeren musste er diesbezüglich überhaupt nicht fragen, allein an seinem bettelnden, flehenden Blick erkannte er, dass er ihn genau aus diesem Grund hierhergebracht hatte, um dem armen Tier zu helfen, es aufzupäppeln und vermutlich auch, um die Eltern irgendwie zu überreden ihn aufnehmen zu können.

Eine Hürde, die selbst er nicht nehmen können würde. Denn die Eltern waren strikt gegen Haustiere, egal welcher Art.

Tiere im Haus waren einfach strikt verboten, auch auf dem Grundstück. Wenn es nach ihnen ging, durften sie sich diesem nicht einmal nähern – ein Umstand, den er nie verstanden hatte, verstehen wollte. Weshalb sollte man Tiere meiden? Solange man keine Allergien hatte sprach absolut nichts dagegen.

Kopfschüttelnd ließ er sich auf seine Knie fallen, streckte die Hand aus und wartete, ob sich der Hund nähern würde. Seine Augen waren stur auf den Boden gerichtet, um ihm die Möglichkeit der Flucht zu lassen, sich nicht gestresst zu fühlen, abzuwarten wie das Tier sich entscheiden würde. Immer mehr verschwamm sein Blick und erst die Feuchtigkeit an seiner Hand riss ihn aus seiner Starre und ließ ihn wieder aufblicken.

Doch vor ihm war kein Hund mehr.

Vor seinen Augen erstreckte sich nur Betonlandschaft, ab und zu durchbrochen von einem fast schon kahlen Baum, der sich an seine letzten Blätter klammerte und nicht wusste wie man losließ.

Ein Trauerspiel, wenn man es sich so besah. Sprach loslassen doch davon zu wachsen, weiterzugehen und nicht zurück zu locken, nicht?

Doch was wollte er den Bäumen vorwerfen, er selbst schaffte es ja nicht die Vergangenheit loszulassen und damit abzuschließen, bestimmte sie doch heute noch sein Leben, sein Handeln, seine Gedanken.

Auch wenn er es immer wieder ignorierte, war er nur aufgrund seiner Vergangenheit hier und starrte das Haus vor sich an, den Ort, an dem alles begann.

Jedenfalls redete er sich das gern ein. Dabei wusste er es besser, viel besser.

Es hatte alles schon früher angefangen, viel früher, doch war es nie so greifbar gewesen, nie so präsent wie seit diesem Abschnitt.

Auch wenn er seiner Vergangenheit keinen Strick aus den Situationen ziehen konnte, so versuchte er es wenigstens zu verarbeiten, auf seine Art und Weise.

Wie viel Blut hatte er schon gesehen, wie viel Schmerz und Leid beobachtet, ohne wirklich helfen zu können oder gar selbst dafür verantwortlich zu sein?

Er schüttelte leicht den Kopf, senkte erneut den Blick und sah auf seine Hand, dieselbe wie er eben noch ausgestreckt hatte, um den Hund seiner Vergangenheit zu begrüßen. Doch mehr als ein paar feuchte Tropfen vom aufkommenden Regen fand er nicht vor, würde er auch nie wieder vorfinden.

Er erinnerte sich vage daran, wie er sich mit seinem Bruder, später noch mit Valentin um den Hund gekümmert hatte, ihn aufgepäppelt hatte, nur um ihn später brutal erstochen vorzufinden.

Ein Seufzen durchdrang die Stille um ihn herum, ausgestoßen von ihm selbst, gefolgt von einer seiner üblichen Gesten, das sture Haar nach hinten zu streichen, obwohl es seine Position absolut nicht verlassen hatte.

Der Hund … Als Kind hatte er es nicht verstanden, doch heute sah er die Zusammenhänge besser, auch wenn er sie vielleicht nicht ganz verstand. Doch ganz gewiss wusste er, dass dieser verdammte Hund einen Punkt in seinem Leben markierte, der ihn verändert hatte.

Sein Blick wanderte einmal mehr die verlassene Straße entlang, sog die Details in sich auf, ehe er sich abwandte und in den Wagen stieg, an dem er schon seit einer Ewigkeit lehnte und sich nicht von der Stelle gerührt hatte.

Ein leichtes Lächeln zupfte an seinen Lippen, als er sich vorstellte, wie er die ganze Zeit über gewirkt haben musste.

Wie ein Stalker eventuell, der seine Beute beobachtete. Vielleicht auch ein Pädophiler, der Ausschau nach dem nächsten Opfer hielt. Oder aber einfach nur ein irrer Erwachsener, der kurz davor stand über seine Beute herzufallen.

Dabei fielen Kinder absolut nicht in sein Beuteschema.

Das Lächeln vertiefte sich unmerklich.

Vielleicht aber war er auch nur ein Erwachsener, der die freie Zeit genutzt hatte, um in der Vergangenheit zu schwelgen und in Träumen gefangen zu sein, die vielleicht nicht ihm selbst gehörten.

Vielleicht aber waren es seine eigenen Träume und er wusste es nur nicht mehr, weil sie mit der Zeit einfach verblassten und anderen Dingen Platz gemacht hatten.

Wenn er an die Zeit von damals zurückdachte, hatte sich definitiv etwas verändert, was genau den Ausschlag gegeben hatte, wusste er allerdings nicht, dafür gab es viel zu viele vage Punkte, die die Lösung beinhalten könnten.

Vielleicht der Unfall.

Die Zeit danach.

Wieder fiel sein Blick auf das Haus und ein Kloß verfestigte sich in seinem Hals, blieb stecken und schien sich nicht lösen zu wollen, ganz gleich, wie sehr er versuchte ihn herunterzuschlucken oder gar zu ignorieren.

Er schnürte ihm den Hals zu.

Seine Lippen zuckten leicht, brachten das Grinsen ins Wanken und auch seine Hände verfestigten ihren Griff um das Lenkrad, schienen es beinahe aus der Verankerung des Autos reißen zu wollen.

Alles hatte seine Gründe und seinen Anfang. Vielleicht nicht für alle verständlich, aber der Mensch war komplex genug, um in jedem Individuum anders zu wirken. Alles war anders verknüpft und jeder sah anders.

Seine Unschuld hatte er definitiv vor langer, langer Zeit verloren.

Erneut wandte er seinen Blick ab und zuckte ungewollt zusammen als auf einmal der Donner über den Himmel rauschte und krachend, Kilometer entfernt, seinen Endpunkt in der Erde fand und verblasste.

Der helle Blitz erhellte die Umgebung, so auch den Wald, der hinter dem Haus, recht weit entfernt, seine Heimat fand. Die Bäume stachen stechend heraus, schwarz wie sie in der Dunkelheit waren, die langsam, aber sicher ihren Einzug fand.

Es wirkte fast schon lächerlich gruselig.

Doch gewiss nicht so gruslig wie man es als Kind empfinden würde, wenn man denn vorhätte sich hineinzuwagen. Doch nun starrte er einfach nur auf die Umrisse, wartete fast schon gespannt darauf, dass der Wald wieder erleuchtete und sich ihm Umrisse von Kindern offenbarten, die sich im Schutz der Dunkelheit in die Tiefen des Unbekannten wagten.

Jedoch holte ihn sein Handy abrupt aus seinen Gedanken heraus und ließ ihn heftig zusammenzucken. In der gleichen, schreckhaften Bewegung schlug er auf die Hupe, erschrak erneut und fluchte zeitgleich mit dem nächsten Donnerschlag ob seiner heutigen Schreckhaftigkeit.

Den Blick wütend auf das Handy gesenkt, erblickte er den gesetzten Alarm, welcher rot aufblinkte, gekennzeichnet mit ein, zwei Ausrufezeichen, die dessen Dringlichkeit verdeutlichten.

Der Ball.

Der verdammte Ball war am heutigen Abend und er hatte nicht mehr allzu viel Zeit, um sich dafür zurechtzumachen.

Der Ball, zu dem er mit seiner Begleitung gehen würde, der die Menschen der Stadt beruhigen sollte, etwas Alltag bringen sollte, nach der Lage, die fast schon vergessen schien.

All die Vorfälle lagen so lang zurück und doch, die Anspannung unter den Menschen war fast greifbar und in ihren Augen zu sehen. Sie hatten Angst, so etwas erneut zu erleben.

Der Wahn, er steigt,
nistet sich in deinem Herzen ein.
Heimlich, stilles Willkommen,
spielt herum, baut es um.
Kein Entrinnen,
denn er kann dich umspinnen.

16. GLAMOUR

Die Nacht fand langsam ihren Einzug, verdrängte den Tag und hinterließ eine brennende Abenddämmerung. Vielleicht wollte sie dem Tag noch ihren letzten Tribut zollen, vielleicht auch die Gefühle der Stadt widerspiegeln, die alle gemischt waren, doch oft verdrängt von Unsicherheit. Oftmals sahen sich die Bewohner der kleinen Stadt argwöhnisch um, blieben mitten auf dem Weg stehen und lugten hinter sich oder um die nächste Ecke, aus Angst irgendjemand konnte sie packen und in einen Alptraum ziehen, aus dem man nicht mehr so schnell erwachen würde, wenn man überhaupt wieder erwachte.

Die Taten lagen lang zurück, Wochen waren seither vergangen und man mochte meinen, die unsäglichen Taten seien bisher in Vergessenheit geraten, waren sie allerdings nicht. Sie waren genauso präsent, wie sie es waren, als sie öffentlich gemacht wurden und die Menschen endlich wussten, weshalb ihre Liebsten verschwanden und nicht wieder auftauchten, mit einem Lachen im Gesicht und der einfachen Ausrede, sie hätten sich auf der nächstbesten Sauftour einfach nur verfahren und sich daher um einige Tage verspätet. Vielleicht hatte das Auto auch rein zufällig passend dazu versagt. Selbst ein Alkoholkoma wäre einigen Hinterbliebenen wohl recht gewesen, jede noch so fadenscheinige Ausrede, die mehr schlecht als recht ihr Fremdgehen tarnte.

Doch nichts davon war geschehen, sie waren tot. Verdammt und für immer entweiht. Die Nachricht war grausamer, als es jeder Betrug hätte sein können. Einfach verschwunden. Sie würden nie wieder auftauchen, ihre Witze reißen, sich aus kniffligen Situationen herausreden oder einfach nur in den Tag hineinleben. Denn genau das wurde ihnen genommen, ihr Leben.

Getötet vom „Monster" der Stadt, wie ihn einige hinter hervorgehaltener Hand zu nennen pflegten. Ein unsichtbares Wesen, welches in den Eingeweiden der Stadt lebte, dort sein Unwesen trieb und die Menschen der Zivilisation systematisch in den Wahnsinn führte, sie verlockte und in Momenten verschlang, in denen es ihnen am unwahrscheinlichsten erschien.

Nicht selten kam es vor, dass er während einer Sitzung gefragt wurde, ob der Patient vielleicht das Monster war und einfach nur nichts davon wusste, oder ob der ganze Schrecken tatsächlich vorüber war. Sie hatten Angst, auch wenn es viele von ihnen einfach nicht zugeben wollten. Waren sie psychisch vielleicht doch so kaputt, dass sie zu solchen Taten fähig waren, ohne es selbst zu wissen? Vielleicht eine unentdeckte Schizophrenie? Immerhin würde das ja passen, da sie ohnehin nichts auf die Reihe bekämen und ausgegrenzt wurden.

Aber konnte er es einfach bestätigen, ihnen ohne schlechtes Gewissen bestätigen, dass der ganze Spuk vorüber war und sie ganz gewiss kein geheimes Monster in sich verbargen? Konnte er diese Menschen beruhigen obwohl ihn selbst die Zweifel jagten und einfach nicht losließen? Die Angst nehmen, die Hand reichen und sie in das Licht ziehen?

Doch die Zweifel drängten ihn in der perfiden Hoffnung immer weiter und weiter in die Dunkelheit, drängten ihn an einen Ort, an dem er überhaupt nicht sein wollte, sich aber gleichzeitig dort zu Hause fühlte, wie er es sonst nirgends tat.

Ein Seufzen durchdrang seine Seele und er schüttelte vehement den Kopf, um die unsinnigen Gedanken endlich loszuwerden. Er sollte sich wirklich von diesem Thema lösen, es tat ihm nicht gut, zog ihn weiter in die Tiefe. An unbekannte, düstere Orte an denen er nicht sein wollte. Denn würde er sich weiter dort aufhalten, würde er der Versuchung, diesem Gefühl von Wärme, nicht mehr standhalten können und einfach bleiben, mit diesem Teil in sich leben und weiter nach Geistern jagen, die nichts weiter waren als genau das: Geister.

Heute Abend fand der lang ersehnte Ball statt und er hatte vor an diesem Abend keinerlei Gedanken an den Schriftsteller, den Mörder, den Psychopathen zu verschwenden. Keinen Platz zu lassen für seine Zweifel und die Möglichkeiten etwas übersehen zu haben.

Der heutige Abend würde ganz ihm gehören, ihm und seiner Begleitung. Ein Umstand, der ihm zwar noch immer wie ein Traum vorkam, doch die Nachricht am Morgen hatte ihn eines Besseren belehrt. Es war kein Traum. Auch wenn er die Nachricht zwanzigmal las, sich selbst in den Oberarm kniff, es änderte sich nicht. Er ging wirklich mit seinem Kindheitsfreund auf diesen Ball.

Ein Date?

Er schüttelte sich heftig, gab ein Geräusch von sich, das davon zeugte, wie tief die Gänsehaut bei diesem Gedanken über seinen Rücken kroch und klopfte sich selbst dabei leicht auf die Wange. So ein Schwachsinn.

Ein Date!

Niemals.

Es war einfach nur eine höfliche Einladung, um den Abschluss dieser gemeinsamen Arbeit, dieser schrecklichen Zeit und des grauenhaften Abschnitts des Lebens zu feiern. Es war ein guter Abschluss, die einzige Chance die Nerven der Stadt zu beruhigen, die gefühlt täglich zum Zerreißen gespannt waren. Alles eine Frage der Zeit, bis das Geschwür explodierte und die Menschen mit sich riss. Doch genau dafür war dieser Abend da; um dem Geschwür die Luft zu rauben, bevor es zu groß wurde.

Wie Gift in den Adern hatte sich die Zeit in die Geschichte der Stadt gefressen und schien alles Vergangene in den Schatten stellen zu wollen.

Natürlich war auch in dieser Stadt schon einmal ein Mord begangen worden, mehr als nur ein einziger. Doch diese Reihe, diese Monate voller Qualen schienen besonders tiefe Wunden hinterlassen zu haben. Vielleicht auch wegen der außerordentlichen Grausamkeit, die sie begleitete.

Doch ob es wirklich als Perversität bezeichnet werden konnte, wusste er nicht. Diesbezüglich war er durchaus geteilter Meinung.

Natürlich war es pervers Kinder zu schänden und damit zu töten, keinen Vergleich zwischen Jung und Alt zu ziehen und einfach zu töten, was einem vor das Messer lief. Allerdings bezweifelte er stark, dass die ganze Geschichte tatsächlich so wahllos war.

Zwar mochten einige der Opfer einfach nicht in das Bild passen, doch wirklich wahllos waren sie vermutlich nicht. Keinesfalls war es blinde Wut, die ihn gesteuert hatte, kein animalischer Trieb, den es zu befriedigen galt.

Hinter all den Taten lag eine kalte Berechnung.

Er empfand und stufte es nicht als Perversität ein, was er getan hatte, wie er vorgegangen war oder was er den Opfern angetan hatte.

Wohl aber empfand er ein sehr unangenehmes Gefühl, wenn er bedachte, mit welcher Kälte er das Ganze abgeschätzt und geplant haben musste. Seine Opfer lebten lang genug, um ihnen Schäden fürs Leben zu bescheren, es war nicht nötig sie zu töten, um sie vollends zu demütigen. Denn das war schon weit früher geschehen. Jeder Würde beraubt würde keines der Opfer mehr ein frohes Leben sinnen können.

Vielleicht war der Tod auch nur ein Gnadenstoß für sie gewesen. Vielleicht wollte er sie wirklich nicht so lange leiden lassen und hat sie daher erlöst?

Fluchend stieß der Braunhaarige gegen die Küchentür und zog mit verzogenem Gesicht das Bein an, um sich unbeholfen über den Fuß zu streichen, welchen er sich eben angetreten hatte, da er so in Gedanken versunken war.

Das kam davon, wenn man sich etwas vornahm, zum Beispiel keine Gedanken mehr an diesen Unsinn zu verschwenden und es dann doch tat.

Kleine Sünden bestrafte Gott gleich, oder wie ging der Spruch? Sein Seufzen entfloh seinen Lippen und er schüttelte frustriert den Kopf, bewegte vorsichtig die Zehen und setzte den Fuß dann endlich wieder auf, um sich den letzten Kaffee aus der Küche zu holen, den er noch trinken wollte, bevor er ihn wegschmeißen musste.

Für den Abend war er fast fertig, aber da er noch ungefähr eine halbe Stunde hatte, bevor der Grauhaarige ihn abholen würde, konnte er ebenso den kalten Kaffee zu sich nehmen, um keine Reste zu verschwenden.

Der andere Gedanke, dieses eine Wort, welches seit dem Morgen in seinem Unterbewusstsein herumschwirrte, versuchte er ebenso wenig Beachtung zu schenken. Einfach zu hoffen es wäre ein Date war vermessen und ungerecht dem anderen gegenüber und dennoch konnte der Braunhaarige nichts dagegen tun, dass sein Herz einen kleinen Sprung tat, wenn er auch nur an die Möglichkeit dachte.

Der kalte Kaffee schien sich in seinem Hals festzusetzen und ihm das Atmen zu erschweren, je länger er dabei auf den hölzernen Schrank sah und den noch immer darin hängenden grauen Fleck begutachtete. Er fühlte sich alles andere als gut dabei, dass der Ältere ihm einen Anzug spendiert oder besser aufgedrängt hatte. Aber in etwas anderen hätte er sich auch einfach nicht blicken lassen können, da musste er ihm leider recht geben.

Einmal mehr schüttelte er den Kopf, verzog die Lippen und stürzte den letzten Rest des Kaffees hinunter, um die Tasse, gefolgt von einem lauten Krachen, endlich abzustellen und sich in das Monstrum der Obszönität zu quetschen.

Auch wenn Valentin wusste, dass der Anzug saß wie maßgeschneidert, fühlte er sich fehl am Platze. Er hatte so etwas seit Jahren nicht mehr getragen, es sich vollkommen abgewöhnt, regelrecht aus seinem Leben verbannt. Einzig zum Abschluss seines Studiums, als ihm das Diplom überreicht wurde, hatte er sich durchringen können, erneut in einen Anzug zu steigen. Alles andere wäre diesem Anlass nicht gerecht gewesen.

Es schien als würde er heute eine erneute, unsichtbare Grenze überschreiten und einen neuen Weg einschlagen, der dunkel und verborgen vor ihm lag.

Die hautenge schwarze Hose schmiegte sich an seinen Körper wie eine zweite Haut, dagegen saß das weiße Hemd recht locker, auch wenn es sich an seine Seiten lehnte und ihm schmeicheln wollte. Es ließ Luft und wirkte eher gemütlich als einengend. Das Jackett darüber drückte es dagegen wieder an seinem Körper und löste eher das Gefühl der Gefangenschaft in ihm aus, wenn er es schließen wollte, weshalb er es einfach nur offen ließ.

Seine noch feuchten Haare steckte er grob in einem Dutt zusammen, welcher mit zwei einfachen schwarzen Stäbchen festhielt, um ein wenig seinen Wurzeln die Ehre zu erweisen. Auch wenn seine Großmutter schon vor langer Zeit das Zeitliche gesegnet hatte und damit die japanische Linie in seinem Blut fast nicht mehr vorhanden war, so waren diese Stäbchen ein Geschenk von ihr und dieser Abend schien ihm perfekt, um sie zu ehren.

Selbstkritisch blickte er in den mannshohen Spiegel und verzog unwillig die Lippen, drehte sich in jede erdenkliche Richtung und schüttelte ergeben den Kopf. Besser würde es keinesfalls werden stellte er resigniert fest, als er eine kleinere Strähne dabei beobachtete, wie sie sich aus seinem Dutt löste und ihm frech ins Gesicht hing. Am liebsten würde er das Ganze wieder ausziehen und ganz weit hinten im Schrank vergraben.

Oder noch besser er würde es anzünden oder stopfte es dem Polizisten in den Allerwertesten. Wie konnte er ihn nur dazu bringen, nach Jahren wieder in einen Anzug zu steigen? Frustriert stieß er die Luft aus und strich einmal mehr über das weiße Hemd, um sich zu beruhigen.

Seine Selbsteinschätzung hatte in den letzten Jahren definitiv gelitten.

Von jetzt auf gleich spürte er den Schweiß auf seinen Händen und den leichten Film in seinem Nacken. Die Angst, was an diesem Abend geschehen würde, wie ihn andere sehen würden, kam auf und packte ihn sicher und wohlbehalten an seinen Armen. Seine Lippen pressten sich zusammen, verloren an Farbe und nur die Türklingel verhinderte die Überreaktion, sich die Kleider wieder vom Leib zu reißen, das Ganze abzusagen und einfach nur zu Hause zu bleiben.

Vielleicht mit einer Packung überteuerten Eises und einer Serie, für die er keine Gehirnleistung benötigte.

Er hatte nicht einmal einen radikalen Grund für diese Sorge, das wusste er selbst. Allerdings wusste er auch wie schwer es war, diese undefinierbare, aber durchaus greifbare Angst zu mindern. Sie würde bleiben und ihn begleiten, bis sein Verstand selbst merkte, wie wenig Sorgen er sich machen brauchte.

Einfach nur ein Abend mit Musik und vielen Menschen, die etwas anderes außer Leid sehen wollten. Etwas Entspannung und Normalität in Zeiten der Krise.

Kein Grund sich weiterhin Gedanken über die vergangenen Wochen zu machen, auch nicht über die Akten, die er die letzten Tage durchwühlt hatte.

Alles war vorbei und er würde auch nicht mehr darüber nachdenken müssen. Die Akte war geschlossen und jeder Zweifel, der ihn noch immer Plagte, hatte darin rein gar nichts verloren.

Die Beweise waren eindeutig, führten zu dem Schriftsteller und dennoch kribbelte es in seinem Nacken, wenn er überhaupt nur darüber nachdachte.

Sein Beruf hatte ihn einiges gelehrt und auch wenn er deutliche Schuld und Scham in den Augen des Autors gesehen hatte, so fand er keinen plausiblen Grund, der diese Gefühle mit den Taten verband. Natürlich war er kein Polizist, kein Ermittler und hatte damit jegliches Recht verloren, darüber zu urteilen. Aber er hätte schwören können, diese beiden Gefühle nur zu sehen, wenn es um bestimmte Dinge ging, bestimmte Details oder Personen erwähnt wurden, nicht aber wenn es um die Vernichtung vieler weiterer Leben ging.

Allerdings würde ihn all das Nachdenken nicht weiterbringen. Es war geschehen, das Urteil gefällt, der Täter gefasst und seiner Strafe zugeführt.

Ein Seufzen entrang sich seiner Kehle und er strich sich die lockere Strähne aus den Augen, führte noch einmal die Hand über das weiße Hemd und verzog die Lippen.

Zum Umziehen hatte er keine Zeit mehr, da es erneut klingelte und er damit wieder einmal aus seinen Gedanken gerissen wurde.

„Ich komm ja schon!", rief er frustriert, stellte die Tasse ab, löschte das Licht und zog sich noch im Laufen die Schuhe über die Füße, ehe er endlich die Tür öffnete und dem Polizisten fast schon in die Arme lief.

„Du hast es aber eilig …", wurde er begrüßt und er musste nicht einmal den Kopf heben, um das Grinsen auf den Lippen des Älteren zu sehen, er spürte und hörte es regelrecht. Die Röte konnte er auch nicht mehr verhindern, denn kaum vernahm er den kleinen Seitenhieb, kroch sie aus der Dunkelheit und nahm den Platz auf seinem Gesicht ein, genau da, wo er sie am wenigsten leiden konnte.

„Red' nicht so einen Mist!", meinte er schnell und stieß ihn von sich. Hätte er sich nur schon zuvor die Schuhe angezogen, wäre er nicht so aus der Tür gestolpert. Doch das Grinsen auf dem Gesicht des Älteren blieb, hartnäckig und nicht wegzuwischen. Auch seine tatsächliche Reaktion, den Größeren von sich zu stoßen, dauerte länger als er es eigentlich wollte. Selbst wenn er es ignorierte, absprach oder herunterredete, er wusste, dass er kurzzeitig die Nähe genossen hatte und daher nicht so schnell reagiert hatte, wie er eigentlich wollte, oder besser sollte.

„Lass uns gehen!", murrte er und rieb sich mit dem Handrücken über die Nase. Einerseits um diese anzuwärmen, da es doch ziemlich kühl war und seine Nase daher schon ziemlich kalt. Andererseits wollte er so ein wenig die unnötige Röte in seinem Gesicht verdecken. Jedoch belehrte ihn das Glucksen des Älteren eines Besseren und ihm blieb nichts anderes übrig, als ihm einfach zu seinem Auto zu folgen und sich in seine Hände zu begeben.

Doch noch bevor er wirklich an dem Auto angekommen war, spürte er einen Griff um sein Handgelenk. Nicht wirklich fest oder zwingend, doch kräftig genug, um ihn zum Stehenbleiben zu animieren. Irritiert drehte Valentin sich herum, fasste den Grauhaarigen ins Auge und wartete, was dieser von ihm wollte. Kein Wort entrang sich seiner Kehle und auch der Ältere schwieg, drückte stattdessen leicht sein Handgelenk und schien mit sich selbst zu kämpfen, ehe er einen Schritt auf ihn zuging, ihm in die Augen sah.

Valentin selbst verlor sich in den dunklen Abgründen, suchte nach der Antwort zu einer Frage, die er sich selbst verbat zu stellen. Doch all die Gefühle, die er meinte zu erkennen, trübten die Suche, jedoch nicht im Geringsten die Tiefe.

Ehe er sich wirklich versah zuckte er vor Überraschung leicht zusammen, konnte selbst erahnen wie sich seine Augen weiteten, als er den weichen, warmen Stoff spürte, der sich um seinen Nacken, sein Gesicht schlang. Etwas unbeholfen hatte der Polizist sich seines Schals entledigt und ihm umgelegt, zog ihn hier und da gerade, sorgte dafür, dass er ordentlich saß und ließ ihn dabei nicht einen Moment aus den Augen.

Wie die Abgründe eines Sumpfes verlor er sich nur weiter in dem Blick und hätte einen Moment schwören können etwas aufblitzen zu sehen, den Atem des anderen auf seinen Lippen zu spüren.

Doch kaum blinzelte er, war der Moment vorbei und der andere rieb sich leicht über den Nasenrücken.

„Weshalb ziehst du dich auch nicht ordentlich an?", hörte er ihn nur murmeln, ehe die Wärme verschwand und er die Rückansicht seines schwarzen Anzugs bewundern durfte, als dieser um das Auto ging, um sich auf die Fahrerseite zu setzen.

Valentin war einerseits gelähmt, empört über diesen plötzlichen Rückzug. Andererseits war er froh darüber und blinzelte, damit er sich endlich bewegen konnte und ebenfalls seinen Platz im Auto fand.

„Schau doch nicht so verkniffen, man könnte meinen, du hast Angst vor meinen Fahrkünsten", maulte der Ältere beleidigt, als dieser sah, mit welcher Miene Valentin einstieg und verzog die Lippen nach unten, um seinem Unmut auch wirklich Ausdruck zu verleihen.

Der Braunhaarige schnaubte nur und verdrehte leicht die Augen. Keinesfalls war seine Miene diesbezüglich begründet, doch er war wirklich froh über diesen Themenwechsel und ging mit Freuden darauf ein.

„Fahrkunst kann man das Ganze nun wirklich nicht schimpfen. Besoffener Affe trifft es ganz gut ... Au!" Fluchend zuckte er zusammen, als er den Schlag auf seinem Brustkorb spürte, ehe er überhaupt irgendwie hatte reagieren können. Kurzzeitig ging ihm die Luft zum Zetern und Meckern aus, machte einem erstickten Keuchen Platz, gefolgt von einem bösen Seitenblick.

„Pass bloß auf, was du sagst!", brummte es von der Fahrerseite. Nur das kleine Schnauben verriet dem Braunhaarigen, der sich noch immer irritiert über die Brust rieb, dass der Grauhaarige seinen kleinen Seitenhieb, den Scherz, verstanden hatte und nicht wirklich sauer auf ihn war.

„Verträgst die Wahrheit wohl nicht, hm?", fragte er nur und spitzte die Lippen zu einem leichten Schmollen, um zu betonen wie unfair der Schlag gewesen sei, welcher eigentlich mehr als verdient war. Würde er doch nicht anders reagieren, wenn man seine Fahrkünste anzweifelte.

Eigentlich hatte er ja auch selbst fahren wollen, allerdings bestand der Ältere darauf ihn mitzunehmen, da sie schon verabredet waren, gehörte das dazu. Der Braunhaarige empfand es als unsinnig, doch er verkniff sich die erneuten Worte des Widerstandes, hatte er doch erst einige lange Diskussionen diesbezüglich hinter sich, weil er sich zuerst strikt weigerte sich mitnehmen zu lassen, schließlich konnte er selbst ganz gut fahren und wusste auch, wohin er musste.

Aber irgendetwas in Jacks Blick hatte ihn umgestimmt und er hatte letzten Endes seufzend zugestimmt und sich dem Wunsch gefügt.

„Sagte der demente Psychologe", brummte es zurück und ihm blieb vor Schock die Luft im Hals stecken, seine Hand schlug automatisch nach dem Grauhaarigen, ehe er sich selbst beherrschen konnte.

„Sag das nicht!", blaffte er erzürnt und nur der kurze, aber starke Schlenker des Autos zwang ihn zur Ruhe und Besinnung. Was tat er eigentlich? Wollte er ihrer beider Leben riskieren, nur weil sie sich gegenseitig foppten und er sich in seinem Stolz verletzt fühlte?

Er wusste selbst, dass er niemals zu den Besten gehören würde, aber er machte seinen Job gut, und das wusste er. Die Menschen kamen zu ihm, um Hilfe zu finden, ebenso die Polizei, wenn es um Profile ging, welche bisher immer zur Lösung geführt hatten.

Bis auf den letzten Fall. Seine Lippen verzogen sich und er zwickte sich unbewusst selbst in den Oberschenkel, um diese unsinnigen Gedanken zu vertreiben. Er hatte sich schließlich geschworen an diesem Tag nicht mehr darüber nachzudenken und er würde es auch nicht mehr. Also fort mit den Gedanken und Konzentration auf das Hier und Jetzt.

Kopfschüttelnd fokussierte er die Umwelt, die mit blinkenden und flimmernden Lichtern an ihnen vorbeizog, nur Schemen erahnen ließ. Es wirkte wie eine ganz andere, gänzlich fremde Welt. Anhand der abnehmenden Straßenlaternen konnte er nur erahnen, dass sie demnächst da sein mussten. Denn wenn er sich recht erinnerte, lag das Gebäude, in dem die Feier stattfinden würde, etwas außerhalb der eigentlichen Stadt und war somit relativ ruhig gelegen. Vor allem aber fand man dort recht wenig Licht.

„Was beschäftigt dich so? Du wirkst du so abgelenkt." Die Frage riss ihn aus seinen Beobachtungen und sein Blick glitt langsam zu seinem Fahrer, seinem Kindheitsfreund und dem Polizisten, mit dem er einige Stunden verbracht hatte.

„Ach, ich denk nur an den letzten Fall", meinte er ausweichend und hob die Hand, um zu unterstreichen, dass seine Gedanken nicht so wichtig waren, wie der andere eventuell denken wollte.

Was für eine Lüge.

„Du hast immer noch Zweifel, oder?", war allerdings die ruhige Frage und Valentin verzog ertappt die Lippen, presste sie zusammen und wandte den Blick nach vorn.

Natürlich hatte er die. Aber das war nicht der Ankerpunkt seiner Gedanken. Vielmehr dachte er an den Moment von vorhin zurück, als sie vor dem Auto standen, vor seiner Haustür.

„Also ja!" Ein Seufzen durchdrang die Stille, aber keine weiteren Worte folgten.

Er wusste nicht, ob er das Schweigen als Zustimmung oder Ablehnung werten sollte. Aber er war insgeheim froh, dass Jack nicht weiter auf das Thema einging und es einfach hinnahm, dass er weiterhin darüber nachdachte. Oder aber er war frustriert, weil er seine Zweifel nicht zerstreuen konnte und daher einfach nur genervt von dem Thema, auch ein Grund nicht weiter darauf einzugehen, wie Valentin amüsiert feststellen musste.

Was auch immer der Grund war. Er nahm ihn dankbar an, denn das hieß, dass er sich nicht für seine Gedanken rechtfertigen musste.

Hatte er sich seinen Atem zu diesem Moment nur eingebildet? Er seufzte tonlos, schloss ergeben die Augen. Egal wie sehr er darüber nachdachte, er würde zu keinem Ergebnis kommen, erst recht zu keinem, welches ihn zufriedenstellte. So beließ er es dabei, genoss einfach das nachhallende Gefühl und vergrub unbewusst die Nase tiefer in dem Schal des anderen. Seine Augen fielen von selbst zu, ebenso wie er fast automatisch die Stirn an die Scheibe legte und den kurzen Moment der Ruhe einfach nur genoss.

Den Blick des anderen bekam er nicht mit.

Es dauerte tatsächlich nicht mehr lange, bis sie endlich angekommen waren und Valentin sich mit einem befreienden Seufzen aus dem Auto schwingen konnte. Noch während er der Tür mit seiner Hüfte einen sanften Schubs gab, um zuzugehen, hob er die Arme über den Kopf und streckte sich ausgiebig, einfach weil er das Gefühl hatte, ewig in dem Auto gewesen zu sein.

Auch wenn es in der Wirklichkeit nur gute 20 Minuten gewesen waren, so fühlte es sein Körper anders. Passend zu diesem ernüchternden Gedanken knackte sein Rückgrat und er verzog leidend das Gesicht.

„Wirst du alt?", lachte es neben ihm herzlich. Mit einem breiten Grinsen im Gesicht und verschränkten Armen stand der Polizist neben ihm und funkelte ihn sichtlich amüsiert an. Die Mundwinkel des Braunhaarigen rutschten dabei noch eine Etage tiefer, einfach weil er sich ertappt fühlte.

Denn passend zu den laut ausgesprochenen Worten des Älteren, kam ihm derselbe Gedanke.

Schnell ließ er also die Arme fallen, ließ ein trockenes „Witzig!" verlauten und stieß den anderen leicht zur Seite, um an ihm vorbeizugehen. Allerdings blieb er schnell wieder stehen, um das Bild, welches sich vor ihm auftat, einen Moment in sich aufzunehmen und tatsächlich auch zu bewundern.

Wie er zuvor noch gedacht hatte, sollte er recht behalten; das Gebäude lag wirklich weit außerhalb der Stadt. Jedoch lag es nicht im Dunkeln verborgen wie er überrascht feststellen durfte, sondern wurde von Scheinwerfern, Girlanden und unendlich vielen beleuchteten Blumenvasen erleuchtet und funkelte damit heller als jeder Hubschrauberlandeplatz, der ihm bekannt war.

„Wie pompös", murmelte er trocken und nur sein Mundwinkel strafte seiner Worte Lügen. Dieser zuckte nämlich leicht nach oben, jedoch mehr vor Überraschung als wirklichem Wohlwollen. Seine Worte bereute er nicht, empfand er es doch wirklich als viel zu pompös.

Allerdings hätte es eine dunkle Hexenhütte oder ein verfallenes Major auch nicht getan. Kam sie doch absolut nicht dem Event, dem ganzen Ereignis und dem Grund entgegen.

Aber diese lichtüberflutete Villa war auch etwas zu viel des Guten.

Valentin konnte allerdings nichts anderes tun, als ergeben zu seufzen, während seine Hand sich über sein Gesicht bewegte, um die Fassungslosigkeit heraus zu wischen.

„Zu viel?"

„Definitiv!", brummte er bestätigend und beschleunigte seinen Schritt, um dem hellen Wahnsinn zu entkommen und drinnen vielleicht etwas Erleichterung zu erfahren.

Hinter sich hörte er die eiligen Schritte des Polizisten, der ihm schnellen Fußes folgte, war ihm die ganze Aufmachung doch selbst nicht geheuer.

Allerdings wurden sie beide enttäuscht, als sie endlich eingelassen wurden.

Die Türen bewacht von zwei bulligen Schränken, die sie kritisch musterten, bereit sie hinabzuwerfen oder im nächstgelegenen Teich zu ersäufen, wurden erst kooperativ als Jack ihre Einladung vorzeigte. Die Türen massiver als sie von Weitem aussahen und der Inhalt, der sich ihnen offenbarte, war ebenso überflutet und übertrieben gehalten wie das Äußere der Verpackung.

Der Jüngere blinzelte einfach nur, blieb wie angewurzelt stehen und stieß ein Geräusch aus, welches dem Fiepen eines getretenen Welpen wohl am nächsten kam.

Wie konnte man so verdammt schamlos übertreiben?

„Na wenigstens wissen wir nun, wohin unsere Steuergelder fließen", erklang es trocken neben ihm und er wandte den Kopf, um in das verschlossene Gesicht seines Begleiters zu blicken. Doch er kannte ihn gut genug, um die Qual in den Augen aufleuchten zu sehen, die mit den Massen an Gold, Glamour und Geld übereinkamen, die ihm frech entgegen grinsten.

Wenn sich nicht viel geändert hatte, verabscheute der Ältere diesen pompösen Quatsch ebenso wie er selbst. Einfachheit war ein Wort, welches ein wohliges Gefühl bei ihm auslöste. Wobei auch diese recht individuell war und durchaus gut angelegt sein konnte.

„Scheint so …", murmelte er ergeben, hakte den Finger in den Kragen des Hemdes, den Schal hatte er zuvor abgelegt, zog leicht daran, um Luft zu bekommen, die ihm bei dem Anblick und dem Gedanken einfach nur abhandenkam. Schließlich ließ er sie kopfschüttelnd fallen und bemerkte nicht den aufmerksamen Seitenblick, den er von Jack geschenkt bekam.

„Na dann mal ab unters Volk", erklang es leidend von seiner Seite, er nickte nur bestätigend und gemeinsam traten sie endlich näher in die Villa, ließen die Flucht hinter sich und saugten die Überfüllung, die sich bot, in sich auf.

Am Rand nahm er tischweise Büfett wahr, aufgetürmt bis zur Decke, vollkommen überfüllt, dass sich die Tische schon leicht unter dem Gewicht bogen. Passend dazu einige Damen und Herren, die im offiziellen Kellner-Outfit des Abends zwischen den Gästen umherwanderten und kleine Häppchen sowie alkoholische Getränke darboten. Die Fliege war golden gehalten, passend zum Rest des Themas, ansonsten waren sie schwarz gekleidet. Auch wenn so gut wie jeder Anwesende einen Anzug oder ein Kleid trug, fielen die Kellner dennoch auf, allein durch die goldene Fliege am Hals. Die Tabletts, die sie bei sich trugen und geschickt durch die Menge balancierten, vervollständigten jede Vermutung nur.

Der Braunhaarige sah allerlei Gesichter, die er noch nie persönlich gekannt, geschweige denn beim Namen nennen konnte. Andere wiederum kannte er nur vom Lesen in der Zeitung und den dazugehörigen Artikeln. Soweit er beurteilen konnte; die Elite der Stadt. Anwälte, Richter, Beamte, die Reichen und verwöhnten Bewohner der Stadt. Aber auch Polizisten wie Jack, Feuerwehrleute und andere waren anwesend. Selbstverständlich auch der Bürgermeister, der in dem Moment auf die Bühne trat, die Valentin bis dato nicht einmal wahrgenommenen hatte. Sie war recht klein, aber groß genug, damit sich der kleine rundliche Mann darauf verloren fühlte. Testweise tippte er an das Mikrofon, ließ ein schüchternes „Test, Test" verlauten und sorgte dann mit einem Stoß an sein Glas endgültig für die nötige Ruhe, die man ihm schenken sollte.

„Guten Abend meine Damen und Herren, wir versammeln uns heute hier, um den Schrecken der letzten Wochen … ach was red' ich da? … der letzten Monate hinter uns zu lassen, uns zu ebnen, zur Ruhe zu finden und …"

Ab dem Punkt hörte der Psychologe schon gar nicht mehr zu und blendete die Ansprache aus, verdrehte nur leicht die Augen und griff sich eines der Sektgläser, die soeben an ihm vorbei getragen wurden.

Er murmelte nur ein leises „Danke!", ehe er die Nase darin vergrub und für einen kurzen Moment die Augen schloss, um das säuerliche Kribbeln in seiner Nase zu genießen. Aromatisch und doch süß, fruchtig wie er feststellen musste und ein zufriedenes Lächeln schlich sich auf seine Lippen, er mochte es nicht, wenn es zu trocken war. War er doch eher ein Verfechter des süß-fruchtigen Alkohols und bevorzugte daher oftmals süße Liköre oder Cocktails. Doch diese würde er an diesem Abend wohl nicht bekommen, also begnügte er sich mit dem Sekt, sofern er schmeckte wie er roch.

Gerade als er einen Schluck nehmen wollte, spitzte er wieder die Ohren, jedoch nicht um der verzehrenden Ansprache des Bürgermeisters zu lauschen, sondern dem Gespräch, welches hinter ihm stattfand.

„… unschuldig, oder was denkst du?", erklang die eine Stimme, leise und betont ruhig, um keine Aufmerksamkeit auf sich zu ziehen. „Ja, einige Dinge sind gewiss nicht ganz klar und sicher in meinen Augen", antwortete da eine andere, ebenso leise.

Valentin wollte es eigentlich nicht, doch er setzte das Glas wieder von seinen Lippen ab, öffnete nun doch wieder die Augen und schlich sich unauffällig etwas zu den beiden Herrschaften, um mehr von dem Gespräch mitzubekommen.

Eigentlich war er ja nicht so, lauschte keinen fremden Gesprächen, aber wenn sie ihm schon einmal angeboten wurden, konnte er der Neugier nicht wiedererstehen, die sich daraufhin in seinem Körper ausbreite.

Gespielt interessiert hob er nun auch wieder den Kopf, erhaschte einen überraschend guten Blick auf den Bürgermeister und nahm nun endlich einen Schluck von seinem Sekt.

„Wann fing das Ganze noch einmal an?"

„Du meinst, wann es öffentlich wurde? Ich weiß nicht, ein paar Wochen nur ist es her ..."

„Also geschah alles vor unseren Augen, seit Monaten?" Die Stimme klang zutiefst erschrocken und auch Valentin zuckte zusammen, als er eine ihm durchaus bekannte Stimme hörte, die dazu trat.

„Genau genommen seit einem halben Jahr", sprach die tiefe Stimme ruhig, fast schon lässig. Aber Valentin konnte schwören, ein Grinsen daraus zu vernehmen, nur dessen Bedeutung konnte er nicht verstehen.

Amüsierte ihn das ganze Thema etwa?

„Ein halbes Jahr?" Schock stand in der ersten Stimme geschrieben, der Zweite sagte dazu nichts mehr, schien allerdings dem Schweigen nach zu urteilen ebenso geschockt zu sein, aber genau konnte der Braunhaarige es auch nicht benennen.

Allerdings hatte nun etwas anderes seine Aufmerksamkeit gewonnen und das war eine betagte Frau, die ihm mit einem breiten Lächeln die Hand hinhielt und scheinbar darauf wartete, dass er sie ergriff.

„Mr. Freey! Ich bin ja so froh, sie hier zu sehen. Ansonsten findet man sie ja nicht, außerhalb ihres Büros." Die Stimme war hell und warm, aber nicht so aufdringlich wie er bei der Menge an Schminke zuerst befürchtet hatte. Man konnte immer wieder eines Besseren belehrt werden ...

„Danke, Miss ...?", antwortete er fragend, sichtlich irritiert.

Diese Frau hatte er noch nie zuvor in seinem Leben gesehen, aber irgendetwas an ihr schien bekannt, er wusste nur nicht, was es war.

„Oh, entschuldigen Sie, meine Manieren! Mitarashi mein Name, Sie haben meinen Mann in Ihrer Obhut und ich wollte Ihnen dafür meinen Dank aussprechen. Wären Sie nicht vor einem halben Jahr gekommen und hätten ihn unter Ihre Fittiche genommen, wüsste ich nicht, wo ich nun wäre." Diese Frau plapperte und plapperte, ohne auch nur einmal Luft zu holen, dachte sich Valentin leidend, lächelte jedoch brav und nickte zustimmend.

„Kein Problem, Miss", setzte er an, kam jedoch nicht dazu noch mehr zu sagen. Denn ebenso schnell wie die Dame aufgetaucht war, verabschiedete sie sich nun hastig und verschwand wieder in der trögen Menge, wurde verschluckt und ward nie mehr gesehen.

Ein halbes Jahr, hm?

Wieder kam ihm das belauschte Gespräch in den Sinn und ungewollt versteifte sich der Griff um sein Glas.

Vor einem halben Jahr fing die Reise in seiner Heimat an und genau vor einem halben Jahr schienen auch die Angriffe angefangen zu haben, diese unsäglichen Morde und die Schnitzeljagd, die damit einherging.

Zumindest alles Bekannte fing zu diesem Zeitpunkt an. Vielleicht schon früher?

War es tatsächlich schon so lange her, dass er diesen Psychopathen verfolgt hatte, ein ganzes halbes Jahr? War er wirklich schon wieder so lange in seiner Heimat und hatte es noch immer nicht geschafft die Umzugskartons auszuräumen und sich endlich wohnlich einzurichten?

Noch immer sah es bei ihm zu Hause aus, als würde er demnächst vorhaben zu flüchten, musste er ernüchternd feststellen, als er gedanklich durch seine Wohnung lief.

Daran musste er unbedingt etwas ändern.

Seine Hand lockerte sich nur langsam und ebenso langsam setzte er das Glas wieder an seine Lippen, die Stirn nachdenklich zerfurcht.

Seine Umgebung nahm er überhaupt nicht mehr wahr, ebenso wenig wie er sich an die Wand lehnte und sich ein neues Glas reichen ließ, jedoch sprach er mit niemandem und bemerkte auch nicht die Versuche derjenigen, die es versuchten.

Ein halbes Jahr, alles schien da anzufangen, war es Zufall? Oder war es perfide Planung, dass es genau zu dem Zeitpunkt, als er wieder in der Stadt war, begann?

Wenn es wirklich zusammenhängen sollte, musste es jemand sein, den er kannte, jemand, dem die ganzen Taten möglich waren. Jemand, der sich auskennen musste.

Wieder glitten seine Gedanken zu seiner damals ersten Idee, die er gehegt, aber schnell wieder verworfen hatte. Konnte es wirklich so einfach sein?

Rannte er die ganze Zeit vor seiner Nase herum?

Er schüttelte den Kopf. Nein, so einfach würde es selbst dann nicht sein, richtig? Dafür waren die Spiele zu perfide, zu zerstreut und scheinbar zu wahllos. Es steckte kein offensichtliches System dahinter und schien reiner Willkür zu entspringen.

War es wirklich Planung? Oder eine Kette von Zufällen, die zusammenpassten, während sie sich gegenseitig aus dem Puzzle drängten?

Der skeptische Blick des Braunhaarigen, Scott kam ihm wieder in den Sinn. Wenn er so darüber nachdachte, kannte er ihn auch von irgendwoher, nur konnte er nicht genau sagen, woher.

Wieder schüttelte er den Kopf, verdrehte die Augen über sich selbst.

Diese ganze Grübelei brachte ihn doch zu nichts.

„Hast du schon gehört?"

„Nein, was denn?"

„Man hat sie seit Tagen nicht mehr gesehen, es ist fast eine Woche her!"

SCHATTEN

Sein Blick flog durch die Menge, aufmerksam und bedacht, immer auf der Hut etwas Verdächtiges zu erkennen und ihm wenn möglich gleich den Garaus zu machen. Doch nichts schien auffällig genug, um gleich dagegen vorgehen zu müssen, also entspannte er seine Haltung etwas und ließ zu, dass sich ein leichtes Lächeln auf seine Lippen setzte.

Wenn tatsächlich irgendetwas vor sich gehen sollte, dann sah er es nicht. Keinerlei Gefahr, die ihm drohte, oder war er mittlerweile einfach zu arrogant, um diese zu sehen?

Seine Hand zuckte, jedoch nutzte er die andere, um seinen Zug zu setzen und dann die Augen aufmerksam auf den kleinen Jungen zu richten, der völlig versunken und angestrengt auf das schwarz-weiße Spielfeld starrte.

Er schien sich seinen nächsten Zug zu überlegen, fieberhaft nachzudenken, wie er noch gewinnen könnte, ohne dass es gleich auffiel. Dem Zucken der kleinen Nase konnte er immer wieder entnehmen, wenn der Junge eine Idee einfach nur verwarf und sich dann eine neue Strategie überlegte.

Er würde ihn nicht hetzen, nicht angehen oder zwingen schneller zu ziehen, er sollte sich die Zeit nehmen, die er brauchte. Denn der Sieg musste weise gewählt und Schritt für Schritt gegangen werden, ohne zu viel zu verraten. Denn wenn der Gegner schon vorher sah, was der andere vorhatte, hätte jede Planung seinen Sinn verloren.

Deshalb gehörte Planung immer dazu, wenn man seinem Feind gegenüberstand.

Die kleine Hand griff zögerlich nach vorn, setzte entschlossen seine Figur und wagte sich ein leichtes Lächeln zu offenbaren.

„Schach, Papa!", ertönte es dann hochnäsig, aber mit einem Glitzern in den Augen, welches er nur selten zu sehen bekam, umso mehr freute es ihn.

„Mhmh …!", brummte er seufzend, strich sich scheinbar verzweifelt durch die Haare, doch in seinen Augen glänzte der Schalk, die Gewissheit auf den Sieg, den er heimlich vorbereitet hatte.

Ganz wie er seinen Jungen kannte und einschätzte, hatte er sich in seinen Sieg verbissen und nicht mehr auf die umliegenden Figuren fokussiert und daher all seine Vorbereitung nicht mitbekommen, die er die ganze Zeit getroffen hatte, um ihn im entscheidenden Moment vorzuführen, wozu ein Tunnelblick führte.

„Schachmatt", sprach er leise, sobald er seine Figur wieder abgesetzt hatte und beobachtete fast schon genüsslich, wie etwas im Blick des Blonden zerbrach. Die Laune sank innerhalb weniger Augenblicke nach unten und die Wut kehrte auf das junge Gesicht ein, ehe er seinen Gefühlen Taten folgen ließ und das Brett kurzerhand mit einem Schrei vom Tisch fegte.

Er hingegen hatte sich zurückgelehnt, um das Ganze aus sicherer Entfernung zu beobachten. Zu beobachten wie sich die rosafarbenen Narben auf seinen Wangen eingruben, das junge Gesicht teuflisch wirken ließen. Passend dazu das Feuer in den Augen, das Feuer von Sturheit, Wahnsinn und Siegesdurst.

Es hatte sich schon lange in dem Jungen Bahn gebrochen, die Gefühle der Dunkelheit, sie würden auch nicht mehr verschwinden, wie der Zettel auf der Anrichte hinter ihm nur zu gut bestätigte.

Denn endlich war der Ausschluss der Schule gekommen, auf den er schon seit Wochen gewartet hatte, seit dem Vorfall, an dem der Junge mit einem Messer auf einen Schulkameraden losgegangen war, weil er dachte, er hätte seinen Freund verschwinden lassen.

Seine Lippen zuckten kurz, doch schnell war die Maske wieder an seinem Platz.

Er hatte Chris zurechtgewiesen, ihn seiner Strafe zugeführt, wie es seine Pflicht als Vater war, bezeigten es doch die fleischfarbenen Narben auf dem Gesicht des Jungen.

Er schluckte tonlos, begegnete dem jungen Blick und seufzte.

„Lass uns etwas anderes spielen …", murmelte er, griff blind hinter sich und öffnete die Schublade, die sich dort verbarg. Nur um ein recht unscheinbares, jedoch scharfes Messer hervorzuzaubern.

„Welches?", erklang es in dem Moment neugierig, als er das Messer hervorzog und in die Mitte des Tisches legte.

„Nur ein kleines Geschicklichkeitsspiel … bereit?"

Gift und Galle,
tief verworren.
Geschichtlich gesponnen,
niemals entworren.
Tief verankert, niemals verloren.
Sitzt tief und fest,
wird niemals verschwinden.
Angst gesponnen, brodelt tief.
Ausbruchssicher zu Beginn,
doch Künstler wissen,
wie man entrinnt.

17. AKTEN

Der Abend war noch gefüllt mit Lobpreisungen der Polizei, Handreichungen zwischen den Mengen an unbeteiligten Menschen, die sich beglückwünschten zur überstandenen Panik. Aber auch voll von Alkohol, ausgelassenen Tänzen und diverser andere Ausschreitungen, die hier und da vermutlich die Überhand gewonnen hatten, anstatt im geeigneten Rahmen der Veranstaltung zu bleiben. Jedenfalls bestätigten diese Gedanken seine Kopfschmerzen.

Ein Stöhnen entwich seiner Kehle, als er sich aus dem Bett rollte und mit einem begleitenden Krachen aus dem Bett rutschte. Nicht sonderlich zuträglich für seinen Kopf, aber immerhin war er so anwesend genug, um zu bemerken, dass er tatsächlich irgendwie zu Hause angekommen war. Wusste der Geier wie, es war dem Braunhaarigen in dem Moment auch völlig gleichgültig, er wusste nur; er hatte es irgendwie geschafft.

Viel mehr beschäftigte ihn der stechende Schmerz in seinem Kopf, denn er hätte bei allem ihm guten Geistern schwören können, überhaupt nicht so zugegriffen zu haben, wie es sein Kopf ihm eigentlich sagen wollte. Begleitend pochte seine Hand unangenehm, welches nur durch die Bilder verstärkt wurde, welche sein Erwachen begleitet hatten.

Unscharfe Bilder, aber fast schon greifbarer Schmerz. Er konnte sich jetzt, wenige Augenblicke später, nur an das Blitzen der Klinge und einen wahnsinnigen Blick erinnern. Jedoch schob er es auf einen skurrilen Traum, welcher dem Alkohol geschuldet war und der einfachen Tatsache, dass er ungemütlich auf dem Boden aufgekommen war.

Vermutlich hatte ihn Jack nach Hause gebracht, schoss es ihm als Nächstes durch den Kopf. Denn so wie er sich fühlte, hätte er den ganzen Weg niemals mit den öffentlichen Verkehrsmitteln zustande gebracht.

Er verzog die Lippen, ob des schlechten Geschmacks, der sich seinen Hals hinaufschlich und stöhnte leidvoll auf, als genau in dem Moment auch noch ein Luftzug kam und die Gardine zur Seite fegte, weshalb die Sonne genau auf seinem Gesicht zum Erliegen kam und ihn dadurch noch mehr Schmerzen als ohnehin schon schenkte.

Wie viel hatte er denn noch zu sich genommen, ohne dass er sich erinnern konnte? Er selbst zählte nur 3 Gläser, bis seine Erinnerung sich in einem wohlwollenden Nebelschleier auflöste. Der Polizist musste die Fenster geöffnet haben. Vermutlich, weil er gestunken hatte wie die nächste Kneipe.

Tatsächlich konnte er sich an nichts weiter erinnern, nachdem er die Gespräche belauscht hatte, ob irgendetwas vorgefallen war, was ihm gänzlich entfallen war. Hoffentlich nichts Peinliches. Vielleicht hatte er sich auf irgendeinen Tisch geschwungen, eine Tanzeinlage zum Besten gegeben oder irgendeinem ein unsinniges Geständnis gemacht, welches er heute definitiv bereuen würde.

Leidend zog er eine Schnute, stemmte sich nach oben und machte sich auf den Weg ins Badezimmer, um sich frisch zu machen, zu duschen und endlich wieder wie ein Mensch zu fühlen.

Auch wenn der ganze Gang ins Bad nur mit Schmerzen zu schaffen war, saß er nach einer gefühlten Ewigkeit endlich in der Küche und sog den frischen Duft des Kaffees ein. Dieser würde ihm auch gleich helfen die Schmerztablette zu sich zu nehmen, welche schon bereitwillig vor ihm lag und ihn förmlich anschrie: „Nimm mich!"

Er gluckste amüsiert, lachte unterdrückt auf bei dem Gedanken, jedoch sollte er es gleich wieder bereuen, als der Schmerz sich bohrend wieder in Erinnerung rief und ihn daran erinnerte, dass er in seinem momentanen Zustand kein Recht darauf hatte fröhlich zu sein. Sich den Kopf zu zerbrechen, was am Abend noch geschehen war, wirkte viel einladender, wenn auch deutlich deprimierender als jeder fröhliche Gedanke. Immerhin war er den Leuten, wenn denn irgendetwas vorgefallen war, deutlich im Gedächtnis geblieben.

Ein bisschen Eigenwerbung schadete schließlich nie schoss es ihm triefend vor Ironie durch den Kopf.

Mit dem Kaffee bewaffnet zog er die Kiste zu sich, in welcher die Akten schlummerten, welche er zum Teil noch nicht durchgesehen oder aber zur Seite gelegt hatte, weil nichts Interessantes, Fall Relevantes zu finden war. Er hatte sie am Abend zuvor verschwinden lassen, um seine Gedanken besser ordnen zu können, schließlich wollte er sich von dem ganzen Thema verabschieden und es einfach bei dem bestehenden Ergebnis belassen.

Doch seit gestern ließ ihn der Gedanke, einen Fehler gemacht zu haben, noch weniger los als ohnehin schon. Dieses Gespräch schien sich in sein Mark gebrannt zu haben und immer wieder wie einen Film abzuspielen.

Er musste etwas übersehen haben, also begann er erneut von vorn alle Akten derjenigen durchzusehen, die er je verdächtigt hatte. Nur nebenbei schlich sich die kleine Filmtablette wieder in sein Gedächtnis, einhergehend mit dem stechenden Schmerz der Unmenge an Alkohol, die er zu sich genommen haben musste. Blind griff er danach, spülte sie einfach mit dem Kaffee herunter, war er doch schon in die Akten vertieft.

Lange Zeit saß er einfach nur da, las die Akten aufmerksam durch und glich sie mit dem Wissen ab, welches er sich erlaubte zu besitzen. Es waren nicht unbedingt viele Informationen, einzig die Opfer, ihre Abstammung, ihre Namen und wie sie zu Tode kamen, eine kleine Reihenfolge hatte er sich ebenso notiert. Jedenfalls die, in der sie gefunden wurden. Sehr vermutlich war es aber nicht die, in der sie verschwunden waren.

Nachdenklich tippte er sich an die Lippe, knibbelte an seinen Nägeln, ohne es wirklich zu bemerken, bis er letzten Endes nur ein unbestimmtes Brummen von sich gab, enttäuscht den Kopf schüttelte und eine weitere Akte auf den ablehnenden Stapel schmiss.

Noch war er recht klein, doch mit jeder weiteren Akte wuchs er stetig gen Himmel und nahm Ausmaße an, die ihn verzweifeln ließen. Wenn er nur nachsah, wie viele oder besser wie wenig er noch durchsehen wollte, wurde ihm fast schon schlecht, was gewiss nicht an seinem fertigen Zustand lag, sondern daran, dass er fürchtete sich tatsächlich zu irren. War seine Intuition wirklich so falsch? Sollte sie ihn dieses eine Mal auf eine falsche Fährte locken, in eine Sackgasse, in der nichts außer Frust und Selbsthass auf ihn wartete?

Viele waren wirklich nicht mehr übrig und mit jeder Akte, die er weglegte, resignierte er ein wenig mehr. Er verlor langsam, aber stetig die Hoffnung auf etwas zu stoßen, das ihn weiterbrachte. Vielleicht lief er tatsächlich gegen eine Wand und es war nichts zu finden, so wie immer alle gesagt haben. Vermutlich sollte er einfach aufgeben, die Akte schließen und sie alle zusammen zurückbringen,

Natürlich, die ganze Idee, die er verfolgte war unsinnig. Weshalb sollte man auch ausgerechnet dort suchen, wo er es tat? Wenn schon seine ersten Nachforschungen nichts ergeben hatten, würde ihn die erneute Suche in seinen eigenen Fußspuren auch keine neuen Erkenntnisse bringen.

Valentin schüttelte leicht den Kopf, verzog daraufhin gleichzeitig die Lippen, weil die Kopfschmerzen sich wieder meldeten und ließ es bleiben. Unnötig schnelle Bewegungen waren keine gute Idee, das sollte er definitiv lassen.

„Offenbart euch doch mir gegenüber …!", brummte er zerknirscht, strich sich angestrengt die wirren Haare aus dem Gesicht und starrte die noch geschlossene Akte vor sich an. Wie zu erwarten war die Akte nicht sonderlich auskunftsfreudig.

Er lachte trocken auf bei dem Gedanken.

Wenn die Akten tatsächlich noch anfingen mit ihm zu reden, würde er sich selbstständig einliefern lassen und dafür Sorge tragen, dass er nie wieder aus seiner kleinen, privaten Zelle herauskam. Mit einer weißen Jacke, die dafür Sorge trug, dass er sich selbst umarmen durfte oder auch mit bunten Stiften würde er sich die Zeit schon vertreiben können. Auch Selbstgespräche konnten aufschlussreich sein, auch wenn er es bei dem Thema der Akten stark bezweifelte.

Vielleicht wollte er auch einfach nicht darüber nachdenken, welche Abgründe sich in ihm selbst auftun würden, wenn er sich wirklich einmal intensiv mit sich selbst beschäftigen würde. Ein

Umstand, den er immer vermied. Andere waren weitaus interessanter als er selbst.

Das, was er allein bei diesem Fall zwischendurch fühlte, reichte ihm, um das ungute Gefühl zu stärken. Valentin wollte sich definitiv nicht intensiver mit sich selbst beschäftigen.

Denn wenn es so weit wäre, dass ihm die Gegenstände antworteten, saß seine Psyche einfach tief genug im Abgrund, dass er sie nicht mehr retten würde können, auch nicht mit seinem eigentlichen Hintergrund der Psychologie. Vermutlich wollte seine Psyche dann auch einfach nicht mehr gerettet werden. Immerhin konnten solche Anwandlungen als Hilferuf gelten, auch wenn der Braunhaarige ganz sicher nicht darüber nachdenken wollte, weshalb sie diesen Hilferuf aussandte und ihn damit tiefer zerrte, als es überhaupt nötig war.

Kopfschüttelnd schlich sich ein Grinsen auf seine Lippen, zu breit, um noch sanft, die Augen zu weit geöffnet, um ruhig zu wirken, dafür hüpften seine Augäpfel zu sehr in ihrem gewohnten Umfeld umher, viel zu aufgekratzt, um sich zu fokussieren. Insgesamt musste es fast schon verrückt wirken, aber er konnte es ja schlecht selbst sehen, einen Spiegel hatte er schließlich nicht vor sich stehen.

Besser so.

Denn hätte er sich gesehen, wäre er vermutlich rückwärts vom Stuhl gefallen, sich fragend, was mit ihm los war, dass er so wahnsinnig dreinblickte. Bei dem Gedanken daran, dass Akten zu ihm sprechen würden und er damit viel einfacher an seine Antworten kommen könnte, ohne wirklich Arbeit in den Prozess hineinstecken zu müssen. Auch wenn die bloße Vorstellung alles andere als angenehm wirkte, wenn es tatsächlich so wäre, so gab er sich gern der Illusion hin, dass er nicht stumpf auf seinem Stuhl saß und einfach nur Unterlagen durchlas, sondern wirklich mit ihnen kommunizierte.

Wenn auch schweigend und auf einer anderen Ebene der Kommunikation.

Definitiv zu viel Alkohol gestern musste er kopfschüttelnd und mit einem Verdrehen seiner Augen feststellen.

Woher kamen diese wirren Gedanken? Wieder blickte er auf die Akte, ignorierte das mittlerweile seichte Pochen hinter seiner Schläfe und kniff konzentriert die Augen zu. Wer mochte sich wohl hinter dieser Akte verstecken? Er hatte sich im Laufe seiner Ermittlungen einige Eigenheiten angewöhnt, für die ihn andere gerne belächelten, doch ihm halfen sie. Die größte davon war, niemals die erste Seite die sein zu lassen, die ihm offenbarte, um wen es sich in der Akte handelte. Entweder er forderte die Akten explizit ohne diese Daten an oder, wie dieses Mal, wenn er sich diese selbst zusammensuchen musste, setzte er sich vorher mit einem Kaffee hin und verschob all diese Daten nach hinten. Dazu gehörten der Name, das Aussehen, der Geburtstag und was nicht alles in der Einleitung zu finden war. All diese Informationen fügte er ganz am Ende der Akte umgedreht wieder ein. So würde er die Daten auch nicht zu Gesicht bekommen, wenn er die Akte durchgeblättert hatte und konnte sich gänzlich auf die Informationen konzentrieren, die er suchte oder zu finden hoffte.

Würde er wissen, welche Akte er las, würde er das Bild desjenigen die ganze Zeit im Kopf haben und urteilen, obwohl er es nicht wollte.

Denn auch wenn man sich selbst oder andere überzeugen wollte, man würde nicht auf das Aussehen oder den sogenannten ersten Eindruck achten, so wusste man selbst am besten, dass man log. Egal wie sehr man sich bemühte, die erste Sichtung war oft ausschlaggebend, selbst wenn man sich nicht darauf stützen wollte. So etwas passierte unbewusst.

Sah der Mensch zum Beispiel freundlich aus, mit einem warmen Blick in den Augen, würde er absolut alles, was gegen ihn sprach, dementieren und abwehren, schließlich war es ein freundlicher, offener und warmer Mensch, wie sollte er also zu so etwas fähig sein?

Man suchte doch oft einen kalten, berechnenden Charakter. Diese Eigenschaften musste man einem Menschen schließlich sofort ansehen – jedenfalls war dies die gängige erste Beurteilung, weshalb einige Täter gern mal eine Zeit lang verschollen blieben und erst nach langer Suche gefunden wurden.

Auch das Alter störte bei so einer Suche oftmals. Zu jung oder zu alt für diese oder jene Taten sprachen oft dafür, dass Menschen ausgeschlossen wurden, die ansonsten super ins Profil passten. Denn auch wenn manch ein Mensch nicht so wirkte, ob vom Aussehen oder vom Alter her, passten sie perfekt ins Profil und wurden dennoch aufgrund dieser simplen Dinge ausgeschlossen.

Er hatte lange und ausführlich lernen müssen, wie wichtig es war genau diese Punkte zu vermeiden und einen guten Job zu machen, anderen wirklich helfen zu können.

Einschätzungen bleiben zu lassen und abzuwarten, was sich einem offenbarte. Offenheit war nichts, was man von vornherein besaß, es war eine Eigenschaft, die harte Arbeit an sich selbst erforderte. Sie schloss Höhen und Tiefen des Lernens ein.

Denn man durfte niemals, wirklich niemals, Menschen unterschätzen, ganz gleich wie harmlos oder gefährlich er auch auf den ersten Blick wirken mochte.

Grundsätzlich war jeder zu allem fähig, selbst er. Wenn die richtigen Komponenten aufeinandertrafen, seinen Weg kreuzten, dann war ein Mensch, so ruhig und herzlich er sonst auch immer schien, zu grausamen Taten fähig. Ebenso war es aber auch umgekehrt. Denn wer bestimmte, dass ein Mensch, so mürrisch, unnahbar und gefährlich er auch wirken mochte, nicht der herzlichste Mensch sein konnte, welchem man begegnete?

Man musste nur einmal an die Soldaten denken. Nicht alle waren kaltblütige Monster, die Befehle befolgten. Viele von ihnen hatten ein reines Herz und durchaus riesige Gewissensbisse, wenn es darum ging, blanke Befehle zu befolgen. Sie waren herzliche Menschen, aber auch diese konnten durchaus gezielt töten, wenn es darauf ankam.

Ebenso konnten Kinder absolut bestialisch und grausam sein, wenn sie unter den falschen Umständen aufgewachsen waren oder aber den falschen Motiven folgten.

In der Tierwelt war es doch nicht anders. Auch wenn man dort oftmals nicht unterscheiden konnte, da sie alle grundsätzlich gleich aussahen, bis auf wenige kleine Punkte oder winzige Merkmale. Sie waren Bestien, wenn auch bei Weitem nicht die größten des Planeten.

Doch der Mensch, unterschiedlich und von jeder Person abhängig, war verschieden und das nicht nur offensichtlich. Man konnte nie sagen, was in einem vorging.

All das waren gute Gründe diese spezifischen Informationen zu verstecken, nach hinten zu legen und gekonnt zu ignorieren, um wirklich den Ermittlungen nachgehen zu können. Denn alles andere würde nur ablenken.

Zum Beispiel hatten auch viele seiner Kollegen, viele Polizisten oftmals ein Vorurteil gegenüber Männern, dabei waren Frauen ebenso grausam wie sie, wenn nicht sogar noch perfider. Feiner eventuell, eleganter und sadistischer veranlagt, aber im Grunde genommen kam alles auf dasselbe raus;

Menschen waren grausam.

Würde er zum Beispiel jemanden kennen, dessen Akte er auf seinem Stapel hätte, würde die gemeinsame Vergangenheit beeinflussen und damit das Bild ruinieren, welches er sich machen musste. Er würde sich, wenn vielleicht auch unbewusst, zu jedem Fakt eine gegensätzliche Situation vorstellen, denn er kannte den Menschen immerhin, es konnte einfach nicht sein, dass er die gesuchte Person war.

Das konnte er nicht verantworten. Er hatte eine Aufgabe zu erfüllen, einen Job, eine Pflicht gegenüber den Opfern, wie konnte er dann einfach so Menschen ausschließen, nur weil ihn einige Gesichtspunkte daran hinderten die Wahrheit zu erkennen?

Jack zum Beispiel. Würde er seine Akte lesen? Vermutlich nicht, wenn er ehrlich zu sich selbst war. Auf der einen Seite war es ein gewisser Vertrauensbruch, wenn er sich seine Akte nehmen würde, in der Hoffnung irgendwelche prekären Informationen zu finden. Andererseits konnte er einfach nicht glauben, dass der Grauhaarige überhaupt zu so etwas fähig war, schließlich kannte er ihn doch – was genau der springende Punkt war. Er würde ihn von vornherein ausschließen, eben weil er ihn kannte.

Allerdings würde er es auch von sich selbst behaupten, keinen Mord oder anderes begehen zu können.

Er, ein Mörder? Nein, niemals.

Aber würde er das auch noch sagen, wenn er als unbeteiligter seine Akte lesen würde?

Valentin verzog nachdenklich die Augenbrauen und nahm einen Schluck des heißen Goldes, um sich etwas von seinen düsteren Gedanken abzulenken, die ihn beherrschten, ohne dass er wirklich mit seiner Arbeit vorankam.

Er wusste nicht, ob er sich selbst verurteilen würde, wenn er seine Akte einfach nur lesen würde. Würde er sich überhaupt selbst erkennen? Gut, er kannte seine Vergangenheit, das Wichtigste zumindest, selbst wenn es ihm nur von seinen Großeltern erzählt wurde. Aber er war nicht der einzige Mensch auf diesem Planeten, der solch ein Schicksal erlebt hatte. Viele teilten diese Art von Schicksal, viele waren sich ähnlich und doch… wenn man hinter die Fassade blickte waren sie so facettenreich und unterschiedlich, wie es kaum zu denken war.

Man durfte niemals eindimensional denken. Selbst zweidimensional war zu wenig. Ein Mensch, so wusste er selbst, hatte so unendlich viele Facetten, dass es wirklich schwerfiel, daran zu glauben.

Mittlerweile stützte er beide Ellenbogen auf den Tisch ab, den Blick weiterhin auf die beige, geschlossene Mappe gerichtet, den Kaffee zwischen den Händen haltend, die Lippen auf der Tasse und den Blick nachdenklich.

Es waren vielleicht 10 Minuten vergangen, in denen er einfach nur über seine eigenen Beweggründe nachgedacht hatte, weshalb er die Akten so ordnete, wie er es tat. Eigentlich hatte er gar keinen Grund, sich selbst versichern zu müssen, weshalb er so vorging, geschweige denn, dass er sich vor sich selbst rechtfertigen musste und dennoch liefen seine Gedanken ihren eigenen Weg und verirrten sich mal wieder im selbst gebauten Labyrinth.

Wenn er an diesem Mittag noch fertig werden wollte, schließlich hatte er ohnehin nichts mehr vor, musste er sich beeilen, denn seit er am Morgen … oder Mittag angefangen hatte, waren schon Stunden vergangen, wie er mit einem Blick auf das Fenster feststellen musste.

Waren es vielleicht doch mehr als 10 Minuten gewesen?

Ein Seufzen schlich sich auf seine Lippen und seine Finger fanden den Weg an seine Schläfe, um resigniert darüber zu streichen, während er im selben Zug die Kaffeetasse wieder auf den Tisch stellte und dann endgültig die Akte zu sich zog, um sich dieser zu widmen. Schluss mit unnötigen Gedankengängen, welche nur seine Zeit kosteten und ihn kein Stück vorantrieben. Der einzige Weg, den diese Gedanken bahnten, war dunkel, versperrt und versprühte nicht unbedingt die Atmosphäre, die sich der Psychologe für ein Abenteuer vorstellte.

Viele waren es nicht mehr und wenn er sich konzentrieren würde, wäre er schneller fertig als er dachte. Jedenfalls hoffte er es, doch wirklich viel Hoffnung machte er sich diesbezüglich nicht. Denn wie er so war, hatte er sich die dicksten Akten für den Schluss aufgehoben. Doch entgegen seiner üblichen Art, wie es sonst bei seinen Patienten der Fall war, war er nicht abgeneigt sich da durchzuwühlen, sondern spürte Freude und Neugier.

Was würde sich ihm offenbaren? Eine tragische Familiengeschichte, der ganz normale Alltagswahnsinn oder vielleicht das Chaos, nach dem er sich unbewusst sehnte, damit er diese Suche abhaken konnte? Aber unter Umständen würde sich ihm nichts offenbaren und er musste sich letzten Endes eingestehen, sich zu irren und in längst vertrocknetem Dreck zu wühlen.

Endlich ging ein Ruck durch seinen Körper und er öffnete die erste Akte.

„Komm endlich, stell dich nicht so an!", riefen die Mädchen lachend, umgeben von den breit grinsenden Jungs und zogen an den etwas längeren Haaren, welche deutlich aus der restlichen Haarpracht der Klasse herausstachen. Da sie um einiges länger waren, als es in ihrer Altersklasse für die Jungen üblich war, war es ein Leichtes sich darüber zu ergötzen und jeglichen angestauten Frust an dem Jungen abzulassen.

„Schneid sie doch endlich ab!", rief einer der Jungs lauthals und klatsche begeistert bei der Idee in die Hände. Immerhin etwas würde

geschehen, etwas anderes, Spannendes, gar Lustiges, was nicht im eintönigen und öden Unterricht endete.

Sie standen genau aus diesem Grund um den schmalen Jungen herum, um zu lachen, zuzusehen wie sie ihn quälten und auch, um sich an seiner Scham zu ergötzen.

Der Junge fiel schon immer zwischen ihnen auf. Er war zu schmal und schmächtig, zu leise, hatte zu langes Haar, einfach nur viel zu auffällig, um wirklich dazuzugehören und das Schlimmste an ihm? Er war der Klassenbeste!

Absolut keiner von ihnen konnte auch nur mit ihm mithalten, selbst die Mädels, die allesamt schlauer waren als die Jungs, schafften es nicht seine Rekorde zu knacken und ihn einzuholen.

Für sie schien fast, als würde er sich über sie lustig machen und das auch noch im Geheimen, indem er ihnen ständig unter die Nase rieb, wie viel besser er eigentlich war. Immerhin traute er sich nicht wirklich den Mund aufzumachen und wirklich einen Ton hervorzubringen. Da war es doch nur logisch, dass er ihnen seine Arroganz so heimlich unter die Nase rieb.

Doch das wollten sie sich nicht mehr gefallen lassen, wirklich nicht!

Angefangen damit, dass sie ihm endlich diese langen Haare kürzen würden.

Schließlich war er ein Junge, er hatte kurzes Haar zu haben, nicht? So gehörte sich das schließlich für Jungs! Alles andere war Blasphemie, peinlich und ließ die gesamte Klasse weniger wert wirken, weil sie so einen in ihrer Mitte duldeten. Sie sollten ihm wirklich ein paar Manieren beibringen, nicht?

Die Mädchen kicherten, lachten ihn aus und zogen erneut an seinen Haaren, während eine andere die Schere zückte und damit etwas auslöste, was wohl keiner von ihnen beabsichtigt hatte.

Wer rechnete denn mit so einer Reaktion, wenn man nur etwas Spaß machte?

Mehr war es schließlich nicht, ein bisschen Spaß unter Kindern, um einem von ihnen seinen Platz zu zeigen …

Doch für den Jungen war es alles andere als Spaß gewesen. Über Monate ausgeschlossen, Mobbing zu erfahren und sich selbst nicht schützen zu können. Er schien alle gegen sich gehabt zu haben und auch die Lehrer schienen keine Einsicht zu zeigen, sofern der Braunhaarige das aus der Akte entnehmen konnte. Selbst die Eltern hatten nur Unverständnis und Wut übrig gehabt, wenn sie auch später wesentlich mehr Einsicht zeigten als die anderen.

Es war für ein Kind immer schwierig für sich selbst zu kämpfen, wenn man allein stand und niemanden an seiner Seite hatte, die die Geschichte bestätigten, keine eindeutigen Beweise vorzeigen konnte. Denn die Mehrheit hatte immer recht. Schließlich würden sich Kinder niemals gegen ein anderes verbünden.

Fassungslos schüttelte Valentin den Kopf, legte das Blatt zur Seite und kniff kurz die Augen zusammen, da er sich an sich selbst erinnert fühlte. Es schien ihm fast schon wie ein Déjà-vu.

Auch wenn die aufkommenden Bilder vor seinem inneren Auge nicht die seinen waren, fühlte es sich im ersten Moment genau so an, sorgten für ein ungutes Gefühl im Magen.

Er war selbst nie sonderlich beliebt gewesen, eher im Gegenteil. Auch er hatte Ausgrenzung und Mobbing erfahren, wäre aber niemals, wie der Junge, so aus der Haut gefahren. Dennoch konnte er es verstehen und sogar nachvollziehen. Es war ihm absolut verständlich und wenn er ehrlich zu sich selbst war, dann hatte er eher kein Verständnis für sich selbst, wie hatte er nicht aus der Haut fahren können?

Das war etwas, das ihm vorhin schon durch den Kopf ging. Nur weil zwei Menschen, der Junge und er in diesem Falle, eine ähnliche Vergangenheit hatten, reagierte jeder anders drauf, zog andere Schlüsse, reagierte anders. Sie waren zwei vollkommen unterschiedliche Menschen.

Denn ganz gleich wie viel zwei Menschen gemeinsam haben, wie ähnlich die Situationen, die Vergangenheit oder Gegenwart auch sein mochte. Die Facetten, in denen sie schimmerten, waren von einer Zahl, die man nicht mehr zählen konnte.

So hatte der Mann, dem diese Akte gehörte, mit einer eventuellen Kurzschlussreaktion und damit einhergehender Gewalt reagiert, einen Schulverweis bekommen und aus seinen Fehlern gelernt.

Valentin selbst hatte es anders kompensiert. Er hatte … Irritiert zog er die Augenbraue zusammen, biss sich auf die Unterlippe und strich sich dann fahrig durch die losen Haarsträhnen. Wieder Schwärze in seinen Gedanken, eine Lücke in seinem Lebenslauf, Unwissen über seine Vergangenheit.

Wut überkam ihn und er konnte nur am Rande wahrnehmen, wie er seine Fingernägel in seine Handballen grub, bis dort rote Striemen zu sehen waren, teilweise blutig. Als er es dann endlich bemerkte, schluckte er, zwang seine Faust zu entspannen und legte sie zitternd auf seine Beine.

Er musste sich beruhigen.

Man konnte nicht alles an die Oberfläche zwingen, was man nicht mehr wusste. Er hatte es mit gutem Grund verdrängt und der Psychologe in ihm wusste auch zu genau, dass man sich mit Zwang noch mehr Mauern aufzog als ohne.

Aber der normale Teil in ihm, der Valentin-Teil, wollte es nicht hören.

„Ganz ruhig …" Seufzend zog er die Luft ein und stieß sie ruckartig, zitternd wieder aus.

Er wiederholte es ein paarmal, bis er spürte, wie er sich beruhigte und wieder seinen Blick auf die Akte warf.

Was auch immer er getan hatte, er wusste aus seiner eigenen Akte heraus, dass er nicht alle zusammengeschlagen hatte und einige davon sogar ins Krankenhaus befördert hatte, so wie dieser Junge es getan hatte.

Vermutlich hatte er es einfach nur wortlos über sich ergehen lassen und stumpf in die Tage hineingelebt, gehofft, dass sie bald endeten. Einzig vom Willen zu lernen angetrieben und alles andere ausblendend. Jedenfalls würde er das aus seiner heutigen Position heraus analysieren, wenn er sich seine eigene Akte und manche Geschichten ins Gedächtnis rief. Er war einfach kein Kind gewesen, das andere verletzte oder ernsthaft reagierte.

Eine Gänsehaut bildete sich auf seinen Armen, allein bei der Vorstellung anderen willkürlich und starke Schmerzen zuzufügen, weil ihm die Sicherungen durchbrennen. Aber er konnte, wollte und durfte überhaupt nicht urteilen.

Auch wenn ganz tief in ihm, weit in der verführerischen Dunkelheit verborgen, eine tiefe Stimme war, die ihn rief. Eine Stimme, die bei diesen Gedanken fast schon anfing wohlig zu schnurren, diese Idee zu begrüßen schien. Doch das war nicht unbedingt die ungewöhnlichste Feststellung, die er traf. Viel erschreckender war das warme Gefühl in seinem Bauch und das unwillkürliche Lächeln, das sich dabei auf seine Lippen geschlichen hatte.

Der Braunhaarige riss, über sich selbst erschrocken, die Augen auf, schüttelte heftig den Kopf und murrte unwillig. Er musste definitiv aufhören ständig so weit in seine Gedanken zu versinken. Diese Ausflüge waren alles andere als gesund, denn dort verbargen sich die Schatten derer, die er gejagt hatte.

Derjenige war damals ein Kind gewesen, dementsprechend wurden keine Strafen erlassen, nur der Ausschluss der Schule, was vermutlich eher tolle statt schlechte Neuigkeiten für ihn gewesen waren.

Ansonsten fand er in der Akte nichts Erwähnenswertes stellte er nach einigem Durchblättern fest.

Die Akte war okay, bis auf den kleinen Aussetzer in der Schulzeit, aber das konnte jedem passieren. Solange es nicht wieder vorkam oder derjenige damit Probleme hatte, konnte er schlecht etwas dagegen unternehmen. Ganz davon abgesehen, dass er auch nichts unternehmen würde, wenn er könnte. Schließlich war er nicht auf der Suche nach neuen Patienten, die er nach Belieben betreuen konnte, sondern nach etwas ganz anderem. Alles andere, was er auf diesem Weg finden würde, würde er einfach ausblenden und ignorieren.

Es waren schließlich nicht seine Probleme.

Jedenfalls schien er keine weiteren Aggressionsprobleme zu haben, an sich selbst und an der Situation damals gewachsen zu sein.

Nachdenklich summte er unsicher, ob es die richtige Einschätzung war, doch er nickte sich selbst zu.

Weshalb diese Unsicherheit? Er fand nichts, er war sich sicher, also sollte er es nicht wieder über Bord werfen, nur weil er sich ärgerte, nichts gefunden zu haben, was auf den Killer hindeuten würde.

Er schlug die letzte Seite auf und drehte das Blatt um, um es wieder an den Anfang zu heften, hielt allerdings inne, als er auf das durchaus bekannte Gesicht blickte.

Überraschung spiegelte sich in seinem Blick, deutlich und für jeden Laien zu erkennen, würde ihn denn irgendjemand in seinen eigenen vier Wänden beobachten.

„Scott …", murmelte er überrascht und strich unbewusst über das kleine Gesicht auf dem Bildchen. Dass er je so etwas erfahren musste, hätte er nicht für möglich gehalten. Seine kühle, unberechenbare Art; der Schutzwall, den er grundsätzlich um sich herum hatte, ließ ihn eher unnahbar statt verletzlich wirken.

Aber vielleicht war genau aus dieser Not der Schild entstanden. Reiner, instinktiver Selbstschutz.

Seine Augenbrauen wanderten etwas nach oben, seine Mundwinkel zuckten traurig und er heftete das Blatt endlich wieder ein, ehe er sich einen kleinen Notizzettel nahm und mit seiner verschnörkelten, eher steifen Schrift eine kleine Notiz darauf hinterließ und sie sich selbst an die Kaffeetasse heftete.

Wenn er arbeitete, vergaß er meistens so viel, weshalb er immer extra den Stapel Blätter bei sich hatte, oder wahlweise sein Notizbuch, um sich wenn nötig etwas aufzuschreiben, wenn er sich etwas merken wollte.

Seine Patienten oder auch die Menschen allgemein taten es immer als ein absolutes Klischee der Psychologen ab, doch zumindest Valentin bestätigte es vollständig. Würde er während seiner Sitzungen nichts zu schreiben haben, wären ihm schon viele kleine Details bei seinen Patienten entgangen. Wenn er ihnen zuhörte und sie dabei noch intensiver beobachtete, erschlossen sich viele Erzählungen von selbst, auch die stummen, die eigentlich nicht verraten werden sollten. Es war ihm eine Hilfe, sich mehr in seine Klienten hineinversetzen zu können, sie kennenzulernen und anhand dessen die Therapie besser anpassen zu können.

Denn neben den Worten waren Gesten und Mimik sehr aufschlussreich, weil sie das erzählten, was verborgen bleiben sollte.

Allerdings würde er all diese kleinen Details vergessen, wenn er sie nicht prompt aufschrieb. Grund genug in seinen Augen, um die Notizen zu jedem Einzelnen in seinem Stuhl penibel zu ordnen. Er konnte einfach nicht verantworten etwas eventuell Wichtiges zu vergessen.

Wie in diesem Falle sich mal mit dem Mann zu unterhalten und eventuell seine Hilfe anzubieten. Nicht unbedingt als Psychologe, er bezweifelte, dass der Braunhaarige zu ihm kommen würde. Wenn er ihn richtig einschätzte, würde er nämlich eher sterben, als freiwillig bei ihm aufzutauchen. Aber er wollte vielleicht als Freund für ihn da sein und ein offenes Ohr anbieten, wenn er es brauchte.

Auch wenn er vor wenigen Minuten noch gesagt hatte, dass er nicht auf der Suche nach anderen neuen Problemen war, so konnte er diesen Mann nicht einfach ignorieren. Auch wenn sie nicht wirklich als Freunde zu bezeichnen waren, so kannte er ihn doch und das war in seinen Augen ausschlaggebend genug.

Er musste nur daran denken, mit ihm zu reden.

„Du bist es also nicht ...", murmelte er mehr zu sich selbst als zu irgendjemanden sonst, wirklich mitbekam er es allerdings nicht. Es war ein unbewusster Vorgang, als er Scott auf den Stapel der Ablehnung legte und steif aufseufzte. Jetzt war wirklich nicht mehr viel übrig.

Die nächste Akte landete schnell vor ihm. Jedoch stand er vorher kurz auf, goss sich neuen Kaffee ein und streckte sich ausgiebig, um wieder etwas Gefühl in seinen Gliedmaßen zu spüren, welches ihn über die letzten Stunden einfach nur abhandengekommen war.

Bis auf den Zettel an seinem Kaffee hatte er sich auch keinerlei Notizen gemacht, wozu auch? Absolut nichts in diesen ganzen Akten war aufschlussreich. Alles verwöhnte Menschen, die eine gute Kindheit hatten, auch eine gute Jugend und ein ruhiges Erwachsenenleben. Sie gingen alle ihren Jobs nach, hatten keinerlei Probleme, abgesehen von finanziellen Schwierigkeiten hier und da. Doch wirklich auffällig oder erwähnenswert war absolut nichts davon.

Wobei auffällig immer relativ war. Der Psychologe ging oft nach Intuition, folgte ihr, auch wenn der ausschlaggebende Punkt nur eine kleine Formulierung oder ein Wort war. Oftmals führte sie ihn an ihm unbekannte Orte und offenbarte noch viel mehr interessante Wendungen. Doch bisher hatte sie nicht angeschlagen, nicht einmal gezuckt.

Was erwartete er auch in einer Stadt wie dieser? Hier war noch nie sonderlich viel los gewesen, vor dem Mord an seinen Eltern mal abgesehen, war es allen voran ruhig und beschaulich. Keine sonderlich großen Vorfälle, auch nicht nachdem er jahrelang verschwunden war.

Es war ein Wunder, dass überhaupt so eine große Polizeistation vonnöten war.

Natürlich geschahen genug grausame Dinge, die aufgeklärt werden mussten, aber eher wenig bis nichts, was die Stadt wirklich in Atem hielt und an die Öffentlichkeit gelang. Vieles wurde einfach unter der Hand bearbeitet und fand dort sein Ende und man konnte einen geflissentlichen Schlussstrich ziehen.

Dennoch hatte er das Gefühl, dass er seine Intuition in den Staaten gelassen hatte. Oder sie befand sich in einem ewigen Winterschlaf, denn sie hatte während des gesamten Falles noch nicht einmal ihren Kopf gehoben, geschweige denn die Nase gerümpft. Sie blieb einfach verdammt ruhig und schien ihm seinem Schicksal zu überlassen.

Ein Seufzen schlich sich aus seinem Hals, als er sich endlich wieder setzte und dabei etwas von seinem köstlichen, aber kalten Kaffee verschwendete.

Seine Lippen verzogen sich zu einer griesgrämigen Grimasse und seine Finger wanderten wie von selbst zu dem Zellstofftuch, um dieses eher grob statt sanft über die verunreinigte Akte fahren zu lassen. Wie konnte man so trantütig sein, dass man seine Akten verschandelte?

Oh, nun, es waren ja nicht einmal seine eigenen, sondern die vom Polizeipräsidium. Dennoch war es schade um die Akten. Ob diese so begeistert darüber waren, dass er sich so viele Akten mitgenommen hatte, wollte er bezweifeln, aber bis heute kam noch nichts von ihnen, dass er sie hätte zurückgeben müssen, weshalb er sich selbst nicht stresste, diesem nachzukommen, wenn er einen Stapel erledigt hatte. Sollten sie halt warten.

Wobei Valentin es durchaus für wahrscheinlich hielt, dass sie es noch nicht einmal bemerkt hatten, dass ein ganzer Stapel an Akten fehlte. Denn wenn er sich das Archiv ins Gedächtnis rief, sah es nicht unbedingt so aus, als ob man da viel aus- und eingehen würde, um sich wirklich darum zu kümmern. Es glich viel mehr einer Kammer von „Erledigt und Vergessen".

Natürlich hätte er sich auch in die Datenbank einloggen können, um alles digital abzurufen, aber dann wäre seine Art des Versteckens vergebens. Denn dort würden immer das Bild und der Name angezeigt werden, ganz gleich, was er tat und das wollte er ja verhindern. Ganz davon abgesehen, dass seine ganze Aktion dann nicht mehr so heimlich wäre, wie sie es zu diesem Zeitpunkt noch war. Da sich keiner um die analogen Akten scherte und auch die Wachen eher unbegeistert auf diesen Raum achteten, war es ein Leichtes sich die ganzen Sachen auszuleihen, ohne dass er jemanden davon unterrichtete.

Zumal analoges Durchsuchen viel effizienter war als digitales. Digital übersah man so viel, wie man es analog eher weniger übersah.

Kopfschüttelnd riss er sich selbst aus seinen Gedanken und schmiss das nun durchtränkte Tuch unachtsam Richtung Spüle, um sich dann den Schaden näher zu besehen.

„Nur oberflächlich …", stellte er zufrieden fest, schmunzelte leicht und zog sie dann endgültig zu sich heran, anstatt sie einfach weiter anzustarren. Vielleicht wurde er endlich hier fündig?

Auch wenn es unwahrscheinlich war, so wollte er die Hoffnung doch einfach nicht aufgeben.

Der Psychologe hatte absolut keinen Blick mehr für die Uhr, sobald er sich einmal in diese Akte eingelesen hatte. Das unaufhörliche Ticken der Uhrzeiger drang überhaupt nicht mehr zu ihm durch, obwohl er es sonst immer wahrnahm, da es ihn auf irgendeine Art und Weise beruhigte. Doch je mehr er sich in dieser Akte verlor, desto mehr rückte alles in den Hintergrund und verschwamm. Es schien nur noch diese Zeilen und ihn zu geben, alles andere existierte nicht, wurde schwarz, endete im Nichts.

Es gab keine Zeit mehr, keine Gegenwart, zu der er hätte zurückgehen können, denn je tiefer er sich in die Akte las, desto größer wurde die Gänsehaut auf seiner Haut.

Er hätte nicht einmal sagen können, weshalb er genau so reagierte, wirklich Schlimmes stand nicht drinnen. Genau genommen stand überhaupt nichts Schlimmes drin, was irgendwie darauf hindeutete, dass der Besitzer dieser Akte in der Dunkelheit gefangen war. Abgesehen von eventuellen Depressionen, die ihn heimsuchen dürften.

Eine herzergreifende Vergangenheit, die von Schmerzen geprägt war, machte niemanden zum Mörder, bei Weitem nicht.

Aber irgendetwas lag hinter diesen Zeilen, an den kleinen handschriftlichen Notizen am Rand.

Irgendetwas ging von dieser Akte aus, was er nicht greifen konnte. Eher unbewusst stellte er sich das Ganze als schwarze Aura vor, die von dieser Akte ausging und ihn regelrecht in seinen Bann zog. Fast schon magisch, wobei es so etwas wie Magie überhaupt nicht gab.

Vielleicht war es auch einfach wieder seine Intuition, die zuschlug?

„Renn doch nicht so!", rief die warme, helle Stimme gespielt entrüstet, hob den Arm und ließ ihn seufzend wieder fallen. Was sie auch sagte, der Junge würde ohnehin nicht auf sie hören, das wusste sie. Aber wirklich sauer war sie nicht, eher im Gegenteil.

Sie freute sich so unfassbar, dass der Junge sich eingelebt hatte und mehr und mehr zu ihrer Familie wurde, dass sie es mit einem leichten Herzen, einem Lächeln aufnahm, wenn er sich so frei und glücklich bewegte, wie er es nun tat.

Schließlich war all das keine Selbstverständlichkeit. Im Gegenteil, jeder Schritt in diese Richtung war hart erarbeitet und jede Mühe wert.

Das breite Lächeln auf seinem Gesicht war reine Belohnung, wenn sie daran dachte, wie lange es gedauert hatte, bis er sich tatsächlich eingelebt hatte.

Natürlich gab es hier und da weiterhin Schwierigkeiten, doch die schlimmsten Zeiten hatten sie überstanden, gemeinsam.

Ihr Mann war vielleicht kein leichter Umgang, hier und da etwas aufbrausend, aber auch er hatte sich immer mehr unter Kontrolle und schadete niemandem mehr, so wie er es früher getan hatte. Nicht nur einmal war sie mit einem blauen Fleck davongekommen oder hatte sich nachts ins Bad geschlichen, um offene Wunden zu versorgen, die er ihr in Rage zugefügt hatte. Doch alles in allem war er ein guter Mann, ein toller Mensch.

Man musste nur hinter die Fassade blicken wollen und nie hatte er die Hand gegen die Kinder erhoben. Allgemein war er viel ruhiger, seit die beiden da waren und ihr Leben bereicherten. Er liebte die beiden Kinder abgöttisch, ebenso wie sie. Auch den Job hatte er damals gewechselt, um mehr Zeit zu Hause verbringen zu können.

Ihre Freunde hatten sich alle gewundert, weshalb sie bei ihm blieb, aber sie wusste ja, was für ein herzensguter Mensch in ihm steckte, auch wenn er ab und zu die Hand gegen sie erhoben hatte, hätte sie es nicht über das Herz gebracht, ihn zu verlassen.

Weshalb sollte sie auch?

Sie liebte ihn.

Ebenso wie ihre beiden Kinder dachte sie lächelnd, als sie den Blick wieder hob und den schmalen Jungen vor sich beobachtete, der vollkommen ungeduldig an der Laterne wartete. Die Hände klammerten sich an den kühlen Mast, die Beine umschlangen ihn und er versuchte hinaufzuklettern, rutschte aber immer wieder herunter und machte affige kleine Posen, um sie zum Lachen zu bringen oder aber um sich die Zeit zu vertreiben, bis sie endlich bei ihm war.

Sie lachte nur leise auf, hielt sich die Hand amüsiert vor die Lippen und schüttelte den Kopf.

Der Junge war wirklich unverbesserlich.

„Bleib doch stehen und renn nicht so weit vor, was soll ich denn machen, wenn ich dich aus den Augen verliere?", seufzte die Frau leise, legte ihre Hand auf den Kopf des Jungen und erlaubte es sich, durch seine Haare zu fahren, auch wenn er das überhaupt nicht leiden konnte.

„Orrr, Mama, lass das!", rief er fuchsteufelswild aus, ließ die Laterne los und fuchtelte wild mit den Armen, um sie von sich zu stoßen.

Doch er erntete nur ein warmes, lautes Lachen und wurde dadurch noch etwas mürrischer. Seine ganze Frisur war ruiniert!

Ihr Herz schlug jedes Mal einen glücklichen Purzelbaum, wenn er sie tatsächlich „Mama" nannte. Denn auch das war keine Selbstverständlichkeit, umso mehr freute es sie, wie leicht und natürlich es ihm mittlerweile fiel und er sie tatsächlich akzeptiert hatte.

„Keine Sorge, du bist genauso schön wie vorher", konterte sie amüsiert und gab ihm einen kleinen Knuff in die Wange, um dann nach vorn zu deuten, damit sie endlich weitergehen konnten. Schließlich wollten sie noch einkaufen, um für seinen Bruder ein kleines Festmahl zuzubereiten, worauf er sich freuen konnte, wenn er aus der Schule kam.

Schließlich war es sein Geburtstag und der Jüngere bestand darauf, ihn zu überraschen, eine Bitte, mit der sie mehr als nur einverstanden war.

„MAMA!" Der schrille, heisere Schrei ging vollkommen im Lärm unter, der um sie herum entstand. Die Einzige, die wirklich schwieg, war sie selbst, da alles viel zu schnell ging, sie es einfach nicht nachvollziehen konnte und es ihr auch so unmöglich schien, auch nur einen Ton hervorzubringen.

Sie streckte nur die Hand aus, wollte ihren Jungen packen, der grob zur Seite gestoßen wurde und beinahe auf der Straße landete, nur knapp dem nächsten Auto entkam aber ansonsten wie festgefroren sitzen blieb und auf die Szenerie vor sich starrte.

„Lauf!", war alles, was sie noch hervorbrachte, bevor das Blut ihren Weg in ihre Lunge schaffte und sie röcheln ließ.

Sie fasste sich an den Bauch, sank auf die Knie, viel zu schwach, um sich weiter auf den Beinen zu halten, denn auch das Adrenalin nahm rapide ab, nahm jegliche Kraft mit sich.

Vollkommen kraftlos, aber besorgt genug um ihren Jungen versuchte sie die Augen offen zu halten, auch wenn es gänzlich unmöglich schien.

Ihre Lider waren so schwer. So verdammt schwer … Weshalb musste man atmen, wenn das eigene Blut den Rachen verstopfte und einen daran hinderte?

SCHATTEN

„Stell dich nicht so an …!", seufzte er ruhig und hielt die Hand ausgestreckt, darauf wartend, dass der Junge ihm endlich die Hand reichte, damit er sich die Wunde ansehen konnte. Natürlich wusste er, dass sein Satz nicht unbedingt zur Linderung der Schmerzen beitrug. Eher im Gegenteil, er machte es schlimmer als es ohnehin schon war, wie er an Chris' Tränenfluss unschwer erkennen konnte. Von seinem Gebrüll ganz zu schweigen.

„Chris …!", ermahnte er ruhig, bestimmt, aber dennoch hart genug, dass der Junge tatsächlich für einen Moment schwieg. Mit roten, verquollenen Augen sah er ihn an, ließ die Tränen stumm weiter fließen und zitterte am ganzen Leib.

Er schluckte offensichtlich und hart, traute sich nicht zu ihm herüberzukommen, doch er wackelte auffordernd mit der Hand. Denn auch wenn die Situation ein gewisses Fingerspitzengefühl erforderte, so merkte er selbst wie ihm die Geduld entglitt.

„Komm her!", wiederholte er betont ruhig, begleitet von einem leisen Seufzen. Er musste sich unbedingt diese Wunde ansehen, bevor irgendetwas geschah, was er noch weniger wollte, als diese kleine weitere Verunstaltung.

„Es ist nur …" Wieder stockte er leicht, verkniff sich die weiteren Kommentare und bemühte sich sichtlich darum, einen weichen Gesichtsausdruck auf sein Gesicht zu zaubern.

„Komm schon, ich möchte dir helfen …", setzte er dann doch hinzu, ehe der Junge sich endlich bequemte und von seinem Stuhl herunterkam, um zu ihm zu kommen, die Wunde versorgen zu lassen.

„Wie leichtsinnig …", murmelte er, mehr zu sich selbst als zu dem Jungen, wandte den Blick ab und zog ihn vorsichtig an der unverletzten Hand hinter sich her ins Badezimmer. Dass er dabei überall Blutspuren in dem Haus verteile, ignorierte er für den Moment, das konnten sie später auch noch aufräumen.

„Setz dich!", wies er ihn an und deutete auf den Rand der Badewanne, an dem sich der Blonde tatsächlich nach kurzem

Zögern niederließ, mittlerweile deutlich ruhiger als zuvor und mit ausgestreckter Hand.

„Über die Wanne!", wies er ihn weiter an und versuchte die richtige Temperatur zu finden, um ihm das Säubern nicht ganz so unangenehm zu gestalten.

Hatte er eigentlich nicht vorgehabt, ihn aus diesem Thema herauszulassen? Jetzt verunstaltete er ihn schon persönlich.

Ein zynischer Gesichtsausdruck trat auf seine Züge, doch er schwieg und spülte das Blut von der Hand des Jungen, nahm sie in die Hand und rubbelte das schon leicht angetrocknete Blut ab.

Immer wieder zuckte der Schüler zusammen, schwieg jedoch verbissen und wollte seine Schmerzen nicht laut kundtun, ganz wie er es ihm einmal beigebracht hatte.

Wieder seufzte er, dieses Mal jedoch tonlos und schüttete nur leicht den Kopf.

„Was mach ich nur mit dir …", murmelte er, eher besorgt statt wirklich wütend.

„Es tut mir leid, Papa!", kam es jedoch strikt und leise von dem Jungen, sichtlich reuevoll über seinen Unfall, seinen schlechten Umgang mit dem Messer, sein Versagen bei diesem dämlichen Spiel.

Tatsächlich riss der Erwachsene den Kopf hoch, sah den Jungen mit einer Mischung aus Empörung und Unglaube an, schüttelte dann irritiert den Kopf und strich ihm über das wasserstoffblonde Haar. Tatsächlich bemerkte er nicht ganz, wie er die roten Blutspuren in dessen Haaren verteilte, aber darauf achtete er auch tatsächlich nicht. Viel faszinierender war die Reaktion des Jungen. Wollte er erst zurückschrecken, dachte er wohl, er sei tatsächlich böse auf ihn, so schmiegte er sich schnell an die Hand, die Berührung und genoss die Wärme, die er ihm zukommen ließ.

„Ich bin dir nicht sauer", fügte er dann noch hinzu und widmete sich wieder der Hand, welche mittlerweile sauber war, abgesehen von dem Blut, welches immer wieder nachkam.

„Das wird jetzt wehtun", warnte er ihn noch, ehe er damit begann, die Wunde zu desinfizieren und mit den bereitliegenden Bandagen fest zu verbinden, damit auch wirklich nichts passierte.

Jedenfalls nicht mehr als der kleine Finger, der ihm nun fehlte.

Vielleicht sollte er das nächste Mal weniger scharfe Messer nutzen, es war immerhin nicht der erste Finger, der in der letzten Zeit verschwand.

Angst sitzt tief,
Wissen darunter.
Dunkle Löcher,
stopfen, was genommen.
Licht zu bringen,
schweres Ziel.
Doch gefällt dir, was du im Schein je siehst?

INTERMISSION

Himmel und Hölle.

Das sind zwei Begriffe, die allen bekannt sind, nicht? Jeder weiß, was es mit den beiden Bezeichnungen auf sich hat.

Jeder schlottert bei dem Gedanken an eines davon, jeder fühlt sich mit der anderen Bezeichnung eher wohl.

Weiß und Schwarz, zwei nicht bekannte Farben, in die man die Welt einteilt.

Zwei Dinge, nach denen sich alles richtet. Doch was gehört wozu?

Was war weiß, was ist schwarz? Kann es sich nicht vermischen und zum Grau werden? Kann es nicht einfach sein, dass beide Farben so fließend ineinander übergehen, dass man sie überhaupt nicht trennen kann?

Sie gehören zusammen wie die Sonne zum Mond. Nichts ist besser oder schlechter als das andere.

Es kommt lediglich auf die Sichtweise an, oder nicht?

Für die einen bedeutete der Mond Freiheit, Feierabend, Ruhe und Entspannung, für andere bedeutet es Wahnsinn und Qual. Mit der Sonne verhält es sich doch genauso. Die einen freuen sich darüber, die Nächsten vermeiden sie, wo es nur geht, um nicht der Gnade der hellen Scheibe ausgesetzt zu sein.

Doch was genau bestimmt nun, was schwarz und was weiß ist? Wie unterscheidet man diese beiden so verschiedenen Bereiche richtig?

Weiß steht allgemein für das Gute im Leben, die guten Taten der Menschen. Die Weisheit, die man noch so sehr mit dem Löffel fressen konnte, die aber am Ende versagte, wenn sie an die Grenzen des eigenen Verstandes drang.

Schwarz wiederum für das Dunkle, die bösen Taten, das Schlechte im Menschen. Die Abgründe, die so tief erscheinen, dass man sie nicht erfassen kann.

Doch was genau war jetzt gut und was schlecht? Wer begann gute und böse Taten?

Ist es überhaupt so einfach zu filtern? Man kann noch so viel Gutes im Leben tun, der warmherzigste Mensch überhaupt sein, jedem die Wünsche von den Lippen ablesen, aber ist man dann wirklich ein guter Mensch? Alle würden bestimmt sofort „Ja" sagen, ohne weiter darüber nachzudenken, oder?

Doch was ist mit den eigenen Abgründen eben dieses Menschen? Wenn er bei jeder Tat selbst leidet, weil er sich für andere aufopfert und selbst nicht zum Zuge kommt? Ist das schon schwarz? Oder wenn er einem anderen hilft und dabei, unbeabsichtigt, die Chancen für einen anderen nimmt? Ist es dann schwarz?

Für denjenigen, der durch diese Hilfe seine Chance verloren hat, wird der Mensch ein Böser sein, er wird ihn beschimpfen, verfluchen, unwillig sein seine Niederlage einzusehen, weil er zurückstecken musste.

Also ein schlechter Mensch. Dabei hat er doch anderen geholfen, nicht?

Gut und Böse verschwimmt ineinander und das so fließend, dass man es nicht festlegen kann.

Natürlich, Gesetzte helfen dabei, die Abgründe der Menschen einzudämmen und für Ordnung zu sorgen, aber steckten sie wirklich die Grenzen fest?

Immerhin wurde ein Kinderschänder milder behandelt als ein kleiner Dieb, der die Tankstelle überfallen hatte.

Wo beginnen die wirklichen Abgründe, wovor sollte man wirklich Angst haben?

Üben nicht Mörder Gerechtigkeit aus, die in ihren Augen angebracht ist? Waren sie in ihren eigenen Augen nicht gute Menschen, die anderen halfen, indem sie diese vor den anderen beschützten? Natürlich war Mord eine ziemlich radikale Lösung, aber gab es wirklich einen anderen Weg, seine Mitmenschen vor gefährlichen anderen zu schützen? Für Mörder scheint es logisch, sie fühlen sich freier, besser, überlegen.

Und wir? Wir verurteilen sie für ihre Entscheidung und bezeichnen es als etwas Bösartiges. Menschen waren gestorben, das war schlecht.

Aber starben nicht auch massenweise Menschen in Kriegen, die wegen den banalsten Dingen ausgerufen wurden? Fand man nicht auch da die tiefsten Abgründe der Menschen?

Mit welcher Rechtfertigung waren Kriege etwas anderes als Mord? Mit welchem Recht nimmt man sich heraus, diese als notwendig und gut zu bezeichnen? Menschen starben, massenweise Unschuldige, die zwischen den Fronten standen und stehen würden. Je nachdem auf welche Seite man blickte, traf man die Guten oder die Bösen.

Letzten Endes kommt es doch auf die Sichtweise des Einzelnen an, was wirklich gut oder böse ist, nicht?

Für die einen sind die eigenen Abgründe der Seele das Bösartigste auf der Welt, für den Nächsten sind es Mörder und Vergewaltiger.

Jeder lebt doch in seiner eigenen Blase, mit seinen eigenen Regeln, Gedanken und Wünschen. Für absolut jeden spricht doch etwas anderes das Wort „Gefahr" aus, nicht?

Was ist für einen selbst gut, was böse? Was akzeptierst man als grau, wohin gehen die eigenen tiefsten Grenzen, wenn es um die Unterscheidung geht?

Oder schwimmt man im grauen Nichts der Welt und akzeptiert alles so, wie es war ohne darüber zu urteilen?

Wer nimmt sich eigentlich das Recht heraus, über die Gefühle anderer zu urteilen, einem vorzuschreiben, was gut und was schlecht ist?

Kenne die eigenen Grenzen und dann kennt man zumindest die eigene Wahrheit.

Was ich eigentlich damit aussagen möchte:

Erkennt man sich selbst, stellt sich den wahren Feinden, der wahren Bedrohung und urteilt nicht vorschnell, so kann man die vielen Facetten der Welt leichter für sich selbst einordnen.

Man schaut sich alle Seiten an, hört zu, liest zwischen den Zeilen und urteilt dann, sofern man überhaupt in der Position ist urteilen zu können, dürfen.

Aber man sollte niemals mit einem starren Blick durch die Welt wandern, der nur eine Wahrheit kennt.

Versucht zu verstehen, nicht unbedingt nachzuvollziehen, aber lernt alle Seiten zu betrachten.

Ein Tunnelblick, ganz gleich worauf, ist niemals gut.

18. WALD

Die Sonne verschwand langsam, aber stetig hinter den kleinen Bergen in der Ferne, verdeckt von den Bäumen, die den Rand der Straße säumten. Der Anblick war vollkommen idyllisch, ebenso die Rufe der Vögel, die Rufe des Waldes. Alles wirkte im Einklang, ruhig, besonnen und im Gleichgewicht der Natur.

Wäre da nicht der Regen, der sich unaufhörlich seinen Weg auf die Erde bahnte. Er vertrübte alles, ließ es in matschiges Grau verschwimmen. Doch das war nichts, worüber sich Valentin auch nur annähernd Gedanken machte.

Im Gegenteil, er registrierte es nicht einmal wirklich, er war mit dem Sturm in seinem Inneren beschäftigt. Auch wenn er an dem Auto lehnte und mittlerweile vollkommen durchnässt war, störte es ihn nicht. Tatsächlich bekam er es kaum mit, auch wenn sein Körper bereits angefangen hatte zu zittern.

Ihm war kalt, wenn auch nicht vom Regen. Der Anblick des Waldes hatte ihm schon, seit er hier stand, immer wieder einen eisigen Schauer über den Rücken gejagt und er konnte selbst nicht genau definieren, weshalb.

Irgendwie kam ihm dieser Wald vertraut vor, regelrecht bekannt, doch nicht auf die gute Art. Es war Grauen, welches ihm die Haare zu Berge stehen ließ.

Angst.

Doch wenn er tiefer in sich hineinhörte, noch viel tiefer als er es normalerweise tat, der Dunkelheit erlaubte sich zu öffnen, war dort Erregung und skurrile Freude zu finden.

Gefühle, die er nicht haben wollte, nicht fühlen wollte und ihnen sicherlich nicht erlauben wollte, an die Oberfläche zu kommen. Sie durften niemals den Duft der Freiheit genießen, denn Valentin war sich fast schon sicher, sie dann nicht mehr wegsperren zu können. Sie würden in ihm um ihre Macht kämpfen, aber würde er in der Lage sein die Oberhand zu behalten?

Doch das konnte er nicht zulassen, musste sie verstecken, begraben und die Tür erneut verschließen.

Doch er spürte selbst, dass die Dunkelheit bereits einen Fuß zwischen die Tür geklemmt hatte und nicht zuließ, sich erneut wegsperren zu lassen. Endgültig hatte sie die Schnauze voll und wollte sich nicht mehr zurückziehen. Sie war hier, bei ihm, hauchte ihm in den Nacken und belehrte ihn, dass sie immer anwesend sein würde, auch wenn er es nicht wahrhaben wollte.

Ihm schauderte es erneut und er rieb sich eher unbewusst über die Arme, in der stumpfen Hoffnung sich etwas aufwärmen zu können, doch nichts dergleichen wurde ihm vergönnt.

Weder wurde er durch die vertraute Berührung einer Umarmung, wenn auch nur von ihm selbst, ruhiger noch wurde ihm wärmer von der ganzen Geschichte.

Seine Lippen verzogen sich unfreiwillig, hingen nun mehr als in der Waagerechten zu liegen.

Es gefiel ihm nicht, wirklich nicht, hier zu sein und mit sich selbst zu ringen, ob er nun weitergehen oder doch lieber warten sollte. Hier zu sein und auszuharren, während er sich fragte, ob das, was er eigentlich tat und vorhatte, so eine gute Idee war. Denn wenn es wirklich nach ihm ginge, würde er auch nicht wie ein begossener Pudel hier stehen und warten.

Doch seine Dunkelheit hatte ihn gedrängt, ebenso seine Neugier, seine perfide eigene Ader. Sein eigener Sadismus, sein eigener Masochismus war auf die Nachricht angesprungen wie ein läufiger Hund, nicht mehr aufzuhalten.

Keine Zurückhaltung war mehr in seinen Adern zu finden, nicht nach allem, was er gelesen und sich zusammengereimt hatte.

Er musste es einfach wissen.

Wissen, ob er in die richtige Richtung lief oder aber gegen eine harte, unnachgiebige Wand.

Würde er an sein Ziel kommen? Würden seine Gedanken endlich Erlösung finden oder würde er ihnen ewig hinterherrennen, stolpernd wie ein kleines Kind, das verzweifelt versuchte seiner Mutter hinterherzurennen.

Wollte er überhaupt, dass seine Suche endete?

Seine Zähne rieben lautstark übereinander und der Braunhaarige zuckte vor dem Geräusch selbst zusammen und knurrte unwillig.

Wo blieb der Idiot?

Einen Fluch auf den Lippen ließ er seinen Blick noch einmal über den Wald fliegen, der sich in der Zwischenzeit fast gänzlich der Dunkelheit hingegeben hatte, ehe sein Blick zurück ins Auto fiel, wo die Akten auf dem Beifahrersitz ruhten.

Tatsächlich kam es ihm nicht so vor, dass er völlig überstürzt und verstört das Haus verlassen hatte, um zu dieser Adresse zu fahren, oder besser gesagt zu diesem Wald.

Aber es hatte ihm keine Ruhe gelassen, es hatte einfach keine Möglichkeit gegeben es auf später zu verschieben.

Sein Herz raste allein bei dem Gedanken an die SMS und er spürte den Kloß erneut in seinem Hals stecken, der ihm die Luft ebenso abschnürte wie zu dem Moment, als er die Nachricht erhalten hatte.

Was war nur passiert? Mit einem Schlag ging alles so unfassbar schnell, dass er sich nicht sicher war, es überhaupt noch greifen zu können. Es lief einfach wie ein Film vor seinem inneren Geist ab und zog ihn mit, ob er sich dagegen sträubte oder nicht, denn wenn er nicht folgte, würde er fallen und vielleicht nicht mehr aufstehen können.

Die Zeit raste und ließ ihn stehen, unfähig einen Schritt zu gehen und sich mitreißen zu lassen, um weiter voranzugehen. Valentin war irgendwann ausgestiegen und hatte jede Möglichkeit verpasst erneut auf den Zug zu springen.

Gerade als er sich fast damit abfinden wollte, die Tasche schulterte, um endlich wieder auf den Zug der Zeit aufzuspringen, hatte etwas im Gebüsch geraschelt und ihn wieder zurückgezogen auf den Abstieg und zum Warten verdammt. Verdammt zum Suchen und Finden, weil seine Gedanken im Kreis rannten und ihm keine Ruhe ließen, ihn zwangen einen Zusammenhang zwischen allem zu finden.

Nun stand er hier, vollkommen durchnässt und durcheinander. Einerseits im Film gefangen, der ihn unbarmherzig mit sich riss und auf der anderen Seite zum Warten verdammt, weil er den Zug verpasst hatte und keinen Anschluss mehr fand, an dem er anknüpfen könnte und noch mitzubekommen, was um ihn herum geschah.

Am Morgen war er so früh aufgestanden, um ins Präsidium zu fahren und sich heimlich neue Akten zu holen, die er noch brauchte, um die Lücken eventuell zu schließen. Er war eben noch verschwunden, als auch schon die Ersten ankamen, die ihn hätten schräg ansehen können. In diesem Moment war er einfach nur froh gewesen, noch immer seinen Ausweis zu haben und sich demnach nicht endlosen Gesprächen hingeben zu müssen, um sich dann endlich ins Archiv schleichen zu können.

Auch wenn er einfach hätte fragen können, so wollte er nicht, dass irgendjemand wusste, dass er noch immer suchte. Sie hielten ihn ohnehin für irre, vollkommen durchgedreht oder sogar besessen, denn auch wenn es niemand laut aussprach, so sah er es in ihren Blicken. Sie verurteilten ihn, da er der Einzige war, der nicht mit dem Ergebnis zufrieden war und die ganze Sache einfach nur auf sich beruhen ließ. Er jagte Geistern nach und sehr zu seinem Leidwesen musste er sich endlich eingestehen, dass er sich dessen durchaus bewusst war.

Was glaubte er eigentlich zu finden?

Doch seit er auf der Gala diese Gespräche mitbekommen hatte, ließ ihn das Ganze noch weniger los als zuvor. Zusätzlich kam die Nachricht an seine Ohren, dass eine Kellnerin entführt wurde oder zumindest seit mindestens einer Woche nicht mehr gesehen wurde.

Ganz in seinem Element, wenn er solche Nachrichten mitbekam, konnte er natürlich nicht still sitzen und hatte sogar noch auf der Gala sein Handy gezückt, um der Sache auf den Grund zu gehen.

Zwar war er Psychologe und hatte in diesen Geschichten eigentlich nichts zu suchen, sich fernzuhalten und das Ganze den Profis zu überlassen, aber sein innerer Zwang, Geheimnisse zu lüften, drängte ihn immer wieder an seine Grenzen und an Orte, die er zuvor noch nicht kannte.

Seine Körpertemperatur war daraufhin schlagartig gesunken, ebenso die Färbung seines Gesichts. Sie glich eher einem Menschen, der seit Ewigkeiten keine Sonne mehr gesehen hatte, statt seiner üblichen Bräune, die er sein Eigen nennen durfte.

Er kannte die Frau, hatte sie zumindest schon einmal gesehen und allein dadurch verstärkte sich seine Sorge.

Die Sorge, die er schon seit Wochen mit sich herumtrug, aber niemandem wirklich mitteilte. Immerhin war es ein ziemlich lächerlicher, fast schon egoistischer Gedanke, zu behaupten alles würde mit ihm zusammenhängen, all diese Taten hätten etwas mit ihm zu tun.

Aber an diesem Morgen, war er schlagartig wach geworden, saß aufrecht im Bett und starrte mehr oder minder geschockt die Wand an, welche er in der Dunkelheit ohnehin nicht wirklich erkennen konnte.

Erneut war das Blut in seinen Adern gefroren und es schien ihm, als hätten sich kalte Hände auf seinen Hals gelegt und damit begonnen, ihm langsam, aber zielsicher die Luft abzudrücken.

Ihm war nach Schreien zumute, aber er brachte keinen Ton heraus und bewegte sich erst, als ihn ein kalter Schauer erfasste. Seine verstummten Stimmbänder waren ein Grund, über den er sehr froh war, als er niemanden antraf.

Noch im Traum hatten ihn alle bekannten Leichen heimgesucht. Er hatte ihre Gesichter gesehen, sie hatten ihn angesehen. Fast schon anklagend und mit dem Schrecken, dass ihm viele von ihnen tatsächlich bekannt waren, war er aufgewacht.

Kein besonders erholsamer Schlaf, wenn man es einmal genau nahm. Zwar schlief er schon seit der ganzen Geschichte eher unruhig und nicht sonderlich erholsam, aber diese Nacht hatte einfach alle vorangegangenen übertroffen.

Auch wenn er sich kaum an seine Vergangenheit erinnerte, so wusste er sicher, dass ihm die ein oder andere Leiche einfach nur bekannt vorkam. Es war ein Gefühl, das ihn einfach heimsuchte und dieses Gefühl war so klar zu fassen, dass er sich einfach sicher war. Einige dieser Menschen konnte er in den Tiefen seiner Unterlagen wiederfinden, bei anderen hatte er keinen Beweis, aber das Gefühl blieb und ließ ihn einfach nicht mehr los.

Mit zerbissener Unterlippe hatte sich der Braunhaarige in die Wohnung geschleppt, die Tür hinter sich ins Schloss geschmissen und wenig später die Akten auf den Tisch fallen gelassen, welcher daraufhin ein unsicheres Ächzen von sich gab.

Ohne sich wirklich des Schals zu entledigen, welchen er in aller Eile umgebunden hatte, hatte er sich an den Tisch gesetzt, den kalten Kaffee vom Vortag heruntergespült und sich daran gemacht unruhig jede einzelne Akte aufzureißen.

Denn irgendetwas saß ihm im Nacken. Dieser kalte Schauer, den er am Morgen gespürt hat, hing an ihm wie eine Klette und ließ ihn nicht in Ruhe. Woher er dieses Gefühl nahm wusste er nicht, bat aber im Stummen dafür, dass es verschwinden würde, wenn er die Akten weiterhin durchwühlte und – hoffentlich nichts finden würde.

Was er sah, was er zu lesen bekam, verstärkte den Griff um seinen Hals nur. Denn mit jeder geöffneten Akte war die Gewissheit größer, wirklich den ein oder anderen zu kennen, sich nicht mehr nur vage erinnern zu können, den ein oder anderen Namen in irgendeiner seiner Unterlagen zu finden.

Doch fürs Erste würde er diesen Umstand ignorieren, er musste ihn einfach ignorieren, weil es sonst seine Gedanken, seinen Instinkt komplett blockieren würde. Aber mit dieser Information, sich als Mittelpunkt zu nehmen, ließ sich auf die Entfernung arbeiten und einfacher die Fäden erkennen, die eventuell zusammenliefen und ihm die richtige Richtung wiesen.

Auch wenn sein Instinkt schrie, dass er es schon lange wusste, so wollte er Gewissheit haben und nicht blind raten und beschuldigen.

Er musste einfach für sich wissen, ob sein Instinkt der Logik oder eher der Panik entsprach, die er langsam spürte.

Er konnte nicht vollkommen wahnsinnig geworden sein.

Vielleicht aber war er es schon und jagte die Geister, dessen Existenz er vor wenigen Tagen noch sicher gewesen war. Woher auch sollte der Psychologe sonst so einen hirnrissigen

Gedanken nehmen, ausgerechnet er sei der Mittelpunkt? Wie arrogant konnte ein einzelner Mensch sein, diese Annahme zu stellen und auch noch zu verfolgen, in der perfiden Hoffnung eine Bestätigung zu finden?!

Er bettelte beinahe darum, dass es sich als Wahrheit herausstellte, seine Sorge bestätigt wurde und er beruhigt die unterschwellige Erregung annehmen konnte, die sich immer und immer wieder in seinen Geist, seinen Körper schlich. Diese unbändige Freude, das Feuer in seinen Adern, wenn er es wagte diesen Gedanken weiterzuverfolgen, seine Sinne einfach siegen zu lassen.

Kopfschüttelnd fixierten seine rehbraunen, warmen Augen die Akten vor sich und mit einem kräftigen Atemzug, der seinen Geist klärte, die Dunkelheit wieder zur Seite schob, begann er die Akten zu ordnen, ehe er sie erneut zur Hand nahm und die Zettel, die er sich zuvor bereitgelegt hatte, vollzuschreiben, um die Verbindungen zu erkennen.

Zwischen den Opfern musste es schließlich irgendeine Verbindung geben, die gab es immer.

Zumindest eine Verbindung zu ihm oder seinen Verdächtigen. Irgendetwas musste sich auftreiben lassen und vieles war nicht so schwer, wie er es sich zu Beginn gedacht hatte.

Zumindest vier der Opfer konnte er ohne weitere Schwierigkeiten zuordnen. Eine eher beunruhigende, statt beruhigende Tatsache, wie er daraufhin feststellte. Auch wenn er zuerst gehofft hatte sich danach besser zu fühlen, beruhigter, gefestigter, so war doch das genaue Gegenteil der Fall. Er fühlte sich noch unruhiger und fing an ebenso auf dem Stuhl herumzurutschen und sich immer wieder umzusehen, abgelenkt zu sein.

Diese Gewissheit barg mehr Unruhe als die Ungewissheit, die er zuvor hatte. Weshalb waren seine Instinkte in manchen Dingen so verdammt korrekt?

Er wollte nicht, dass seine Triebe gewannen, recht behielten und ihn zurückdrängten.

„Kann ich mich nicht wenigstens hier irren, mich komplett verlaufen?!", seufzte er leise, tief und rieb sich dabei über das Gesicht.

Anders als sonst war die Bewegung eher hart und unnachgiebig, statt befreiend und leicht. Er schaffte es mit der Bewegung einfach nicht die Sorgen wegzuwischen oder zu verringern. Der Kloß in seinem Hals wurde immer größer, je tiefer er sich in die Akten wühlte, je tiefer er in die Vergangenheit vordrang und Dinge offenbarte, die er überhaupt nicht wissen wollte.

Aber er wollte sie wissen. Er wollte diese Gewissheit, er wollte recht behalten.

Bilder blitzten vor seinen Augen auf wie er vor der Klasse stand, mit gesenkten Schultern und gesenktem Kopf, den Worten der Lehrerin entgehen wollen, die immer und immer wieder betonte, dass er niemals gut genug sein würde, wenn er es nicht einmal schaffte saubere Kleidung in der Schule zu tragen.

Gewiss, seine Eltern und er lebten nicht auf der Straße, aber das Schulgeld war teuer genug und nahm viele, verdammt viele ihrer Kosten ein. Das wusste er heute, als es schon lange viel zu spät war, jetzt, wo er Geld hatte, um das Ganze abzubezahlen, seinen Eltern zurückgeben könnte, konnte er es nicht, weil sie schon lange nicht mehr lebten.

Seine Lippen bebten, frustriert, traurig über diese Tatsache; wehmütig. Wie gern würde er ihnen unter die Arme greifen, ihnen Geld schenken, ein paar Wünsche erfüllen. Aber es ging einfach nicht.

Damals als Kind wusste er die Opfer seiner Eltern nicht zu schätzen, heute wusste er sie zu schätzen, aber jedes Wort war verschwendet, denn an wen sollte er seine Reue schenken? Wer profitierte davon? Niemand. Denn er hatte es nicht geschafft die Dankbarkeit zu zeigen, als sie wichtig war. Im Gegenteil, wie oft hatte er sie mit Füßen getreten?

In den Akten zu seinen Eltern hatte er gelesen, wie tief sie in den Schulden standen und auch den eventuellen Grund gefunden, weshalb sie sterben mussten, wenn er die Spuren denn richtig verfolgt hatte. Allerdings war er sich dessen alles andere als sicher, denn das war absolut nicht sein Metier.

Geld war eines der Dinge im Leben, um die er sich nie wirklich einen Kopf gemacht hatte, jedenfalls nicht so. Natürlich hatte auch er deutliche Engpässe und wusste wie es war von den

Resten anderer zu leben. Aber er achtete niemals darauf, ob er sonderlich viel hatte oder nicht. Wofür sollte er es auch ausgeben? Er hatte nicht genug Freizeit, um sich darum zu kümmern und wenn er seine Rechnungen bezahlen konnte, lohnte sich für ihn kein Blick auf sein Konto.

Vermutlich würde er sich erst darum kümmern, wenn er tatsächlich eine Mahnung im Briefkasten vorfand und damit wusste, dass sein Geld knapp wurde. Dann würde er sich darum kümmern und etwas unternehmen.

Seine Eltern mussten sich hingegen immer darum kümmern und soweit er wusste, ging das letzte Geld für ihn und seine verdammte Bildung drauf.

Sein bohrend brauner Blick glitt zu einer Akte, die noch keinen Haufen gefunden hatte, doch sobald er sie öffnete, knirschte er mit den Zähnen, knurrte leise und knallte sie eher unsanft auf den Stapel der Zugeordneten.

Wenn denn seine Recherchen richtig waren. Er wollte sie nicht einmal genauer betrachten, legte sie einfach zur Seite. Denn Geduld war ein Gut, welches er nicht mehr wirklich sein Eigen nennen konnte. Im Gegenteil, die Unruhe hatte ihn übertroffen, einzig in den Schatten gestellt von dem Pochen seines eigenen Blutes, welches in seinen Ohren widerhallte.

Dann war da noch Bianca, seine ehemalige Lehrerin, die, die ihn immer und immer wieder vorgeführt hatte, vor allen, aber auch wenn sie ihn allein traf.

Allerdings verspürte er hier keine Wut, weshalb auch? Bis auf die kurzen Bilder vor seinen Augen konnte er sich ohnehin nicht daran erinnern. Vielleicht war es auch nur ein paarmal vorgefallen und er lief nicht immer so schlampig herum, wie er annahm? Allerdings würde sich das deutlich mit den Schulden schneiden, in denen sie gesteckt hatten. Es waren einfach keinerlei Ressourcen da, um für neue, intakte Kleidung zu sorgen.

Unbewusst zuckte er mit den Schultern, seufzte erneut, um etwas von seiner Anspannung loszuwerden. Der Frau konnte er keine Schuld zuweisen, es ging einfach nicht, dazu hatte er keine Intention, keinen greifbaren Grund.

Vielleicht war sie wirklich grausam gewesen, ungerecht und fies, aber das konnte er nicht mehr sagen. Wer wusste es schon, vielleicht hatte sie sich geändert, gebessert und war tatsächlich eine ganz nette Frau gewesen?

Er würde es niemals beurteilen können und dennoch legte er auch ihre Akte auf den wachsenden Stapel, auf denselben Stapel wie die Akte zuvor.

Immer mehr Akten landeten auf demselben Stapel, weil er Verbindungen fand, zu sich, zu seinem Verdacht oder aber auch untereinander. Doch trotz dessen zog er nach einer Weile eine Akte erneut hervor, weil ihm ein Name nicht mehr aus dem Kopf ging, derselbe Name, der dort schon seit Wochen spukte und sein Unwesen trieb.

Daniel.

Er hatte seinen Namen in dieser Akte gelesen, wenn auch nur flüchtig, doch die Verbindung war deutlich genug, war sie doch auch ausschlaggebend gewesen, um ihn endgültig festzusetzen.

Doch es war die einzige Verbindung, die er zu dem Schriftsteller aufbauen konnte. Mehr fand er einfach nicht, gleichgültig wie tief er sich in den Akten verlief und seine Nase in der Vergangenheit der anderen Menschen grub, er fand einfach nichts.

Vielleicht waren es auch Verbindungen, die nicht in den Akten standen, was durchaus im Bereich des Möglichen stand und nicht auszuschließen war. Niemals fand alles seinen Weg in die Polizeiakten, ganz gleich wie sehr man sich auch bemühte etwas zu finden, sie konnten schließlich nicht alles aufzeichnen. Gerade wenn es Dinge waren, die für das System alles andere als relevant waren. Es gab also keinerlei Sicherheit, dass es keine weiteren Verbindungen gab. Vermutlich gab es sie sogar, dessen war er sich sicher.

Valentin konnte sie einfach nur nicht finden.

Einzig sein knurrender Magen riss ihn aus seiner Lethargie und zwang ihn gleichzeitig eine Pause einzulegen, durchzuatmen, die Gedanken zu lüften und allen voran; etwas zu essen.

Kaum stand er auf und riss den Kühlschrank auf, auf der naiven Suche nach etwas Essbarem, obwohl er sich unterbewusst genau erinnern konnte, dass er seit Tagen keinen Einkaufsladen mehr besucht hatte. Da zuckte er auch schon zusammen und knallte die unschuldige Tür wieder zu. Sein Handy vibrierte, kündigte eine Nachricht an und riss ihn damit noch mehr aus seiner Blase heraus, als es sein Hunger tat.

Den ganzen Tag hatte das Ding keinen Ton von sich gegeben, bis jetzt.

Auch jetzt blinkte die Nachricht nur verheißungsvoll und nannte ihm einen Ort, schlug ein Treffen vor, um spazieren zu gehen.

Absolut nichts Verwerfliches, sogar etwas Positives, beinahe Schönes, denn die Ruhe, die Auszeit würde ihm guttun und er konnte seine Synapsen einmal durchlüften, auf andere Gedanken kommen und später noch einmal frisch beginnen. Doch der Unterton, der in diesen Worten mitschwang, war keine Einladung, es war eine Aufforderung, die ihm das Blut in den Adern gefrieren ließ. Sein Magen verkrampfte sich von selbst, brannte aber gleichzeitig angenehm und brachte ihn nur dazu das Gesicht zu verziehen.

Diese gemischten Signale, über die er nicht nachdenken wollte, regten nur seinen verdammten Appetit und seine Neugier an. Gleichzeitig schürten sie die Sorge, aber auch die Hoffnung, die er noch immer in sich trug, auch wenn sie deutlich von den Schatten überlagert wurde, sie war da und sie würde auch nicht verschwinden.

Seit er wieder zurück war, trug er sie in sich.

Diese verdammte Erregung die sich in ihm breitmachte, wenn er nur an diesen Fall dachte. Sie begleitete ihn, nahm ihn ein und auch wenn er sie stets verleugnete, so war er sich ihrer Anwesenheit mehr als nur bewusst.

Aber was würde ihn erwarten, welche Seite seiner Erregung würde gewinnen?

Es ging deutlich auf den Herbst zu, als er sich nach draußen stellte, in den Niesel, der gerade die Erde benässte oder es zumindest versuchte. Es war wirklich nicht viel, viel zu wenig, um der Natur zu helfen, wieder zu ihrem Glanz zu finden, der über die letzten Wochen deutlich nachgelassen hatte. Alles dank der brüllenden Hitze, die die Sonne dem Planeten geschenkt hatte, ohne auch nur einen Moment zu zögern oder Erbarmen zu zeigen. Es war seit Wochen so verdammt heiß, dass selbst der Asphalt überlegte seine Daseinsberechtigung abzugeben.

Barfuß laufen auf geschmolzenem Teer war schlichtweg unmöglich und selbst auf der Wiese, dem braunen Gras, schien es unmöglich länger als ein paar Minuten barfuß zu gehen. Denn alles brannte, der Planet brannte und schien sich immer mehr dem Gedanken hinzugeben, zu verdunsten.

Bis heute, denn heute zog sich die Sonne endlich zurück und entließ die Wolken, welche zögerlich ihre Geschenke darbrachten.

Doch waren sie zu Beginn noch zögerlich, wurden sie immer zuversichtlicher, ließen mehr und mehr Regen fallen, bis es eher einem Monsun als leichten Regen glich. Doch war es genug Regen, um die Welt von ihren Sünden zu befreien? War es genug, um sie reinzuwaschen und im neuen Glanz erstrahlen zu lassen?

Ein Seufzen durchdrang die Regengeräusche, vermischte sich mit ihnen und verklang im leichten Trommeln der Tropfen.

Das kühle Nass war zu stark, zu präsent, einfach zu viel, um vom Boden aufgenommen zu werden und es dauerte alles andere als lang, bis kleine Flüsse entstanden und über den Boden krochen, sich verzweigten und ihren Weg suchten.

Es schien alles so surreal und auch der Junge spürte nicht wirklich, wie er reingewaschen wurde, kam sich ebenso dreckig vor wie nur Minuten zuvor.

Seine Kleidung hing an ihm wie eine Last, das war der einzige Unterschied zwischen dem trockenen Wetter und nun. Der Schmutz blieb haften, war jetzt allerdings feucht und ließ ihn noch schäbiger erscheinen als es ohnehin der Fall war.

Seine Lippen verzogen sich und folgten dem Verdrehen der Augen, als er seine Mutter rufen hörte, er solle gefälligst ins Haus kommen, damit er sich nicht erkältete.

Doch auch wenn er eher genervt erschien, so freute ihn die Sorge seiner Mutter und er blieb nicht mehr lang stehen und folgte dem Ruf seiner Erzeugerin, folgte ins Haus.

Nur schien der Weg nicht ganz dem seines Vaters zu entsprechen, der gleich darauf die Stimme erhob und schneller mit der Hand ausholte, als der Junge überhaupt reagieren konnte. Das Klatschen hallte sogar im strömenden Regen nach und hinterließ einen sehr bitteren Geschmack auf den Lippen des braunhaarigen Jungen. Er war ihm dankbar, dem Regen, denn so konnte man immerhin seine Tränen nicht sehen, die sich ungefragt ihren Weg bahnten und mit dem Nass aus seinem Haar verschmolzen.

Die nächsten Worte gingen fast schon im Rauschen seiner Ohren unter, aber er wusste ja, was kam. Wie er es denn wagen könnte total verdreckt und schlammig in das saubere Haus zu kommen. Wie er es wagen könnte, den Grund und Boden, für den sein Erzeuger sorgte, so zu misshandeln und zu verschmähen.

Dabei wussten sie alle, dass seine Mutter dafür sorgte, dass es trotz des mangelnden Geldes an Wohnlichkeit nicht zu kurz kam. Sie gab ihr Bestes, das wusste er, auch wenn er es häufig genug ignorierte.

Aus reinem Trotz hatte er sich die dreckigen Kleider vom Leib gerissen und dem älteren Mann ins Gesicht geworfen, ungeachtet der Konsequenzen, die darauf folgen würden.

Es schien ihm schlichtweg egal, schließlich wäre es nicht das erste Mal, dass er mit einem blauen Auge in der Schule auftauchen würde. Keiner würde sich darüber wundern.

Ganz woanders, am anderen Ende der Stadt, verlief die Begrüßung im Heim vollkommen anders. Auch wenn der Junge dort ebenfalls eine Weile im Regen stehen blieb, um endlich die kühlende Frische zu genießen, die ihnen allen so lange verwehrt blieb. Gab es dort kein böses Wort, kein Blut, das vergossen wurde, als er sich irgendwann auf den Weg in das Haus machte. Denn schlichtweg gab es überhaupt keine Worte, die gewechselt wurden. Stille herrschte in den Mauern und würde auch nicht gebrochen werden.

Doch bis dahin war Zeit, die er genoss und sich vollkommen durchnässen ließ, seinen Blick über den Garten schweben ließ. Dem Gras würde es definitiv zugutekommen, dieser Regen. Endlich würde es wieder die üppige Grüne erlangen, die er so sehr vermisste.

Auch wenn Herbst war, musste er doch nicht schon Wochen vorher zutage treten und konnte der Welt noch ein wenig Hoffnung hinterlassen, etwas Grünes. Sein bohrender Blick flog weiter auf die umstehenden Bäume und sein rechter Mundwinkel zuckte bei deren Anblick eher widerwillig.

So gern er sich die Hoffnung, das saftige Grün für die Gräser und Wiesen wünschte, so sehr wünschte er es sich auch für die Bäume. Doch diese waren definitiv nicht mehr zu retten.

Sie hatten ihre Lebensgeister schon vor Tagen aufgegeben und ließen sich gehen, ließen den Sommer fallen und gaben sich dem gemischten Wetter des Herbstes hin.

Sie waren größtenteils nackt und auch die letzten Blätter würden sie wohl nicht mehr lange behalten und sich vollkommen entblößt der Welt stellen, sich begaffen lassen und sich der Lethargie hingeben, die damit einherging.

Es waren schließlich Bäume, diese würden definitiv wieder leben, weshalb sollten sie sich auch deswegen schämen oder an Vergangenes klammern? Der Frühling würde sie definitiv wieder einholen und im neuen, saftigen Grün erleuchten lassen. Einem Grün, das all die Hoffnung und das Leben der Natur in sich vereinte.

Bei diesem Gedanken lächelte er leicht.

Die Natur war vollkommen anders als die Menschen. Gaben die Menschen auf, war es oftmals zu spät, um sie noch zu retten, viele erlebten keinen erneuten Frühling und gaben sich dem Winter hin, verfielen und verschwanden in der Erde, wurden eins mit der Natur.

Doch manche, die wenigen, die man retten konnte, denen man den Frühling zurückgeben konnte, auch sie waren Bäume. Erstrahlten neu und wuchsen an sich selbst, oder nicht?

Entschlossen, diesen Gedanken so bei sich zu behalten, nickte er sich selbst zu und drehte sich endlich herum, um vollkommen durchnässt das breite Tor zu durchschreiten und nach Hause zu gehen.

SCHATTEN

„Chris?", fragte er in den dunklen Raum hinein, fragte sich stumm, wo sich der Junge verkrochen hatte, den er schon seit zwei Tagen nicht mehr zu Gesicht bekommen hatte. Doch auch hier kam ihm keine Antwort entgegen und er verzog unwillig die Lippen, denn diese Niederlage wollte er sich nicht eingestehen.

Etwas anderes wäre es nicht, sich einzugestehen ihn zu verlieren, eine Niederlage in einem Kampf, den er eigentlich nie kämpfen wollte.

Wo war der verdammte Spross? Doch was ihn viel mehr sorgte, war nicht das Wo, sondern das Was. Was stellte er an und weshalb versteckte er sich so konsequent vor ihm?

Hatte er es vielleicht doch gnadenlos übertrieben und ihn endgültig verschreckt? Genau das, was er niemals erreichen wollte, war es doch das höchste Gut für ihn, dass der Junge an seiner Seite war und sich bei ihm wohlfühlte.

Vielleicht hätte er das Spiel wirklich nicht beginnen sollen, sich nicht seinen durchtriebenen Gedanken hingeben dürfen, nicht erneut. Er wollte sich doch bessern, für den Jungen, oder nicht?

Schon seit Tagen rannten seine Gedanken im Kreis, ließen ihn nicht in Ruhe und raubten ihm jeglichen Schlaf. Oft genug wälzte er sich in seinem Bett herum, von einer Seite auf die nächste und stand im Endeffekt doch auf, ging spazieren und versuchte sein Hirn zu lüften. Doch es half nichts, sie rannten und rannten und machten ihn einfach nur wahnsinnig, raubten ihm jegliche Logik.

Beinahe war er froh, den Jungen nicht zu sehen, doch die Sorge überwog.

Er musste mit dem ganzen Spiel aufhören, es war alles andere als gesund für das Kind, so bewusst war er sich der Situation mittlerweile.

Er wollte ihn nicht schädigen, nicht mehr als er es ohnehin schon getan hatte.

Ein Seufzen entrang sich seiner Kehle, gepaart mit einem leichten Knurren als er die letzte Möglichkeit ansteuerte, die ihm einfiel.

Wenn er auch hier nicht war, war der Junge weggelaufen, eine Vermutung, der er lieber nicht nachgehen wollte. Wenn er für etwas bat, dann dafür, dass das Kind noch bei ihm war. Bedeutete ihm der Blonde doch mittlerweile so viel, wie es nur eine Familie konnte. Schließlich war er seine Familie, alles, was er hatte.

Doch wie sollte der Junge in den Keller kommen, den Schlüssel hatte er doch immer gut versteckt, dachte er jedenfalls, als er im nächsten Moment die offene Tür in der Hand hielt.

Im Gegensatz zu sonst, wenn er den Keller betrat, durchfuhr ihn keine Erregung, sondern Kälte. Unfassbare Kälte, die ihm das Blut in den Adern gefrieren ließ, als der schrille Schrei ertönte, der von außen nicht zu hören war. Da er den Keller vor langer, langer Zeit gedämmt hatte, hatten solche Geräusche keine Chance, um nach außen zu dringen. Es sorgte für Ruhe und eine eigentümliche Besinnlichkeit, die man in diesen Mauern finden konnte.

Nur zögernd, eher widerwillig, nahm er die Treppen nach unten und trat ums Eck in den recht dunklen Raum, der meist nur von einer kleinen Lampe erleuchtet wurde.

Der Keller war wie immer relativ zugestellt, eher klein und voll als überschaubar und gemütlich. Doch der Anblick der leidenden jungen Frau, welche er sich vor einigen Tagen geholt hatte, ließ es einfach nur wie die Folterkammer wirken, der es eigentlich auch entsprach.

So unwohl er sich auch fühlte, so sehr konnte er nicht dagegen ankämpfen, sich an das Regal zu lehnen und die Szenerie, die sich ihm bot, stillschweigend, ja fast schon ruhig, abwartend und neugierig anzusehen.

Der Junge hatte deutlich von ihm gelernt, auch wenn er nie direkt dabei gewesen war, hatte er ihn doch immer konsequent ausgesperrt, wenn er so etwas vollführte. Doch seine Art, seine Erzählungen, seine ganze Erziehung schien deutliche Spuren hinterlassen zu haben.

Oder aber der Junge war einfach nur kreativ, verdammt kreativ, um so etwas zu vollführen, was sich vor seinen Augen abspielte.

„Du musst das Messer flacher halten", murmelte er leise, mit verschränkten Armen und bekam auch sogleich eine Reaktion.

Einerseits einen schrillen Schrei, nach Hilfe, nach Gnade, gefüllt mit Schmerzen, andererseits einen zusammenzuckenden kleinen Jungen, der eine so unkontrollierte Bewegung vollführte, dass die Frau ein Ohr weniger besaß.

Seine Lippen verzogen sich leicht und er presste sie eher entschuldigend zusammen, als wirklich etwas zu sagen.

War er nicht eben noch dabei gewesen, sich selbst zu schelten, zu ermahnen, er müsse sich dringend ändern und vor allem das Kind da heraushalten?

Und nun stand er hier und sah seinem eigenen Sohn verdammt noch mal dabei zu, wie er sich Stück für Stück daran versuchte die Frau zu häuten.

Er ignorierte die flehenden Worte, die Blicke der Frau, ließ dem Kind seinen Willen und schritt nicht ein.

Doch es war nicht das Schlimmste.Im Gegenteil.

Der Anblick erregte ihn.

Er musste dem Ganzen dringend ein Ende setzen, solange er es noch kontrollieren konnte.

Das Ende naht, der Spiegel bricht.
Das Dunkle verblasst,
entbehrt das Licht.
Das Puzzle, nun fast gelöst,
zeigt auf, was vergessen schien.

19. SCHWAN

Nun war er mittlerweile wirklich bis auf die Knochen durchnässt, als der leichte Regen endlich Erbarmen zeigte und sich langsam, aber stetig verzog. Dennoch tropften die kleinen Dämonen weiterhin von den Blättern der Bäume und ließen den Wald düsterer erscheinen, aber auch etwas magischer als zuvor.

Der schwere Regen brachte die Bäume zum Niederknien, fast schon einladend, als würden sie sagen: „Tritt herein, Gebieter, ich bin dir zu Diensten."

Dennoch lauerte etwas hinter den Schatten, tief in der Dunkelheit mit gefletschten Zähnen und wartete nur darauf, bis ein Unschuldiger, Valentin zum Beispiel, alle Vorsicht über Bord warf und sich hineinbegab, in die Fänge seiner Klauen, um nie wieder zu entkommen.

Doch wollte er überhaupt entkommen?

Es war wirklich schwer der Versuchung zu widerstehen, dem Monster direkt ins Maul zu laufen, sich zerreißen zu lassen und dennoch etwas mitnehmen zu können, auch wenn es nur die eigene Dunkelheit war. Denn trotz aller Dunkelheit wirkte es wärmer als die kahle unbeleuchtete Straße, schien zu schützen und offen für eine Umarmung zu sein.

Eine Umarmung auf die Ewigkeit.

Der braune Blick brauchte nicht lange, sah nur noch einmal kurz zum Auto, um sicherzustellen, dass der Motor wirklich aus war, ehe er zurück zum Wald flog, welcher nur noch dem Glanz des Mondes ergeben war.

Der junge Mann gab sich einen heftigen Ruck, ehe er mutigen Schrittes, erst zögerlich und dann immer zügiger auf den Wald zu ging und sich letzten Endes von dem Monster persönlich verschlingen ließ.

Es war dunkel, wie zu erwarten. Jedoch wirkte es nicht bedrohlicher als es von außen den Anschein gemacht hatte. Viel eher fühlte er sich durch die Bäume und Büsche geschützter.

Es schien wie eine Einladung an ihn zu sein, näher und tiefer einzutreten, sich in den Windungen des Waldes zu verlieren, die Seele baumeln zu lassen. Tatsächlich fühlte er sich fast schon geborgener als in seinen eigenen vier Wänden und so kam er auch nicht wirklich dagegen an, sich immer tiefer und tiefer in den Wald hineinzuwagen.

Der Braunhaarige duckte sich unter den Ästen hindurch, kletterte über Büsche, schob Dornen unbeachtet zur Seite und setzte einen Fuß vor den anderen, bis er den Halt verlor und abwärts rutschte, einen Hang hinunter.

Egal, was er versuchte, festhalten war nicht möglich, viel eher schien seine Unruhe den Sturz nur zu beschleunigen. Jedenfalls bis ein breiter, mächtiger Stamm Erbarmen mit ihm hatte und sich als seine Rettung, seine Endstelle zur Verfügung stellte.

Dank des ungehinderten Aufpralls verzog er die Lippen, stöhnte angestrengt und blinzelte, in der Versuchung wieder klar, statt verschwommen zu sehen.

Noch während der Psychologe blinzelte, verfestigten sich Formen vor seinen Augen, Formen, die so zuvor nicht zu sehen waren. Außerdem hätte er schwören können Schreie zu hören. Schreie von Kindern, die wie er den Abhang hinunterrutschten, ungebremst und ängstlich. Doch sie waren zu weit weg, hallten und wirkten auch sonst eher verzerrt, statt klar. Doch statt weiteren Schreien, um die er sich sorgte, zuckte sein Kopf zur Seite und er riss die Augen auf.

Hatte er sich getäuscht oder waren an ihm wirklich gerade drei Kinder entlang gerutscht? Kinder, zu denen die Schreie gehörten?

Doch auch sie hatte er nicht klar erblicken können, nicht festhalten können. Denn ehe er seine Hand ausstrecken konnte, waren sie schon wieder verschwunden, wie vom Winde verweht, vom Monster gefressen und nie wieder gesehen.

Langsam schüttelte er den Kopf, verzog die Lippen aufgrund des seichten Schmerzes, der sich langsam bemerkbar machte und rappelte sich auf, um seinen Weg fortzusetzen, den Kindern zu folgen, deren Lachen er undeutlich hören konnte.

Die ganze Szenerie kam ihm so bekannt vor, doch es wirkte wie aus einem anderen Leben, nicht aus seinem.

Weshalb nur wirkte es so vertraut?

War es vielleicht wirklich geschehen, sah er Geister von verendeten oder vergangenen Leben?

„Ach reiß dich zusammen, Freey!", schimpfte er sich selbst und schlug gegen den mächtigen Baum, welcher ihn aufgefangen hatte, ehe er seinen Weg fortsetzte und dem verhallenden Lachen der Kinder folgte, immer tiefer, noch viel tiefer in den Wald hinein.

Auch wenn die Hand um seinen Hals mit jedem Schritt fester zupackte, so schien sie sich gleichzeitig zu lockern und ihm eine Freiheit zu schenken, die er schon lange vermisste. Gepaart mit dem unbändigen Brennen in seinen Adern und der steigenden Erregung, seit er diesen Wald betreten hatte, war es eine beinahe skurrile Mischung.

Der ganze Wald wirkte einfach nur befremdlich und gleichzeitig so gewohnt, so bekannt, dass es ihn einfach nur verwirrte.

War er jemals hier gewesen?

Gerade als er diesen Gedanken hegte, betrat er eine riesige, weite Lichtung, welche vom Mondschein erfüllt war und dennoch vieles der eigenen Fantasie überließ. Nur am Rande nahm er einen abgerutschten Hang wahr, der darauf schließen ließ, wo die Kinder angekommen waren.

Vor ihm erstreckte sich ein kleiner und doch mächtiger, dunkler See, auf welchem die Sterne ihre Runden tanzten und versuchten den Mond zu beeindrucken. Er war an den Seiten überwuchert, zugewachsen über all die Zeit, verwildert konnte man sagen. Hier und da waren noch schwach ein paar Figuren zu erkennen, Schwäne und Frösche, wie man sie oftmals an kleinen Gartenteichen vorfand.

Allerdings war dieser alles andere als klein, passend zu der riesigen, verendeten Villa, die er dahinter ausmachen konnte. Auch wenn sie schon halb von dem Wald verschlungen wurde und man nur mit etwas Fantasie feststellen konnte, wie sie wohl früher ausgesehen hatte.

Alles in allem hätte es zu früheren Zeiten wohl pompös und reich gewirkt. Heute wirkte es nur noch traurig, alt und vor allem eines: verfallen.

Tiefe, riesige Löcher fraßen sich in die Fassade des Hauses, in das Dach, und wurden von den neuen, frischen Bäumen und Büschen eingenommen, die sich über all die Zeit wie Kannibalen über das Gemäuer hermachten. Die ganze Szenerie ließ es alles andere als einladend wirken.

Es wirkte mehr wie das Monster, welches sich in diesem Wald versteckte. Selbst die Tür wurde nur von einem Balken gehalten, wirkte wie ein offen stehendes Maul, welches zu einem riesigen, schlafenden Ungeheuer gehörte und einen jederzeit verschlingen würde, würde man es denn wagen hineinzutreten.

Auch Valentin schien wie gebannt von diesem Anblick zu sein und setzte eher unbewusst seine Schritte in die Richtung des Lochs, ehe er wieder wie angewurzelt stehen blieb.

„Hey, nicht!", rief er noch, die Hand erhoben, doch es war zu spät, viel zu spät, um die Jungs aufzuhalten, die er in diesem Moment erblickt hatte. Vor seinen Augen verschwand ein Pferdeschwanz im Inneren des Hauses, wurde zusammen mit den beiden anderen Jungs verschlungen.

Sie hörten ihn nicht. Wie sollten sie auch? Dafür hatte er viel zu leise gesprochen, nicht mutig genug die Stimme zu erheben. Hätte er das, so hatte er das Gefühl den Schrecken des Waldes zu wecken.

Waren sie nun verloren, würden sie in den alten Gemäuern umkommen und nie wieder das Tageslicht erblicken, hatte er ihren Untergang besiegelt?

Besorgt biss er sich auf die Unterlippe, machte allerdings keinerlei Anstalten ihnen zu folgen, denn etwas in ihm selbst hielt ihn zurück.

Eine stumme Gewissheit, dass den Jungs nichts geschehen würde, eine Gewissheit, dass er ohnehin nicht helfen können würde.

„Na, erinnerst du dich, Valentin?", die ruhige Stimme riss ihn vollkommen aus seinen Gedanken und ließ ihn fast schon einen Sprung nach vorn machen, hätte sich nicht eine warme Hand auf seine Schulter gelegt, um ihn zu beruhigen.

Sein Herz raste, klopfte in seinem Hals und schnürte ihm jedes Wort der Erwiderung ab, wenn er denn welche gehabt hätte.

So drehte er nur langsam den Kopf und blickte in die dunklen Augen, in denen sich einzig der kalte Mond spiegelte.

„Erinnern?", krächzte er dann nach einer gefühlten Ewigkeit, in der er seinen Puls beruhigt und wieder zu Atem gekommen war.

Wo war er so plötzlich aufgetaucht?

„Ich bin schon die ganze Zeit hier, ich hab auf dich gewartet", beantwortete er seine stumme Frage, ehe er kurz seine Schulter drückte und die Hände dann, ganz typisch für ihn, wieder in die Hosentasche schob, den Blick eher gelangweilt über das Haus schweifen ließ und sich erbarmte seine eigentliche Frage zu beantworten.

„Dass wir damals in dieses Haus gegangen sind", fing er an, presste die Lippen zusammen und verschloss sein Gesicht noch mehr als ohnehin schon. Im Gegenteil, ein eher harter, unbarmherziger Ausdruck trat in seine Züge und sein Blick streifte kurz den Braunhaarigen, ehe er sich wieder abwandte und sich scheinbar gelassen umsah.

Der Blick ließ ihn unbewusst zusammenzucken, doch er baute sich schnell wieder auf, unfähig sich der kurzen Angst hinzugeben, denn dafür brannte sein Inneres zu sehr, lechzte nach dem Sieg, den er sich so sehr erhoffte.

Der andere wollte noch etwas hinzufügen, doch er ließ sich deutlich Zeit und Valentin wagte es lange nicht ihm ins Wort zu fallen, doch die Neugier siegte.

Die Information, dass sie früher hier gewesen waren, überraschte ihn irgendwie nicht so sehr, wie er zuerst gedacht hatte. Die Kinder kamen ihm viel zu vertraut vor und die Schreie, das Lachen, die Rufe viel zu entfernt, um wirklich real gewesen zu sein.

Er hatte sie sich also doch nur eingebildet, seine Vergangenheit.

Er war schon einmal hier gewesen, deswegen kam ihn alles so verdammt vertraut vor, fast schon wie zu Hause.

Doch weshalb spürte er dennoch einen eisigen Griff, der sich langsam, aber sicher seine Wirbelsäule hinauf kämpfte, um ihn langsam zu würgen, bis er elendig vor den Augen des anderen krepieren würde?

„Dass du Wales umgebracht hast ..."

Stille. Eisige Stille und selbst der Wald schien die Luft anzuhalten, nicht atmen zu können nach diesen Worten.

Allen voran Valentin fühlte sich wie gelähmt, unfähig zu atmen und nur dazu in der Lage den Größeren ungläubig anzustarren, den Mund zu öffnen und auf ganzer Linie an einer Antwort zu versagen.

Er brachte kein Wort heraus, spürte nur wie sein eigener, innerer Spiegel zerbrach, sich auf dem Boden der Tatsachen verstreute und ihm rein gar nichts außer Scherben hinterließ.

Getötet? Er?

„A ... aber ...", fing er nach einer halben Ewigkeit an, doch er stoppte, um zitternd wieder zu Atem zu kommen, ein, zwei Schritte zurück zu stolpern und gegen einen Baum zu lehnen, um nicht völlig die Haftung zum Boden zu verlieren.

„Aber er war doch immer ..." ... immer an ihrer Seite gewesen, nicht?

„Immer an unserer Seite, meinst du?" Kalte Augen schienen ihn zu durchbohren und hinterließen nichts als Feuer. Unbarmherziges, alles verschlingendes Feuer, das absolut keine Gnade kannte und gleichzeitig so kalt war, dass alles in seiner Nähe gefror.

„Du hast ihn umgebracht, Valentin, lange bevor deine Eltern gestorben sind", fügte er letzten Endes hinzu und nahm ihm damit jeglichen Halt, den er in seinen Erinnerungen geglaubt hat gehabt zu haben. War er wirklich zu so etwas fähig?

Aber war er nicht selbst der Ansicht, dass jeder Mensch zu einem Mord fähig war, wenn man ihm nur der richtigen Situation aussetzt? War er nicht immer genau dieser Meinung gewesen?

Aber Kinder … er?

Er schluckte hart und schloss die Augen, als sich seine Erinnerungen wieder in sein Gedächtnis brannten und er dachte die Kinder von zuvor zu hören, sich selbst und die anderen beiden Jungs.

Nur zögerlich öffnete er die Augen und ließ es einfach geschehen.

Ließ es geschehen, sah zu, wie sie panisch aus dem Haus rannten, schreiend vor Angst. Wie es krachte, ein Teil des Gebäudes einstürzte, eine vierte Person ihnen folgte, brüllend und fluchend.

Er konnte keine Worte verstehen, doch wirklich darauf konzentrieren tat er sich nicht, sah nur stumm zu wie er mit einem jüngeren, schwarzhaarigen Jungen Richtung See flüchtete und ihn mit hineinzog.

Das Blut am Körper des Jüngsten nahm er nur am Rande wahr, beobachtete eher geschockt, wie er ihm die Hand auf den Mund legte und ihn an sich drückte. Zum Stillschweigen verdammt, damit man sie nicht finden würde. Schließlich war es dunkel, keiner von ihnen hatte eine Taschenlampe und so musste man sich unweigerlich auf sein Gehör verlassen.

Immer tiefer drückte er, sein jüngstes Selbst, den Jungen an sich und dabei immer tiefer in das Wasser, nicht einmal einen Blick auf das Kind verschwendend. Die Augen nur panisch nach vorn gerichtet, auf den fremden Schatten, der überall nach ihnen suchte.

„Ich … wollte ihn nur schützen …", jaulte er leise auf und konnte die einzelne Träne nicht aufhalten, die sich aus seinem Auge stahl, den Weg über die Wange suchte und dann mit den vielen weiteren Tränen am Boden verschwamm.

Doch die richtige Trauer wollte sich nicht einstellen. Nachdem er die Bilder, die Vergangenheit, erneut durchlebt hatte, stellte sich eher eine ruhige Gewissheit ein. Als sei das Meer in ihm zur Ruhe gekommen und hinterließ nichts als seine spiegelnde Oberfläche, die nichts anderes als Ruhe widerspiegelte. Daneben war seine Erregung, die noch einmal mehr zugenommen hatte, so wie er die Bilder vor seinem geistigen Auge verfolgt hatte, Bilder, die sie ihm unter die Nase rieb.

Bilder, die er immer in sich getragen, aber immer nur verdrängt hatte.

So viele Puzzleteile, dessen Existenz er einfach verleugnet hatte. Sich selbst zur Seite gedrängt, um ein besseres, neues Bild von sich zu erschaffen.

„Tut das überhaupt etwas zur Sache? Du hast ihn umgebracht, Valentin", erklang es ruhig, viel zu ruhig von dem anderen und wenn das nicht schon schlimm genug war, so war es doch das leichte Lächeln, was diese Worte begleitete.

Es war warm, fast schon voller Verzeihung, eine Einladung die Waffen niederzustrecken und Vergangenes vergangen zu lassen.

„Ich habe ihn geliebt, er war mein Bruder. Du hast ihn mir genommen und damit etwas in mir geweckt, was du lieber nicht hättest wecken sollen." Die Stimme wurde gegen Ende immer leiser und auch die anfängliche Kühle verschwand, machte Platz für Verzweiflung und Trauer.

Doch der Braunhaarige konnte sie ihm nicht nehmen, unfähig überhaupt eine Bewegung zu vollführen, den Blick nur auf den kleinen See gerichtet.

Er hatte etwas in dem anderen geweckt, doch er war sich fast schon sicher, dass sie sich gegenseitig gejagt, angestachelt hatten. Immer darauf gezielt den anderen aus der Reserve zu locken auf die ein oder andere Art und Weise. Sie waren Jäger, die gemeinsam einen Weg eingeschlagen hatten, den sie auf so unterschiedliche Arten versuchten zu leugnen.

Stille nahm sie beide ein und der Braunhaarige bemerkte nicht einmal, wie er sich langsam wieder aufrichtete und sich nun erhobenen Hauptes an den Baum lehnte, langsam die Arme verschränkte, den Kopf in den Nacken legte, die Augen geschlossen und in sich lauschend.

Er hatte also auch Abgründe in sich, tiefere als er es sich selbst eingestehen wollte, jedoch unweigerlich musste.

Aber es wusste es doch, wusste es schon so verdammt lange.

Seine Hände verkrampften sich leicht, wortlos, und er leckte sich leicht über die Lippen, schüttelte leicht den Kopf, atmete und beruhigte sich wieder.

Er hatte es doch gewusst.

Auch wenn der Tod eines seiner besten, einzigen Freunde etwas Neues für ihn war, so wusste er doch durchaus, dass er fähig war zu morden. Wirklich zu morden und keine Seele versehentlich über den Jordan zu jagen, wenn auch nur, um sie vor Schlimmerem zu schützen.

„Danach ging so vieles schief." Die ruhige, ja, fast fürsorgliche Stimme riss ihn aus seiner eigenen Welt und er öffnete endlich wieder die Augen, nur um zu bemerken, dass sich der Grauhaarige endlich zu ihm umgedreht hatte.

„Kurz darauf verstarb meine Mutter im Krankenhaus, du erinnerst dich? Sie war mit Wales unterwegs, für meinen Geburtstag einkaufen, als sie angefahren wurde." Er erinnerte sich, an den Tagen danach hatte Jack angefangen alles zu hassen, allen voran sich selbst, seinen Geburtstag, seine Existenz. Er hatte ihn oft nur schwer davon überzeugen können, dass es nicht seine Schuld war. Schnell war er damals ruhiger geworden, in sich gezogener, kälter.

Es war vermutlich eines der Ereignisse, die ihn zu dem gemacht hatten, was er heute war. Eine warmherzige Person, versteckt hinter Distanz.

All die Träume, die er gehabt hatte, wie sie die Pause in den hintersten Ecken des Geländes verbrachten, rauchten und sich am Mittag nach Schulschluss zu dritt auf den Weg machten. Der Schwarzhaarige war zu dieser Zeit lange nicht mehr bei ihnen gewesen.

„Mein Vater gab Wales die Schuld, weshalb auch nicht, schließlich war er nur adoptiert und er war dabei gewesen", führte der Ältere seinen Monolog fort, sah wieder zur Seite starrte auf das Haus, welches noch immer bedrohlich neben ihnen auffragte. Nur vage konnte sich Valentin an den Tag im Wald erinnern, als er ihn und Jack so lange nervte, bis sie ihm endlich in den Wald folgten, weil er ihnen etwas zeigen wollte. Diese Villa.

Der Ausflug in den Tod, wie es ihm ironisch durch den Kopf schoss.

Wales sah an den Tagen alles andere als gut aus, eher mitgenommen, wenn man es höflich ausrücken wollte. Doch weder er noch der Grauhaarige hatten je ein Wort darüber verloren, weshalb der Jüngste so aussah, wie er aussah. Jetzt wusste er auch, weshalb.

Wenn er sich richtig, so vage es noch immer war, erinnerte, hatte er die beiden eben aus jenem Grund so genervt, mit ihm zu kommen. Um den Jüngsten aus der ganzen Situation herauszubekommen, wenn es auch nur für eine kurze Zeit war, so wollte er ihnen etwas Auszeit schenken, ein Abenteuer. Auch wenn er allen voran vermutlich aus seinem kindlichen Egoismus geboren wurde und zum Horrortrip wurde, so hatte er ihn aus der Situation holen können, auch wenn er sein Blut an den Händen kleben hatte. Es hatte doch etwas Gutes für sich, oder?

Er verzog die Lippen bei dem Gedanken, was für schreckliche Gedanken, so etwas als schön zu bezeichnen. Wie tief war er eigentlich gesunken?

„Vermutlich wäre er sowieso irgendwann gestorben ...", erklang es nachdenklich an seiner Seite, voller Verbitterung und unterdrückter Wut, doch ausnahmsweise wusste der Psychologe wirklich nicht, wie er ihm, seinem besten Freund, die Last von den Schultern nehmen sollte, denn er war maßgeblich an seinem Leid beteiligt und hatte absolut nichts, was dies rechtfertigen würde.

Selbst die Ausreden, dass sie noch Kinder gewesen waren, war mehr als schwach und baufällig. Wahrlich keine angebrachte Erwiderung, die es auch nur wert gewesen war den Weg an die Öffentlichkeit zu finden.

Er würde niemals wagen diese Worte auch nur selbst zu akzeptieren. Denn selbst Kinder hatten kein Recht sich gegenseitig umzubringen, selbst wenn es ein Versehen war und eigentlich zum Schutz diente.

Auch seine eigene Angst würde er niemals angeben können. Denn er wusste es selbst besser als jeder andere. Angst war nicht sein wahrer Antrieb gewesen, auch wenn sie ihren Teil beigetragen hatte.

„Weshalb bliebst du bei mir?", fragte er stattdessen und presste die Lippen zusammen, richtete sich noch ein wenig mehr auf, aus Angst eingesunken oder ängstlich zu wirken. So wie er sich fühlte, musste er wie ein kleines Kind aussehen, das vor dem Rektor stand und darauf wartete, dass seine Eltern um die Ecke kamen, um ihn zu ermahnen und erhobenen Hauptes seiner Bestrafung zuzuführen.

„Du warst … bist mein Freund und abgesehen von dir hatte ich ja auch niemanden. Du hast mir eine neue Welt gezeigt, die ich mehr und mehr zu einer eigenen gemacht habe." Die Stimme, obwohl sie recht ruhig und leise gehalten war, durchdrang den ganzen Wald und schien alle zum Stillschweigen zu verdammen.

Selbst Valentin hielt für einen kurzen Moment den Atem an. Nicht, weil er Angst vor dem anderen hatte, wirklich nicht, sondern weil er die Kraft hinter den Worten spürte und die Sicherheit hatte, die ihm die ganze Zeit gefehlt hatte.

Er hatte das Monster erschaffen, welches die Stadt in Aufruhr gehalten hatte und es war weiterhin frei.

Er war der Auslöser, er war der Grundgedanke und die Mauer, die alles stützte. Nein, er war die Mauer, die das Monster schützte und auch niemals hergeben würde.

Keineswegs rechtfertigte es die Taten, weder die des Älteren noch seine eigenen, aber es lieferte einen durchaus nachvollziehbaren Grund, wenn man wie er am Rande der Menschheit wandelte und sich immer wieder der Dunkelheit hingab, die alles überschwemmte.

Schon lange kam er nicht mehr aus der Dunkelheit, aus seiner eigenen heraus, doch er wollte es sich nie eingestehen. Doch schon zu seinem Studium hatte er Gefilde betreten, bewusst betreten, aus denen er nicht mehr flüchten konnte, überhaupt nicht flüchten wollte, denn er hatte diese Gefilde bewusst besucht.

Ebenso in seiner Kindheit, dachte er fast schon amüsiert. Früh übt sich, sagte man doch schließlich, nicht? Denn anders konnte er seinen Werdegang nicht nennen. Waren es damals auch vielleicht keine weiteren Menschen, so blitze zumindest das Bild eines Hundes vor seinen Augen auf.

Vielleicht war er genau deswegen so gut in seinem Gebiet.

Weil er einer von ihnen war.

Weil er ein Mörder war.

So nickte er nur stumm zur Antwort, verstärkte den Griff um sich selbst mit einem leichten Druck und ließ endlich zu, dass ihn die kalte Hand würgte, kämpfte nicht weiter dagegen an, nicht mehr gegen sich selbst.

Nicht, nachdem er es endgültig gedacht hatte, nicht, nachdem er es akzeptiert hatte, diese unaussprechliche Tatsache.

Sollte ihn die Hand erwürgen, dieses falsche Bild und ihn endlich wieder an die Oberfläche holen.

„Deswegen Bianca und die anderen?", fragte er ruhig, fast schon gelassen. Nur seine Stimme zitterte leicht, was mehr an der Kälte lag, die sie umgab, nicht an der Angst vor der Antwort, welche er schon kannte, schon bekommen hatte.

„Unter anderem, ja." Er nickte, zeigte Verständnis und stellte sich von dem rechten auf den linken Fuß, verlagerte sein Gewicht, blieb weiterhin so gelassen wie die Silhouette neben ihm.

„Was ist mit Daniel?", fragte er, nachdem sie eine Ewigkeit damit verbracht hatten einem Fuchs zu beobachten, wie er einem kleinen Vogel hinterherjagte.

Natürlich hatte der Fuchs seine Beute erlegen können, da der Vogel verletzt war, war es eine absolut leichte Beute gewesen und erinnerte beide Männer irgendwie an sich selbst. Denn so unterschiedlich waren sie wirklich nicht.

„Was denkst du denn?", kam die amüsierte Gegenfrage des Älteren, ließ ihm damit den Spielraum, den er immer bei seinen Untersuchungen wollte, aber selten bekam.

„Mit mir steht er jedenfalls nicht in Verbindung, aber mit Bianca", fing er nachdenklich an, erntete allerdings nur Schweigen und ein Brummen, welches er als Zustimmung deutete.

„Sie waren mal zusammen und sie hat ihm ziemlich zugesetzt, was ein deutliches Motiv wäre", setzte er seufzend fort, lehnte den Kopf an den Baum und starrte in das Blätterdach.

„Seine Drogenvergangenheit könnte ihn mit Tobi, dem Drogen- und Kredithai in Verbindung bringen und damit auch mit dem Jungen … Percy? Welcher dafür bekannt war Drogen zu liefern. Alles andere könnte man auf Affekt schieben, oder aber ich habe etwas übersehen", murmelte er weiter, erntete dieses Mal jedoch vollständiges Schweigen und setzte daher einfach seinen Monolog fort. Er würde schon erfahren wie falsch er lag, nicht? Selbst wenn er falschlag, eine wirkliche Rolle spielte es ohnehin nicht mehr.

„Soweit mir bekannt ist, gibt es einige Drogenmischungen, mit denen man das Gedächtnis manipulieren kann, er wäre also ein gutes Vorzeigeopfer … aber weshalb er, Jack?", setzte er dann die direkte Frage an ihn und blickte ihn aufmerksam an, erkannte damit das hauchdünne Lächeln auf den trockenen Lippen des anderen, welches voller Wehmut war, fast schon voller Reue.

„Ich habe alle seine Bücher und ihn ein wenig beobachtet. Wie du bin ich über Bianca auf ihn gekommen, da hat sich alles von allein ergeben", murmelte er zur Antwort und zuckte fast schon gelangweilt mit den Schultern.

„Es war so verdammt einfach …", setzte er noch leiser hinzu, vermutlich für sich selbst, nicht wirklich für Valentin, doch da sie allein waren, hörte er es und nahm es stumm hin.

„Hat er Bianca getötet?" Die Frage störte ihn schon seit einiger Zeit, denn im Gegensatz zu all den anderen Morden wirkte es regelrecht falsch, die ganze Art, wie sie gestorben war. Es war gleich und doch war die Handschrift eine vollkommen andere, was ihn enorm störte.

Das schweigende Nicken, welches er aus den Augenwinkeln bemerkte, war für ihn jedoch Bestätigung genug.

Das perfekte Opfer.

„Sebastian?", fragte er unbarmherzig weiter, in der Hoffnung tatsächlich eine ehrliche Antwort zu bekommen.

„Unfallopfer", war die simple Antwort, erneut gefolgt von einem fast schon gleichgültigen Schulterzucken, als schien es ihn wirklich vollkommen kaltzulassen, ein so junges Kind dem Erdboden gleichgemacht zu haben.

Vermutlich war es auch so, ebenso mit Percy, der bis auf die Verbindung zu Daniel, dem offiziellen Täter, keinerlei Verbindung nachwies. Reiner Unfall, es gehörte dazu, machte das Bild komplett und dennoch, schien in dem Wort „Unfallopfer" von eben mehr zu stecken, eine gewisse Traurigkeit, die ihn nachdenklich werden ließ.

Aber fürs Erste würde er nicht darauf eingehen, er würde schon seine Chance finden, ihn danach zu fragen, was genau er meinte.

So schwiegen sie wieder, beobachteten das Haus, den still liegenden See, die Sterne, schwebten in verschiedenen Erinnerungen und genossen skurrilerweise die jeweilige Nähe des anderen.

Tatsächlich fühlte sich Valentin fast schon wohl, nicht wie sonst unruhig und umtrieben, wenn er bei dem Älteren war, weniger nervös. Denn es schien so, als würden sie das erste Mal seit er denken konnte offen miteinander reden.

Auch wenn das Thema grausam war, so war es eine tiefere Verbindung, als man es beschreiben könnte.

„Wie hat es angefangen, mit wem?", fragte er dann doch irgendwann leise, senkte den Blick, da er das Gefühl hatte, diese Frage überhaupt nicht stellen zu dürfen, und dennoch hatte er es getan und hielt unbewusst die Luft an, während er auf eine eventuelle Antwort lauschte.

„Mit meinem Vater", kam es jedoch nur ruhig zurück, abgebrüht und voller Kälte. Keinerlei Wärme war in seiner Stimme zu finden und er konnte nur ahnen, weshalb dem so war.

Sein Vater hatte sich verändert nach dem Tod von Jacks Mutter und Wales, wobei er Letzteren vermutlich nicht wirklich vermisst hatte, wenn es stimmte, dass er dem Jungen die Schuld am Tod seiner Frau gab. Er konnte nur raten, dass auch Jack von seinen Launen nicht wirklich verschont geblieben war und darunter gelitten hatte, mehr als er jemals zugeben würde.

So war die Antwort nicht wirklich verwunderlich, eher nachvollziehbar, verständlich.

Der Braunhaarige nickte zustimmend.

Wieder nahm die beiden Männer Schweigen ein, was hätten sie auch sagen sollen? Die Stimmung allgemein war eher angespannt, nichts war mehr von der Ruhe zu spüren, die sie zuvor eingenommen hatte, sie war einfach verschwunden und ließ sich nicht mehr blicken, hatte sich mit wehenden Fahnen verabschiedet und ließ sie im erneut einsetzenden Regen stehen wie begossene Pudel.

Ein Seufzen durchschnitt die Stille, es kam vom Grauhaarigen, der die Schultern nach oben zog, den Kragen ebenfalls aufstellte und einem mürrischen Gesichtsausdruck Platz machte.

Musste es denn unbedingt wieder anfangen zu regnen? Dieses Pisswetter versaute einem wirklich jegliche Laune, auch wenn sie von Beginn an eher komisch war, so vermieste es das Treffen deutlich.

Aber auch das Schweigen drückte auf der Seele.

Waren sie nicht hier, um Dinge zu klären, aus der Welt zu schaffen, klare Linien zu erkennen?

Der Braunhaarige wusste es nicht mehr und ließ den Blick einmal mehr über die Lichtung schweifen, senkte letzten Endes den Blick, schloss kurzzeitig die Augen und dachte nach.

Er könnte jederzeit zur Polizei rennen, sie informieren und sagen, wie es wirklich gelaufen war. Aber wollte er das?

Wollte er seinen besten und einzigen Freund verraten? Wollte er die Wärme in seinem Körper aufgeben, um selbst von der Kälte eingenommen zu werden, die er so lange verbannt hatte?

War er wirklich besser als Jack?

Schließlich hatte er ihn, wenn auch unbewusst, das Leben gezeigt, ihn zumindest mit auf diesen Weg geführt.

War es wirklich so unbewusst gewesen?

Vielleicht war er nicht der Hauptgrund, nur einer von vielen … doch er hatte seinen Bruder ermordet, hatte noch eine junge Frau auf dem Gewissen und irgendetwas in ihm sagte, dass es nicht alles war, dass da mehr war, was er verdrängt hatte und gewiss auch nicht wiederbekommen würde. Dafür hatte er sich selbst zu lang verleugnet, natürlich hatten seine Erinnerungen darunter gelitten.

Fakt war, dass er den Älteren an die Hand genommen und in diese Richtung gezogen hatte, dass er einer der Ankerpunkt der ganzen Geschichte war und wenn er Jack verriet, verriet er auch sich selbst.

Nicht dass er sonderlich an seinem momentanen Leben hing, aber eine zufriedenstellende Lösung war es auch nicht.

Nichts, was er wirklich erreichen wollte.

Nein, er würde ihn nicht verraten. Dafür war er seine Mauer.

Bei diesem Gedanken, dieser banalen Gewissheit, senkte er den Blick auf seine Hand, auf seine Finger, fokussierte sich auf das fehlende Glied. Es war ein sichtbares Zeichen, seine gebrochene Unversehrtheit, die bewies wie wenig die beiden Männer sich unter Kontrolle hatten.

Denn jetzt, als er hier stand, waren die Bilder nicht mehr verschwommen, sondern klar sichtbar. Aber er spürte keine Reue, nicht einmal Wut gegenüber dem Älteren, dem er den fehlenden Finger zu verdanken hatte.

Hatte er sich wirklich betrinken müssen, um die Dunkelheit, wenn auch nur kurz, siegen zu lassen?

„Weißt du, wer deine Mutter …?", fragte er plötzlich in die Stille hinein, mit hochgerissenem Kopf und feurigen Augen.

Sein Blick glühte wie verbrannte Erde, denn er weigerte sich seine Gedanken fortzuführen und sich weiter dieser eingestellten Gleichgültigkeit hinzunehmen.

So war er nicht, oder? Er war noch immer Psychologe, zumindest redete er sich das in diesem Moment ein. Er konnte dem anderen noch immer helfen und ihm wenigstens etwas Last von den Schultern nehmen, indem er zuhörte. Selbst wenn eines Tages alles ans Licht käme, könnte er es auf seine Verschwiegenheit schieben, dass er nie etwas gesagt hatte, schließlich war es seine Pflicht, solche Sitzungen, wenn er es denn als solche deklarierte, für sich zu behalten.

Auch wenn andere Menschen in Gefahr waren, er brachte es einfach nicht übers Herz.

Allein bei dem Gedanken daran ihn zu verraten, schien es ihn zu zerreißen und das wollte er unter allen Umständen vermeiden.

Denn es war wahrlich kein Tod, den er sich amüsant vorstellte.

„Erinnerst du dich an Zack?", erreichte ihn die Gegenfrage und brachte ihn damit völlig aus dem Konzept, da er im ersten Moment nicht den Zusammenhang erkannte.

Zack? Valentin runzelte die Stirn, dachte nach, schüttelte im ersten Impuls den Kopf, verneinte, denn wirklich bekannt schien ihm der Name nicht. Alles vor dem Mord an seiner Ex-Freundin war verschwommen und unklar, erst nach dem Mord erinnerte er sich wirklich klar an sein Leben und konnte behaupten, gelebt zu haben. Denn was war es für ein Leben, wenn man sich nicht daran erinnern konnte?

Gar keins.

„Unser Sportlehrer …", führte der Polizist neben ihm aus, verlagerte sein Gewicht und verschränkte nun selbst die Arme, während sein Blick eisig auf das verfallene Haus gerichtet war.

„Er war auf dem Weg ins Krankenhaus, mit seiner Frau, die in den Wehen lag. Dabei hat er sie angefahren, er hat nicht aufgepasst", beendete er die kurze, aber konkrete Erklärung mit einem bitteren Lächeln auf den Lippen.

„Weshalb freut dich das?", war seine sofortige, eher irritierte Gegenfrage auf das Lächeln.

„Sie haben ihre Rache dafür kassiert, es war eine Fehlgeburt." Die Worte waren fast schon genüsslich, aber dennoch klang es wehmütig, als wollte er weiterreden, noch etwas hinzufügen, aber Valentin war sich alles andere als sicher und zögerte daher mit der Nachfrage.

„Ich hab es Jahre später herausgefunden und wollte … nun, ich wollte reden." Eine kurze Bewegung seiner Hand, die sich durch das feuchte Haar fuhr, ein bitterer Zug um die Lippen, Reue in den Augen, begleitet vom Mond der ihn anblickte.

„Da ist absolut alles eskaliert." Seine Stimme zitterte fast schon, zeugte davon, wie sehr er alles bereute, sich nicht unter Kontrolle gehabt zu haben.

Der Braunhaarige öffnete ungläubig die Lippen, schloss sie allerdings wieder, genau wie seine Augen und spürte den Regen nun viel zu deutlich auf sich. Spürte wie das Wasser seinen Weg in seinen Nacken fand und krampfte die Hände zusammen.

Er hatte sie umgebracht, statt mit ihnen zu reden?

„Ich weiß nicht genau, weshalb … ich … es kam einfach über mich, aber ich habe es nicht übers Herz gebracht ihren Jungen das gleiche Schicksal zuteilwerden zu lassen … ihm wollte ich ein Leben als Waisenkind ersparen, er hatte schließlich nichts getan."

„Kind?", fragte er sofort, alarmiert und fühlte sich um Wochen, Monate zurückgesetzt, im Büro, wenn Jack wie so oft auf sein Handy sah, all die Gefühle, die er nicht hatte zuordnen können.

Diese sinnfreien Ausreden über Freunde, die ihr Kind bei ihm ließen.

„Du hast nicht …?!"

„Ich habe!", bekräftigte er mit einem harten Nicken und die Träne, die dabei aus seinem Auge entfloh, war nur schwer unter dem Regen auszumachen, fiel überhaupt nicht auf.

Er bereute es, zutiefst.

„Ich habe ihn ruiniert, Valentin."

Die Stimme zitterte vor Verzweiflung und der Blick, der ihn dabei traf, legte einen Schalter in ihm um.

Alles ging zu schnell, viel zu schnell.

Seine Sicherung hörte auf zu brennen, sprang regelrecht aus der Fassung, schaltete sich stumm und nur noch seine Instinkte reagierten. Kinder waren das Gut der Welt und auch wenn er selbst niemals von sich behaupten konnte, Kinder verschont zu haben, so war es ein Unterschied sie umzubringen oder aber in diese Dunkelheit zu reißen, in der sie nichts zu suchen hatten.

Wie auch hier.

Er trat schneller einen Schritt an den anderen heran, ehe er es selbst realisieren konnte und packte den Größeren am Kragen, zog ihn zu sich herum, brüllte ihn an, wie er das hatte tun können.

Wieso er nicht fähig war, diesem Kind ein normales Leben zu schenken, wenn er ihm schon die Eltern raubte.

Wie er es wagen konnte, sein eigenes Fleisch und Blut, wenn auch geklaut, in so eine Richtung zu ziehen. Wie er es nur wagen konnte, das Leben in so jungen Jahren schon auf solch eine grausame Art und Weise zu bestimmen.

Wie er es nicht hatte schaffen können, das Kind abzuschirmen, es aus all den Dingen herauszuhalten und es wohlbehütet und friedlich Leben lassen zu können. Hatte das Kind das nicht verdient, so wie sie es eigentlich alle verdient hatten?

„Wie kannst du das alles einem verdammten Kind antun?!", schrie er immer und immer wieder.

„Deinem Kind, Jack!" Sein Hals kratzte, die Hand drückte immer mehr zu, die Tränen versiegten nicht, aber seine Stimme, welche immer mehr ihren Halt verlor und bald gänzlich verstummte.

Er hatte alles herausgebrüllt, was er konnte, ihn beschuldigt, gefragt und angefleht ihm zu sagen, dass es ein schlechter, ein vollkommen missratener Scherz war.

Doch alles, was er bekam, war Schweigen und einen Blick, der ihm das Herz brach.

Es war keine Lüge, es war die Wahrheit und sie tat nicht nur ihm weh.

„Wie?", hauchte er völlig verzweifelt, als er sein Gleichgewicht verlor, welches er immer mehr auf den Polizisten gelegt hatte, welcher mit ihm zusammen nach hinten fiel.

Wie hatte er ihn nicht beschützen können? Wieso musste ihr Schicksal weitervererbt werden?

Röcheln.

Ein Knacken nahm die verstummte Lichtung ein, gefolgt von einem trockenen Husten, begleitet von einem synchronen Röcheln und aufgerissenen Augen.

„Wieso?" Mehr brachte er nicht zustande, ehe seine Stimme gänzlich aufgab und er seine Lippen im Schmerz verzog.

Der Psychologe wollte sich aufrichten, entkommen, doch alles, was er damit auslöste, war das Gegenteil. Er drückte den Grauhaarigen tiefer, hatte selbst keine Kraft aufzustehen und spürte, wie sich die abgebrochene Schwanenstatue, die sich im Gebüsch verborgen hatte, tiefer bohrte, ihr Ende verkündete.

„Weil ich niemanden beschützen kann, den ich liebe", hauchte er ihm spröde, mit blutverschmierten Lippen entgegen und auch wenn Valentin direkt auf ihm lag, es eigentlich hätte hören müssen, so war sein Blick von den Tränen so verschwommen, dass er es nur erahnen konnte.

Denn die Stimme war viel zu gebrochen, viel zu leise, um wirklich durchdringen zu können.

Aber wenn er eines verstanden hatte, dann war es: „Liebe".

Und vielleicht war das die Antwort auf alles.

Liebe, hell und rein,
kann ebenso dunkel sein.
Jeder sieht,
anders fühlt.
Schwarz auf weiß, weiß auf schwarz.
Die Welt verblasst,
das Ende naht.
Gefühle wirr,
nichts ist sicher.
Nur eines sei gewiss,
der Tod, das Ziel eines jeden ist.

Der Autor

Keylam Nox wurde 1996 in Schmölln geboren. Zu Beginn hatte er kein Interesse, das Lesen zu erlernen, doch sobald er es sich schließlich angeeignet hatte, war kein Buch mehr vor ihm sicher. Ab diesem Zeitpunkt fanden immer mehr kleinere Geschichten den Weg aufs Papier. Seit 2012 ist er im Bereich Fanfiction auch online zu finden. Nach seiner erfolgreich beendeten Schullaufbahn begann er zunächst eine Ausbildung zum Sozialassistenten und fügte dem nach Abbruch ein Freiwilliges Soziales Jahr im Krankenhaus an. Anschließend schloss er eine Ausbildung zum Koch ab. Seine Kreativität und künstlerische Begabung kann er mittlerweile gut im beruflichen und privaten Umfeld ausleben.

novum ⬥ VERLAG FÜR NEUAUTOREN

Der Verlag

*Wer aufhört
besser zu werden,
hat aufgehört
gut zu sein!*

Basierend auf diesem Motto ist es dem novum Verlag
ein Anliegen, neue Manuskripte aufzuspüren, zu ver-
öffentlichen und deren Autoren langfristig zu fördern.
Mittlerweile gilt der 1997 gegründete und mehrfach
prämierte Verlag als Spezialist für Neuautoren in
Deutschland, Österreich und der Schweiz.

**Für jedes neue Manuskript wird innerhalb we-
niger Wochen eine kostenfreie, unverbindliche
Lektorats-Prüfung erstellt.**

Weitere Informationen zum Verlag und
seinen Büchern finden Sie im Internet unter:

w w w . n o v u m v e r l a g . c o m